반달곰도 웃긴
지리산 농부의 귀촌이야기

지리산자락에 한번 살아보겠다고 귀촌한지

십년하고도 몇 년이 더 지났습니다.

세월은 흘렀지만 산골마을에서 지낸 시간들은

하나씩 이야기가 되어 우리의 일기장에 남아 있습니다.

무작정 산골짝으로 내려와서 먹고 살겠다며

토종벌을 친 이야기며 멧돼지와 고구마를 서로 먹겠다고 다툰 이야기,

마을에 반달곰이 내려와서 생긴 에피소드 등등

도시에서 살던 가족이 지리골짝으로 이사와 살면서 겪은

재밌고 찡한 이야기들을 기록한 일기장을

이제 책으로 내게 되어 무척 기쁩니다.

또한 바람이 있다면

우리이야기가 팍팍한 세상살이에

조금이나마 위안과 웃음을 주었으면 합니다.

아울러 지리산농부의 귀촌이야기가

책으로 나오게 해주신 도서출판 맑은샘

대표님께 진심으로 감사드립니다.

2015년 봄을 맞으며… 육현경·유진국

contents

contents

part 3
흐르는 강물은 막지 말고 당신 똥구멍이나 막으시오

part 1

시작하는
이야기

······

농산물 판매비법을 공개합니다

내가 곶감쟁이가 된 것은 어째보면 술과 관련이 있는 것 같습니다. 10년이 다되어가는 옛날이야기인데요, 그때는 벼농사, 알밤 농사, 고추, 고구마 등 할 수 있는 모든 종류의 밭작물에다 벌까지 치며 복합영농의 무거운 짐을 양어깨에 지고 있을 때였습니다. 하루는 산에서 알밤을 터느라 비 오듯 땀을 흘리고 있는데 이웃마을 춘길이 어르신이 밤산에 오셨습니다.

"허어~ 참 딱도 하네. 자네 이런 걸로는 네 식구 밥 먹기 힘들어. 그러지 말고 곶감 한번 깎아 보지 그래." 하시는 겁니다.

그해부터 중국산 밤 때문에 수매가가 폭락해 안 그래도 알밤농사는 그만 두려던 참이었습니다.

"정말 곶감 깎아 밥 먹을 수 있단 말입니까?" 하니,

"밥만 먹어? 이 사람아, 술도 한잔씩 할 수 있지." 하시는 겁니다.

허허 웃어 넘겼는데 술도 한잔씩 할 수 있다는 말이 뒷덜미를 꽉 잡고 며칠째 놓아주질 않는 겁니다. '곶감농사가 얼마나 재미있길래 술도 한잔씩 할 수 있다는 건가? 그게 정말이라면 어디 나도 한번… 흐흐 그래 술도 한잔씩…'

그렇게 해서 그해 늦가을부터 춘길이 어르신과 같이 감을 털기 시작했습니다. 다시 말해서 내가 춘길이 어르신의 꼬임에 넘어가 여태 이 고생을 하고 있다는 말이지요. '술은 무신 얼어 죽을…'

다른 농산물도 마찬가집니다만 곶감을 맛나게 잘 만드는 것도 중요하지만 그에 못지않게 중요한 게 판로. 아무리 잘 만들어도 판로가 없으면 중간상인들만 좋은 일 시키는 겁니다.

하루는 경매장에 곶감 내러 가려고 챙기고 있는데 춘길이 어르신이 오셨습니다.

"그래 곶감은 다 팔았나?"

"다 팔기는요. 이제 시작인데요. 어르신은 많이 파셨어요?"하니 놀랍게도 춘길이 어르신은 명절선물로 예약 받은 거까지 하면 거의 다 팔았다는 겁니다.

춘길이 어르신처럼 매년 손쉽게 곶감 파는 비결을 알아낼 요량으로, 그래서 술도 한잔씩 할 수 있는 비법을 전수받을 속셈에서 술을 한상 올렸습니다. 술이래야 집에서 담근 다래술에다 안주래야 감말랭이지만요.

술을 사랑하는 어르신의 술잔에 소매 바람이 일도록 술을 따르고 난 뒤, 어르신은 절대로 다른 사람에게는 알려주면 안 된다는 다짐을 받고 거의 귓속말로 속삭이듯 곶감 파는 비결을 알려주셨습니다. 그리고 어르신은 기분 좋게 마신 술이 깰까봐 상체를 거의 움직이지 않고 구름처럼 둥둥 떠서 재를 넘어가셨습니다.

전수받은 비법과 관련, 아내의 협조를 구하려다 쫓겨날 뻔 했던 춘길이 어르신의 곶감판매 비법은 딸을 여덟만 낳으라는 것이었습니다. 알고 보니 춘길이 어르신은 딸만 여덟 낳았는데 도시에 사는 딸들이 곶감을 거의 다 팔아준다는 것입니다.

......

코시와 미키마우스

　　한밤중에 아내가 깨는 바람에 덩달아 잠을 깼습니다. 아내는 화장실에 가고, 따라 일어난 나는 목이 말라 주방으로 갔다가 놀라 뒤로 넘어갈 뻔 했습니다. 싱크대 구석에 있는 전자레인지 뒤에서 시커먼 쥐가 한 마리 쓰윽 나와 펄쩍 펄쩍 뛰더니 냉장고 뒤로 후다닥 숨는 것이었습니다. 너무 놀라 '허억'하고 뒤로 물러서면서 미친 듯이 뛰는 가슴을 진정 시키려고 숨을 고르는데 화장실에서 나온 아내가 왜 그러느냐고 묻네요. 본대로 얘기하면 아내도 충격 받을 것 같아서 침착하게 돌려서 말을 하려는데 꽉 잠긴 말이 목구멍을 넘어오지 못합니다.

　　"믹믹·· 믹키 마우스가…"까지만 겨우 목구멍에 올려놓고, "집, 집안에 들어 왔나봐."는 턱을 떨며 입 모양으로만 떠듬떠듬 말했더니 아내가 "악~ 난 몰라"하고는 잽싸게 안방에 들어가면서 문을 쾅 닫아버립니다. 솔직히 남자로 태어난 게 원망스러운 순간이었습니다. 고백컨대 나는 세상에서 쥐가 제일 무섭고 징그럽습니다. 건드리면 물컹한 그 느낌 때문에 집게로 죽은 쥐도 집어 들지 못합니다. 그런데 그 무섭고 징그러운 쥐가 집안에 들어와 있고 남자인 나에게 임무가 주어진 겁니다.

　　바깥으로 쫓아내야겠다는 생각이 들어 거실 문을 열어놓고 손에 잡히는 대로 진공청소기를 돌리면서 냉장고를 쾅쾅 두드렸습니다. 그런데 그 쥐가 열린 거실 문을 통해 밖으로 튀었으면 서로에게 쉬웠을 텐데, 유감스럽게도 냉장고 밑에서 튀어 나오더니 거실을 가로질러 소파 밑으로 숨어버렸네요. 그 넘도 나만큼, 아니 나보다 더 당황했는지 활짝 열어둔 문을 보지 못하고 당장 숨을 곳만 보이는 모양입니다. 여름 밤 열린 문으로 커다란 나방이랑 딱정벌레가 날아 들어와 어지러이 날고 모기도 공습 편대를 이루어 들어옵니다.

나는 어쩔 수 없이 문을 닫고 용감하게 쥐와 맞서기로 했습니다. 근데 뭘로 맞서지? 진공청소기로 쥐를 빨아들일 수는 없는지라 마당에 나가서 내 키보다 큰 대나무 막대를 하나 주워가지고 왔습니다. 소파 위로 올라가서 펄쩍펄쩍 구르며 막대기로 소파를 탁탁 두드리니 쥐가 놀래서 튀어나와 다시 냉장고 뒤로 숨어버립니다. 땀을 뻘뻘 흘리며 냉장고와 소파 사이를 오가는 상황을 몇 번 반복하다가 밤새도록 이럴 수는 없다 싶어 묘안을 떠올렸습니다.

'그래! 코시랑 협공을 하면 쉽게 잡을 수 있을 텐데. 왜 진작 그 생각을 못했지.'

즉시 마당에 있는 코시를 불러들이고 역할을 분담했습니다. "내가 몰이꾼을 할 테니 너는 사냥꾼을 하라구. 알았지!" 코시는 집안에 들어서자마자 상황을 파악하고 현장을 장악합니다.

'역시 사냥개는 다르군. ㅎㅎ 진즉 불러들일걸.'

코시가 소파 밑에 코를 박고 소리를 지르며 꼬리를 흔드는데 얼마나 격렬하게 흔드는지 엉덩이가 같이 흔들립니다. 엉덩이춤을 추며 기쁨에 겨워하는 모습을 보니 아마 코시는 소파 밑의 저 쥐와는 이미 초면이 아닌 모양입니다. '결국 내가 막대기를 탁탁 두드리며 쥐를 몰아붙이자 쥐가 겁을 먹고 다시 냉장고를 향해 튀고, 기다리고 있던 코시가 앞발로 보기 좋게 한방 먹여 상황 종료.' 이게 내가 원했던 시나리오였습니다. 물론 쥐는 이 시나리오를 받아들이지 않았죠. 사냥꾼보다 몰이꾼을 더 만만하게 본 쥐는 나를 향해 달려들었고, 깜짝 놀라 펄쩍 뛰는 내 다리 사이로 쥐가 먼저, 코시가 이어서 획획 지나갔는데 마치 톰과 제리를 보는 것 같았습니다.

꾀 많은 제리는 계단을 타고 이층 아이들 침실로 달아나고 톰이 신바람을 내며 바짝 뒤쫓아 따라가는데, 나도 화면을 놓치지 않으려고 후다닥 이층으로 쿵쾅쿵쾅 올라갔더니 맙소사~ 쥐가 잠자는 아이들 침대를 밟고 창문 커튼 뒤에서 어른거리는 게 보이네요. 아이들은 세상모르고 자고 있고… 그래! 독안에 든 쥐는 아니지만 이제 방 안에 든 쥐다 싶어 아이들을 조용히 깨워 내보내고 문을 닫아버렸습니다. 방안에 있는 은폐물은 침대 두개, 옷장 하나뿐. 침대를 하나 세워서 공간을 확보하고 다시 코시와 작업에 들어갔습니다. 쥐가 뛰어 다니는 바닥을 맨발로 서 있으려니 발바닥이 오그라드는 것 같아 침대위에서 대나무 막대기를 휘두르고 톰은 옷장에서 침대로 침대에서 다시 옷장으로 오가며 제리를 쫓아다니는데, 아마 한 시간 이상 같은 상황이 반복되었던 것 같습니다. 완전히 땀에 젖은 채 헐떡거리다가 코시가 상황을 즐기고 있을 뿐 쥐를 잡겠다는 적극적인 의지가 없다는 것을 문득 깨달았습니다. 그리고 이대로 날이 샐 것 같은 예감이 들었습니다. 기쁨에 겨워 괴성을 지르며 쥐를 쫓아 다니는 저 멍청한 녀석이 고양이가 아니라 개라는 생각이 들자 갑자기 내가 한심해졌습니다. 문밖에서도 아이들이 잠을 못자고 쥐가 튀어 나올 경우를 대비해 나름대로 계단에 바리케이드를 치고 있는 모양인데, 이대로는 안 되겠다는 생각이 들어 과감하게 코시를 내보냈습니다. 그리고 바닥에 내려서서 용감하게 막대기를 찌르고 휘두르기 시작했습니다. 상황을 빨리 종료하고 내일 학교 가는 아이들을 재워야겠다는 생각이 들었기 때문입니다. 가장의 무거운 책무가 어깨를 누르자 두려움이 사라졌죠. 시간이 좀 걸리기는 했지만 결국 톰과 제리는 끝났습니다.

아침에 아내가 미키마우스가 얼마나 컸던지 묻기에 아주 작고 귀여운 녀석이었다고 담담하게 말해주었답니다. 순전히 나의 희망사항이었지만요.

......

코시 일기

어제 밤에 있었던 일인데요. 베란다 유리문으로 보니 주인님이 글쎄 진공청소기를 들고 거실에서 펄쩍펄쩍 뛰고 있더라구요. 그런데 그 모습이 우스꽝스러워 호기심이 발동했지요. '뭐지? 춤추나? 강남스타일인가?' 유리문에 바짝 붙어 두발로 서서 유심히 보니 와우~ 주인님이 쥐를 쫓고 있네요.

'재밌겠다. 아니… 도대체 쥐가 어떻게 집안으로 들어간 거야?' 얼핏 보니 안면이 있는 넘이었습니다. 저 넘은 요즘 내 밥을 훔쳐 먹는 그 넘. 그래 너 딱 걸렸어. 심심하던 차에 잘 됐다 싶어 꼬리를 빙빙 돌리고 소리 지르며 응원했습니다.

"왕왕(잡아라)~ 왕왕(잡아라)~ 으릉으릉(차차차)~"

그런데 주인님은 왜 진공청소기를 들고 쥐를 쫓지? 진공청소기로 쥐를 빨아들일 수도 있는 건가? 하여튼 주인님은 진공청소기로 냉장고를 쾅쾅 두드리다 쥐가 소파 밑으로 달아나면 소파 아래로 팍팍 찔러대기를 반복하고 있었지요.

"그러지 말고 나를 불러요~ 내가 몰아줄께요~ 왕왕~"

얄미운 쥐가 냉장고 밑에서 소파 밑으로, 소파 밑에서 다시 냉장고 밑으로 끝없이 왔다 갔다 하고, 주인님의 진공청소기가 수 천 번 허공을 찌르고, 내가 앞발로 유리문을 수 만 번 두드린 뒤, 야호~ 드디어 나에게 지원요청이 들어왔습니다.

주인님은 나를 불러들이고는 더 일찍 불러들이지 않은 자신을 질책하는 것 같았습니다.

'정말 잘 생각하셨어여~ 이제부턴 내가 몰아 줄께여. 저 넘은 완전 독안에 든 쥐라구여~'

나는 기꺼이 주인님과 팀이 되었고 즉시 상황을 장악하였습니다. 솔직히 가슴이 우째 그리 쿵쾅대던지… 고백컨대 나는 너무 기뻐 어쩔 줄을 몰랐습니다. 주인님과 쥐사냥을 하게 될 줄이야… 야호~ 먼 먼 조상들로부터 물려받은 사냥유전자가 나를 자극하자 나는 거의 본능적으로 몰이에 들어갔습니다. 소파 밑에 앞발을 밀어 넣어 쥐를 몰아내고 냉장고 틈새에 주둥이를 구겨 넣어 으르렁대며 쥐를 몰았는데, 내가 잇몸까지 드러낸 채 으르렁대고 압박하자 쥐는 겁에 질려 거의 제 정신이 아닌 듯해 보였습니다. 나는 타고난 재능을 발휘하여 쥐를 생포해도 될 정도로 몰아붙였습니다. 내가 몰아준 쥐를 주인님이 움켜잡던지 아니면 당황하지 않고 침착하게 밟아만 주면 끝.

그런데 상황은 요상하게 흘러갔습니다. 납득하기 힘들겠지만 주인님이 자기 코앞에 오는 쥐를 잡지 않는 것이었습니다. '뭐지? 이렇게 완벽하게 어시스트 해주는데 왜 골을 넣지 않는 거지? 단순히 문전처리 미숙인가? 아님 시간을 끌며 이 유리한 상황을 좀 더 즐기려는 건가?' 만일 후자라면 이건 쥐에게는 좀 가혹하다는 생각까지 들었지요. 한번은 소파 밑에 있는 쥐를 쫓아 주인님 코앞에까지 몰았거든요. 완전 짱 찬스를 내가 만들어 주었다는 겁니다. 걍 발만 툭 갖다 대면 골. 그리고 골 세리머니만 하면 끝. 그런데 '럴수 럴수 이럴 수가…' 보고도 믿을 수 없는 일이 벌어졌습니다. 주인님은 쥐를 생포하는 대신 공중으로 펄쩍 뛰어오르며 쥐와 나를 걍 통과시켜버리는 것이었습니다. 그래서 쥐는 이층 방으로 도망가 버리고, 황당해서 설명하기 쫌 힘든 얘기입니다만 쥐 앞에서 공중부양 하던 주인님의 얼굴에서 내가 본 것은 세상에~ 거짓말 같네요. 그건 두려움이었습니다.

그랬습니다. 가엾은 주인님은 그 조그만 쥐를 무서워하고 있었던 겁니다. 쥐보다 백배 큰 나도 무서워하지 않으면서 어떻게 이런 일이 가능한지 잊히지가 않네요. 주인님의 얼굴에 떠오른 두려움은 쥐가 나를 무서워하는 것보다 더했으면 더했지 결코 덜하다고 볼 수 없는 것이었습니다.

혹 주인님이 쥐보다 덩치가 백배나 큰 나도 무서워하는 게 아닐까 하는 생각이 들어, 주인님 어깨에 앞발을 걸치며 이빨을 살짝 드러내고 은근히 으르렁거려 보았습니다. 그랬더니 제기랄 입 냄새 난다고 머리만 쥐어박네요.

후반전은 이층에서 하게 되었습니다. 내가 침대에서 옷장으로 옷장에서 다시 침대로 몰이를 하는 동안 겁쟁이 주인님은 침대위에서 펄쩍펄쩍 뛰며 소리만 빽빽 지르는 한심한 상황이 이어졌습니다. '전혀 도움이 안 되는 주인니~임~ 내가 쥐를 코앞에까지 몰아주면 막대기로 탁 때려버리지 왜 소리만 빽빽 지르구 난리여유? 도대체 쥐를 왜 무서워 하세유? 저건 괴물이 아니라 그냥 쥐라구요 쥐~~이!!!' 아마 내가 쥐를 몰아붙인 게 한 시간 이상 된 거 같네요. 주인님을 격려하며 개발에 땀이 나도록 몰아주었건만 상황의 진척이 없자 주인님은 갑자기 나에게 화를 내기 시작했습니다. 마치 내가 잘못해서 쥐를 못 잡는 것처럼 말입니다. 뭐 바보코시? 차암 내~ 어이가 없네요. 주인님은 나를 바보코시라고 핀잔을 주었고 나는 우수한 혈통을 가진 사냥개가 결코 받아서는 안 될 모욕을 당한 채 퇴장 당했습니다.

　이번에 공격 포인트를 올리면 꼬리에 힘 좀 주려고 했는데 개발에 땀이 나도록 뛰었건만 바보가 되고 말았네요. 내가 코앞에까지 몰아준 쥐도 못 잡으면서 혼자서 쥐를 잡았을 리는 만무하니 아마 그 쥐는 무사히 밖으로 도망갔겠지요.
　그래서 나는 오늘 일부러 밥그릇에 밥을 남겨둔 채 그 넘이 나타나기를 기다리며 한쪽 눈을 깨꼼이 뜨고 자고 있는데 무슨 바쁜 일이 있는지 얄미운 그 넘은 아직 나타나지 않네요.

......

서씨 일기

첨엔 내가 재수 없이 당할 수도 있겠다는 생각이 들었다. '소 발이 쥐잡기'라는 속담도 있듯이, 바보 농부가 막무가내로 휘두르는 진 공청소기를 내가 수천 번 수만 번 전부 다 피한다는 보장이 어디 있겠 는가. 정말 위험한 건 저 바보가 눈을 질끈 감고 휘두른다는 것인데, 만 일 눈을 똑바로 뜨고 나와 대적한다면 절대로 나를 어쩌지 못할 것이 다. 나는 겁먹은 바보의 얼굴에서 그것을 알 수 있었다. 나는 조심 또 조심해야만 했다.

그런데 갑자기 상황이 나에게 유리하게 전개되었다. 마당에 있던 코 시라는 멍청한 개가 들어와 바보와 팀을 만들어 나를 쫓기 시작했는데, 바보는 몰이전문 개에게 사냥꾼의 임무를 주고 자기 자신이 거꾸로 몰 이꾼을 하는 바보다운 작전을 세운 것이다.

내가 마당에서 코시의 밥을 매일 훔쳐(?) 아니 공유하고 있기에 잘 아 는데, 코시는 여태 한 번도 쥐를 잡아본 적이 없다. 녀석은 그냥 소란스 럽게 쫓아만 다닐 뿐 직접 잡지는 못한다. 코카스파니엘 종이 원래 그 런 개인 것이다. 주인이 총을 쏘아 잡을 수 있도록 사냥감을 몰아주는 개, '주인니임~ 저기 가유~' 하고 소리를 지르며 몰이를 해주는 몰이꾼.

일단 시간을 벌게 된 나는 적당히 게임을 즐기면서 탈출구를 찾아보 기로 했다. 예상대로 코시는 바보에게 '몰아주는데 우째서 바보같이 가 만있느냐'고 흉을 보고, 바보는 코시에게 '고양이가 아니고 개'라고 화를 내는 코믹한 상황이 지루하게 이어졌다.

'우루루 왔다리~ 우우루 갔다리~' 상황을 조금씩 바꾸고 일 년 이상 질질 끌며 억지웃음을 요구하는 '개그 콘서트'의 한 코너를 보는 듯한 이 기분. 개그 콘서트를 보는 사람이라면 다 아시겠지. 정말 이대로 가면 날이 샐 것 같았다. 나는 상황을 타개하기 위해 주도적으로 작전반경을 넓혀 이층으로 올라갔다. 어쩌면 이층 창문이 열려있어 바깥으로 탈출할 수 있을지도 모른다는 희망을 품고.

그런데 이게 돌이킬 수 없는 패착이 될 줄이야. 손자병법에 '서씨는 넓은 곳으로 뛰어야 산다.'라고 했는데 유리했던 상황이 이 한 수를 잘못 두는 바람에 역전이 되고, 나는 방안의 쥐 신세가 되어버린 것이다. 바보가 이층 방문을 쾅 닫아버리고 코시와 한동안 난리 부루스를 추더니 돌연 팀을 해체해 버렸다. 안무도 좋고 노래도 좋고 분위기까지 좋은데 왜 갑자기…

솔로를 선언한 바보는 갑자기 딴 바보가 된 거 같았다. 가장의 자부심에 큰 상처를 입고 더 이상 물러설 수 없는 처지가 된 바보가 눈을 찔끔 감더니 막대기를 미친 듯이 휘두르기 시작했다. 소가 뒷걸음치다가 쥐를 잡듯이 바보가 눈감고 휘두른 막대기가 운 좋게 나의 이마를 빡. 끝.

그런데 정작 본인은 그것도 모르고 계속 괴성을 지르며 막대춤을 추고 있어 내가 결과를 알려줘야만 했다.

"이보게 바보~ 자네가 이겼네… 이제… 고만… 눈··뜨··시··게…"

· · · · · ·

그릇 만들기

흘러가는 시간이 속절없이 느껴지면 흙을 만집니다.
뭉텅한 흙덩이. 뭉툭한 손. 둘이 만나 이야기를 나눕니다.

봄, 여름, 가을, 겨울 품은 아담한 밥그릇,
소탈한 컵, 밥공기, 접시, 꽃병들이 빚어집니다.

어두운 그늘에서 버거운 물기를 버리고,
뜨거운 불을 만나면
퍽퍽한 흙은 맑은 그릇으로 다시 태어납니다.

그렇게 이야기는 그릇으로부터 태어나
밥을 먹으며, 차를 마시며, 정을 나눕니다.
꽃을 받아들여 사랑을 활짝 피웁니다.

　그릇을 만든 지는 꽤 됐습니다. 처음엔 그냥 무작정 만들었는데, 요즘은 만들면서 흙과 이야기도 나누어 봅니다. '지금은 가을인데 가을이 그릇으로 나오면 좋겠네.' '겨울인데 지난겨울 난 뭐 했지?' 등등…
　성형(그릇 모양 만들기)을 하고 나서 가마에 굽고, 유약을 발라 다시 한 번 굽는데, 매번 굽기 전에 이 그릇은 어떻게 나올까 매우 궁금해집니다. 마침내 완성된 그릇이 나오면 어떤 그릇은 처음 의도대로 나오기도 하지만 대부분은 의도한대로 나오지 않고, 실망감을 안기기도 하고 전혀 예기치 못한 새로움을 안겨주는 그릇도 있습니다. 그러나 그 그릇들로 밥을 먹고, 찬을 담아서 내고, 차를 마시며 차츰차츰 정이 듭니다.

・・・・・・

상큼한 풀 향이 도는 비 오는 아침입니다

상큼한 풀 향이 도는 비 내리는 아침입니다. 조금 늦잠을 자고 문을 열고 밖으로 나오니 살살 비가 뿌리는 가운데, 튤립 꽃은 여전히 화려한 얼굴이고, 수수꽃다리는 수수한 자태로 서있으며, 낙엽송은 신록을 이미 다 차려입고서 산을 우아하게 장식하고 있고, 무엇보다 새들이 숲 속과 들판을 분주히 오가며 재재댑니다. 비가 살짝 오지만, 이런 비야 축복이라는 듯, 새들은 아랑곳하지 않네요. 숨을 크게 들이쉬니, 풀 향이 짙은 공기가 폐 속으로 들어갑니다.

기지개를 켜다 집 앞 아래 쪽, 은사시 나무에 까치집을 봤는데 유난히 커 보입니다. 한 마리가 들락거리며 집을 짓고 있는 듯 원 기둥 모양으로 다른 새집에 비해 몇 배는 커 보여 눈이 둥그레집니다. 웬 부동산 투기꾼? 그런데 가만히 보니, 언젠가 지어진 헌 둥지 바로 위에 새집을 지어서 대형 빌라처럼 보였던 거네요. 다른 새집에 비해 새로 지은 집이 크기는 하지만, 몇 배나 큰 것은 아니었습니다. 헌집을 밑에 두고 새집을 바로 위에 지은 이유가 뭘까 생각하다 그러면 좀 더 기초가 튼튼해

지니 그걸 노린 걸까란 생각이 스쳐갑니다. 어쨌든 짐승들 세계에도 지
혜가 번득이는 일들이 넘쳐나니까요.

　얼마 전, 까치 부부와 청설모의 재미난 추격전 내지는 실랑이를 목격
했던 일이 떠오릅니다. 그것도 집 안에 가만히 앉아서 말입니다. 동쪽으
로 난 창에는 집 옆 구릉에 서있는 미인송이 몇 그루 보입니다. 굵기에
비해 큰 키로 우뚝 솟아 있는 모양이 그야말로 쭉쭉 빵빵 미인이랍니
다. 그 곳 꼭대기에 까치 부부 한 쌍이 집을 짓고 새끼를 키우고 있었나
봅니다. 남편이 소파에 있다가 느닷없이 밖에 그 미인송을 좀 보랍니다.
　"왜? 저거 청설모! 어머, 청설모가 살살 올라가네! 어머! 까치가 청설
모를 쪼려 하잖아!"
　그러는 사이 청설모는 순식간에 그 높은 나무 꼭대기로 다다다 올라
갑니다. 나무 꼭대기에는 까치집이 있고 다른 까치 한 마리가 그 둥지를
지키고 있다가 청설모에게 위협을 가합니다. 그러니 청설모는 다시 아
래로 줄행랑! 아마 부화중이거나 갓 태어난 새끼를 노리고 청설모가 까
치집을 습격하려 했나 봅니다. 엄중한 감시 속에 아무래도 청설모가 포
기해야 되는 상황 같은데, 근 한 시간을 미인송 위 아래로, 이 미인송에
서 저 미인송으로 옮겨 다니며 실랑이를 벌입니다. 우리는 지켜보다 지
쳐서 그냥 산책에 나섰습니다. 가부간에 결말이 나겠지…

　문밖에 서서 촉촉해진 사방을 둘러보는데, 작은 새 두 마리가 덤불
더미에서 빗속으로 유유히 비상합니다. 비 오는 상쾌한 아침 공기를 지
들도 맘껏 누리고 싶겠지요. 또는 빗속을 뚫고(?) 가야하는 어떤 사연

이 있는지도 모르고요. 그러고 보니, 뒷산에서는 그제 저녁부터 소쩍새 소리가 들렸습니다. "소쩍! 소~ 오~ 쩍!" 바야흐로 산 속과 들판에는 뭇 짐승들의 사연과 그로 인한 소리들이 넘쳐나는 시기입니다. 우리 가족도 그 뭇 짐승들 가운데 좀 끼일 수 있을라나요?

느닷없이 남편이 비분강개(?)하여 밖으로 나옵니다. 우산을 펼치더니, 뒷밭으로 올라가네요. 왜? "아! 저 산비둘기 놈들이 뿌린 씨앗을 훔쳐 먹고 있어! 이 놈들!" 킥킥! 웃음이 나옵니다. 하긴 좀 있으면 마을 할머니들과 새들의 전쟁이 시작되는 시기입니다. 밭에 심은 콩들을 새들이 용케 찾아서 쪼아 먹기 때문이지요. 밭으로 올라가 훠이훠이 새들을 쫓아내는 남편을 보니 또 킥킥 웃음이 나왔습니다. 콩 씨앗도 아닌, 꽃씨 씨앗을 새들에게 빼앗길까봐 저러니, 그제 거센 바람에 부러진 튤립 꽃을 보면 맘이 쓰리겠지요. 지난 초겨울부터 가꾼 튤립이 이제 막 벌어지려는 찰나에 똑똑 부러졌답니다. 부러진 꽃들이 아까워 몇 개는 주워 물속에 넣어두니 싱싱해지면서 꽃잎이 활짝 벌어지네요.

"저기! 더 부러진 것 없어? 집 안에 꽃이 있으니 좋네!" 슬쩍 물어보니 남편 왈, "싱싱한 거 그냥 똑똑 분질러다 줄까?" 합니다. "아니! 뭐, 그렇게 까지 할 건 없고!" 미안해서 약 올리고 싶은 꼬리를 슬쩍 내립니다.

사방에 있는 푸른 산들이 하얀 안개 속에 갇히고, 비는 살짝 여전히 뿌리는 신선하고 이런저런 사연에 아름다운 아침입니다.

part 2

시골사니 뭐가
제일 좋으냐고?

봄비와 분봉과 집 페인트칠

봄비가 부슬부슬 장마철인양 왔습니다. 봄비에 개구리들 울음소리가 봄밤의 정적을 메웁니다. 마을 어귀와 마을을 휘돌아 나가는 물길로 졸졸졸 물소리가 끊이질 않습니다. 올해 봄은 유난히 비가 많이 옵니다. 부슬부슬, 두두둑 떨어지는 비가 오는 와중에 집에 페인트칠을 마쳤습니다. 하늘이 허락하지 않았는데 억지를 쓰는 것 같아 마음이 편치 않았습니다. 물론 집에는 문제가 되지 않는다니 그나마 다행입니다.

벌들도 억지를 피우며 이 봄 속 장마 중에 분봉을 했습니다. 비가 며칠째 와서 고구마 심기에 적당하고 비도 그쳤기에 부리나케 남편이 고구마 순을 사왔습니다. 벌집이 자리한 곳 바로 옆 밭, 그러니까 짓고 있는 우리 집의 위 밭에서 남편은 고구마 순을 다듬고 나는 고구마 순을 심고 있었습니다. 남편이 불현듯 일어나 "나왔어!"하며 벌집 쪽으로 달아나듯 가지 않겠습니까! 난 "뭔데? 뭐가 나왔는데?"하며 우리가 벌을 키우고 있고 벌들이 분봉하기를 기다리고 있었다는 사실을 까마득하게 잊고 있었습니다. 일주일을 넘게 벌들이 나오기를 기다리다 남편은 지쳐버린 상태였습니다. 이번 주에는 분명히 벌들이 일을 저지를 텐데, 비가 끊이질 않으니 기다림의 끈을 놓아 버린 겁니다.

오전에 비가 그치기는 했으나 산자락들 위로 구름층이 두터워 해가 날 것 같지는 않았는데 웬일로 해가 쨍 나지를 않겠습니까! 정말 잠시였는데 벌들도 세력이 너무 커서 그 좁은 공간에서 더 이상은 기다릴 수가 없었는지 해가 잠시 나온 틈을 타서 우르르 웽웽거리며 한 무리가 나온 겁니다. 아이코! 그런데 달아 논 벌집으로 안가고 벌들이 아래쪽 감나무로 웽웽 가더니 감나무 기둥 줄기에 다닥다닥 붙어 버렸습니다. 남편은 급하게 메어두었던 벌집을 풀어서 다닥다닥 벌들이 붙어버린 기둥 위에 갖다 대려고 애를 썼습니다.

아이코! 급한데 끈은 잘 풀리지 않고, 간신히 풀어서 벌집을 대주려다 그만 감나무 가지가 뚝! 부러져 버리고 말았습니다. 난 한숨과 함께 이젠 더 이상 글렀다 싶어 이웃들이 분봉하는 장면은 환상적이라 하였으니 그 감상이나 하려고 멀거니 서있었습니다.

이만하면 남편이 체념할 줄 알았는데 느닷없이 쑥을 뜯어오랍니다. 감나무에 붙어버린 벌들을 쑥으로 쓸어 벌집에 담아보겠다네요. '어쭈, 아직 기가 안 죽었는데…'라고 피식 웃으며 그것도 좋은 아이디어란 생각이 들어 엊그제 쑥 뜯던 자리로 가서 서너 뿌리를 캐었습니다. 키가 쑥 자라있는 쑥이라 줄기를 끊어내기가 쉽지를 않았죠. '그래! 남편이 끝까지 애쓰는데 나도 한번 해보자' 싶어 서둘러 호미를 가져다 흙째 뽑아내 흙이 뭉텅뭉텅 붙어있는 쑥 뿌리 부분을 잘라냈습니다. 그랬더니 벌들을 쓸어 담기에 괜찮은 빗자루가 됩니다. 쑥비(?)를 주려 감나무 근처로 가보니 벌들이 과연 한곳을 중심으로 벌떼처럼 붙어있고, 남편은 살금살금 다가갑니다. 한 손에는 벌집을 들고 한 손에는 쑥비를 들고. 마치 벌을 꽤 많이 키워본 사람처럼 쑥으로 벌을 살살 쓸어 위쪽 벌집으로 벌들이 들어가게 하였습니다. 착한 벌들!

20~30분 정도 시간이 흐르니 벌집으로 대부분 벌들이 들어왔습니

다. 벌이 조금 더 다닥다닥 붙자 미리 준비해두었던 진짜 살 집으로 옮겨다 놓았습니다. 한시름 놓았습니다. 도움 요청 차 와있던 이웃도 "야! 이집 벌해도 되겠네." 합니다. 아이코! 벌들이 우리를 봐준 셈이고 운도 좋았을 따름입니다. 멀리 날아가 붙지 않고 다행히 바로 앞 감나무, 그것도 중간 나무 기둥에 붙었으니!

이렇게 분봉을 마치고나니 잠깐 보이던 해가 거짓말처럼 사라져 버렸습니다. 다시 비가 올 태세이더니, 오후에는 드디어 비가 또 부슬부슬 주르륵 왔습니다. 정말 극적인 분봉이었습니다. 벌들이 급하긴 급했던 거 같습니다. 벌들이 이런 날씨에도 나왔으니 억지를 피우며 이사를 하였다고도 할 수 있고, 하늘이 그 잠깐 사이에 해를 보내주었으니 저들의 급한 사정을 헤아렸다고도 할 수 있고…

우리가 들어가 살 집도 정말 억지를 피우며, 또는 비가 줄기차게 오다가 '일을 할라치면 조금 늦추어지고' 하는 사이사이를 허락해준 하늘 덕을 보며 집을 짓고 있는 거 같습니다. 지금 단칸방에서 살고 있는 우리의 딱한 사정을 하늘이 헤아려주고 있는 거 같아 해바라기처럼 '하늘바라기'를 하며 보낸 하루였습니다. 또 참으로 극적인 하루였습니다.

......

물과 비

　　이곳은 비가 나흘째 끊임없이 오고 있습니다. 시골에 와 살 집을 지으면서 중요한 사실을 정말 온몸으로 마음으로 깨닫게 된 일이 있습니다. 사람이 살아가는데 물만큼 중요한 것은 없다는 사실입니다. 물론 지식으로는 알고 있었지만, 우리 스스로 먹을 물을 구해서 집으로 끌어와야 하고, 엄청난 비가 오면 대비해야 할 배수로를 스스로 만들어야 했기에 물을 다스리는 문제는 인간 생존에 절대적인 문제라는 것을 온몸으로 느껴야했습니다.

　　얼마 전 6월 장마가 시작되던 때, 지금보다도 더 비가 마구 쏟아 붓듯이 온 적이 있었습니다. 그 때는 위 밭에서 폭포처럼 물이 우리 집 쪽으로 쏟아져 내려 남편은 몇 시간동안 그 비를 맞으며 물길을 돌린다고 애쓰고 나도 돕는다고 물에 빠진 생쥐가 되었지요. 그날은 이랬습니다.

　　어제부터 비가 옵니다. 새로 지은 집으로 이사 온 이후 비다운 비는 처음입니다. 오이, 참외, 수박, 고구마 등 작물에는 더없이 좋은 비죠. 이 비가 그치면 쑥 큰 농작물의 모습이 눈에 선합니다. 그러나 작물들 못지않게 크는 것이 잡풀들입니다. 뽑아내고 긁어내도 또 자라는 것이 잡풀이죠. 하지만 어쩌겠습니까! 그들도 이 세상의 일원이거늘.
　　그런데 이번에는 내심 조금 긴장됐습니다. 보통 비올 때 들던 작물과 풀에 대한 생각들은 저만치 물러나 있고 대신 집주변의 물들이 큰일을 낼까봐 절로 마음이 조여졌습니다. 쌓은 돌들에서 흘러내리는 물들이 배수로로 잘 흘러 내려갈까? 지붕에서 떨어지는 물들이 집에서 멀리 떨어진 곳으로 흘러가야 하는데… 수치. 이 작은 개인 집을 지으면서도 주변의 물들이 잘 흘러갈 수 있도록 하는 작업은 중요한 일이었습니다. 물은 높은 곳에서 낮은 곳으로 흘러가는 원리를 잊고 망동을 부리지 않죠. 또 흘러갈 곳이 없으면 낮은 곳에서 머무는 것이 물의 일입니다. 인간의 심리와는 반대라고 빗대어 말할 수도 있을 것 같습니다. 인간은 낮은 곳에서 높은 곳으로 상승하려는 욕구를 가지고 있고, 또 되도록 높은 곳에서 머물려는 속성이 있지 않은가요? 그런 솟구치는 욕구를 억제하고 자연의 원리를 터득하고 거기에 맞춰 나가야 이런 시골에서 살 수 있음을 '수치'에서 배웁니다. 물이 낮은 곳으로 흘러가도록 배려를 하고 물길을 내주어야하며, 풀들이 한없이 자라면 보기 싫다고 제초제를 뿌리지 말고 베어내고, 나무가 무성해지면 그늘을 만들어줌에 감사하면서 말입니다.

다행히 오후에 빗줄기가 조금 느슨해졌습니다. 비가 오니 자연이 한층 가까이 다가옴을 느낍니다. 자연은 지금 뜨거운 여름을 맞이하기 전, 잠깐의 휴식을 취하는 것이라는 느낌과 태양의 열기를 받아들여 열매를 맺기 위해 충분한 수분을 저장하는 시기라는 생각이 들었습니다.

나 또한 마음 속 번잡한 일들을 미루어두고 창밖의 빗소리에 내 안의 휴식과 리듬 소리에 충실하고 싶습니다. 창밖은 지금 칡넝쿨들이 온통 푸른빛으로 치장을 하고 있습니다. 그 커다란 잎과 무리들을 보는 것만으로도 내 안의 잡다한 욕망들을 잠깐 접어둘 수 있어 좋습니다.

．．．．．．

초보농부의 수확기

농촌에서는 봄부터 초여름이 되기까지가 제일 바쁜 시기입니다. 이때가 밭과 논을 갈아 작물을 심어야할 시기거든요. 이 시기를 놓치면 제대로 작물이 자라지 않습니다.

우리도 봄에 집을 짓고 있는 땅 주변을 피해 밭을 갈아 이것저것 작물을 심었습니다. 그 때는 땀을 뻘뻘 흘리며 고구마, 옥수수, 부추, 토마토, 콩, 도라지, 고추 등등을 재미나게 심었지요. 호미와 삽으로만 땅을 일구는 일이 몹시 힘들다는 것도 잊고 말입니다. 밭에 고랑과 이랑이 생기고 이랑 위로 작은 모종들이 가지런히 심어져 있는 모습을 보고 뿌듯해 했습니다.

그런데 심을 때는 쑥쑥 자랄 것 같던 오이, 박 등등 모든 작물들이 더디게 자랐습니다. 역시 초보 농부를 작물들이 알아보는 것 같더군요. 이웃 밭들의 작물들은 같은 시기에 심었지만 어찌 그리 크는지 궁금했습니다. 알아본 즉 이웃의 할머니, 할아버지들은 집에서 만든 거름에서부터 정부에서 무상으로 나오는 비료까지 듬뿍듬뿍 주고 있었습니다. 쑥쑥 커가는 자식들 보고 있으면 부러울 것이 없다고 하지 않습니까. 역시 작물들도 쑥쑥 커가는 모습을 보아야 심은 보람도 느낄 수 있을 것 같아 만들어 논 거름은 없고, 화학비료는 땅을 황폐화시킨다고 해서 농협에서 파는 퇴비를 사다 주었습니다.

그랬더니 조금씩 커가는 모습이 보이더군요. 그런데 문제는 또 있었습니다. 크긴 크는데 약을 치지 않으니 작물들이 벌레들의 먹이더군요. 하지만 우리가 먹을 식량을 얻기 위해 하는 조그만 농사에 약까지 마구 칠 수가 없어서 그냥 벌레들과 같이 나누어 먹기로 맘을 먹었습니다.

그래서인지 요즘 수확기에 우리 밭에서는 건질 것이 거의 없을 만큼 벌레가 먹는 것이 더 많습니다. 옥수수도 잘 익은 것은 벌레가 용케 알고 미리 먹고 있었습니다. 또 어느 것이 잘 익은 옥수수인지 몰라 미리 뜯는 경우가 많았고요. 하지만 맛나게 익은 자주 빛 토종 옥수수를 몇 개 따서 삶아먹기도 했습니다. 깻잎도 벌레들이 많이 먹어 깻잎 김치는 조금 담가놨을 뿐입니다. 고추는 매운데도 벌레들이 제일 많더군요. 2~3번 따니 벌레들과 병으로 인해 성한 고추가 거의 없습니다. 그래도 아까워서 벌레가 먹었어도 벌레 먹은 것만 도려내고 말리고 있습니다.

시골에 와 지은 첫 농사인데 형제들과 아는 사람들에게 조금씩 나누어 줄 수 있는 거라곤 이 고추와 고구마뿐이어서 되도록이면 버리지 않으려고 애쓰고 있습니다. 올해는 여름 내내 비가 많이 와서 완전한 태양초는 아니지만 약 한번 안친 그야말로 무공해 고추입니다. 그 고추가루로 김치를 담아 먹는다는 기쁨에 손이 매운 줄도 모르고 빨간 고추를 손보고 있습니다.

이웃과 나누어 먹으려고, 또 유난히 좋아하여 우리 딴에는 제일 많이 심은 작물이 있습니다. 고구마입니다. 그것도 호박 고구마라 하여 속이 노란 고구마를 위 밭에 많이 심고 아래 밭에는 두어 이랑을 심었는데, 며칠 전 멧돼지가 습격을 하여 위 밭의 이랑을 파헤쳐 고구마를 먹어 치웠습니다. 에고! 초자 농부라 거둘 것이 거의 없어 씁쓸한데 멧돼지까지 출현하여 그나마 기대하고 있던 고구마를 먹어버렸으니 초보 농부는 더욱 초라해지네요. 앞으로가 더 걱정입니다. 멧돼지가 파헤친 밭을 파보니 고구마가 아주 조그맣게 열렸더군요. 고구마가 더 커지면 이 멧돼지들이 더욱 극성일 텐데, 남편은 우리 집 개 래시를 위 밭에 묶어 놔야겠다고 하네요. 글쎄요. 래시는 조금 겁이 많은 개인데 사람에게도 마구 달려든다는 멧돼지를 당해낼지는 미지수입니다. 올해는 멧돼지와도 고구마를 나누어 먹는다고 생각해야 할 판입니다. 형제들과 아는 사람들의 몫과 우리 가족의 몫도 줄어들겠지만 별 뾰족한 방법이 없습니다.

　시골 와서 농사라 하여 씨앗 뿌리고 키우고 거두는 시기가 되니 수확이 많이 되었으면 하는 바람이 생기네요. 어쩔 수 없는 인간의 욕심인가 봅니다. 물론 약을 치고, 화학비료를 많이 주면 많이 거둘 수는 있지요. 하지만 그 피해가 고스란히 우리에게로 돌아온다는 걸 알기에 그렇게 할 수가 없습니다. 그렇다고 '되는 데로 거두지'하는 방만한 자세도 바람직하지 않아 보여, 유기농 방법을 적극 모색해보기로 했습니다. 분명 방법이 있을 텐데 몰라서 수확기가 되어도 거둘 것이 없는 초자 농부가 언제까지 될 수는 없겠지요.

　내년 농사에서는 거둘 만큼은 거두어야 된다는 작은 욕심을 부리기 위해 유기농에 대한 방법도 알아보고, 이 극성맞은 멧돼지에게서 우리의 식량을 지키기 위한 방법도 모색해 보아야 되겠습니다.

첫 꿀을 땄습니다

어제 저녁에 우리는 처음으로 벌집을 잘랐습니다. 그동안 세력이 가장 왕성하여 벌집을 계속 받쳐주었던 벌통에서 맨 꼭대기의 집을 잘라내었지요.

남편이 어제 그 왕성한 벌들의 꿀이 끝까지 내려와 벌집을 더 대주어야 한다고 걱정을 하더군요. 꿀이 많이 모여 좋을 텐데 왜 걱정을 하냐구요? 물론 꿀이 많은 것은 좋지만 벌집을 더 대주려면 무거운 위의 벌집들을 모두 들어서 맨 밑에 새 벌집을 대주어야 하기 때문에 힘이 무척 들거든요. 벌집 하나에 보통 2.4㎏의 꿀이 들어있습니다. 그리고 나무로 된 벌집 무게도 대략 800g 정도는 됩니다. 그러면 벌집 하나에 3.2㎏의 무게입니다. 이 시기쯤이면 그 벌집이 10개 이상은 한 벌통에 붙어있거든요. 32~40㎏을 위로 들어 올려야하니 걱정이 되는 겁니다.

"그러면 위의 벌집을 잘라내서 꿀을 좀 따먹고 받쳐주면 힘이 덜 들겠다. 요즘 햇꿀을 출하한다고 하는데, 좋은 아이디어지?" 내가 이렇게 권유를 했습니다.

남편은 그 햇 꿀을 먹어도 보고 힘도 덜 든다니 무조건 오케이입니다. 물론 햇꿀이 묵은 꿀보다 더 좋은 것은 아니랍니다. 그래도 우리 한국인들은 가을 추수기에는 '햇'자가 붙은 것들을 참 좋아하잖아요. 괜히 신선함이 느껴져서 그런가봅니다. 나도 내가 낸 아이디어에 감탄을 하고 말았습니다. 봄에 벌통을 사다 놓으면서 '언제 우리가 농사지은 꿀을 먹어보나, 벌들이 도망이나 안 갈까' 하며 조바심이 났습니다. 먼세월일 것 같더니만 무사히 벌들이 농사를 지어 우리 인간이 조금 거두어 먹어도 되게 생겼으니 기쁘고 기대가 이만저만이 아니더군요.

남편과 나는 긴팔 옷과 긴바지를 입고, 그리고 얼굴에 망사를 두르고 위 밭의 벌통으로 갔습니다. 벌 작업을 할 때는 이렇게 완전 무장을 해야 합니다. 맨손에 맨 얼굴로 온몸에 벌들이 붙어도 눈 하나 깜짝하지 않으면서 작업하는 수준은 초자농부인 우리에겐 머나먼 얘기입니다.

나는 오랜만에 벌통들 주변에 가본 셈인데 깜짝 놀랐습니다. 벌통 주변을 배회하며 우리 토종벌들이 모아놓은 꿀을 훔쳐 먹으려는 말벌들이 무척 많았습니다. 우리가 꿀을 따려는 그 벌통 앞에 토종벌에게 잡힌 말벌 한마리가 있더군요. 수 십 마리의 토종벌들이 에워싸서 그 말벌을 꼼짝 못하게 하고 있었습니다. 토종벌은 말벌에 비하면 아주 작습니다. 그 작은 몸이지만 그 거대한 말벌에 대항하여 싸우는 모습을 보니 토종벌들이야말로 용감무쌍 그 자체란 생각이 들었습니다.

남편은 파리채로 말벌들부터 처치하고, 본격적인 벌집 끊어내기에 들어갔습니다. 남편이 벌통을 잡고 내가 철사 줄을 벌집과 벌집 사이에 넣어 벌집 세 개를 끊어내는 각본이었습니다. 처음에는 흙을 끊어내듯이(도자기 만들 때 커다란 흙덩이에서 적당한 양의 흙을 철사 줄로 끊어내거든요.) 쉽게 끊어지겠거니 생각하고 별 힘도 들이지 않고 잡아당겼습니다. 그러니 끊어지지는 않고 벌통만 흔들립니다. 그래 젖 먹던 힘까지 내서 조금씩 철사를 잡아당겨야 했습니다. 와! 힘이 무척 듭니다. 그 작은 토종벌들이 분비한 밀랍으로 만든 육각형의 집들이 이렇게 단단할 줄은 꿈에도 생각을 못했습니다.

맨 꼭대기 세 개의 집을 한꺼번에 끊어냈습니다. 하나하나 따로따로 끊어 내려니 힘이 무척 들고 남아있는 벌통에 영향을 많이 미칠 것 같아 한꺼번에 했습니다. 끊어서 들어보니 끊어낸 집에서도 벌들이 제법 많이 활동을 하고 있네요. 남편과 나는 맨 위라 벌들이 없을 거라 생각했다가 조금 당황했습니다. 벌들이 모아놓은 꿀을 살짝 가져가려다가 들킨 셈입니다. 놀라서 우르르 기어 나오며 왱왱대는 벌들에게 쑥 연기를 피워 맨 밑의 제집으로 들어가게 유도하는데도 시간이 많이 걸립니다. 참으로 쉬운 일이란 없습니다. 벌을 따는 일은 어찌 보면 도둑질인데, 쉬울 리가 없지요. 벌들에게는 미안한 마음을 가지며, 그래도 얼른 맛보고 싶어 그릇에 담아 내려왔습니다.

졸졸 밑으로 흐르는 꿀을 손으로 찍어 맛보니 이런 꿀맛은 처음인 것처럼 맛있습니다. 남편은 아예 벌집 째 먹고 있습니다. 아이들도 손을 쪽쪽 빨며 먹어보다가 아빠처럼 벌집을 아예 입으로 가져갑니다.

• • • • • •

고구마와 가을

며칠 전에 고구마를 캤습니다. 8월 중순부터 햇고구마들이 시장에 나오기에 우리도 캐고 싶은 맘이 굴뚝같았지만, 멧돼지가 파먹고 간 밭을 살짝 파보니 얼마 자라지 않았기에 꾹 참았지요. 그러다 남편이 추석기념(?)으로 한 뿌리 캐어보더니 큼직한 고구마들이 한 뿌리에 다섯 개나 달렸으니 수확을 해도 되겠다고 합니다.

고구마를 캘 때 중요한 일은 고구마가 상처를 입지 않도록 파야합니다. 상처를 입은 곳부터 썩어 들어가기 때문이지요. 도시에서 살 때 고구마를 몇 번 심어본적이 있는데, 캘 때마다 너무 흥분(?)해서 호미로 마구 땅을 파헤치다 고구마들이 뚝뚝 잘려나가고 상처를 입어 나중에는 그곳에서부터 썩어 들어가더군요. 그래서 이번에는 아이들에게도 신신당부를 하였습니다. 호미를 마구 휘두르지 말도록.

아이들이 고구마가 있는 위치를 찾아내 호미와 손으로 살살 흙을 들춰내면, 남편이 삽을 흙속에 깊이 묻어 흙더미가 움직이게 하여, 하나하나 고구마를 빼내었습니다. 남편은 "우리가 고고 유물 발굴학자가 된 것 같아."라고 합니다. 고구마를 상처 없이 땅속에서 파내는 일과 땅 속에 파묻힌 오래된 유물들을 발굴해내는 일. 두 일이 오버랩 되면서 우리가 파내는 이 고구마들이 아주 귀한 유물이란 묘한 착각에 빠져들었습니다.

두 고랑을 쉬엄쉬엄 캐내는데 근 하루 반나절이 걸렸습니다. 캔 고구마를 한 곳에 모아놓고 보니 마음 한 구석이 뿌듯해지면서 풍요로움이 느껴집니다. 이런 맛에 농부들은 근근이 시골에서의 삶을 이어가나 봅니다. 금전이 억만금 내 옆에 쌓여 있다한들 결코 느낄 수 없는 풍요로움입니다.

시골에서 맞이하는 첫 가을, 눈을 옆으로 조금만 돌려도 풍요로움이 느껴지는 계절입니다. 남편과 아이들은 아침 산책을 나갔다가 주머니가 불룩해져서 돌아옵니다. 산길과 들길에 떨어진 밤들을 주머니에 가득 주워가지고 돌아옵니다. 막 떨어진 밤을 삶아서 먹으니 고소한 맛이 일품입니다.

시골 가을 풍경하면 빠질 수 없는 것이 또 하나 있지요. 주홍빛 열매를 주렁주렁 매달고 있는 감나무입니다. 우리 마을에도 이 감나무가 많이 있습니다. 물론 주인이 다 있지만 마을 할머니 할아버지들께서는 굳이 감을 따려고 안합니다. 남편은 며칠 전부터 감 따는 기구를 만들어 열심히 감을 따옵니다. 나무에서 그냥 연시가 된 감들을 냉동실에 넣었다가 살짝 얼려서 먹으니 그것 또한 도시에서는 맛볼 수 없는 맛입니다. 조금 딱딱한 감들은 껍질을 깎아 곶감을 만들어볼 요량으로 매달아두었더니, 거기서도 가을의 풍요로움이 느껴지네요.

우리 밭에는 두 그루의 호두나무가 있습니다. 먼저 땅 주인이 심어 둔 나무인데, 정작 심은 주인은 호두 맛을 본적이 없다고 합니다. 작은 나무라 열매가 많이 열리지 않는데다. 청설모와 다람쥐가 모두 수확(?)해 간다고 하더군요. 우리는 그 수확자들을 따돌리기 위해 호두의 겉껍질이 미처 마르기도 전에 미리 열매를 따내는 지혜를 발휘했지요. 호두는 나무에 매달려 있을 때에는 딱딱한 겉껍질에 싸여있어 그 껍질이 마를 때 쯤 기다란 나무막대기로 호두나무를 툭툭 쳐서 호두가 땅에 떨어지면 주워 담아 수확을 합니다. 겉껍질이 마르지 않은 호두를 따니 강제로 껍질을 벗겨 내야하는 번거로움이 있지만, 자연의 수확자들은 확실히 따돌렸습니다.

이렇게 이런저런 가을 열매들을 거두다보니, 다람쥐가 겨울을 나기

위해 식량을 저장해두면서 얻는 단순하면서도 가장 기본적인 풍요로움
이 뭔지 알 거 같습니다.

· · · · · ·

콩 수확과 새

콩은 심기보다 거두기가 더욱 힘듭니다. 쓰러져 가는 콩 줄
기를 뿌리 채 뽑아내서 말린다고 하다가 아예 한 달 째 방치를 한 셈이
니 콩들이 벌레를 먹고 썩고 하여 뿌린 만큼 거두지를 못했습니다. 우
리 부부와 같이 어설픈 농사꾼에게는 '뿌린 만큼 거두리라'는 말이 무
색한 말이 되어버렸지요.

그래도 며칠째 조금씩 먹을 만한 콩들을 골라내고 있습니다. 조금이
라도 더 건져 밥에 넣어 먹을 걸 생각하면서 쪼그리고 앉아 한 알 한
알 그야말로 건져내고 있지요. 좀 더 빨리 타작을 해야 하는 건데…

하지만 이 일이 그리 고되지는 않습니다. 동그랗고 까만 콩과 노란 콩
들이 대나무 채반에서 조금씩 쌓여 가는 걸 보고 있으면 시간가는 줄
모르겠습니다.

우리 집 개들도 주인이 무얼 하는지 궁금해 하며 옆에 와서 알짱댑니
다. 래시와 코시는 생콩을 잘도 먹습니다. 땅에 떨어진 콩에 관심을 보
이기에 한 알 집어서 입에 대주니 날름날름 잘도 받아먹네요. 개들도
콩이 단백질 음식인줄 아나봅니다.

콩을 고른다고 마당에 앉아 있으니 새들이 날아다니고 나무에 앉아

서 뭐라 뭐라 지저귑니다. 늦가을 요즘 다시 새들이 눈에 많이 보이고, 지저귐도 한결 많아졌습니다. 새들도 이런저런 겨울준비를 한다고 바쁜 것일까요? 아주 커다란 까마귀 한마리가 감나무 꼭대기에 앉아 "깍가악 깍가악" 울어댑니다. 이 까마귀는 요즘 이 감나무에 자주 앉아 산쪽을 향해 울어댑니다. 그러다 문득 마당으로 턱 내려앉아 주위를 두리번댑니다. 무언가를 찾는가 봅니다. 이곳에서 그간 겨울을 난 모양인지 낯선 집이 한 채 들어서 있으니 어리둥절한 모양입니다.

"그래 미안하다. 네가 낯설 정도로 너무 큰 둥지를 틀어서. 4명의 인간이 살아가기에 최대한 작게 짓는다고 지었는데 말이다."
"얘들아(래시와 코시) 너네 그만 먹어. 예서 살아온 새들도 좀 먹게 놔두자."

골라내고 남은 콩들은 새들이 자주 내려앉는 마당 한편에 놓아두어야겠습니다. 약간 썩은 콩, 벌레 먹은 콩, 아주 작은 콩들이 조금 많이 나와도 속상해하지 않아도 될 것 같습니다. 새들에게 줄 양이 늘어나니까. 뿌린 만큼 거두지 못함이 오히려 잘되었다는 생각이 드네요. 인간의 게으름을 슬그머니 새들을 핑계로 덮어버리려는 속셈이 보이지만…

· · · · · ·

아직 겨울이지만

며칠 전 비가 왔습니다. 아직 눈이 마르기도 전에 비가 추적 추적 오더니 급기야는 땅에 살얼음이 얼었지요. 남편은 아이들 등교 길에 비탈진 마을 입구에서 차를 들이받고 말았습니다. 다행히 큰 사고는 아니고 차에 조금 보기 흉한 상처가 났네요.

비는 오지만 밤이 되면 기온이 뚝뚝 떨어져 아침과 밤으로는 아직 추운 겨울입니다. 그런데 그 겨울비가 오고 난 다음날 온 마을을 덮고 있던 눈이 거짓말처럼 싹 사라져 버렸습니다.

올 겨울은 유난히 눈이 많은 오는 것 같아 정말 하얀 눈세계에서 살고 있다고 생각하며 텃밭이며 뒷동산, 그리고 멀리 내다보이는 강물 위까지도 점령한 순백의 눈을 집안에서 맘껏 감상하며 지냈었는데… 사실 나는 가급적 집안 창을 통해서 눈세계를 감상했습니다. 아이들은 눈싸움이며 썰매를 탄다고 바깥 눈 세계를 즐겼지만 나는 집을 나가는 순간부터 추워서 금방 들어와 버리곤 했거든요. 아직 쌓여있는 두터운 눈 두께를 보며 '좀 더 즐길 수 있겠지' 여유만만 했는데, 갑자기 눈들이 사라져 버린 겁니다. 내심 서운합니다.

하지만 요즘 햇빛이 비 오기 전과는 너무나 다릅니다. 갈색의 텃밭과, 누리끼리한 지난 가을 추수 끝낸 논, 회색의 나목들도 아직은 모두 겨울입니다. 그러나 햇빛만은 봄볕입니다. 봄이 멀지 않았다는 걸 느끼니 자연히 집 밖으로 나가고 싶어집니다. 아이들은 우리 벌들도 집밖으로 나왔다고 좋아합니다. 벌들도 이제 서서히 생명활동을 다시 시작하려나 봅니다.

모든 생명 활동들이 기대되어 마음까지 설레지만, 마당을 한 바퀴 둘러 보고나니 조금 겁도 납니다. 봄에 해야 될 일들이 마당에서 손길을 기다리고 있기 때문입니다. 그것도 아주 많은 일들이. 마당을 가꾸고, 텃밭에서 먹거리를 길러먹는 일이 그리 녹록한 일이 아니라는 걸 몸으로 알아버렸기에 겁이 납니다. '정원일의 즐거움'이란 헤르만 헤세의 책 제목이 불현듯 생각납니다. 육체적인 노동을 하고나면 정신이 맑아지는 느낌은 있습니다. 그러나 아직 내 몸이 헤세가 말하는 즐거움을 느낄 정도로 노동에 익숙지 않습니다.

헤세는 '정원일의 즐거움'이란 책에서 작은 땅덩어리에 책임을 지고 그 땅덩어리와 교감을 하는데서 얻는 즐거움을 이야기했습니다. 지금은 우리 부부가 책임져야 될 땅덩어리가 왜 이리 커 보이는지요. 땅을 가꾸는 육체적 노동에 익숙해지면 그 땅덩어리가 작아 보일까요? 그러기를 희망할 따름입니다.

그 희망과 더불어 우리는 현실적인 올해 농사 계획을 세웠습니다. 되도록이면 되는 작물을 많이 심어서 조금이라도 환전이 가능하도록 하자고요. 그 되는 작물이란 작년에 심어서 잘 된 "호박 고구마"입니다. 속이 노랗고 퍽퍽하지 않아 먹어본 친구와 친척들이 자꾸 찾더군요.

봄이 멀지 않았습니다. 벌처럼 일을 시작해야 할 시기가 멀지 않았습니다. 올해는 무작정 땅에서 일하는 것이 아닌, '정원일의 즐거움'에 조금 더 다가가고, 그 대가로 우리 가족의 경제에도 보탬이 되는 땅에서의 노동이 되었으면 하는 바램을 가져봅니다.

• • • • • •

마을 할머니 이야기

봄은 마을 사람들의 움직임 속에서도 느낄 수 있습니다. 멀리서 탈탈거리는 경운기 소리에서도 봄은 옵니다. 할마씨들 온힘을 다해 소리치듯 말하는 소리도 봄 바람결에 실려 옵니다.

마을 할머니, 할아버지들은 무언가 잔뜩 넣을 수 있는 앞치마를 두르고 손에는 낫을 들고 들로 산으로 오갑니다. 그냥 마을을 어슬렁거리며 다니시는 것 같으나 지난해에 농사 짓고 나서 정리가 안 된 밭들에 남아있는 덤불들, 비닐들을 모아 처리하기도 하시며, 나물을 채취하러 다니시기도 하는 것으로 그냥 노리개 삼아 다니시는 것이 아닙니다.

2월 중순부터 우리 집 옆 작은 산에서 몇몇 마을 할머니들은 땔나무 해 재어두기에 여념이 없으십니다. 겨울이 끝나 가는데 왜 그리 나무를 많이 하느냐고 여쭤보니 나무가 나왔을 때 해두어야 한답니다. 산에 있는 묘지 주인이 나무를 해도 된다하여 부지런히 한다며, 평생 때도 되겠다며 웃으십니다.

시골의 할머니 할아버지들은 욕심이 많으신 편입니다. 특히나 일 욕심이 많죠. 일을 하지 않고는 자식들 키우고, 밥 먹고 살기 힘들었던 탓에 그 일하는 욕심이 몸에 밴 듯합니다. 도시 살 때도 시골 노인들이 대체로 그렇다고 이해는 하고 있었으나 시골로 내려와 마을의 노인들을 보니 어쩔 때는 '이정도로?' 하고 놀라는 적도 있습니다.

우리 집 위 밭을 일구는 할머니께서는 마을 입구 아래쪽에 사십니다. 이 할머니는 농사짓는 밭이 많아 거의 매일 온 산과 마을로 지게를 짊어지고 다니십니다. 그런데 할머니 연세가 80이 다되어가니 힘에 부치셨는지 밭을 제대로 관리하지 못하십니다. 보통 마을 할머니들이 일구는 밭은 보면 압니다. 잡풀은 거의 안보이고, 깔끔하고 농작물은 얼마나 실하게 자라는지. 그런데 이 할머니 밭들에는 여기 감자 싹이 뭉텅뭉텅 자라고, 저기 열무가 꽃이 피어 나풀대고, 또 한쪽 밭에서는 잡풀이 무성합니다. 처음 할머니 밭을 보며 의아해했습니다. 여기 잡풀 농법을 하시는 분이 살고 계신가 생각도 들었습니다. 실은 잡풀들과 같이 채소를 키우는 농법을 소개한 책들도 더러 있습니다. 그러나 실상 그렇게 하는 농법은 소출이 별로 없기에 마을의 할머니가 힘들고 소작이 없는 농법을 할 리 만무했습니다.

봄부터 여름에는 아침 7시쯤, 겨울에는 오전 9~10시에 래시가 영락없이 짖어댑니다. 할머니께서 위 밭으로 올라가는 시간이기 때문입니다. 비가 제법 오고 눈도 제법 내려서 오늘은 안 올라가시겠지 하는 날에도 할머니는 올라가십니다. 그것도 지게에 거름더미를 가득히 짊어지고.

일 욕심이 많을 수밖에 없고, 그 일이 생의 전부로 자리한 할머니. 그 일을 놓으시면 저승길로 향하는 거란 믿음이 있는 걸까요? 유달리 이 할머니는 잠시를 쉬지 않으십니다. 처음에는 안쓰러웠는데 하도 보니

'그것이 할머니의 삶이겠거니, 일하지 않아 몸 어딘가가 아픈 것보다는 낫겠지.'하는 생각을 하게 되었습니다.

조금 더 배운 우리세대에는 오히려 육체노동을 금기시하려는 경향이 있습니다. 그래서 '3D 업종'이란 말이 생겨나고 갈수록 그런 업종이 느는 것은 아닐까요. 그러나 몸이 망가지고 부러져나갈 정도의 노동이 아니면, 육체적인 노동은 정신적으로도 좋다고 합니다. 땅을 일구면서 땀을 흘려보고 나면 쉽사리 이 말이 이해가 됩니다.

최근에 미국의 저널리스트인 존 마르께제의 책 《프로이드의 오래된 집(Renovations)》을 읽었습니다. 저널리스트이니까 근 20여년을 글쓰기란 일만 하면서 지낸 육체적인 노동하고는 거리가 먼 사람이었죠. 그러나 전원에 자신의 집을 가져보겠다는 일념으로 건설현장에서 평생을 보낸 아버지의 도움을 받아 근 1년 동안 헌집을 새집으로 고치는 고달픈 육체노동을 하게 됩니다. 그는 집을 고치는 일을 하기 전까지 그리고 하면서도 상당기간 아버지와의 이질감 때문에 자신은 문화적 고아란 느낌이었다고 술회합니다.

우리가 처음 이곳 시골에 와서 느끼는 심정이 이런 것이 아니었나 되짚어봅니다. 마을 사람들은 모두 나이 많으신 할머니, 할아버지에다 그럼에도 육체적인 노동을 손에서 놓지 않는 분들. 문명의 이기를 쓰면 그것이 모두 돈으로 계산이 되니, 가급적 필요한 만큼도 쓰지 않으려는 분들. '문화적 고아'란 그 느낌이 정말 적중한 표현이었습니다.

그러나 존 마르께제는 집이 거의 다 완성되어가는 시점에서 아버지와 자신의 어떤 공감대를 느낍니다. 육체적인 노동을 등한시 해온 자신이 이제는 육체적인 노동에 단련이 되어 재구성(Renovation)이 되었던 것이죠. 그러면서 그는 크리스토퍼 래쉬란 사회학자의 말에 깊은 동조를 합니다.

"지식 계급이 삶의 육체적인 면에서 이탈한 것은 치명적이다."

시골에 온 이후 되도록 몸을 놀려 밭일을 하고 화단도 만들고, 풀도 뽑으며 육체적인 노동에 단련되려고 애썼습니다. 그러나 마을의 할머니 할아버지의 노동에 비하면 보잘 것 없음을 잘 압니다. 그들은 평생 존 마르께제의 아버지처럼 육체적인 노동에 단련되어진 삶을 살고 있으니까요.

며칠 전 고구마 순을 내기 위해 싹이 난 고구마를 밭에 묻고 작은 비닐하우스를 만들었습니다. 아들 둘과 비닐을 땅에 묻는 일을 하느라 땀을 흘리고 있는데, 옆 밭의 할머니께서 "뭐 하느기고? 새댁!" 하십니다. 머리를 긁적이며 고구마 순을 낼 거라고 말씀드렸습니다. 할머니 왈, "그라도 새댁이 뭘 할 줄은 아는가베!"

할머니의 그 말이 싫지 않았습니다. '할머니! 고구마 농사는 우리 전문인데!' 하고 말하고 싶었죠. ㅋㅋ 하긴 고구마는 몇 년 전부터 꾸준히 지어온 셈입니다. 도시에서도 작년에도. 조금씩 시골에서의 삶—육체적인 노동을 빼놓고는 생각할 수 없는 삶—에 적응해가고 있습니다. 차츰 그 문화적 고아란 이질감에서도 조금씩 벗어나겠죠.

참 내 나이 마흔인데, 난 여기서 새댁입니다. 그만큼 살아계신 마을 사람들의 평균 연령이 높습니다. 도시에서 놀러온 사람들은 내 얼굴을 보면 "누가 새댁인데?"하며 이해하지 못할 말입니다.

· · · · · ·

감자심기와 야생초

근 일주일을 걸려 감자 한 박스를 심었습니다. 강원도 씨감자를 구해서 눈이 있는 곳을 중심으로 감자를 두세 조각 잘라 심는 일인데 오래 걸린 셈입니다. 집 옆의 텃밭에 15여개의 이랑과 고랑을 내고 비닐을 씌워 씨감자를 땅속에 묻기까지 5일 정도가 소요되었습니다. 더디다는 생각이 들더군요. 아직 강원도에서 사온 씨감자가 1/3박스나 남았고, 이웃 할머님이 심다 남았다고 싹이 오른 감자를 한 아름 주었거든요.

물론 관리기나 경운기 등 일체 농기계의 도움을 받지 않고 했습니다. 당분간 우리는 기계의 도움이 없이 농사를 지으려 합니다. 육체적 노동에 어느 정도 우리 몸을 단련시킬 필요가 있다고 생각하기도 하거니와, 생태주의자들에 의하면 밭을 기계가 갈 경우, 흙속의 지렁이나 미생물들에게 해가 이만저만이 아니라 하네요.

마당에 나가면 이 감자 심는 일말고도 할 일들이 많이 눈에 들어옵니다. 그러나 작물은 그 심는 시기를 놓치면 제대로 열매가 들지 않기에 우선적으로 감자 심기를 끝내야 합니다. 더군다나 겨우내 게으름 부리던 몸뚱어리가 갑자기 심한 노동을 하니 팔을 들어올리기가 힘들고 온몸이 욱신욱신합니다.

그러나 그제는 어쩔 수 없이 남은 씨감자를 마저 심어야하기에 땅을 일구러 위 밭으로 올라갔습니다. 덤불들을 쇠스랑으로 긁어내니, 그 밑에선 봄나물들이 잔치를 벌이고 있네요. 땅을 일구다 도저히 이 맛난 나물들을 뒤집어엎기가 아까워 쇠스랑을 팽개치고 돈 나물, 냉이, 쑥을 캤습니다. 쭈그리고 앉아 느긋이 나물을 캐니 봄볕이 더 따사롭게 느껴집니다. 풀들이 꽃처럼 보입니다. 꽃다지들도 풀인데 어찌 정말 꽃처럼 보이는지…

꽃다지를 보고 있는 순간 어떤 강박관념에서 벗어났다는 생각이 들었습니다. '시골에서 살아가는 일이 농사짓는 일과 뗄 수 없는 삶인데, 그간 책상물림으로 살아온 우리부부가 힘겨운 육체노동을 견뎌낼 수 있을까? 견뎌내야 되지.' 이런 강박관념이 알게 모르게 있었나 봅니다. 그래! 오늘은 좀 쉬자. '열심히 일한 당신, 떠나라'가 아니라 '열심히 일한 나, 좀 느긋이 봄나물 캐도 된다.' 이렇게 혼자 중얼 거리며, 쇠스랑을 내팽개치고 오후 두어 시간동안 봄나물 캐기를 즐겼습니다.

어떻게 보면 좀 게으름을 부렸지만, 그 덕으로 저녁상이 푸짐했습니다. 냉이 된장국에 돈 나물 무침. 아이들도 냉이를 속속 잘도 골라 먹었습니다. 갓 올라온 연한 쑥으로 쑥개떡을 대충 만들어 아침거리로 내니 야호! 이만한 아침식사가 또 어디 있을까 싶네요.

어제 오후 한나절, 위 밭을 마저 일구어 비닐을 씌워 두었다가 오늘 오전 감자를 마저 다 심었습니다. 아래 밭에 감자 심는 일은 5일이 걸렸고, 위 밭은 하루하고 반나절이 걸렸습니다. 아래 밭에 심은 감자가 조금 많았을 뿐인데, 왜 이런 시간 차이가 있나 생각해보니 간단한 원리입니다. 몸뚱어리가 노동에 어느 정도 익숙해졌다는 것과 며칠에 걸려 조금씩 하던 일을 한꺼번에 해내는 끈기가 생긴 겁니다. 감자를 다 심고 나니 남편이 그제서 올라옵니다. 남편은 며칠째 돌담 쌓는 일에 몰두하고 있었거든요. 올라오더니 "어! 벌써 다 심었네." 합니다. "나 이제 농부 다 됐지?" 나머지 일을 이리 빨리 끝내리라고는 생각도 못했는데, 내가 생각해도 신기합니다.

감자를 다 심고 나니 조금 마음과 시간의 여유가 생깁니다. 화단에 꽃씨도 심고, 마당에 토끼풀을 옮겨 심는 일도 하고 농사철의 본격적인 시작은 이 감자 심기에서 비롯되지만 감자를 심고 나면 다음 작물을 심기까지 조금 시간의 여유가 있지요. 그동안은 다음 작물 심을 준비도 해야 하지만, 봄나물을 많이 캐두고 싶습니다. 《야생초 편지》의 저자 황대권씨는 야생초를 뜯어 생으로 먹기도 하고 말려서 차로 즐기기도 했다고 합니다. 그처럼 나도 이 생명력이 끈질긴 봄나물들을 차로 한번 즐겨보자는 생각이 드네요. 저자는 긴 감옥 생활을 야생초 연구와 야생초에 얽힌 사연을 편지로 쓰며 감옥 밖에서 사는 자유인보다도 더 많은 세계를 품고 살지 않았나 생각합니다.

문득, '지구상의 모든 생명체들은 어떤 정해진 감옥에서 사는 것이 아닌가!'란 생각이 들었습니다. 자신의 생명을 이어가는 나름대로의 일상에서 쉽게 벗어나 원할 때, 원하는 곳으로 자유자재로 움직이며 사는 생명체가 얼마나 될까요? 특히 인간은 가정에서, 직장이란 곳에서, 하루하루의 생활에서 벗어나면 더 불안해지기도 하죠. 가끔 세상구경을 위해 여행을 가기도 하지만, 궁극적으로는 자신이 뿌리내린 곳에서 멀리 달아날 수 없는 것이 지구상의 생명체란 생각이 드네요.

어떤 친구들은 내게 묻습니다. "시골구석에서 갑갑하지 않니?" 물론 그럴 때도 있습니다. 시골에서나 도시에서나 일상생활이란 테두리에서 살다보면 갑갑할 때가 있습니다. '그러나 어차피 테두리란 일상이 있는 감옥에서의 삶이라면 그 테두리를 의식하지 말고 사고의 범위를 좀 더 넓히고, 어떤 일에 몰두하면 자유로울 수 있다고 말하고 싶습니다.'《야생초 편지》의 저자처럼 말입니다. 봄나물을 보며 '저 나물로 차를 우려내 마시면 즐겁겠다.'란 생각으로 내 사고의 틀을 좀 더 넓혀 자유로워지고 싶습니다.

‧‧‧‧‧‧

우리 귀촌이야기

휴가철 산 좋고 물 맑은 곳을 찾아다니며 즐거운 시간을 보내다 보면 아예 그 자리에 집을 짓고 살고 싶다는 생각이 불쑥 들 때가 있습니다. 더군다나 그곳이 사람들로 붐비지 않는 숨어있는 명당이라면, 마음속으로 그림 같은 집을 한번 쓱 그려보고는 그곳에 정말로 한번 살아보고 싶다는 생각을 하게 되지요. 그러다 이런 희망의 풍선도 불어 보게 됩니다.

'지금은 직장 때문에, 사업 때문에, 아이들 교육 때문에 안 되지만 여건만 되면 여기 와서 멋지게 집을 짓고 살아봐야지.'

혹 아내가 또는 남편이 시골에 사는 것을 반대하여 그 풍선을 바로 터트리지 않아도 풍선이란 시간이 지나면 바람이 빠져버리게 마련입니다. 희망과 함께. 그리고 다음에 같은 기회가 생기면 또 다시 희망의 풍선을 불어보곤 합니다.

　우리 가족은 지리산을 여행하다 우연한 기회에 지금 살고 있는 집터를 구했습니다. 지리산에 있는 한 식당에서 밥을 먹다가 주변 경관에 끌려 식당 주인에게 혹 주변에 집터 나온 게 없느냐고 물었는데 대답이 '에~ 글쎄요.'였습니다. 그런데 식당에서 일하는 아주머니가 우리를 따라 나서더니 자기 마을에 팔려는 땅이 있는데 소개해 주겠다는 것이었습니다. 친절한 아주머니를 따라가 보니 산골 마을 위쪽으로 외딴 곳에 약 600평 되는 산비탈 밭이 있는데, 때는 겨울이라 눈으로 덮인 밭 위에 노루 발자국이 여기저기 많이 보였습니다. 아래로 강이 보이고 뒤로는 지리산이 첩첩이 버티고 있는데, 괜찮은 것 같아 살 요량으로 땅 주인을 만나게 해달라고 부탁하니 아주머니는 땅 주인에 대해서는 말해 주지 않고 가격부터 ○천만 원 이라고 귀띔해 주었습니다. 다음에 돈을 준비해서 계약을 하고 싶은데 싸게 살 수 있도록 도와주면 도와준 만큼 반드시 사례를 하겠다고 당부하고 일단 올라갔습니다. 그리고 얼마 후 결심을 하고 내려와 계약을 했는데, 나는 그 아주머니에게 사례를 전혀 하지 않았습니다. 아주머니가 소개한 땅은 자기 땅이었고 귀띔한 가격을 전부 받아내었기 때문입니다.

　요즘도 지리산 일대에서 집을 지을만한 땅은 평당 ○만원 내외면 구입이 가능합니다.(2002년 기준) 시골에는 대체로 천 평, 이 천 평씩 나와 있는 땅들이 많습니다. 논밭이나 임야는 대체로 평수가 크게 나눠

져 있는데, 집터를 구하기 위해 이렇게 큰 땅이 필요하지는 않으므로 될 수 있는 대로 500평 이내의 땅을 찾는 것이 바람직합니다. 땅을 더 많이 구입해서 활용하고 싶으면 일단 이사 와서 살아가며 구입하면 더 좋은 가격에 구입이 가능합니다. 그리고 현재 시골은 고령 사회라 노동 력이 부족해 부치지 못하는 논밭이 많이 남아도는 실정입니다. 나도 이 사 온 지난해에는 300평 정도의 우리 밭만 지었는데, 금년에는 밭이 500평 늘고 천 평이 넘는 밤나무 밭도 짓게 되었습니다. 모두 힘이 부 쳐 농사를 줄이려는 이웃의 부탁으로 저절로 늘어난 것입니다.

집터를 구해 놓고도 실제로 내려와서 집을 짓는 데는 5년이 걸렸습니 다. 그동안에도 날려버리고 터트려 버린 풍선이 셀 수 없을 정도로 많 았는데, 휴가 때마다 사놓은 터에 와서 정을 붙이다보니 드디어 30평 짜리 집을 짓게 되었지요. 대체로 집터는 남향이라야 된다고 말하는데 우리 집은 북쪽을 바라보며 비탈진 산기슭에 서 있습니다. 그런데 실제 로 살아보니 북쪽으로 비탈진 산에 있는 집들이 여름 태풍으로부터 농 작물 등의 피해가 적더군요. 일조량은 남향보다 겨울에는 최대한 1시간 정도 적지만 동쪽과 남쪽으로 창을 넉넉하게 내니 한겨울에도 집이 따 뜻합니다.

지리산 기슭에서 집을 짓고 보낸 첫해는 자연과 함께 하는 즐거운 나 날들이었습니다. 이웃의 권유로 시작한 토종벌 농사를 짓고, 야채 등 밭에서 나는 먹거리는 직접 지어 먹었습니다. 한여름에 밭에서 따 먹은 수박은 여태까지 먹어본 수박 중 당도가 가장 높았고, 가을에 수확한 속이 노란 호박고구마를 먹어본 친지들은 이구동성으로 좀 사갈 수 없느냐는 것이었습니다. 봄에 지천으로 나는 취나물, 고사리, 머위 등 나물은 도시에서 사 먹던 나물과는 비교가 되지 않을 정도로 맛이 있었고, 가을에 지천으로 열리는 감으로 만든 곶감은 아직도 우리 아이들의 훌륭한 간식거리가 되고 있습니다. 우리 마을에는 커다란 살구나무, 감나무들이 많은데 잘 익은 열매가 주렁주렁 열려도 따는 사람이 별로 없습니다. 모두 노인네들이라 높은 가지에 있는 열매를 따기에 힘이 부치는 것이지요. 아이들이랑 마당 옆 작은 골짜기에서 가재도 잡고, 여름 밤이면 반딧불이도 보고, 겨울에도 소나무를 툭툭툭툭 치는 딱따구리 소리를 들으며 한 해를 보냈습니다.

귀농을 생각하는 사람들의 가장 큰 기쁨은 풍요로운 자연의 혜택에 대한 기대이지만 생계라는 현실적인 고민이 있습니다. 도시에서는 직장에 다니거나 개인 사업을 하면 되지만, 농사를 지어 본 적이 없는 사람이 과연 시골에서 살 수 있을까 하는 고민이 있었습니다. 하지만 찾아보면 시골에서 꼭 농사를 짓지 않고도 살아갈 수 있는 길이 많이 있습니다.

우리보다 먼저 귀농한 인근 젊은 사람들을 보면 다양한 방법으로 잘 살아가고 있거든요. 어떤 친구는 전통 된장을 만들어 인터넷으로 판매하고, 어떤 친구는 토종벌을 칩니다. 또 어떤 친구는 컴퓨터로 증권과 관련된 일을 하고, 어떤 친구는 배 농사를 짓습니다. 우리도 자연의 혜택을 도시인들과 나눈다는 취지로 '쉐어그린(sharegreen.co.kr)'이라는 홈페이지를 만들어 생산품을 팔고 있습니다. 이제는 이런 시골 오지까지 초고속망이 들어와 인터넷으로 생산물을 판매 할 수가 있게 되었지요. 시골과 도시의 거리가 많이 좁혀진 겁니다.

작년 이맘때 이곳 산골마을에 살겠다고 내려왔을 때 이웃 사람들은 모두 의아한 표정이었습니다.

"이런데 뭐 하러 왔어? 아이나 다 키우고 오지?"

우리 가족이 이곳에서 무엇을 해서 먹고 살지 마을 사람들은 무척 염려가 되는 모양이었습니다. 심지어는 면사무소에 볼 일이 있어 가도, "이런 오지에 뭐 하러 왔심니꺼?" 궁금해서 죽겠다는 듯 히죽 웃으며 물어 보곤 했습니다. 돌이켜 생각해보면 이곳에 '뭐 하러 오기' 전까지 답답한 도시에서 그동안 어떻게 꿋꿋이 살아왔는지 나도 정말 궁금합니다. (사실 우리는 귀농이란 표현이 어색하여 잘 쓰지 않습니다. 귀농이란 '농촌으로 돌아와 농사를 다시 짓는다.'는 의미인데, 우리는 농촌에서 살아보지 않았기에 그냥 시골로 들어온다는 의미가 강한 귀촌이란 표현이 더 적절한듯합니다.)

· · · · · ·

감자에 싹이 났습니다

감자 심은 지 보름 만에 파란 싹이 올라왔습니다. 심고 나서는 "싹이 올라 왔을까? 안 올라 왔을까?"하며 하루에도 여러 번 감자 심은 이랑을 들여다보았는데, 그러다 지쳐서 "어련히 나올까."하며 조바심을 버렸습니다.

그제 비가 오고 어제는 화창한 그야말로 봄 날씨이기에, 그동안 심은 작물들을 한 번씩 들여다보았습니다. 제일 먼저 싹이 오른 시금치는 잎이 둥근 듯 세모난 형태로 자라고 있고, 상추와 부추는 싹눈이 조금 보이고, 고구마 순은 새벽 추위에 까무러쳐 있더니 그래도 자줏빛 새순들이 많이 올라와 있습니다. 배추, 당근, 쑥갓, 도라지는 싹 오를 기미가 안보입니다. 비가 한 번 더 오고나면 싹이 나오리라 예상합니다. 그래서 봄에 오는 비는 싹 틔우는 거름이란 말을 증명해주겠죠.

제일 반가운건 군데군데 진녹색으로 하얀 솜털이 있는 감자 싹입니다. 겨우내 게으름 부리던 몸뚱어리를 움직이게 만든 올해의 첫 작물이니 더 반가운 겁니다. 감자에 싹이 나올 정도이니 이젠 봄의 한 가운데 들어와 있습니다. 마을에는 연분홍빛 살구꽃과 하얀 벚꽃이 한 폭의 수채화를 연상시킵니다. 마을에서 시선을 산 쪽으로 돌리면 진달래가 울긋불긋 산을 수놓고 있고 하얀 조팝나무 꽃도 개화하기 시작했고요.

시선을 아래로 돌려 땅에 가까이 대면 작은 꽃들이 흐드러지게 피어 있음을 발견하게 됩니다. 봄에 피는 잘디잔 야생초 꽃들이 온 땅을 덮고 있어 땅을 밟기가 조심스러울 지경입니다. 더군다나 이 잘디잔 야생화를 토종벌들이 더 좋아한다고 하네요. 그래서 고구마를 심기로 한 위밭 중 벌들이 놓여있는 땅은 나중에 일구기로 하였습니다.

점점 겨울의 잔재인 거무스름한 덤풀숲이 사라져가고, 그 자리를 연초록의 새순들이 차지해가고 있습니다. 특히 늦가을부터 겨우내 뻣정다리처럼 서있던 회색의 두릅나무들에서 순이 오르고 있습니다. 두릅나무 새순을 보니 침이 꿀꺽 넘어가네요. 끓는 물에 데쳐서 초고추장에 찍어먹는 맛이라니…

봄이 되니, 먹는 얘기를 많이 하게 됩니다. 냉이 된장국, 쑥개떡, 머구 나물, 돌나물 무침, 두릅 등등 못살던 시절, 지금 이 맘 때가 춘궁기였지요. 이 배고픈 춘궁기를 이기기 위해 우리

길쭉하게 생긴 것,
물고기 모양들은
둘째 한무가 창작활동을
한 것들입니다.
굽고 나서 본인이 만들어서
더 맛있다고 다 먹더군요.

선조들은 산과 들에 지천으로 난 야생초와 새순들을 먹거리화 했을 거란 생각이 듭니다. 그 덕에 후손들은 풍요로운 봄의 먹거리 문화를 즐기고 있다고 해야 할까요.

시골에서 맞는 봄은 눈도 즐겁거니와, 입도 즐겁습니다. 쉬운 쑥개떡 만들기를 소개해볼까요?

1. 쌀을 불려서 분쇄기로 곱게 가세요.

   (평소에 쌀가루를 준비해 냉동실에 넣어두면 좋습니다.)

2. 쑥을 삶아서 분쇄기로 갈아둡니다.

3. 쌀가루에 갈아둔 쑥을 넣고 반죽을 만듭니다.

   (약간의 소금과 적당량의 설탕 넣는 것 잊지 마세요.)

4. 둥글납작하게 빚어서 찜 솥에 쪄냅니다.

(쪄내는 대신 프라이팬에 버터를 살짝 둘러 익혀 내거나, 오븐에 구워내면 쑥개떡 버터구이가 되거든요. 남편이 쑥개떡 버터구이야말로 훌륭한 퓨전요리라고 추켜세워 주네요. ㅎㅎ 이 맛을 일 년 내내 즐기기 위해 요즘 우리는 시간나면 쑥을 뜯으러 다닙니다.)

· · · · · ·

은사시나무와 묘목

한 이틀 봄비가 오더니, 마을과 산과 들에 온갖 나무들의 푸르스름한 싹에 초록물이 흠뻑 들기 시작했습니다. 비가 오는 듯, 안 오는 듯 오기에 마당에 나가 섰습니다. 연초록빛 옷을 입기 시작한 집 앞 둔덕의 은사시 나무가 바람결에 스스스 소리를 내며 반깁니다. 겨우내 우중충한 색으로 비비 꼬인 가지들을 허공에 늘어뜨리고 있어 겨울 스산함을 더하던 감나무도 '나도 이제 생명활동을 활발히 하여 계절에 어울리는 나무가 될 거야.'란 예감을 안깁니다. 멀리 시선을 두니 항상 푸른 자태로 서있던 사방의 봉우리들이 한 발짝 가까이 다가선 느낌입니다. 그것도 하얀 안개를 뿜어내면서…

비만 오면 이곳의 산들은 하얗디하얀 안개를 발산합니다. 그런 산들에 둘러싸인 채 있다 보면 여기가 현실세계가 아니란 생각이 들 때가 있습니다. 비 오는 날이 많아 그런 풍경쯤은 이제 우리의 한 일상이라고 치부할 수도 있지만, 볼 때마다 어떤 경이로움을 안깁니다. 결코 지루함을 안기지 않는 나무와 산들이 조금씩 봄과 여름이란 계절에 힘입어 우리 인간들에게 가까이 다가오고 있습니다.

　시골로 이사 오기 전, 우리 부부는 이런 저런 나무 심을 꿈에 부풀어 있었습니다. 풍성한 열매를 안겨주는 유실수를 많이 심자고 누차 얘기하며 군침까지 흘리곤 했거든요. 나무에서 빨간 사과를 바로 따서 먹는 즐거움, 시원한 배, 키 작은 덩굴나무에서 따내는 포도송이 등. 물론 꽃만 보기 위해 심은 배롱나무, 수수꽃다리, 철쭉, 벚나무, 목련 등 지금은 일일이 헤아리기가 어렵지만 심은 나무들이 꽤 많습니다.

　그런데 그렇게 많이 심었건만 웬일인지 나무 심은 티가 별로 안 나는 겁니다. 대부분 1~2년생 묘목을 심었기 때문인데 묘목이 눈에 잘 안 띄고, 잘못 건드려 부러지는 경우까지 생깁니다. 그래서 눈에 잘 띄도록 색깔 있는 리본을 묘목에 매어두기까지 했거든요.

　집을 짓기 전 나무 심는 것에 대해 마을 어른들이 한마디씩 하더군요.

　"그 나무는 이름이 뭐당가? 지천으로 나무이구만 고런 요상한 나무는 심어 뭐할라꼬. 산에 대니다 보면, 두릅나무 보이걸랑 그놈이나 심어. 봄에 나물이나 먹게. 참, 그리고, 저 멀쑥 키만 큰 나무는 베어버리라고."

　"예? 저 은사시 나무 말이세요? 우린 저 나무 너무 멋있는데…"

　"멋은 무슨 멋이랑가. 아무짝에도 쓸모없는 나무라. 괜히 잎세기 떨어지면 지저분만하고…"

　"그래도 저 큰 나무를 잘라내면, 저런 나무를 어느 세월에 키워요?"

　"하나도 쓸잘때기 없는 나무이구마…"

우리 집 앞 둔덕에 키 크고 올곧게 자라는 은사시 나무가 예닐곱 그루 있습니다. 봄에 연한 잎들이 약한 바람에도 춤을 추듯 일제히 살랑대 스스스 소리가 들립니다. 여름에는 잎들이 제법 커져 사사사 소리에 비가 오는가 착각할 때도 있습니다. 집 앞쪽에 이런 나무가 있어 집이 아늑해서 좋다고 여기고 있는데, 우리가 작년 집을 짓기 시작하자 마을 어른들이 이 나무들을 베어버리라고 다들 올라와서 한마디씩 했습니다. 그래도 우리는 베지 않고 꿋꿋이 버텼습니다. 지금 이 은사시 나무에도 싹이 올랐습니다. 봄이 되니 이 은사시 나무의 싹들이 은근히 기다려졌습니다. 우리가 시골로 오기 전, 이 나무들이 받았을 박해(?)를 생각하니 어서어서 싹을 내 멋진 자태로 한 계절을 풍미하라고 응원하고 싶습니다.

우리가 심은 묘목들에 비하면 이 은사시 나무는 값어치가 몇 십 배는 됩니다. 물론 우리 시각에서이지요. 가느다란 묘목들을 보면 이 나무들이 언제 커서 저 은사시 나무가 만들어 내는 그늘이나 멋진 자태를 낼 수 있을까? 그러려면 인간이 잘 돌봐주어야 하는데, 안타깝게도 심은 묘목들 중 여러 그루가 죽었습니다. 물길이 있는 곳에 심었거나, 개들과 사람들이 지나다니다, 모르고 밟았거나, 어떤 이유인지는 모르지만 아무튼 죽은 묘목들이 많이 눈에 띕니다.

또 맛난 과일들을 먹기 위해서는 거름과 약치는 일은 필수라 합니다. 사과 농원을 하는 사람들에게 어떻게 해야 맛난 사과를 거둘 수 있는가를 물어 본 적이 여러 번 있는데, 그 때마다 우리가 들은 대답은 "먹을 생각일랑 아예 하도 마소."였습니다. 일주일이 멀다하고 약 쳐야 하고, 거름을 날라 뿌려 주어야하는 일을 겨우 다섯 그루 키우자고 그 짓을 하겠냐는 겁니다. 농원에 있는 나무 한 그루에 주렁주렁 사과가 열린 것을 보았을 때, 남편 왈 "야! 우리 사과나무 네그루(한그루는 죽었습니다.)에서 저만큼 열리면, 사과 일 년 내내 실컷 먹겠다." 그 희망이 갈수록 작아져 요즘은 '꽃이나 보며 즐거워하자'로 바뀌었습니다.

시골에서의 생활 내지는 전원에서의 삶에서 나무를 빼놓을 수는 없요. 그런데 안타깝게도 나무 밑이나 밭두렁 논두렁을 지나다보면 항상 쓰레기를 보게 됩니다. 특히나 페트병, 깡통이나 심지어 농약병등도 예서제서 굴러다닙니다. 누가 이런 쓰레기를 함부로 버릴까? 놀러온 행락객들이 그런 짓을 하는 건 아닐까? 유심히 관찰해본 결과 마을 안쪽의 산과 논밭 특히나 큰 나무 밑에 묻혀있는 쓰레기는 마을 사람들이 버린 것이요, 길가에 쓰레기는 농로 포장하던 사람들이 버린 것이요, 마을 앞 강가에 있는 쓰레기는 행락객이 버린 것이란 결론이 내려집니다.

마을 할머니와 얘기하다보니 그 페트병과 깡통, 비닐 등이 보기에도 흉하고, 환경오염이 된다는 생각을 가지고 있지 않습니다. TV를 가장 많이 보시고 계신 연령층인데, TV 뉴스에서 그리 떠들어대던 환경오염 문제를 못 들었던 것일까요?

밤나무에 거름을 주다가 농약병과 페트병들을 주워오는 내게 마을의 한 할머님이 "그건 뭐하게 주워와. 아구 참, 그냥 버려."하시기에, "할머니! 이건 환경을 오염시키는 거예요. 보기에도 흉하잖아요."했습니다. 그래도 할머니는 나의 행동을 이해 못하시는 눈치였습니다.

계절이 여름으로 향하면서 푸른 초록들이 이런 쓰레기를 점차 덮어

버려 눈에 덜 띄겠지만, 마음 한구석이 쓰립니다. 눈을 들면 저 아름다운 산과 들, 나무, 강줄기가 빗물에 더욱 선명히 푸른빛을 내고 있지만… 가끔 나는 마당에 서서 바라보이는 풍경에서 정지용 시인의 '향수'를 떠올립니다. 빗물에 젖어 은빛 반사를 보낼 때는 더욱 그의 시가 그립습니다.

"넓은 벌 동쪽 끝으로 옛이야기 지줄대는 실개천이 휘돌아 나가고, 얼룩 베기 황소가 해설피 금빛 게으른 울음을 우는 곳, 그 곳이 참하 꿈엔들 잊힐 리야."

• • • • • •

이 나이에 웬 모험

개구리 소리가 닫은 창문을 뚫고 간간히 들려옵니다. 작년 6월초 이 집을 짓고 들어왔을 때는 온 세상이 개구리 소리로 들끓었는데, 그 때는 마치 그 소리가 우리 입주를 축하해 주는 듯 근사하게 들렸었습니다.

간간히 들리는 개구리 소리는 이제 봄이 무르익어 여름으로 가고 있는 소리입니다. 벌거벗은 나무는 아예 사라지고 초여름 꽃들이 서서히 피어나고 있습니다. 라일락 향과 색이 비슷한 연 보라 빛 오동나무 꽃이 산위에서 우리 집을 내려 보고 있고 아카시아꽃은 산 예서제서 피어 초록을 순하게 만들고 있습니다. 묘한 냄새를 풍기는 밤꽃은 개구리 소리가 온 밤을 흔들어 깨울 즘이면 만개할 터이고…

초여름으로 쑥 들어간 오늘 오후, 남편과 함께 우리 집을 둘러싸고 있는 뒷산을 우리도 쑥 들어가 봤습니다. 우연히, 또는 우리의 엉뚱한 의지의 발로였을까요?

살면서도 '저 뒤쪽으로 산을 넘어가면 어디가 나올까? 이곳에 사는데 본격적인 여름이 오기 전에 한번쯤은 순례(?)를 해봐야 할 텐데'하고 생각한 적도 여러 번 있었습니다. 또, 어느 메에서 할머니들은 봄나물들을 해오는지 궁금하기도 했고요. 사실 우리 집을 둘러싸고 있는 뒷산은 결코 높은 산이 아닙니다. 그러나 사람의 발길이 잦지 않아 사람 다니는 길이 뚜렷치 않은데다, 키 작은 잡목과 가시넝쿨로 뒤덮여 있어 접근하기가 쉬운 일이 아니었습니다. (이렇다는 것도 오늘에서야 온 몸으로 깨달았지만…)

일요일 오후, 아이들은 주중에 못한 컴퓨터 게임에 몰두하고 우리 부부는 고사리도 캘 겸 산책을 한다고 집을 나섰습니다. 항상 다니는 산책길에서 얼핏 설핏 보이는 고사리를 캐며 있자니, 마을 돌진기댁 할머니께서 작년 수해로 무너진 무덤위로 올라가 그 뒤로 가면 고사리 밭이라고 넌지시 일러주시지 않겠어요. 솔직히 봉다리 하나 달랑 들고, 장갑도 안 끼고, 낫도 없이 풀과 넝쿨이 우거진 산을 올라갈 마음이 없었습니다. 남편이 조금만 올라가 보자고 하고, 올라가다 보니 오동통한 고사리가 자꾸 보이고 해서 에라 내친 김에 이쪽으로 가면 어디가 나올까하는 궁금증이 발해서 산등성이를 넘어가는 쪽을 택했습니다. 난 은근히 겁이 났지만 남편은 산이 높지 않고 방향이 분명하니 길 잃어버릴 염려는 없다고 자신합니다. 아마 운암(우리 마을에서 오른쪽 방향으로 더 깊숙이 들어간 마을) 방향이 나올 거라고 예측까지 해가며…

산 중간까지는 키 큰 솔숲이고, 잡목이나 가시넝쿨이 없어서 운신하기에 어려움이 없이 콧노래까지 흥얼거리고, 솔향까지 맡으며 내려왔습니다. 간혹 고사리가 눈에 띠면 횡재한 기분으로 꺾어 넣으며 마을에서는 못 보았던 넝쿨식물의 커다란 흰 야생화도 감상하며… 그러다 할머님이 한 광주리씩 해오는 고사리가 무더기로 있는 밭은 발견도 못하고, 길은 고사하고 운신하기조차 어려운 잡목숲 속으로 그만 들어가 버리고 말았습니다. 앉은뱅이 자세로 넝쿨을 헤쳐 지나고, 졸졸 흐르는 물길을 따라 걷다가 삼면이 온통 빽빽한 가시넝쿨로 가려져 그야말로 온 길로 돌아갈 수 없다면 사면초가. 힘들게 위로 다시 올라가 온 길로 돌아갈 수도 없기에 남편이 용기를 내어 넝쿨 숲을 우지끈 밟아 겨우 한 발짝씩 몸을 비비 틀며 그 넝쿨 숲을 겨우 벗어났습니다.

한숨을 쉬며 눈을 드는 순간, 우리는 그만 소리를 지르고 말았습니다. 두 세평 남짓한 고사리 밭이 우리를 기다리고 있지 않겠습니까. 그것도 굵기가 아기 엄지 손가락만하고 키는 30~60㎝나 되는 최상품의 고사리 순들이. 우리는 내려갈 걱정은 제쳐두고 반사적으로 고사리를 훑어서 봉다리에 넣었습니다. 한 20여분동안 그곳을 샅샅이 뒤지며 봉다리를 가득 채우고 나서야 내려갈 틈이 있나 주위를 둘러보았지요. 다행히 한 가시넝쿨을 지나고 나니 숲에서 벗어난 습지였습니다. 그 아래로는 길도 보였습니다.

길로 접어드니 목이 타네요. 등줄기는 땀으로 흥건하고…
3시간을 산에서 헤매고 다녔으니…

쯧쯧, 이 나이에 웬 모험…

바람이 솔솔 불어와 땀을 식히며 지나가니,

그제서 고사리 봉지의 무게가 느껴지고,

초록의 깊은 빛을 품기 시작한 산이 눈에 들어왔습니다.

잠시 어린 아이가 되어 모험을 즐긴 듯,

몸은 힘들어도 마음은 산뜻했습니다.

· · · · · ·

산딸오잼을 아시나요?

며칠 전 산딸오잼을 만들었습니다. 산딸오잼이 뭐냐고요? 산딸기와 밭딸기와 오디를 넣어 만든 잼입니다. 어려서 산딸기 맛을 보지 않은 사람은 드물지요. 나처럼 중년일 경우 말입니다. 그 때 산딸기의 시큼한 맛과 앙증맞게 생긴 모양을 살면서 내내 잊고 있었습니다. 어려서는 도시에도 산딸기가 집 주변에 꽤 있었다는 기억입니다. 차츰 어른이 되어가면서 그 산딸기를 만날 기회도 별로 없고, 문명생활을 좇아 살다보니 어쩌다 만나는 산딸기도 별로 신통해 보이지 않았지요.

작년에 우리 집 주변 땅들을 돌보기 시작하면서 산딸기가 지천에 있다는 걸 알았습니다. 그걸 알았을 때, '역시 여기는 시골이구나'란 생각과 유년시절의 그 시큼한 맛과 빨간 동그란 모양이 생각나 가슴이 약간 벅차기도 했습니다. 마치 유년의 기억을 먹으면 그 시절로 돌아갈 것만 같았습니다.

그러나 그 기분도 잠깐이었습니다. 아이들과 함께 따온 산딸기가 풍요로움에 길들여진 호사한 입맛을 가진 요즘 아이들에게 별 인기가 없고, 나 또한 그 시큼한 맛이 당길 나이가 아니지요. 한 바가지 따온 산딸기를 제대로 먹지도 못하고 버렸습니다.

우리 마을엔 뽕나무도 지천입니다. 도시내기인 난 그 흔히 회자되는 뽕나무가 시골에 내려오기 전에는 어찌 생겼는지도 사실 몰랐습니다. 시골 내려온 지 얼마 안됐을 때, 우리 땅 전 주인아주머니가 하루는 우리 텃밭으로 오시더니, "예 밑으로 있는 나무들이 거진 뽕나무여. 요즘 몸이 부어서. 뽕나무 순이 나오기 전에 내무가지(나뭇가지) 잘라다가 푹 고아먹으면 좋아. 다이어트에도 아주 좋아. 내 좀 잘라갈게."하더라구요.

그 때 처음 뽕나무와 첫 대면을 한 셈입니다. '시골 살면 뽕나무 정도는 알아야지.' 생각에 순이 나오기를 기다려 열심히 이파리들을 보아두었습니다. 그래서 이제는 유명(?)한 뽕나무를 어딜 가도 찾아낼 수 있지요.

뽕나무의 열매가 오디입니다. 이것도 이곳에서 알았지만… 작년에 남편은 이 오디를 잔뜩 주어왔습니다. 까만색에 가까운 진보랏빛 오돌토돌한 오디를 먹어보니 말리면 건포도처럼 비슷하게 되지 않을까하여 말리다가 실패한 경험이 있지만, 그래도 우리 부부는 오디 사냥을 하러 나섰습니다. 익은 오디가 땅에 떨어져 아깝게 버려져 있었습니다. 나무에 매달린 오디는 너무 높이 있어서 따다가 도저히 안 되겠다 싶어 후일을 기약했습니다. 후일이 무슨 얘기냐고요? '다 익어서 땅에 떨어지는 오디가 많으면 그 때 거두러(?) 오자'는 얘기.

못내 아쉬워하면서 돌아서는데 뽕나무 밑 넝쿨에 빨간색의 산딸기가 보였습니다. '어마 산딸기가 벌써 익었네'하며 살짝 넝쿨 속을 들여다보니 동글동글 잘 익어 빨간 산딸기가 주렁주렁 입니다. 물론 잘 먹지는 않겠지만, 참새가 방앗간을 그냥 지나칠 수 있나요. 우리 부부는 열심히 따 모았습니다. 오디 조금과 산딸기 한 바가지정도를 사냥해서 집으로 돌아오며 남편과 약간의 토론(?)을 했습니다.

"이걸로 무얼 할까? 엑기스 내기에는 턱없이 모자라고, 아! 잼을 만들자."

"딸기는 잼을 흔히 만들어 먹는데, 산딸기라고 못 만들어 먹을 이유가 없잖아."

"마침 밭에서 따온 딸기(우리가 흔히 먹는 서양딸기–작년에 10주정도 모종을 심었는데 그게 퍼져 제법 딸기가 나오네요.)가 조금 있어서 다 섞어서 만들면 환상적인 맛이 나오지 않을까?"

이렇게 아이디어를 짜내서 만든 것이 산딸오잼입니다. 산딸기의 씨앗이 입안에서 조금 굴러다녀도 꿀을 넣어 만든 이 잼을 아이들은 좋아하네요. 사람이 키우지 않고 자연에서 절로 생겨난 먹거리에는 고유의 향이 진하게 베어있다는 걸 새삼 느낍니다.

혹, 산과 들로 소풍 나갔다가 산딸기나 오디를 만나면 옛 추억에만 젖지 마시고 실리를 챙겨서 조금 따오셔요. 그래서 나처럼 특이한 산딸오잼을 만들어보세요. 만들다보면 자연에 조금 더 가까이 손을 내미는 우리를 느낄 수 있습니다.

함양장날 그리고…

　　이곳 함양읍은 2일과 7일이 붙는 날이 장날입니다. 5일장인 셈이지요. 왁자지껄하고 온갖 진기한 물건이 나오는 옛날의 장과는 거리가 좀 있지만, 그래도 이 근방에서 생산되는 먹거리는 철에 따라 풍성하게 나오는 편입니다. 초봄에는 묘목을 파는 나무장수가 자리를 많이 차지하고 그러다 고추, 오이, 호박 토마토 수박 등등 갖가지 모종들이 장을 차지합니다. 초여름인 요즘은 마늘, 양파와 매실이 특산물로 장에 많이 나와 있고, 가을로 접어들면 말린 고추를 비롯하여 가을걷이들이 모인 집합체가 되지요.

　며칠 전 언니가 놀러왔습니다. 도시에서 사는 스트레스를 풀 겸 왔다가 장 구경을 하러 나갔지요. 이곳 함양에서 남원 방향으로 가는 중간에 운봉이라는 곳이 있는데, 그곳이 지대가 높아 고랭지 배추 생산지입니다. 장날에 나가면 이 곳 운봉에서 농사지은 배추와 무를 트럭에 가득 싣고 나오는 중년 부부가 있습니다. 마침 김치가 떨어져 그 부부에게 배추를 5천원어치 샀습니다. 언니 왈, "배추 값이 싸긴 싸도 도시에서는 5천원으로 이만큼은 살 수 없어. 시골살이가 이럴 때는 좋긴 좋네. 배추도 무식하게 크지 않고 맛날 정도로 딱 적당한 크기야."

　그날은 배추 옆에 매실이 가득 든 자루가 있었습니다. 매실을 보니 작년에 매실 엑기스를 조금 담가 여름에 음료수 대용으로 먹다 떨어진 아쉬움이 생각났습니다. 올 해는 넉넉히 담가 인터넷의 이웃들과 친지와도 나누어 먹어야겠다는 생각이 들었습니다. 아주머니 말씀이 설탕보다는 꿀에 잰 매실 꿀 엑기스는 정말 몸에 좋은 약이 된다고 하여, 올해는 꿀을 넣어 땅에 묻은 독에 담갔습니다.

오랜만에 만난 언니와 며칠 수다도 떨고 김치도 담그고, 매실을 꿀에 재며 "내가 지금 시골에서 지기들에게서 떨어져 외롭게 사는 거 맞나?"란 의문이 불현듯 찾아왔습니다. 맞습니다. 맞고요, 시골에서 사니 언니가 찾아와 며칠씩 묵어가는 거지요. 도시에서 살았다면 며칠씩 언니가 묵어가지는 않았을 겁니다. 또, 시골살림에 조금이라도 보탬이 되라고 장보는 값을 대신 내주는 언니의 깊은 속마음도 헤아렸습니다.

시골에 살게 되면서 정말 시골에서 살았으면 하는 희망을 가지고 있는 도시 분들이 참 많다는 것을 알게 되었습니다. 또, 도시에서의 이런저런 사연으로 사는 곳에서 잠시라도 벗어나고플 때가 있지요. 그런 분들에게 우리 둥지가 어쩌면 희망이 될 수도 있겠고, 임시 휴식처가 될 수 있다면, 그것도 나쁘지 않겠죠?

· · · · · ·

개망초꽃이 만발했습니다

개망초꽃이 만발했습니다. 하얀 꽃들이 어슴푸레한 모습으로 무더기로 군데군데 산과 들판을 장식하고 있지요. 경작하지 않아 해묵은 밭에 가면 어김없이 이 개망초 꽃들이 무더기로 피어있습니다.

6월초에 심었던 고구마 순들 중 일부가 자리를 못 잡고 죽어있어 그곳에 새순을 잘라 다시 심으러 어제는 위 밭으로 올라갔습니다. 잘 자라 사방으로 뻗은 고구마 순을 찾으러 밭 여기저기를 다니다 보니 이 개망초들이 흙만 있으면 자라 키가 어른 허리춤에까지 닿을 정도였습니다. 키에 비해 꽃은 작은 편으로 노란 꽃술을 가운데 두고, 하얗고 가는 꽃잎이 둥글게 피어있지요. 아주 귀하다거나 예쁘다거나 하진 않지만, 그래도 향기 나는 꽃인데, 고구마 밭에 있는 꽃들을 뽑아내며 맘이 편하지 않았습니다. 꽃이라도 꺾어다 꽃병에 꽂아둘까? 이런 생각도 들었거든요.

위 밭은 워낙 넓어 벌통을 놓아둔 자리 주변은 경작을 하지 않고 그냥 놔두었는데, 그곳으로 내려가 보니 거기는 그야말로 개망초들의 천국이 아니겠어요! 바람이 불면, 은은한 향기를 내고 흰 꽃들이 흔들리며 더욱 어슴푸레 해져 흰 안개처럼 보였습니다. 잠깐 개망초꽃들의 안개춤을 감상하며 멍하니 서있었지요. 사실 이 개망초꽃은 야생화 축에도 들지 못하나 봅니다. 야생초와 야생화를 다룬 책 속에서 만나본 적이 없거든요. 아주 흔하디 흔한 꽃이기에 그러겠지요. 흔한 이유는 끈질긴 생명력 때문일 거고요.

끈질긴 생명력 하니 엊그제 베어내던 풀이 생각납니다. 집 위 쪽 우리 밭과 옆 밭하고의 경계선에 땅속줄기로 번식하는 키 큰 풀이 있습니다. 이 풀은 뿌리가 아주 질기고 서로 얼기설기 얽혀있어서 뿌리 채 뽑히지 않아 웬만큼 자라나기를 기다렸다가 베어내야 합니다. 여름으로 들어서면서부터 "베어내야지, 그래야 옥수수가 제대로 자랄 텐데… 베어내야지…"하고 작심을 하고 있었지요. 마침내 낮으로 베고 나니 마음 한편은 시원하고, 마음 한편은 좀 찜찜합니다. 기세가 등등해서 작물을 덮칠 것 같아 어쩔 수 없이 베어냈지만, 그대로 자라난다면 가을에는 갈대가 되어 세상사로 각박한 우리 인간의 맘을 흔들어 놓을 수도 있을 터인데…

요즘은 끈질긴 생명력으로 대표되는 풀들이 제 세상 만난 계절입니다. 인간의 편의에 의해 뽑혀지고 베어내지지만 그래도 결코 이 세상을 떠나지 않을 풀들. 지금은 그들을 위해 태양이 정수리를 향해 올라가나 봅니다. 덕분에 인간들도 작물이란 부산물을 얻어 생을 이어가고 있고요. 작은 개망초 꽃내음을 깊이 들이마시고, 뜨거운 풀 내음을 맡으며 어제 밭일을 마감했습니다.

. . . . . .

시골 살면 외모도 시골스러워진다

시골살이는 시간의 속도에 대한 질감이 도시살이와는 다르게 느껴집니다. 도시에선 계절별 특성 없이 그냥 똑같은 속도로 살아가는 세월이었다면 시골에선 특히나 봄부터 가을까지의 하루하루는 강물 흐르듯 합니다. 봄날은 좁은 계곡에 흘러내리는 세찬 물줄기 같고, 여름은 넓어진 하류의 흘러가지 않는 듯 흘러 바다로 가는 물줄기 같습니다. 가을은 다시 좁아진 강물이 이돌 저돌 거쳐 잔거품을 내며 흐르는 물과 같고요. 겨울은 얼어버리는 강물만큼 세월이 잠시 정지한 느낌이 듭니다.

생각해보면 작년 1년의 세월이 너무 짧게만 느껴집니다. 시골살이의 참모습을 보기 전, 자연이 주는 신선함을 마음 가득 안고 살았던 한해였습니다. 벌 키우기, 밭 가꾸기, 화단 꾸미기, 나무심기 등 자연과 동화되는 과정 또한 커다란 즐거움이었습니다.

자연에 눈뜨는데 바빠(?) 또는 게을러서 내 자신의 모습을 가꾸는 일을 등한시 했습니다. 얘기하면 놀라실 분도 있겠지만, 시골 와서 머리하러 미장원에 한 번도 가질 못했습니다. 도시에 살 때도 미장원에는 자주 가는 편이 아니었지만, 내가 이런 얘기를 하면 시골 사는 티를 낸다고 할까봐 친구들에게도 쉬쉬하고 있었는데, 지난 설 연휴에 친정에 가니 둘째 형부가 내심 알아본 것 같더라구요.

세배 드리기 위해 형제들이 일렬로 섰는데, 우연히 둘째 형부 옆에 내가 서있었습니다. 형부 왈 "아구, 난 시골 아줌마 싫여. 내 짝은 어디 가서 섰는감."하는 겁니다. 모두들 깔깔 웃으며, 막내가 어느새 시골 아줌마가 다 되어버렸다고 다들 한마디씩 하네요. 겉으로는 나도 웃어버렸지만, 속으로는 조금 뜨끔 했습니다.

집으로 내려오며, "미장원에 꼭 가야 되겠네."하며 별렀지만, 아직도 가지를 못했습니다. 바쁘다기보다 그냥 흐르는 세월 속에서 살다보니 어찌어찌 미장원에 가지질 않네요.

여름으로 들어서 뜨거운 햇볕을 이고 밭일을 하자니 모자를 쓴다고 써도 얼굴은 검어지고, 기미도 짙어지고 "시골 사니 천상 난 시골 아줌

마지 뭐"하며 이젠 체념을 해버렸습니다. 머리 매무새와 얼굴뿐만이 아니라 옷차림도 자연히 시골스러워집니다. 일이 넘쳐나니 치마 입을 새는 없고, 그냥 일하기 편한 바지와 티셔츠가 최고입니다. 시골이 좋아 시골로 오면서부터 마음은 벌써 시골스러워진 거고, 이리 살다보니 외모도 자연스레 시골스러워지나 봅니다.

여름이 한창인 요즘이 시골서 사는 사람들, 제일 시골스러워지는 때입니다. "무스기 시골스러워! 촌스러운 거지!"라고 할 분들도 있겠지요. 그러나 자존심상 촌스럽다는 표현은 쓰지 않겠습니다. 그냥 몸도 마음도 시골스럽다는 것만은 동의하지요. ㅋㅋ

· · · · · ·

남편은 매일 드라이브 합니다

아이들이 함양읍에 있는 초등학교에 다닙니다. 읍까지는 차로 20~25분 걸리는 거리라 남편이 통학을 맡아 차로 데려다 주고 데려 오고 있습니다. 시골 살이 중 제법 큰 일거리인 셈입니다. 처음엔 통학길이 길다고 느껴졌는데, 요즘은 익숙해져 그리 길게 느껴지지 않습니다. 오히려 시골길을 드라이브하는 마음으로 천천히 풍경을 음미하게 됩니다. 일주일에 한 두어 번은 나도 읍에 나갈 일이 있어 따라 나서는데, 항상 다니던 길이어도 전혀 지루하지 않습니다. 지난 토요일은 도서관에 책을 빌리러 같이 나가다가 "당신은 매일 시골길을 드라이브하네. ㅋㅋ"라고 남편에게 우스갯소리를 했습니다. 사실은 고된 일일 수도 있어 나와 번갈아 했으면 하지만…

  통학 길 차안에서 시선을 멀리 두면 푸르고 거대한 산들이 우릴 그윽
이 바라보고 있습니다. 비라도 오는 날이면 하얀 안개구름들이 하늘로
번지고, 맑은 날은 푸른 산을 살짝 끌어안은 듯 파란 하늘이 차창으로
스쳐갑니다. 길가에 계절마다 다르게 피는 꽃들을 스치듯 감상하는 재
미도 솔솔 있습니다. 봄이 시작되면서부터 늦가을까지 이어지는 개화와
식물들의 변화는 얼굴에 잔잔한 미소를 만들지요.
  그런데 아이들 통학 길에는 심심찮게 동물들도 출현합니다. 봄에는
개구리들이 차도로 나와 톡톡 뛰어다녀 생명들이 움트는 모습을 실감
할 수 있지요. 올 봄에는 우리 마을로 들어가는 도로 입구에서 개구리
를 문 족제비를 우연히 만났습니다. 연한 노란색으로 이제 막 젖을 뗀
새끼 족제비였습니다. 남편은 차의 속도를 늦추고 족제비를 뒤따라 천
천히 조심조심 차를 몰았습니다. 해가 져서 헤드라이트 불빛을 받으며
족제비는 어쩔 줄 몰라 허둥지둥 달아난다는 것이 그만 차 앞으로만 달
려가는 겁니다. 입에는 자신의 힘으로 잡은 첫 먹이처럼 보이는 개구리
를 꼭 물고서… 우리는 "어머머! 귀엽다." 소리를 연방 지르고, "어~어
어~! 왜 얼른 안 숨니?"하며 새끼 족제비의 적을 따돌리는 서툰 모습
을 차 안에서 안타까워했습니다. 그렇게 한 50m를 달아나더니 족제비
는 차도를 벗어나 간신히 사라졌습니다. 둥지를 잘 찾아갔기를 바래봅
니다.

  여름과 가을에는 뜨거워진 차도로 길을 잘못 들어선 뱀들을 간혹 만

납니다. 이 뱀들은 마치 피리 소리에 맞춰 춤추는 코브라처럼 몸을 비비 틀며 머리를 위로 올리고, 유유히 차도를 벗어나려고 하지만 대개는 차바퀴에 깔려버립니다.

며칠 전 저녁 어스름에 우리 가족은 집으로 돌아오다가 커다란 노루를 만났습니다. 산에서도 만나지 못했던 노루를 차도에서 느닷없이 만나니 기가 막혔지요. 어미 노루처럼 보였는데, 가늘고 긴 다리로 순식간에 몇 번 껑충껑충하더니 차도 옆 논으로 건너가는 겁니다. 남편은 놀라 속력을 급히 줄였습니다. 우리 가족은 앞으로 온 몸이 쏠리며 시선은 그 노루를 따라갔지요. "와! 크다. 빠르다."를 연발하며 순식간에 시야에서 사라지는 모습을 아쉬워했습니다.

그런 일이 있은 지 며칠 후, 남편과 아이들은 어미노루를 만났던 같은 장소에서 새끼 노루가 차도를 건너가는 모습을 또 보았다고 합니다. 흑갈색의 귀여운 노루가 폴짝폴짝 뛰어가는데, 어미가 뛰어가는 모습과 그 감흥이 다르다고 남편이 말합니다. "노루들이 다니는 길이 하필 차도라니" 나는 마음이 편치 않았습니다. 그러다 차에 치이면… 로드킬에 대한 걱정도 있지만, 길에서 만나는 자연과 대부분 동물들이 자칫 지루할 수 있는 통학 길을 조금은 활기찬 드라이브 코스로 만들고 있습니다. 남편은 매일 시골길을 드라이브합니다.

......

지금은 깜짝깜짝 놀라는 계절!

한동안 안 들리던 소쩍새 소리가 다시 들리기 시작합니다. 봄에 들리던 소리보다 조금 먼 곳에서 아련한 소리로 소쩍 소쩍. 반면에 고요한 밤에는 풀벌레 소리들이 한층 더 가까이서 들리기 시작했습니다. 풀벌레 소리는 가을의 정령이라는 말이 실감납니다. 본격적인 무더위가 이제 겨우 시작인데, 벌써 가을 타령을 하는가 싶어 좀 무안하지만, 찌르르 울어대는 풀벌레 소리를 듣고 있노라면 몸은 바쁘지만 마음은 한없이 여유롭고 싶은 계절, 가을이 자연히 떠오릅니다.

이즘이면 나는 집안에서나 밭에서나 깜짝깜짝 놀라는 일이 많습니다. 이들 각종 풀벌레와 작은 짐승들 때문인데 며칠 전, 아침나절 아이들 방을 청소하려 창문을 열다가 소스라치게 놀랐지요. 예기치 않은 사물을 엉뚱한 곳에서 갑자기 만날 때 오는 놀람이란! 어떻게 들어왔는지 커다란 매미가 창문틀에 붙어서 희미한 소리로 울고 있지 않겠어요!

"방충망이 뚫리지 않고서야 이 커다란 매미가 예 있을 수 없는데… 어머! 그나저나 매미가 벌써 나왔네!"하며 방 청소를 하다가 이런 짓을 할 사람은 둘째 한무뿐이 없다는 생각에 웃음이 나왔습니다. 한무가 어디선가 매미를 잡아 집안에 몰래 가져다 둔겁니다. 둘째는 도시에서 살 때도 이맘때면 잠자리들을 잡아와 집안 여기저기 놔두곤 했는데, 시골로 와서는 그 잡아오는 곤충들의 종류가 다양해졌습니다.

요즘 한무가 키우는 곤충은 사슴벌레인데, 이 사슴벌레가 낮에는 조용하다가 집안 식구가 모두 잠든 한밤중에 부스럭대고 지들 집으로 삼은 페트병을 득득 긁어 대서 가끔 나는 한밤중에 놀라서 깨곤 합니다. 처음에 들었던 득득 긁어대는 소리는 제법 충격적이어서 지붕에서 쥐가 우리 집을 공격하는 소리인가 생각할 정도였습니다.

밤에는 수많은 벌레들이 전등불빛을 보고 창문에 달라붙습니다. 창문 방충망의 좁은 틈을 뚫고 들어오는 작디작은 벌레들이 많아서 가급적 전등을 덜 켜고 어둡게 밤을 보냅니다. 창문에 달라붙는 것들은 요런 벌레뿐만 있는 게 아닙니다. 밤이면 또는 비라도 올라치면 우리 집 창유리는 개구리들로 점령을 당합니다. 처음 이 모습에 소스라치게 놀랐죠. 이 찰싹 달라붙는 개구리는 그 종류가 대부분 청개구리란 걸 알고는 이젠 그리 징그럽다는 생각은 안  듭니다. 다소 좀 귀엽기도 합니다. 이제는 이 개구리들이 긴 혀를 재빠르게 내밀어 창문에 달라붙은 벌레를 잡아먹는 모습을 보며 "그래! 어서 많이 잡아먹어라. 그래서 그만큼 집안으로 들어오는 벌레가 사라지게."하며 중얼댑니다.

밤에 현관문을 여닫을 때는 꼭 나방들이 서너 마리씩 집안으로 들어오게 됩니다. 앙증맞은 나방에서부터 멋진 무늬의 커다란 나방까지 그 모양이 너무 다양합니다. 집을 짓고 입주한 해, 처음에는 그 나방들이 집안 벽에 붙어 있다가 휘 날아오르면 또 깜짝 놀랐지요. 그러나 나방은 금방 익숙해져 살아있는 나방이 벽지의 한편을 장식한 생생한 무늬로 여겨집니다.

밭에서 풀을 베다가 느닷없이 튀어 오르는 개구리와 스멀스멀 기어 나오는 희한한 벌레는 사람을 항상 놀라게 합니다. 이제 익숙해질 때도 되었지만, 그게 그렇지가 않네요. 풀을 베면서 예상은 하지만 그 개구리와 벌레의 출현 시간은 항상 1~2초 순간적이라 예상이란 심리를 뛰어넘습니다.

간혹 마당에 있는 테이블이나 돌담에 앉아 차를 마시다가 뱀이 스르륵 기어가는 모습, 아니면 머리를 속 내밀고 혀를 날름거리는 모습을 목격하게 됩니다. 그 때는 단순한 놀람이 아니라 위험 심리가 함께 있어 괜한 비명을 지르지는 못합니다. 입만 떡 벌리고 말지요.

며칠 전 해거름에 혼자 산책간 적이 있습니다. 이웃마을로 연결된 길인데 야산을 오르락내리락 하다가 정상으로 올라서면 넓은 들판과 강이 한눈에 내려다보이는 곳이라 자주 산책을 다니는 길입니다. 별 위험요소가 없는 길이지만, 어둑어둑해지니 무서움이 조금 일더군요. 정상에 거의 다가서 '그래도 시원한 들판과 휘돌아 나가는 강을 보고 집으로 돌아와야지.'하며 발걸음을 빨리 재촉했습니다. 그런데 느닷없이 몸에 끈적이는 실이 엉겨 붙더니, 커다란 벌레가 허공에 매달린 모습이 시야에 들어오는 겁니다. 까~암~짝 놀랐지요. 어렸을 때 많이 본 노란 무늬의 거미였습니다. 이 거미가 길 이편 풀과 저편 나무를 연결해 길 한가운데 집을 짓고 먹이를 기다리고 있었던 겁니다. 커다란 먹잇감이 걸린 셈입니다. "엄마야!" 소리를 지르며 몸에 붙은 거미줄을 떼어냈습니다. 소리를 질렀으니 분명 내가 거미의 먹잇감으로 잡히긴 잡힌 거겠지요? 집으로 돌아오며 또 이 식인 거미가 덫을 놓고 기다리는 건 아닌지 열심히 팔을 휘둘렀습니다. 멀리서 마중 나온 아이들이 엄마를 부르는 소리를 들으니 무서움이 조금 가시더군요. 각종 벌레들로 인해 깜짝깜짝 놀라는 계절을 지내며 흙 한줌, 한 뼘의 허공에도 다양한 생명들이 존재한다는 사실을 새삼 깨닫습니다.

······

여기 사는 즐거움

가을이 손에 잡힐 듯 가까이 다가왔습니다. '손에 잡힐 듯하다.'고 말하는 것은 가을꽃들이 풀 틈 속에 가끔씩 피어서 나를 알아달라는 듯이 웃고 있기 때문입니다. 쑥부쟁이, 마타리, 산부추꽃을 보면 가을이 문턱 앞에 와있음을 느낍니다. 그러면서도 지금처럼 비가 연 이틀 내리 오니 아직은 여름철 우기 속에서 계절이 더디게 흐르는 것이 아닌가 생각됩니다.

여름이 다 가기 전, 밤 밭의 풀을 베야하는데, 우리 부부는 그 일이 엄두가 나지 않아 차일피일 미루고 있습니다. 내심으로는 '밭일을 포함한 모든 시골 일을 천천히 즐기듯이 해야 시골 생활에 이골이 나지 않는다.'는 원칙을 고수하지만 일이란 항상 때가 있는 법, 이 시기를 놓치면 농사를 망친다는 원리가 우리 부부의 마음을 어둡게 하는 것도 사실입니다.

저번 수요일부터 'TV 동물농장' 제작팀이 와서 강아지들과 더불어 아이들과 전원에서 사는 우리 가족의 모습을 녹화했습니다. '문 밖 생활(Out door Life)'이 도시가족보다는 우리 생활의 많은 부분을 차지하기에 그런 모습들에 초점을 맞추었는데, 실제로 어떻게 편집이 돼서 TV에 방영이 될지 궁금합니다. '정말 시골을 즐기는 모습이 담겼을까?' 녹화를 하고도 잘 모르겠습니다.

요즘 나의 머릿속엔 '시골 생활을 그처럼 즐길 수는 없을까'란 생각이 맴돌고 있습니다. '그'란 《여기사는 즐거움》이란 책의 저자 '야마오 산세이'입니다. 그를 읽다보면 그처럼 시골생활을 즐기고 느끼고 만물과 공명하면서 산다면 크나큰 축복이 아닐 수 없겠구나 하는 감탄을 절로 하지 않을 수 없습니다.

그가 자연을 철저히 즐겼음을 보여주는 예는 나팔꽃을 키우며 개화하는 순간을 늘 아침마다 관찰하고 그 날은 몇 송이의 꽃이 피었는가를 보며 기뻐했다는 겁니다. 그는 어려서 107송이의 나팔꽃이 개화한 순간을 잊지 않고 있었습니다.

그가 사는 야쿠섬에는 7500년 된 조몬 삼나무가 살아있습니다. 그는 이 삼나무를 보러 여러 차례 숲속을 여행하는데 여행 할 때마다 그 삼나무에게서 어떤 메시지를 전달받았다고 합니다. 한 번은 그런 메시지보다는 삼나무의 유명세로 인해 방문객이 많아져 주변 흙 손실을 막기 위해 마련된 나무 주변의 커다란 스테이지에 실망감이 더 커있을 때, 나무 밑동에서 작은 흰 제비꽃을 발견합니다. 그는 제비꽃을 발견하고 기뻐합니다. 그 기쁨이 실망감을 상쇄합니다. 나도 지난 봄, 집 옆 농로에서 흰 제비꽃을 발견하고 기뻤던 적이 있습니다. 보랏빛 제비꽃은 아주 흔한데, 이 흰 제비꽃은 귀하다는 얘기를 들어서 너무 반갑더군요. 내년 봄에도 그 자리에서 이 흰 제비꽃이 피기를 기대하고 있습니다.

일상의 권태로움에서 벗어나기 위해 많은 사람들은 여행을 즐깁니다. 삶의 터전에서 멀리 여행을 가는 것도 의미 있는 일이지만, 터전 주변으로 소풍을 나가듯이 가는 짧은 여행들을 그는 더 즐기고 의미를 두었습니다. 그 여행들 속에서 자신이 사는 지역의 자연과 생태를 자세히 알게 되는 것. 그래서 그는 '여기 사는 즐거움'이라 표현했습니다.

나 역시 그처럼 자연을 보듬고 즐기고 싶지만, 그러기엔 나의 정신과 영혼이 덜 순수하며, 자연에 대한 관심이 부족하고, 무엇보다 자연과는 반대 방향으로 흘러가는 현대 과학 문명에 깊숙이 물들어 있다는 점. 그 자각이 아프기도 하지만 그 속에서 희망을 조금은 발견합니다.

• • • • • •

신수렵시대

9월의 문턱입니다. 그러나 가을 햇살보다는 여름 우기가 계속 이어지고 있습니다. 밤하늘의 별을 본지 오래되었네요. 요즘은 별 대신, 반딧불이가 깜빡 깜빡 어두운 밤하늘을 날아다닙니다. 그러다

개중에는 창의 방충망에 앉아서 꽁지에 불을 켜는 놈들이 있어 집안에 앉아서도 그들을 구경합니다.

이 반딧불이가 제법 많아 아이들이 요 신기한 벌레를 잡겠다고 밤중에 집 주변을 배회하네요. 그 귀한 반딧불이를 잡겠다니 그러지 말라고 얘기해도 소용이 없습니다. 남자 아이들이라 물고기를 잡고, 가재를 잡고 각종 곤충을 잡아 키우고 관찰하려는 욕구가 강합니다. 사실 이 욕구는 수렵시대의 본성이 남아 나름의 즐거움을 주는 거라는 의견에 동조를 하고 싶습니다.

계곡이나 강가에서 다슬기를 잡아보면 시간가는 줄 모르고 그 일에 흠뻑 빠져 얼마만큼 잡았는지 수를 헤아리며 즐거웠던 기억이 있습니다. 우리 가족뿐만이 아니라 대부분의 가족들은 그런 추억을 간직하고 있지요?

도시에 살 때도 야외로 나가거나 시골로 놀러가서 이런 '수렵－채취 문화'(물고기 잡기, 또는 밤 줍기, 감 따기 등)를 즐기기도 했지만, 그 때는 채취한 먹거리들을 대부분 버리고 말았지요. 그러나 시골로 이사 온 후로는 유용한 먹거리가 되어 우리 가족의 배를 채워주곤 한답니다.

미유기, 눈치, 꺽지 등은 마을 아래쪽 강가에서 아이들과 남편이 한 번에 1~3마리정도 잡아오는데, 이 민물고기들을 모아서 냉동실에 얼렸다가 양이 제법 모이면 어탕을 끓입니다. 맛이 없건 있건 아무튼 특식이 되어 그 날은 왠지 옛날 옛적 수렵대로 돌아간 느낌입니다. 아니, 훤한 전기 불 아래 식탁에 앉아서 먹는 모양새이니 '신 수렵시대'라고나 할까요.

오늘 오전에 남편은 밤 산의 풀을 다 베었습니다. 나는 낫으로 한 두 어 번 풀을 베고 나니 온몸에 힘이 빠져 거들지를 못했는데, 남편은 예 취기(풀 베는 기계)로 그 큰일을 해냈습니다. 풀을 베어내는 그 예취기 의 성능은 감히 낫에 비할 바가 아니지요. 그러나 예취기를 다루어 본 적이 없고, 대부분의 기계문명이 득이 되는 부분이 있으면 해가 되는 부분이 있어 예취기의 위험성에 대한 이야기를 익히 들어서 알고 있는 남편은 정말 조심조심 그 기계에 익숙해지려고 했습니다.

이젠 땅에 떨어지는 밤을 줍는 일이 남았습니다. 오늘 나는 사전 답 사란 마음을 먹고 풀을 헤치며 우리 집 윗산의 밤밭으로 가보았지요. 떨어진 밤송이들은 많은데, 벌레 먹지 않은 성한 밤이 거의 없습니다. 비가 많이 온 탓도 있고, 약을 한 번도 치지 않았기 때문입니다. 그래도 수렵문화의 채취 본성이 남아있어 나도 남편도 아이들도 '밤 줍기'는 즐 거운 마음으로 할 수 있을 것 같습니다. 예취기로 풀을 베어내고 그 곳 에서 밤을 줍는 일, 이 또한 '신 수렵문화'라고 해야 할까요?

한동안 뜸했던 멧돼지들이 다시 마을로 내려오나 봅니다. 논을 파헤 친 멧돼지들과 싸우다 사냥개가 다쳤다고 마을 돌진기댁 할머님께서 알려주며 내려가시네요. 가을이 되면 이 멧돼지들이 더 기승을 부릴 것 이고, 사람들이 가을의 풍요로움을 거두러 또는 채취하러 산으로 들로 다니다 이 산짐승들과 맞닥뜨리는 모습이 불현 듯 떠오릅니다.

할머님이 전해주는 이 이야기와 신 수렵문화란 생각 속에서 산짐승 들이 인간에게 끼치는 해와 무서움보다는 싱싱한 생명력이 와글대는 걸 느낍니다. 자연과 교감하며 살아가던 시대. 옛날 옛적의 수렵시대. 인간 대 인간의 관계보다 인간과 자연의 관계가 삶의 중심을 차지하던 시대. 가을엔 더욱 이 수렵문화가 우리 주변에 널려있을 것이고 우리 삶에 활력을 불어 넣어 주리라 예감합니다. 그리고 보니 가을이 만물 곁으로 가까이 다가서고 있음을 느낍니다.

······

시골에서 크는 아이들

아이들이 시골에서 생활한지 1년 7개월이 지났습니다. 방학 기간을 제외하면 낮 동안 아이들 생활의 대부분은 학교가 있는 함양읍 에서 이루어집니다. 그러기에 학교의 친구들과 잘 어울리는 것이 중요 하다면 중요할 수 있지요.

시골 생활에서 우리 부부는 풀이나 나무, 그리고 밭의 작물들에 더 관심이 가는 반면, 우리아이들은 자연 속의 움직이는 생물에 관심을 더 기울입니다. 아이들은 매우 동적이기 때문이겠지요. 움직이지 않는 자연들, 나무와 풀과 꽃, 바위보다는 흘러가는 물을 더 좋아하고, 흘러 가는 물보다는 움직임이 큰 자연인 곤충과 짐승들을 더 좋아합니다. 그 런 곤충과 짐승도 좋아하지만, 차원이 다른 자신과 정신을 교감할 수 있는 사람 친구를 무척 좋아합니다. 어른의 세계에서처럼 물론 그 사람 친구에게서 상처도 받겠지만 말입니다.

큰아이는 초등학교 6학년으로 이제 사춘기에 접어들고 있습니다. 그래서 인지 또래 친구들과의 관계에 신경을 많이 쓰는 모습이 보입니다. 목소리도 조금 허스키해지고, 외모에도 신경 쓰더니 꽤나 깔끔해졌습니다. 그전에는 엄마가 씻으라고 잔소리해야 했는데, 그러지 않아도 되니 얼마나 편한지 모릅니다.

함양초등학교는 6학년생 전체 인원이 대략 120명 정도로 적은 편입니다. 개인적인 생각으로는 참 적절한 인원이라고 생각합니다. 도시 학교는 너무 학생 수가 많아 다양한 교육활동에 제한을 받게 마련이지요. 적정인원이라 생활관 교육에서부터 청소년 수련 활동, 가을 운동회 등등 교육내용들이 알차게 이루어지는 것 같습니다. 큰아들은 개인적으로도 친구들 간의 관계가 도시에서보다 좀 더 깊어지는지 학과 공부에서 운동에 이르기까지 매우 적극적으로 임하는 모습입니다. 특히 축구를 좋아하고 나름대로 잘 해서인지 학교 축구팀 선수로 지난 학기에 축구 대회에 나가 결승전에 올랐는데, 그만 위성초등학교에 패하고 말았습니다. 아이들이 흘리는 패배의 눈물 속에서 이제 큰아이는 좀 더 커다랗게 흘러가는 사회란 강에 발을 들이고 있다는 생각이 들었지요.

둘째는 작년 전학을 오고 나서 조금 힘들어하였지만 올해는 특유의 사교성을 발휘하며 학교생활을 하고 있습니다. 얌전한 듯 하면서 이런 아이 저런 아이 다양하게 사귀는 것이 둘째의 개성입니다. 작년에는 생일을 가족하고 그냥 보냈는데, 올해는 우리 집에 오고 싶어 하는 친구들이 많다고 생일잔치를 벌이겠다고 하네요. 특히 곤충에 관심이 많아 시골로 온 이후 도시에서 보지 못했던 날아다니고 폴짝 폴짝 뛰어다니는 특이한 생김새의 곤충을 채집하는 것 또한 둘째의 개성입니다.

　시골로 이사 오며 우리 부부의 바람은 아이들이 자연을 친구 삼아 추억거리를 만들어 어른이 된 후에, 도시에 나가 살게 되더라도 이곳 시골을 그리워하며 고향으로 여기는 것이었습니다. 그 바람이 어느 정도 이루어진다면 아이들에게 훌륭한 교육이 된다고 말할 수 있겠지요. 그러나 지금은 그 바람이 이루어지는 정도를 측정할 수 없습니다. 다만 시골에 살기 때문에 누릴 수 있는 놀이거리나 생활들을 체험하고 즐길 수 있도록 유도하지만, 그 놀이거리도 어느 정도 한계가 있기에 궁극적으로는 시골 풍경과 정취가 아이들의 깊은 마음속에 자리하기를 바랍니다. 또 하나 바람이 있다면, 아이들이 커갈수록 자연보다는 친구들 세계에 좀 더 관심을 기울이기 마련이기에 깊은 우정을 나누는 친구를 만났으면 하는 겁니다. 시골 작은 학교이기에 그 가능성이 더욱 짙지 않을까 기대합니다.

· · · · · ·

가을 100배 즐기기

　마당과 꽃밭의 꽃들이 거의 스러졌습니다. 대신 쑥부쟁이와 코스모스가 집 주변에서 활짝 피어 가을 햇살을 즐깁니다. 우리 집 견공들도 가을 햇살이 좋은지 볕이 잘 드는 곳에 엎드려 눈을 지그시 감고 있습니다.

　엊그제는 우리 부부도 이 가을 햇살을 즐길 겸, 오미자도 따올 겸 노장대로 짧은 등산을 했습니다. 점심 도시락을 싸서 배낭에 짊어지고 가벼운 마음으로 오전 10시 정도에 출발했는데, 집에 돌아오니 오후 4시였습니다. 오랜만에 장시간을 걸어서인지 다리가 뻐근하고 등줄기가 땀으로 흠뻑 젖었더군요.

또 가을 햇살과 풍경에도 흠뻑 젖었습니다. 우선 싸간 도시락을 계곡의 흐르는 물소리를 들으며 맛나게 먹고, 빨갛게 익어가는 감들을 보며 감탄하고, 운암 계곡 옆에 사는 분에게서 작설차도 얻어 마시고, 홍시도 맛보았지요. 지금 마을의 감나무는 잎과 감이 거의 떨어지고 비비 말라 을씨년스런 모습을 하고 있는데, 마을 뒤 운암에는 올 태풍의 영향을 받지 않았는지 주렁주렁 감들이 풍성합니다. 우리는 이 사실을 알아낸 것이 무슨 커다란 비밀을 알아낸 기쁨인양 즐거워했습니다. 이제 막 주홍빛으로 물들어 가는 감이 몇 알 달린 나무 가지를 꺾어 손에 드니 가을이 우리 손안에 들려 있네요.

사람이 별로 살지 않는, 그러나 옛 적에는 소박한 사람들이 옹기종기 모여 살던 운암의 감으로 올 해는 곶감을 만들어야겠습니다. 감나무 옆에는 늘 사람들이 살던 흔적이 있습니다. 예전 소박한 사람들이 심고, 그들의 먹거리로 때로는 그늘로 다양한 역할을 하였을 것 같은 감나무. 구석구석 사람들의 이야기가 숨어있을 법한 감나무. 우리들은 그런 감으로 곶감을 만들려고 합니다. 전설(傳說)의 곶감을 말입니다.

그나저나 오미자는 어떻게 되었냐구요? 작년에 조금 따왔던 오미자 넝쿨지에 도착해보니, 조금은커녕 아예 열매를 구경할 수 없었습니다. 다만 그 곳이 오미자 넝쿨임을 증명해주는 몇 알이 아주 높은 곳에서 대롱대롱 매달려 있을 뿐이었지요. 남편은 그래도 미련을 버리지 못하고 새로운 넝쿨지를 발견하겠다고 천천히 오르며 등산로 주변을 탐색했습니다. 그러다 요상하게 생긴 나무와 야생화를 만나기도 하고 야생 짐승들의 흔적도 보았지만, 오미자 넝쿨은 결코 우리 눈에 띄지 않았습니다. 며칠 전 마을 사람들이 오미자 따러 가자고 하는 것을 밤 줍는다고 가지 못한 것이 얼마나 후회가 되는지… "내년에는 착 달라붙어 가자!"고 남편에게 말하고 보니 마을 사람들과 조금 더 친해지는 기회도 되리란 생각이 듭니다.

어제 일요일은 우리 마을과 결연 관계를 맺은 한 도시 단체의 주선으로 마을 사람들과 함께 여행을 하며 어울렸습니다. 이렇게 계획된 여행은 먹고 마시는 취흥이 주가 되기 십상이라 출발 전 걱정이 앞서기도 하였지만, 아직은 마을에 이방인인 우리이기에 마을 사람들과 정을 쌓아가려면 이런 행사를 외면할 수 없어 같이 따라갔습니다. 예상대로 그런 취흥 분위기가 있었지만 나름대로 이것저것도 보고, 마을 할머님들의 몰랐던 모습도 알게 되어 즐거웠습니다. 우리 집 바로 밑에 사시는 할머님은 구성진 노래 가락을 정겹게 뽑아내고, 평소 굽은 허리를 펴지 못하시는데 덩실덩실 춤을 출 때는 허리를 죽 펴시니 보는 사람을 흥겹게 했지요. 다만 달리는 버스 안에서 시작된 춤추기는 아슬아슬해 보여 '이게 아닌데!' 싶었습니다. 사회자분께서 내게 못 추는 춤을 계속 추라고 요구하고, 할머님들이 '어디 한번 혀봐!'하셔서 본의 아니게 나도 그 아슬아슬한 춤추기의 일원이 되었습니다. 아이코, 조금 창피하지만, 그래서 마을 사람들에게 한 발짝 더 다가설 수 있었다면 그것으로 창피

한 마음을 달랩니다.

이런 놀이보다는 마을 사람들과 산나물이나 열매를 따러 같이 다니며 어울리는 것이 한결 마음이 편하고 더 친밀해지는 방법이리라 생각되어 아무튼 '산으로~ 따러 가자'하면 모든 일을 팽개치고 따라 나서야겠습니다. 소기의 목적한 열매도 얻고, 마을 분들과도 정을 쌓는 일. 임도 보고 뽕도 따듯이 말입니다.

연이어 등산을 하고 놀러 갔다 와서인지 오늘 월요일 아침은 늦잠을 자고 싶은 충동입니다. 그러나 추수기라 논에서 철그럭 거리는 콤바인 소리와 경운기 소리가 들려옵니다. 가을이 저물기 전에 모든 농사일을 마무리 지어야 하는 시기임을 알리는 소리이지요.

우리가 마무리 지어야 할 일중 제일 큰일은 고구마 밭입니다. 대충 500평정도의 고구마 밭에서 고구마를 캐내고 비닐과 고구마 줄기들을 치워야합니다. 멧돼지들이 지난 초여름 밭을 파헤쳐 고구마가 실하게 열렸으리라고 기대하지는 않지만, 그래도 밭을 정리하고 작게나마 열린 고구마를 캘 생각으로 며칠 전 조금 땅을 파보았습니다. 작년에 비하면 아이 주먹만 한 고구마는 아주 큰 축에 속하는 겁니다. 멧돼지가 파헤쳐서 밭이 엉망이라 캐기가 쉽지 않았지만, 역시 땅 속에서 보물을 캐내는 기분이 드는 것은 마찬가지입니다. 학교 동창이 어린 아이들과 함께 놀러와 두 가족이 함께 고구마를 캐었는데, 동창의 둘째 4살 꼬마는 "내가 고구마를 찾았다!"며 즐거이 외쳐대고 고사리 같은 손으로 호미질을 열심히 했습니다.

시골에서는 지금이 해야 할 일이 가장 많은 계절이지만 그 일에서 생산의 즐거움과 자연이 주는 풍요로움을 시시때때 느끼고 즐길 수 있는 계절이기도 합니다. 우리처럼 아주 작은 소농에게도 왠지 부자가 된 듯, 가을 햇살이 반갑고 가을 노동과 활동이 즐겁습니다.

　도시에서는 가을이면 왠지 우울한 계절이 되어 '가을을 탄다.'이런 표현도 하지요? 시골로 오니 그 '가을 탄다.'는 말이 참 어색하게 들립니다. 여기서는 가을이 가장 즐거운 계절이 아닌가 합니다. 그러기 위해서는 보는 가을보다는 활동을 해서 가을을 즐겨야하는 것이 아닌지 잠깐 진단해봅니다. 햇살이 투명하고 단풍이 들고, 소슬 바람이 불고, 낙엽이 떨어지고, 갈대가 흔들리는 가을 풍경은 어디에나 있습니다. 거기에 땅을 파고, 열매를 따고 먹거리를 말리고 등등의 노동이 시골에는 있지요. 그 노동 덕분에 흔들리는 갈대의 움직임마저 노동요의 리듬으로 느껴질 때도 있습니다. 물론 현재 우울한 농촌의 사회적인 현실을 빼고 그냥 순수하게 가을을 있는 그대로 받아들이면 그렇습니다. 도시분들도 뭔가 가을에 할 수 있는 활동거리를 찾아 가을 여행을 하면 가을을 100배 즐길 수 있지 않을까요?

　우리도 멧돼지가 먹다 남기고 간 고구마 밭에서 고구마를 캐서 밭 정리를 하고 곶감을 만들고 등등의 활동을 하며 가을을 100배 즐기다 보면 그 가을이 다 갈 것 같습니다.

•••••••

시월의 마지막 주

10월의 마지막 주입니다. 요즘 우리 부부는 마음이 조금 급합니다. 고구마를 마저 거둬들여야 하고 시든 고춧대, 옥수숫대, 스러진 잡풀과 비닐로 뒤엉킨 밭을 정리해야 합니다. 겨울 날 땔감도 마련해서 쟁여두어야 합니다. 또 농기구를 보관하고, 집밖에서 필요한 잡동사니들을 보관할 창고도 지어야합니다. 사실 시골살이가 늘어 가면 갈수록 할 일은 더 많아지나 봅니다. 유홍준 교수의 그 유명한 말, '아는 만큼 느낀다.'처럼 더 살아갈수록 시골살이를 속속들이 알게 되니 아는 만큼 일이 많아지는 것 같습니다. 아니까 불편하고 불편하니까 해결해야하니 일이 점점 많아집니다. 추위가 오기 전에 아직 할 일이 이렇게 많은데도 며칠 전부터 이런 저런 노독(勞毒)에 몸 여기저기가 아프고, 급기야는 입안에 혓바늘까지 돋고, 편도선이 심하게 부어 침을 삼키기가 어렵네요.

며칠 전, 첫서리가 내린 줄 아느냐고 남편이 물어보더군요. 나는 서리가 내린 줄도 모르고 있었습니다. 새벽에 일어나야 볼 수 있는 그 첫서리를 게을러서 못 본거지요. 그 소리를 듣는 순간, 겨울이 코앞까지 온 것 같아 더 마음이 조급해졌습니다. 한편으론 정신이 번쩍 드는 시퍼런 서리발이 머릿속에서 어른거렸습니다.

'아직 난 멀었어. 시골 살면 바지런해야하는데 동 트는 새벽은 아랑

곳 하지 않고, 꿈속을 헤매니. 새벽에 마당도 쓸고 한 바퀴 돌며 하루를 시작할 수는 없을까.'

시골로 오면서부터 시작된 '내가 나에게 거는 이 기대'는 아직 이루지 못했습니다. 새벽에 일어나 하루를 활기차게 시작하는 일. 시골에 살면 당연히 그래야 한다고 생각했던 일. 그러나 시골 산지 2년이 다 되어 가는데도 아침이면 비몽사몽으로 일어나 밥상 차리기에 급급합니다.

엊그제 일요일 아침도 신선한 새벽 공기를 마시고 싶었지만, 몸이 말을 안 들어 가까스로 일어났는데 오전에는 감을 까면서도 비몽사몽이었습니다. 사실 곶감은 내 주쯤에나 만들 계획을 하고 있었지만, 저번 주에 TV촬영차 따온 감들이 한 광주리가 남아있어 마저 까서 매달아야 했습니다. 따온 감을 제 때 깎지 않으면 금방 홍시로 변해버리거든요. 작년에는 곶감을 만들며 정말 풍요롭고 신선한 기쁨을 느낄 수 있었는데, 어제는 해야 할 일이 아직 산더미처럼 남아있다는 생각 때문인지 곶감 만드는 일에 흥이 나지 않더군요. 일에 치인다는 느낌이 불현듯 일었습니다.

스스로 일에 얽매이는 것 같아 일부러 만사를 제쳐두고 아이들과 함께 집에서 20분 거리의 단풍이 절정인 지리산 뱀사골로 가벼운 소풍을 갔습니다. 우선 뱀사골 계곡 안에 위치한 와운 마을의 천년송을 보러 갔는데, 야산 꼭대기에 두 그루의 천년송이 마을을 굽어보고 있었습니다. 의연히 서있는 그 나무는 사람들에게 아니, 나에게 '조급한 마음은 금물!'이라는 메시지를 전해주고 있었습니다. 울긋불긋한 나무들이 아치를 이루고 있는 뱀사골 계곡을 밟으며, 또 여유로워 보이는 많은 등산객들을 보며, 조금은 여유로운 인식을 찾을 수 있었습니다. 아직 겨울이 오려면 11월 한 달이 더 남아있다는 새삼스런 인식에 힘을 주며 숨을 조금 천천히 쉬어봅니다.

......

새벽 천둥이 치고 나서

새벽에 느닷없이 천둥이 치고, 후드둑 비가 내렸습니다. 남편은 말리는 곶감에 비닐을 덮으러 나가고, 난 컴퓨터 전원을 빼며 비몽사몽간에 다시 여름으로 돌아간 착각이 일었습니다. 그러더니 하루 종일 세찬 바람이 거셉니다. 지붕을 날려버릴 것 같은 위력으로 몸마저 휘청이네요. 세찬 바람을 맞으며 오전엔 아래 밭의 고구마를 마저 캐고 비닐들을 걷어냈습니다. 실은 고구마보다 땅 속에 묻혀있던 비닐을 더 많이 캤다는 표현이 맞을 것 같네요. 그럭저럭 아래 밭의 고구마를 마저 다 캐고, 비닐도 걷고, 휴~ 밭 정리도 대충 했습니다. 아래 밭의 고구마들은 멧돼지가 파헤치지 않아서 그런대로 알이 굵었습니다. 위 밭을 멧돼지가 다 파헤쳐 부랴부랴 늦게 심은 고구마들인데 연분홍빛 고구마들이 기특했습니다.

오후엔 은행 껍질을 까서 물에 씻어보았습니다. 싸여진 껍질에서 톡톡 튀어 나오는 하얀 은행 알을 보며 참으로 신기했지요. 도시에선 항상 사먹던 은행이 이곳에는 지천입니다. 거두지 못해 버려지는 은행들이 많습니다. 감처럼 말입니다. 도시로, 도시로 사람들이 가며 정말 좋은 먹거리들이 시골에서 버려지고 있습니다.

며칠 전, 계곡에서 하루 종일 마을 아주머니 두 분이 은행을 씻고 있던 모습이 떠올랐습니다. 한 자루나 되는 은행들. 도시에선 은행을 사며 비싸다고 생각한 적이 많은데, 사실 은행 값은 은행을 까서 씻고 말리는 인건비에 불과하다는 사실을 이 은행을 까면서 깨닫습니다. 시골에서 만들어지는 대부분의 자연 먹거리들이 그렇더군요. 내가 직접 먹거리로 거두어 보았던 것들—고사리, 취나물, 곶감, 밤, 은행 등등—이 다 그렇습니다. 그래도 도시에서 살 때는 왜 이리 비싸다는 생각이 드는지, 파는 사람도 사서 먹는 사람도 모두 안쓰럽습니다.

은행을 주워 온 지는 한참 되었지만 냄새 때문에 껍질을 까고 씻는 일이 번거로워 차일피일 미루다 천둥치고 가을비가 겨울을 재촉하고 거센 바람이 부는 오늘, 느닷없이 치던 천둥처럼 쭈그리고 앉아 은행을 톡톡 깠습니다.

• • • • • •

고구마와 열정

어제 마지막으로 고구마를 다 캤습니다. 그 길고 지루한 일을 오래도 끌었지요. 비닐 멀칭한 밭들을 멧돼지가 파헤쳐 비닐의 가운

데는 다 찢기고 흙 속으로 파묻혀 어디에 고구마가 들어앉았는지 몰라 무작정 파헤치다 뚝뚝 잘려나간 고구마들이 얼마나 많았는지 하다하다 나중엔 어차피 비닐을 다 거두어야 하기에 고구마를 캐어야겠다는 생각은 접고, 비닐을 거두는 일에 초점을 맞추었습니다. 그랬더니 비닐과 흙 사이에 묻혀있던 고구마들이 절로 나오네요. 일석이조란 말에 그나마 위로가 된다고 해야 할까요.

멧돼지가 파헤쳐 엉망이 된 밭을 어찌 손대야할까 처음엔 막막했습니다. 감나무 위 쪽 밭은 올해 돌아가신 마을 홍씨 할아버지 밭이라 우리가 농사를 안 지으면 마땅히 지을 사람이 없어 그냥 놀려두어야 합니다. 그래 그냥 밭을 놔둘까 생각도 했습니다. 손댈 엄두가 안나 회피하고픈 마음이 있었지요. 그러나 도저히 양심상 저 비닐로 뒤덮인 밭을 그대로 둘 수가 없었습니다. 내 몸에 비닐이 칭칭 감긴 것처럼 땅도 얼마나 갑갑할까란 생각도 들고, 실제로 비닐은 환경오염을 일으키기도 합니다. 그래 비닐을 거두는 일이 고구마보다 우선이 되었습니다. 땅속에 묻힌 비닐을 걷자면 흙과 비닐을 함께 들춰 내야했는데, 깊이 묻힌 비닐은 흙이 그만큼 많아 힘이 엄청 들어야했지요. 또 흙은 순수한 흙만 있는 것이 아니라 온갖 풀들의 뿌리로 뒤엉켜 그야말로 질긴 쇠 수세미를 연상시킵니다. 비닐 멀칭을 해도 풀들에게서 자유로울 수 없는데, 굳이 비닐을 해야 하나란 의문이 들더군요. 물론 안 하면 이보다 더 엄청난 풀들 때문에 농사를 망치기 십상이겠지만 말입니다.

비닐만 따로 모아 포대에 담아 내려왔습니다. 아직 밭 정리를 다 끝내려면 며칠 걸리겠지만, 그래도 가장 큰 덩어리인 위 밭의 비닐을 거두니 한시름 놓은 셈입니다. 마지막으로 들춰낸 고구마를 보고 있자니 지난 봄부터 여름 그리고 가을이 주마등처럼 스쳐갑니다.

보물이라도 캐내는 심정으로 파면 뿌리에 올망졸망 매달려 나올 싱싱한 고구마들. 그 고구마를 함께 나눌 생각에 쟁기질에 힘을 더 할 수 있었던 봄. 대부분의 풀이 다 우리의 먹거리가 될 수 있다는 누군가의 주장이 무색하게 고랑사이에 난 풀들 기세를 조금이라도 꺾기 위해 호미를 들고 가차 없이 잡풀들을 뿌리 채 뽑아내던 초여름. 그 열정은 아랑곳없이 바로 이어 멧돼지의 등장. 그렇게 넓은 밭을 어쩌면 하루 이틀 만에 다 파헤친 그것도 열정. 상심 뒤에 온갖 풀들의 세상이 되어버린 고구마 밭. 풀들의 열정이 고구마 밭을 다 덮고 나서 찾아온 가을. 그래도 맑은 햇살에 알이 영글어 갈 거란 기대를 선선한 바람에 실어 보낸 가을. 그리고 지금 11월. 마지막에 나온 고구마들을 보며 자라고자하는 열정이 있어 그래도 이만큼 자랐지 싶습니다.

연분홍빛 아기주먹만 한 고구마 속에서 사람도, 짐승도 풀들도 작물들도 모두 이 자연 속에서 살아가려는 열정을 간직한 존재들이란 진리를 봅니다. 가을걷이는 그들의 열정을 거두는 거라는 것도 함께 말이죠.

......

운 좋은 동화 속 나무꾼

요즘 남편은 땔감을 마련하러 다닙니다. 나무꾼인 셈이지요. 나무꾼하면 깊은 산 속에 들어가 하루 종일 도끼로 나무를 찍어 쿵쿵 소리를 내면서 나무를 하는 장면이 떠오릅니다. 이마엔 구슬땀이 흐르고 그러다 나무 요정이라도 만나면 운 좋게 땔나무가 한 지게 거저 생기기도 합니다. 나무 그늘 아래, 또는 따스한 햇볕 아래 요정과 노래라도 부르다 해가 지면 집으로 돌아오는 나무꾼. 정말 운 좋은 나무꾼은 선녀를 만난 나무꾼이었지요. 선녀를 만나 결혼하고 예쁜 아이까지 얻는 이야기. 이런 전설이 생겨난 이유는 그만큼 나무꾼이란 직업이 힘들고, 가난을 면하기 어려운 직업이라 이야기꾼들이 나무꾼들의 행운을 비는 마음으로 그런 전설적인 발상을 하지 않았나 생각해 봅니다. 더군다나 일하는 곳이 신비로운 숲이기에 그런 이야기가 전해 내려왔겠지요.

며칠 전 기온이 영하로 내려가 드디어 벽난로에 불을 지피기 시작했습니다. '땔감을 해야 될 터인데' 하면서 차일피일 미루고 있었는데, 발등에 불이 떨어지니 그 날 급히 남편이 땔감을 해왔습니다. 차 뒤 트렁크에 빼곡히 땔감을 실어왔는데, 야! 어쩜 그렇게 빠를 수가 있는지 나는 속으로 감탄했습니다. "어! 나무 요정이라도 만났나? 이마에는 땀도 별로 없고 좀 수상한데."

말은 이렇게 했지만, 동화 속 나무요정이 있다고 하더라도 남편이 절대 나무 요정을 만날 수는 없다는 걸 잘 압니다. 남편은 동화 속 커다란 도끼를 들고 구슬땀을 흘리는 진짜 나무꾼이 아니거든요.

"동강마을 쪽으로 가는 길에 쓰러진 나무를 해왔지. 와! 대개 쉽다. 나무하기."

"길가에 쓰러진 나무가 있었다고?"

"못 봤어? 지난 태풍에 쓰러져 길을 막았던 나무들, 길 막았던 나무 말고도 길가에 몇 그루가 더 있었는데."

산책을 다니면서도 산에 둘러싸인 풍경만 감상하고 길가는 무심히 지나쳐서인지 그 곳에 땔감나무가 있는지 몰랐지만, 남편은 눈여겨보았나 봅니다. 땔감나무 할 곳을 마음속으로 미리 정하고 있었으니 '나무꾼은 나무꾼인가?'란 생각이 드네요.

엊그제 일요일 남편과 함께 나무를 하러 그 산책길로 같이 갔습니다. 남편은 쓰러진 나무를 신식 톱인 엔진 톱으로 윙 소리를 내며 자르고 나는 잔나무 가지를 모으고 부러뜨려 불쏘시개용 땔감을 모았습니다. 엔진 톱의 위력은 대단하여 두 그루의 나무를 잠깐 사이 짧은 토막으로 잘라냅니다. 같이 일을 했건만 엔진 톱으로 장만한 땔감은 차 트렁크에 꽉 찰 정도이고, 내가 모은 불쏘시개 땔감은 겨우 두 뭉치였습니다.

'그래 남편은 운 좋은 나무꾼이야. 이 엔진 톱으로 나무하는 남정네들 모두 동화 속 운 좋은 나무꾼이군.'

더군다나 태풍이 도와 운반하기 좋은 장소에 나무를 쓰러뜨려서까지 주었으니 진짜 운 좋은 나무꾼인 셈이지요. 아무리 쉽게 나무를 했다

해도 남편의 이마에는 땀이 쏟고, 농로 길가라지만 숲 속에 둘러싸인 신비로운 곳이니, 요정이 나타날 만도 하겠지요? 아니, 진짜 나무꾼 같은 일이 남아있는데, 그 때 나타날 지도 모르겠네요. 나무를 도끼로 잘게 토막을 내는 일이 남아있거든요. 마당을 쿵쿵 울리며 장작을 팰 때, 남편은 진짜 나무꾼 같답니다. 나도 옆에서 거들어야겠어요. 요정을 보기 위해서라도 말입니다.

‥‥‥‥

초겨울 아침단상

오늘은 아침 기온이 뚝 떨어졌습니다. 된서리가 잔디에까지 하얗게 내려앉았고, 음지쪽 스러진 덤불 위에는 해가 중천에 떴는데도 하얀 서리가 사라지지 않고 있습니다.

두꺼운 외투를 꺼내 입고 마당으로 나갔습니다. 딱히 할 일이 있는 것은 아니지만, 아침에 특별한 의식을 치르듯 마당으로 나서는 일이 즐겁습니다. 현관문을 여니, 찬바람이 후 불어와 정신이 맑아집니다. 엊그제부터 목이 칼칼하고 감기기가 있어서 정신도 흐리멍덩한 느낌이었는데, 밖의 맑은 공기를 쏘이니 한결 기분이 나아집니다.

오늘은 유난히 새들 소리가 허공을 꽉 메우고 있습니다. 딱따구리는 본래의 따따딱 빠른 템포의 나무 쪼는 소리가 아닌, 느리게 '턱~어 따~ㄱ'하며 여유를 부리고 있고, 이름을 모르는 작은 새들은 추운 겨울을 지낼 든든한 덤불숲으로 이사를 하고 있어서인가 몹시 분주한 소리와 날개 짓을 하며 덤불 주의를 맴돌고 있습니다. 아마 새들도 마지막 겨울 준비를 하나 봅니다. 그 모습을 카메라에 담아 볼까하고 살금살금 가까이 다가서니, 망보고 있던 새가 "찌~익 찌~익" 소리로 자신의 동료들에게 조심하라는 신호를 보냅니다. 그러자 갑자기 허공을 꽉 메우던 새소리가 사라지고 고요한 적막이 찾아듭니다. 하지만 그것도 잠시, 까치가 하늘로 날아오르며 제 동료에게 보낸 신호를 필두로 다시 새들 소리가 분주히 들립니다.

알게 모르게 자연은 엄동설한을 견디기 위한 준비를 하고 있었나 봅니다. 오래 전부터 목련은 잎을 모두 떨어내고, 겨울눈으로 찬바람을 맞고 있습니다. 보통 나무들의 겨울눈은 아주 작아 있는 듯 없는 듯한데, 목련은 꽃이 크고 잎이 커서인지 겨울눈도 눈에 띄게 큽니다.

우리 집 개들은 요즘 유난히 살이 쪄 보입니다. 사실은 살이 찐 것이 아니라, 털이 북슬북슬 아주 많이 자라 그렇게 보이는 것일 뿐입니다. 추운 날씨에 견딜만한 모피를 알아서 장만한 셈입니다. 겨울 준비를 끝낸 자연을 보면 여유로움이 느껴집니다. 햇빛에 반짝이는 목련 겨울눈과 해가 비추는 따뜻한 양지에, 뜨뜻한 모피를 입고서 누워있는 개들을 보면 더욱 그렇습니다. 그리고 남편이 장만한 길쭉길쭉한 땔감을 보면 또한 그렇습니다.

그런데 겨울초를 보면 마음이 야릇해집니다. 사람을 포함한 대부분의 자연이 어떤 방식이든 추위를 이기기 위해 나름대로 준비를 하지만, 우리가 유채꽃이라고 부르는 이 겨울초는 그렇지 않습니다. 가을에 씨를 뿌려 푸른 싹이 돋아나더니, 지금은 쌈을 싸먹을 수 있을 정도로 자라 화단 한 곳을 마치 봄이란 착각이 일 정도로 초록빛으로 덮고 있습니다. 얼마 전부터 이 겨울초를 뜯어다 쌈도 싸먹고 샐러드도 해먹고 있는데, 먹을 때마다 그 추운 겨울을 어찌 견디며 이리 푸를 수 있는지 신기하고 기특합니다. 오늘 아침에는 이 겨울초에도 된서리가 앉았다 살얼음이 되어 있네요. 그래도 결코 초록빛을 잃지 않고 있습니다. 신선한 야채를 온실이 아닌, 이 추위 속 그냥 밖에서도 마련할 수 있다는 데 감탄합니다. 겨울에 태어나 겨울에 살아가니, 사실 겨울 준비를 할 필요가 없는 건지는 모르지만, 이 겨울초를 보면 흐릿한 정신이 다시 푸르러지며 내년 봄에 필 유채꽃 볼 희망을 새록새록 다집니다.

산을 타고 내려오며 윙윙대는 겨울바람이, 휘휘 흔들리는 갈대들이 겨울 날 채비들은 다 한 건지, 마음의 준비가 되었는지 온 자연을 향해 물어봅니다.

· · · · · ·

소박한 크리스마스트리

어젯밤엔 달빛이 훤하였는데도 오늘 아침에 일어나 보니 우체통에도 가마솥 뚜껑에도 돌담 위에도 감나무 가지에도 쌀가루를 뿌려 놓은 듯 흰 눈이 살짝 내려앉아 있습니다. 이곳에선 이것이 첫눈입니다.

'하얀 눈!' 하면 늘 크리스마스와 연말연시가 연상됩니다. 도시에선 지금쯤 반짝이는 크리스마스트리로 장식한 거리들이 크리스마스 분위기를 자아내고 있겠지요. 인류의 성자가 탄생한 날로 모든 사람들의 축일이 되어버린 이 날을 기쁘게 보내려는 소망의 표현이 크리스마스트리겠지요. 아이들이 어려서는 크리스마스트리도 장식하고 선물도 준비하면서 그런대로 축제 분위기에 휩쓸리기도 했었지만, 아이들이 커가면서 산타에 대한 환상이 사라져가니 집안에서 크리스마스를 치르는 의미가 점차 희박해져 왔습니다. 또한 중년의 나이를 훌쩍 넘겨버리면서 축제의 분위기가 괜스레 부담도 되고 흥이 나지 않더라구요. 더군다나 이곳 시골에선 크리스마스의 분위기를 전혀 찾아볼 수 없습니다.

그런데 올해는 아기 예수 탄생의 의미가 자꾸 생각납니다. 신문을 펼치면 억억대로 이어지는 정치자금과 윗분들의 비리들. 일 이 만원에도 헉 소리 내는 서민 경제는 자꾸 꼬여만 가는데… 아니, 요즘 들어선 일 이천 원에도 헉 소리가 납니다. 시골에서 버텨나가기 위해 애써보지만, 이 시골에서도 경기가 제대로 흘러가야 어떻게든 버텨볼 터인데 이러다 추락하는 건 아닌지, 가슴 밑바닥에선 두려움이 입니다. 예수의 탄생일이 다가오니 고난과 핍박의 상징인 그가 힘든 서민들 가슴 속을 파고드는 건 당연한 일인 것 같습니다. 예수께서 '평소에는 안중에도 없다가 어려울 때만 날 찾는구만'하고 비난하는 목소리가 내 안에서 들리기도 하지만, 그의 너그러운 마음을 믿고 그래도 붙들어 평정을 유지하고, 흔히 하는 말로 애써 분위기도 좀 내려 며칠 전부터 크리스마스트리 장식을 해볼까 궁리를 하고 있었습니다. 그렇다고 가게에서 파는 알록달록한 트리를 돈 주고 사다가 장식하고픈 마음은 없고, 아이들 어려서 쓰던 장식들을 찾아보았지만, 이사 오면서 버렸는지 보이질 않고, 궁리하다가 쓰지 않고 넣어두었던 울긋불긋하면서 금색 무늬가 있는 테이블보가 생각났습니다.

어제는 하루 종일 이 사각 테이블보를 잘라 작은 둥근 테이블보와 매달 수 있는 작은 트리하나를 만들었습니다. 만들고 보니 초라하지만 그런대로 분위기도 나고, 하루 종일 이 일에 매달려 힘겨운 현실을 잊고, 새해에는 조금 나아지기를 아니, 나아지지 않고 더 힘들어지더라도 마음만은 초심을 잃지 말라고 스스로에게 당부했습니다.

기다리던 첫눈이 오고, 세월은 크리스마스와 새해를 향해 가고 있습니다. 싫든 좋든 세월은 기다리지 않아도 오고 갑니다. 궁핍의 두려움에 마음이 무거운 요즘, 영겁의 세월 속 우리 존재는 티끌이라 생각하며 애써 가벼워지고 싶습니다. 불현 듯 눈 속에 파묻힌 산사(山寺)가 생각납니다. 크리스마스 날 가까이에 있는 실상사에 다녀오는 것도 좋겠다는 생각이 드네요.

아이들과 모처럼
함께 만든
크리스마스트리

낯선 교회에서 낯선 예배를 보기보다는, 찾는 이 별로 없는 고즈넉한 절에서 서성이다 마음 내키면 예수님께 기도하는 심정으로 부처님 앞에서 큰 절 올리는 것. 묘한 기분이겠지만, 그 날은 절에라도 가고 싶습니다.

‥‥‥‥

새해 아침입니다

1월 1일 새해 아침이 밝았습니다. 평소와 다름없이 흘러가는 시간에 일상을 꾸리며 새로운 달력을 벽에 걸었지만, 그래도 첫날이란 의미를 가지고 집 안팎의 풍상을 그려봅니다.

아이들이 겨울 방학이라 집 안팎이 조금 시끄럽습니다. 둘째 한무는 강아지들 울타리 안에서 애완견들과 놀고 있습니다. 래시는 한무가 개집 위로 훌쩍 뛰어오르면 컹컹 짖고 앞발을 번갈아 굴러대어 테크가 쿵쿵 울리고, 지코는 높이뛰기를 할 거라고 펄쩍 펄쩍 뛰어오릅니다. 아이들이 방학을 하고 나니, 우리 집 개들이 신났습니다.

첫째 한비는 피아노 앞에 앉아 방학동안 정해진 피아노 연주 시간을 채우려 이곡 저곡을 연주하고 있습니다. 부드러운 음악과 힘찬 음악이 번갈아 울려 퍼지는 가운데, 집 안 작은 방에서는 코시가 새끼들 돌보느라 여념이 없습니다. 밖에서 아이들과 개들이 노느라 컹컹 짖는 소리가 들리니, 코시가 뭔 법석인가 싶어 새끼들을 보호하려는 본능으로 지도 열심히 우우 짖어댑니다. 코시의 일곱 마리 새끼들이 눈을 감은 채 꼼지락대며 열심히 엄마 품으로 파고드는 모습이 눈에 펼쳐집니다.

남편은 산 어디선가 나무를 한다고 엔진 톱을 쓰고 있을 겁니다. 콜라는 소파에서 가물거리는 눈을 떴다 감았다하며 졸고 있고, 나는 지금 컴퓨터 자판기를 두드리고 있고⋯

거세던 바람이 잔잔해진 새해입니다. 멀리서 보면 조용한 집만이 산에 그린 듯 앉아 있는 듯한데, 집 안팎은 이런 저런 생명들의 움직임으로 부산스럽게 느껴지는 1월 1일입니다.

새해, 이 겨울동안 우리는 찾아오는 손님과 우리들만의 등산로를 개척해 두려합니다. 우리 집 위쪽을 돌아 가을이면 풍성한 감을 안겨주는 가리점을 지나 운암계곡을 돌아오는 짧지만, 멋진 등산로를 계획하고 있습니다. 오후에 남편과 아이들은 그 등산로를 개척하기 위해 이틀간 산 위로 올라갔었는데, 산에서 영지버섯을 발견도 하고, 고라니도 보았다고 합니다.

남편과 아이들이 이틀간 산 위로 가서 등산로를 만드는 동안 나는 그간 미루어왔던 그릇 만드는 일을 했습니다. 봄부터 가을까지는 그릇 만드는 일을 할 수가 없었습니다. 겨울 이 한가한 철이 아니면 그릇 만드는 일을 하기가 어렵더군요. 그런데 시골로 이사 온 후 내가 그릇을 자주 깨먹습니다. 결혼 10년간 도시 생활에서는 그릇 깨는 일이 거의 없었는데, 이상하리만치 이 시골에서는 심심하면 그릇을 깹니다. 왜 그릇을 깨면 재수 없다고 흔히 생각하잖아요. 하지만 깬 그릇들이 내가 만든 것들이라 대수롭지 않게 생각했습니다. 대신 '그릇을 만들라는 신의 뜻인가?' 이런 생각을 했지요. 그래서 겨울 동안 부지런히 작업을 해야 부족한 그릇들을 쟁여놓을 수 있습니다.

아침에 일어나 보니, 새해 아침이 너무 조용히 일상에 묻혀 스쳐가는 건 아닌가란 생각에 좀 우울했었는데, 집 안팎의 일상을 더듬다보니 아이들 소리, 개들 소리와 이런저런 풍상들이 있어 결코 무의미한 일상이 아님을 깨닫습니다.

올겨울에
성형된 그릇들

결코 무의미할 수 없는 새해 첫날 작은 바람이 있다면, 어서 눈이 쌓일 만큼 와서 이 산골짜기 마을이 하얀 눈 속에 반짝였으면 합니다. 더불어 이런저런 이유로 움츠러든 마음마저도 하얀 눈 속에 파묻혔으면 합니다.

· · · · · ·

내일은 설날

내일은 설날입니다. 아침에 일어나 보니 하얀 눈이 살짝 내려앉아 마당은 하얀 이불보를 뒤집어썼고, 풀숲은 누런 풀들 사이로 듬성듬성 하얀 눈이 보입니다. 먼 산은 굵은 산등성이를 드러내고 위용을 자랑하고 있네요. 그야말로 하얀 설(雪)이 있는 명절이 되려나봅니다.

우리 가족은 올 명절, 이 시골에 옴짝달싹 달라붙어 어디에도 갈 수가 없는 상황입니다. 우선 낳은 지 얼마 안 된 강아지들이 있고, 또 여러 정황들로 인하여 붙박이 시골 생활을 하고 있습니다.

사실 언제부터인가 이 명절이 부담스럽게 느껴져 명절 때가 돌아오면 마음이 무거웠습니다. 특히 주부들에게는 그렇죠. 올해는 명절 분위기에서 멀리 물러나 한적하게 있으려니, 어릴 적 명절이 되면 괜스레 마음이 설레던 기억이 새삼 납니다. 물론 우리 어려서는 없던 시절이라 명절 때 새 옷 한 벌 생기고, 맛난 설음식을 배불리 먹었기에 설날이 기다려 졌나봅니다. 그러나 그런 물질적 풍요 외에도 마음 속 깊은 곳에서 울리던 기쁨. 이제 막 오랜 풍습에 풋내기로 동참한다는 순수한 영혼이 있었나 봅니다. 푸짐한 맛난 음식을 만드는 것도 아니고, 새 옷이 생기는 설날이 아닌데도 우리 집 아이들은 어딘가 즐거운 구석이 있는 듯 설날을 기다리고 있네요. 그래 설이면 친정의 만두를 빚어 먹던 풍습에 따라 나도 오늘 아이들과 만두만큼은 빚을 생각입니다. 아이들의 순수한 기쁨에 조금이나마 부합하기 위하여. 또는 만두를 빚으면서 어린 시절의 그 설렘을 기억하고 설날 아침을 먹기 위하여.

올 해 시골에서 맞이하는 설은 일에 치이는 것도 아닌데 유년기의 설레는 마음이 생기지 않습니다. 아이들은 명절을 재미난 인습으로 받아들이는 반면, 어른들은 오랜 세월 겪어 내다보니 인습에 한 고삐를 매달아 갑갑함을 느끼기도 하고, 그 인습에서 벗어나면 불안감을 느끼기도 합니다. 인습에 길들여진 어른들. 인간사에 길들여진 사람들. 어딘가에 길들여진다는 것에서 알 수 없는 슬픔이 느껴지는 건 왜일까요?

어제 읍에 나갔다가 어떤 트럭 뒤 철장에 갇힌 말라뮤트와 여러 마리의 다른 애완견들을 보았는데, 멍한 개들의 표정이 뇌리에서 떠나질 않았습니다. 애완견으로 사람에게 길들여지다 버림을 받은 건지, 철장에서 원래부터 길들여진 건지 알 수는 없지만 집으로 돌아오는 길에 그들의 멍한 표정 위로 깔끔하게 갈아엎어진 논들이 오버랩 되었습니다. 그러면서 그 논밭들도 사람의 손으로 길들여진 땅이란 인식이 들더군요. 눈을 들면 보이는 산들도 웬만한 곳엔 길이 다 나있고, 사람의 흔적이 없는 곳은 드물지요. 사람의 힘이 미치면 미칠수록 자연이 순수함을 잃어가듯, 인습에 묻혀 살다보면 자연스런 영혼은 아이들의 정신에서 하나 둘 그 조각이 떨어져 나가 어른이 되었을 때 순수한 기쁨이 찾아오는 일이 드문가봅니다.

얼마 전, 유명한 《내 생애의 아이들》이란 책을 읽었습니다. 그 책을 덮고 나서 제일먼저 내가 생각한 건 '괜히 읽었다. 읽지 말걸!'이었습니다. 물론 책이 재미없어서 그런 것은 아닙니다. 오히려 그 반대였습니다. 18세 어린 여 선생님의 눈을 통해 시골 아이들을 그린 몇 편의 에세이 같은 소설로 선생의 따스한 교육과 그 배경인 자연을 읽어내려 가면서 다른 어떤 책보다도 눈을 뗄 수 없을 지경이었지요. '읽지 말걸'이라고 후회 아닌 후회를 한 이유는 그 소설의 배경이 되는 광활한 자연 때문인데, 그 책은 인간의 손길이 미칠 수 없을 것 같은 거대하고 힘찬 자연을 제 마음 속에 심어 좀처럼 그 배경이 잊히지 않는다는 겁니다. 도시보다는 시골이 그래도 살아있는 자연이 바로 옆에 있다고 생각했는데, 그 책을 읽고 나서 다시 보는 이 시골 풍경이 너무나 사람이 길들여 놓은 것 같아 갑갑함이 일었지요. 글쎄 도시 사시는 분들이 이 얘기를 들으면 '벌써 시골구석이 갑갑해졌나!' 또는 '웬 야성! 그 시골의 자연에도 만족치 못하면 아예, 사람이 살지 않는 밀림으로 가야지!'하고 야유를 퍼부을 수도 있지만, 내 본능엔 사람이 범접치 못하는 광활한 자연에 대한 동경심이 있었나 봅니다.

사람의 정신도 아이들에게는 그 어느 것도 범접치 못하는 광활한 자연이 있어 순수한 기쁨의 샘물이 솟아나지만, 살아가면서 지켜야하는 규범과 인습에 길들여진 어른들에게 광활한 자연은 서서히 물러나 인간의 힘이 우위에 있는 도시나, 아직 생기 있는 자연의 힘이 느껴지나 인간의

눈도 오고 매서운 추위 속에 집에서 1㎞정도 떨어진 두부공장까지 아이들이 걸어가서 만두소에 넣을 두부를 사왔습니다.

손에 길들여진 시골풍경과 비슷하여 영혼 깊은 곳에서 울리는 기쁨이 점점 메말라간다는 것… 그렇다고 이 광활한 자연에서 느끼는 순수한 기쁨을 위해 인간 사회의 규범과 인습을 떠나 살아갈 수는 없겠죠. 마음 속 동경심은 동경심이고, 고삐를 매단 인습이지만 그 속엔 인간의 정이 있고 그 정 때문에 사람들은 인습에 젖어 사는 건가봅니다.

설날이란 풍습에서 시작한 이야기가 아이들의 정신에서 샘솟는 기쁨으로, 광활한 자연으로 흘러가 버렸네요. 명절에 대한 아이들만이 가지는 설렘을 느끼지는 못하겠지만, 만두를 만들던 유년 시절의 그 기쁨만큼은 생각해보려 합니다.

......

물이 안 나옵니다

물이 또 다시 안 나옵니다. 우리 집엔 현재 지하수와 산물이 둘 다 들어오게 돼있습니다. 그러나 지금 지하수는 왠지 끊겼고, 산물은 펌프가 작동이 되지 않아 그야말로 아주 잴잴 대며 수도꼭지를 적시고 있을 뿐입니다. 사실 이 잴잴대며 나오는 산물이 있어 요즘 심심찮게 지하수가 끊겨도 그럭저럭 버텨나갈 수 있습니다. 엄밀히 말하면 물이 끊긴 게 아닙니다. 다만, 그동안 콸콸 흘러나오는 수돗물에 익숙해져 이 잴잴대며 나오는 물에 성이 차지 않는 것이지요. 그런데 이런 일이 자주 있으니 어느 순간 잴잴이라도 흘러나오는 산물이 얼마나 고마운지 모르겠습니다.

갑작스레 물이 안 나와 처음엔 무척 당황하였습니다. 산물이 나오게 밸브를 돌렸어도 펌프는 돌아가지 않고 물이 똑똑 떨어지는 수준보다 약간 나은 상태로 흘러나왔습니다. 찬물만 나오고 온수는 당연히 안 나옵니다. 할 수 없이 그 물로 밥하고 설거지하고 세수하고 아주 기본적인 일만 하였지요. 샤워는 어림도 없지만, 하루 그렇게 생활하니 지낼만합니다.

그 다음날 지하수가 나왔습니다. 콸콸 쏟아지는 물을 보니 얼마나 반갑던지 밀린 빨래하고 방 청소하고 나니 오후에 또 물이 안 나옵니다. 그래서 다시 산물이 나오게 하고 이틀이 지났습니다. 물이 하루 제대로 나오고 이틀 안 나오고 하는 식으로 거의 두 달이 지나니, 집 안에 물

이 나오는 자체가 우리 삶을 얼마나 편안하게 만들어 주었는지 느끼다,
그 반대급부도 있지 않을까란 생각이 들었지요. 그 반대급부가 뭔지 확
실하게 떠오르지 않아 그냥 잊어버리고 있었는데, 며칠 전 《세상에서
아름다운 곳으로의 여행》이란 책을 읽다가 확연히 떠올랐습니다.

　물이 집안에서 나오니 밖으로 나가는 기회가 당연히 줄어들어 생활
자체가 자연으로부터 멀어지게 된 것. '세상에서 가장 아름다운 곳으로
의 여행'은 한 캐나다 여성이 부탄의 영어교사로 근무하면서 서구 문명
의 때가 묻지 않은, 그러나 서구인의 시각에선 너무나 불편하고 비위생
적이기까지 한 그 곳 생활에 적응해 나가며 최종적으로 서구 기계 문명
보다, 그 부탄이란 곳의 자연에 순응하고 불교에 바탕을 둔 정신문화를
선택한다는 내용입니다. 그 캐나다 영어 교사의 첫 근무지 숙소엔 수도
꼭지가 있지만, 어쩌다 물이 졸졸 나올 뿐입니다. 그녀는 처음에 음식
을 할 엄두도 못 내고 과자로 끼니를 이어가지만, 다른 곳에 근무하는,
주방에 수도가 아예 없는 동료 교사의 숙소를 방문하고 돌아와, 집안
에서 물이 나오는 것 자체는 어쩌면 사치일지 모른다고 생각합니다. 대
부분 부탄의 오두막엔 상수도 시설이 없지만, 사람들은 물을 길어오
고 강이나 계곡으로 가 목욕을 하고 빨래를 합니다.
　캐나다 여교사의 눈에 그 모습은 힘들게 살아가는 모습이 아니라 오
히려 행복이었습니다. 자연스레 자연을 곁에 두고 생활하는 행복. 그러
다보니 자연에 대한 경외심이 저절로 생깁니다. 내가 먹고 마시는 강물
과 계곡 물, 항상 지나가며 보는 물, 이런 물이기에 집안에서 수원이 어
딘지도 모르고 콸콸 쏟아지는 물을 보는 것보다 그 물에 대한 애정이

더 생깁니다. 또 힘들게 길어온 물이기에 아껴 쓰게 됩니다.

근 두 달간 물 파동 아닌 물 파동(?)을 겪고 나니, 나 스스로 물을 쓸 때는 산물이 나오는 수준보다 조금 나은 상태로 틀어서 쓰려고 노력합니다. 근데 예전의 확 틀어서 시원하게 콸콸 나오게 하는 습관이 배어 있어 순간적으로 수도꼭지를 확 돌리다가 콸콸 쏟아지는 물에 놀라곤 합니다. 물이 없으면 살 수 없으면서도, 물을 더럽히고 물을 낭비하는 생명체가 이 세상에 또 있을까요?

재작년 집을 지으면서 가장 큰 문제는 물 문제였습니다. 어디서 끌어와 어떻게 연결해야 큰 탈 없이 물을 집안에서 쓸 수 있을까가 관건이었습니다. 이런 저런 생각 끝에 우리 땅 옆에 흐르는 작은 계곡 물을 끌어들이기로 했습니다. 수압이 약해 펌프를 이용하여 집안으로 물을 끌어들여 한해를 사용하였습니다. 맑고 산에서 흐르는 물이라 약수라 생각하며 끓이지도 않고 마셨습니다. 그러나 장마가 시작되니, 흙물이 내려와 도저히 쓸 수가 없었습니다. 마실 물은 작은 정수기를 구해 걸러서 먹고, 설거지나 허드렛일은 비가 그쳐 약간이라도 흙이 덜 섞여 들어올 때 해야 했습니다.

그러다 다행히 작년에 정부 지원으로 마을의 지하수를 끌어올려 수도 공사를 했습니다. 그 전까지는 마을에선 산 위의 샘물을 끌어다 썼는데, 이 물이 심심하면 막히고 역시 비라도 오면 완전히 흙물이었지요. 집을 지으면서 마을에서 공동으로 사용하는 이 샘물을 집으로 끌어 올까도 생각했지만, 물 양이 넉넉지도 않은데 마을에 폐도 되고 자주 끊기는 지라 그렇게 하지 않고 옆의 계곡 물을 끌어온 것이지요.

아직 시골은 주거 생활의 기본적 토대가 형성돼있지 않습니다. 상하수도에서부터 쓰레기 처리까지 모두 개인이 해결해야하는 문제입니다. 도시에서는 분리수거를 잘해서 내놓으면 마지막 처리는 개인의 문제가 아니지만, 여기 시골서는 도시에서처럼 분리수거를 해서 마지막 처리를 기다리고 있으려니 재활용 쓰레기가 엄청나게 쌓여가고 있습니다. 사실 요즘은 가게에 가서 생필품을 살 때, 태울 수 있는 것으로 포장된 걸 사려고 애씁니다. 마지막 처리도 우리가 해야 하기 때문입니다.

또 하나 시골에서는 가급적 단순하게 살아가야 한다는 걸 몸으로 또 경제적으로 느끼게 됩니다. 도시에선 물이 하루만 안 나와도 모든 생활이 엉망이 되죠. 하지만 이 시골에선 집안에 물이 안 나와도 옆에 계곡 물이나 강물만 있다면 그리 두려울 것도 없을 것 같아요. 길어와 쓰면 되고, 샤워는 미루고, 참 여름이라면 집 옆 숨어있는 계곡 물에서 하고, 그렇게 단순하게 물이 있는 곳으로 가면 되는 거죠. 수도란 기계의 의존에서 벗어나는 겁니다.

물질과 기계 문명에서 좀 더 벗어나는 시골 생활을 꿈꾸며 며칠 전 남편에게 "우리 차 없애면 어떨까?"하고 물었습니다. 남편은 의아해하며 묵묵부답. 다른 분들도 '여기서는 차 없으면 힘들지 않을까?'란 반응이지만 '없어도 대중교통수단을 이용하면 되지 뭘! 좀 느리겠지만.'이란 생각이 내게 차츰 우세한 쪽으로 기울고 있습니다. 차량 유지비와 기름 값이 없으면 그만큼 경제적으로 자유롭고 여유가 생기는 거죠. 또 걷는 생활은 건강에 크나큰 도움이 될 것 같고요.

이 글을 쓰고 있자니 저녁 어스름이 내려앉고 있습니다. 마을엔 가로 등만이 깜박이고 바람이 살살 나무들을 흔들고 고요한 밤의 정적이 오고 있습니다. 이곳 할머니들께선 밤에 전기 불을 거의 켜지 않고 생활하는 덕에 그야말로 마을은 완전에 가까운 밤의 어둠 속에 묻힙니다. 우리 집만이 환한 전기 불 아래 저녁식사를 하고, 책을 읽고… 우리 가족이 이 밤의 어둠에 익숙해져, 전기 불이 거추장스럽게 느껴질 때가 찾아올까요?

• • • • • •

정월 장을 담갔습니다

정월 대보름 전 날부터 내리기 시작한 눈이 근 나흘 간 계속 왔습니다. 마을과 산과 들 모두 하얀 눈 속에 파묻혀 깨끗해졌습니다. 세상과 멀어져 별천지에 묻힌 느낌 속에서 며칠을 보냈지만, 대보름 다음날은 장을 담그려고 계획을 세워 두었다가 쌓이고 흩날리는 눈을 보며 내일 또 내일로 미루다 그만 오늘에서야 담갔습니다.

아침 하늘을 올려다보니 구름 한 점 없이 맑은 코발트빛이었습니다. 약간 쌀쌀해진 날씨지만, 거센 겨울바람도 일지 않네요. 장을 담그기 전 주변과 몸단장을 정갈하게 해야겠기에 집 안팎을 청소하고 옷에 묻은 잡티나 털도 OPP 테이프으로 제거하고 일을 시작했습니다. 마을 할머님들께서는 장 담그는 날은 소(牛)날을 피하라고 일러주십니다. 예전 우리 친정어머니도 무슨 일을 할라치면 그 날이 무슨 날인지 달력을 보아 좋은 날과 안 좋은 날을 가려서 했던 기억이 납니다. 이런 풍습은 아마 그 일이 중요하기에 마음가짐을 특히 달리하려는데 그 뜻이 있지 않았을까 생각됩니다. 장을 담그면서 마음과 정신을 허투루 할 수 없기에 그런 풍습이 꼭 미신이라고 치부하기보다 그런 조상들의 정신에 공감을 하고 싶습니다. 사실 오늘이 소날인지 아닌지 모릅니다. 그런 표시가 있는 달력이 없거든요. 다만 오늘은 중요한 날이므로 몸과 마음을 정갈히 하고 장 담그기가 끝날 때까지 긴장감을 늦추어서는 안된다는 걸 새겨두고 있었습니다.

겉이 잘 마르고 하얀 곰팡이가 군데군데 피어 잘 띄어진 메주를 흐르는 물에 씻어 말렸습니다. 뜨거운 짚불로 소독한 장독을 말렸다가 메주를 잘라 그 속의 말랑말랑한 메주로 한 번씩 장독 안을 문질렀습니다. 옛 장독은 숨을 쉬기 때문에 밖으로 장 국물이 품어 나올 수 있어 이런 품는 현상을 예방하기 위함이라고 독파는 할머님이 전해주시더

군요. 장독 속에 메주를 차곡차곡 쌓아둡니다. 간수를 빼고 잘 씻어둔 소금을 물에 녹였습니다. 이 때 신선한 계란을 넣어보아 계란이 물 위로 뜨는 부위가 동전 크기만 하면 소금의 농도가 적당합니다. 이 소금물을 체에 부어 마지막 불순물을 걸러내어 장독에 부었습니다. 메주가 잠길 정도로 소금물을 부은 후 참숯과 말린 빨간 고추를 넣었습니다. 광목으로 만든 보자기를 장독 입에 덮고 고무줄로 묶은 후 햇볕을 쬐게 두었습니다.

일단 장 담그는 일은 끝났습니다. 40~50일 후 장독의 물과 메주를 분리하여 메주를 으깨면 이것이 된장이요, 물은 간장이 되는 거지요. 약간 물에 떠서 서서히 발효될 메주는 동동 떠있는 참숯과 빨간 고추에 이곳의 맑은 햇살이 더해지고, 맑은 날이면 뚜껑을 열었다 밤에는 닫는 약간의 정성을 기울이면 구수한 된장으로 거듭납니다.

더불어 지나는 산들바람에게 '이 곳 자연을 지키는 모든 생명체들에게 올 해 우리 장맛이 구수하고 맛깔스럽게 우러나게 도와달라고 전해주렴!'하고 빌어봅니다.

그리고 나니 내가 인디언이나 옛날 사람이 된 듯합니다. 존재하는 모든 것에 신령이 있다고 믿었던 북미 인디언들! 또 순박한 옛 우리 선조들! 장을 담그며, 내 영혼에 그들 영혼이 들어와 깃들기를… 장맛을 위하여…

· · · · · ·

봄맞이 준비운동

봄빛이 완연합니다. 밤이면 '탁탁' 소리를 내며 타는 벽난로의 열기가 이젠 덥고 무겁게 느껴집니다. 벽난로의 나무를 이젠 덜 때야할 것 같습니다. 낮엔 한쪽 창문을 살짝 열어놓고 싶어집니다. 그제는 봄이면 내내 들리는 휘파람새의 "휘휘" 소리가 살짝 어디선가 들려왔습니다. 새들도 봄맞이 준비를 하고 있나 봅니다.

거실로 들어오던 겨울 햇살이 이젠 조금씩 물러나고 있기에 나도 봄맞이가 하고 싶어져 마당으로 나가 겨우내 장작 팰 때 떨어져 뒹굴던 나무 부스러기를 줍고 마당을 쓸고, 텃밭에 상추씨와 쑥갓씨를 뿌렸습니다. 얇은 스웨터 하나만 입고 일했는데 땀이 나네요. 이제 봄 노동을 본격적으로 시작할 시기가 다가오고 있음을 햇살이 알려줍니다. 오늘 흘린 땀은 봄 노동을 위한 준비운동이었을 뿐입니다. 봄이 오면 오전이나 오후를 투자하여 노동을 하여야 무언가 땅이 우리에게 먹거리를 내줄 겁니다. 땀을 흘려 땅이 준 먹거리를 먹는다고 생각하면 괜히 기운이 납니다. 푸릇푸릇한 봄나물을 보면 입맛이 돋듯이 말입니다.

도시에서도 항상 봄이 오면 맘이 설레며 '어서 가라! 겨울아!'라는 바람이 있었지만, 이 곳 시골에선 좀 다릅니다. 봄에 대한 설렘 속에 노동에 대한 부담감도 섞여있고, 겨우내 찌뿌드드했던 몸에 기지개를 펼 수 있다는 생각도 있고, 겨우내 부리던 게으름도 조금 아쉽고 그렇습니다. 무엇보다 벽난로의 따스함과 '쉬쉬', '탁탁' 소리를 세 계절이 흐른 뒤에나 들을 수 있다는 점이 아쉽습니다.

봄맞이 준비운동을 하며 추웠지만, 벽난로가 있어서 따스했고, 아이들에게는 눈과 얼음이 있어서 즐거웠던 겨울을 아쉬워합니다. 그러나 쉴 새 없이 움직여야하는 계절, 초록과 색색의 자연을 그 움직임 속에서 볼 수 있는 계절에 대한 기대감이 더 큽니다.

· · · · · ·

봄비 그리고 겨울나기

봄을 재촉하는 비가 한바탕 쏟아졌습니다. 서쪽 창가, 꽤 높아 보이는 산봉우리들 위로 시커먼 구름이 몰려들더니 우박과 함께 세차게 내리는 빗줄기에 놀라 마당을 배회하던 까마귀가 급히 제 보금 자리로 돌아가네요. 눈이 아니고, 비가 오니 이제 계절이 한번 선회를 하여 생명이 움트는 시기로 들어섰습니다.

얼마 전 봄맞이 운동처럼 시작한 마당 쓸기와 상추 씨앗 뿌리기를 한 후부터 매일 점심을 먹고 난 후, 밭과 마당에서 어슬렁댔습니다. 마치 매일 건강을 위해 운동을 하듯이 말입니다. 지난 가을 못다 한 밭 정리 도 하고, 지난번 뿌린 상추와 쑥갓이 싹이 텄는지도 확인하고 혹, 부추 가 싹을 내밀었을까도 보며, 유난히 파란 코발트빛 하늘에 젖어 마당에 서 차 한 잔하는 시간들도 가졌지요.

사실 밭 정리를 뺀 이 모든 것이 때 이른 행동이란 생각이 스칩니다. 씨앗 뿌린 지 며칠 되지도 않아 싹을 기대하고, 한 낮은 따스하나 아직 밤 기온은 영하로 떨어지는데 부추 싹을 생각하고, 마당에서 가만히 앉아 차를 마시자니 살살 불어오지만 그래도 찬바람에 몸을 움츠리게 되니 말입니다.

그래도 밖에서의 생활을 늘리고 싶은 마음, 곧 봄의 설렘을 하루 일 상 속에 들어앉히고 싶었다고나 할까요. 모든 동물에게는 서캐디언 리듬(Circadian Rhythms)이 있다고 합니다. 24시간에 따라 밥을 먹고, 활동하고, 잠을 자는 일상의 생체리듬을 일컫는데, 이 생체리듬은 계절에도 적용된답니다. 동물들이 야생에서 어느 시기에 짝짓기를 하고, 새끼 키우고, 먹이를 저장하고, 동면을 하는지 생물 내부의 달력에 많이 의존한답니다. 흔히 외부 날씨 변화에 따라 움직일 거라는 생각이 일반적인 인식이었지만, 내부의 정보가 더 중요한 요인이었음을 생물학자들이 밝혀냈다는군요. (《동물들의 겨울나기》, 베른트 하인리히저) 내 마음속 달력에도 외부 날씨와는 별도의 봄을 느끼는 감각적 리듬이 숨어있었나 봅니다. 이성이 생각하면 좀 이른 감은 있지만, 감각적 달력에 따라 제 마음이 움직이고, 행동도 하고…

《동물들의 겨울나기》에 소개된 기상천외한 동물들의 겨울나기 방법들을 보면서, 온 몸으로 느끼는 자연이기에 생명에 치명적일 수 있는 추위를 생체 시스템과 감각을 변형시키고, 자연물을 이용하여 극복해 나가는 동물들에 비해 인간들은 지성이 발달할수록 감각을 잃어가고 있다는 생각을 했습니다. 이 두꺼운 책을 요약하자면 '생명과 생존 유지는 내(동물들) 감각 안에 있소이다.'였습니다. 그런데 인간인 우리는 겨울 추위를 동굴 속에서 이겨내야 한다고만 생각해도 끔찍한 생각부터 들지요. 그렇게 지내려면 태곳적 감각이 살아있어야 할 것 같습니다.

집 위 밭에서 지난 한 해 살다간 누리죽죽한 풀들을 쇠스랑으로 긁어내니, 그 밑엔 풀싹이 한 아름 뽀얗게 올라와 있습니다. 좀 있으면 이들 풀이 성가신 존재로 둔갑하겠지만, 그 순간만큼은 반가웠습니다.

"히야! 너희도 겨울나기를 잘 하고, 지푸라기를 옷 삼아 제법 빨리 깨어났네!" 겨울나기를 마무리하고 씨앗이란 집 속에서 동면을 끝낸 풀들이 너무나 많이 눈에 띕니다. 또한 무슨 작은 짐승들의 양식 저장고인지 아니면 둥지였는지 알 수 없는 지푸라기로 만든 둥근 물체(공같이 생김)들이 죽은 덤불 밑에서 여러 개 보였습니다. 호기심에 아주 작은 입구를 헤집어 열어보니 그 안에는 고염 열매 한 개가 들어있네요. 인간이라면 지푸라기로 도저히 이런 걸 만들 수는 없는데, 이 알 수 없는 지푸라기 공들이 어느 한 동물의 겨울나기와 관련이 있는 것은 아닐까 추측만 해봅니다. 내 무지의 소치이겠지만, 아무리 많은 연구를 한다고 해도 동식물의 세계는 인간들이 다 밝혀낼 수 없는 무한의 세계가 아닐까요?

어쨌든 겨울나기는 동물보다 식물들이 더 앞선 체제를 유지하고 있다는 걸 벌써 땅 위를 서서히 점령하려는 그 기세를 보면 알 수 있습니다. 풀들이 반갑기도 하고, 한편에선 더럭 겁도 났습니다. 벌써부터 그들을 뽑아내야 했지요. 싹 정도가 아니라 뭉텅뭉텅 자란 풀이 밭 여기저기를 차지하고 있어서요. 풀이 크기 전에 뽑아내야 한다는 건 시골 와서 3년 만에 내가 키운 감각입니다. 처음 봄이 오니 풀빛만 봐도 좋아서 또 아까워서 그냥 밭에 마당에 두고 보았지만, 결국 그들의 기세에 온 밭과 마당을 망치고 만다는 걸 눈으로 보고, 뽑으려 애쓰며 손으로 깨달았기에…

오늘은 간간히 비가 뿌립니다. 이 비가 나무와 풀들은 말 할 것도 없고, 산과 들에서 겨울나기를 한 동물들에게도 그들의 감각을 깨우는데 일조를 하겠지요? 겨울을 잘 이겨낸 모든 생명들에 새삼 경외심이 느껴지는 요즘입니다.

• • • • • •

신선한 밭을 만들며

아침 7시면 어김없이 경운기가 탈탈탈 집 옆을 지나갑니다. 그러면 이제 본격적인 농번기임을 알 수 있죠. 요즘 우리는 이 소리를 듣고 일어난답니다. 좀 게으른 편이지만, 겨우내 8시 넘어 때론 9시에도 일어나곤 하던 몸뚱이이기에 일어나려면 몸 구석 어디선가 비명소리가 나는 것 같습니다.

일어나 아침상을 차리고 있노라면 온갖 새들이 벌써 먹이를 찾아 하늘로 밭으로 다니며 지지배배 지저귀는 소리가 아침 고요를 흔듭니다. 그러면 마음이 괜히 바빠집니다. 아이들을 학교에 보내고, 얼른 밭에 나가 봄의 노동에 동참하고픈 마음이 앞섭니다.

느지막이 오전 10시쯤 밭으로 나가 한 두 어 시간 일하면 배속에선 땡땡땡 점심시간이라고 알리고, 몸뚱이는 비명 소리에 헉헉댑니다. 요 며칠 밭에서 일하면서 작년에 우리가 어떻게 옆 밭을 그리 많이 갈아 고구마를 심었을까 믿겨지지 않습니다. 사실 밭에서 하는 노동에서 금전적 보상을 받으려는 욕심이 작년 노동의 원동력이었습니다. 일한 대가로 생활비를 조금이나마 충당하기 위한 욕심! 그러나 그런 욕심을 천지신령이 알아 "택도 없다! 이제 시골살이 시작한 주제에, 농사의 농자도 모르는 주제에! 땅에서 욕심을 내다니!"하는 듯 멧돼지에게 거의 모든 밭을 내주고 말았습니다. 지금 생각하면 작년 봄 노동은 욕망의 밭이었습니다. 턱도 없는 욕망의 밭! 그랬기에 밭일에서 얻는 부차적인 즐거움은 뒷전이었습니다. 밭일을 하여 얻는 먹거리들 외에 따스한 봄볕을 쪼이고 땅 냄새 맡으며 느긋한 마음을 갖는 것. 적당히 몸 놀려 운동을 할 수 있다는 것. 이런 부차적인 즐거움보다, 밭일을 끝냈을 때 그 욕망을 조금씩 충족시켜 나가고 있다는 쾌감이 우선이었다고나 할까요. 오히려 부차적인 즐거움은 사치가 아닌가 이런 생각도 그 때는 했습니다. 그런 생산성 없는 욕망을 과감히 버려야 시골살이가 부담스럽지 않을 듯합니다. 그러나 생활비 충당이란 부담은 여전히 남아있겠지만, 이 문제만큼은 밭에서 해결할 수 없기에 우리 밭을 욕망의 밭이 아닌, 신선한 밭으로 만들렵니다.

그래서 올해는 그런 가당치 않은 욕심을 버리고 우리 식구의 먹거리만 실하게 키우겠다는 생각을 하니, 밭 노동이 한결 느긋해지고 편안한 마음으로 하게 됩니다. 작년엔 그 고구마 밭에 온 신경을 쓰느라 텃밭 가꾸기는 좀 뒷전이어서 푸성귀들이 실하게 되지 않았거든요.

그런 편안한 마음으로 감자 심고, 이런 저런 씨앗들 뿌리고, 몸이 헉헉대서 밭에 털썩 주저앉아 우리 밭을 둘러보니, 이사 오면서 심어 꼬챙이처럼 서있던 나무들이 어느새 제법 굵어져 당당한 자태(?)로 서있습니다. 복숭아나무, 배나무, 매실나무, 사과나무에는 꽃눈 몽우리가 셀 수 없을 정도로 많습니다. '야호! 올해는 꽃도 많이 보고, 맛난 열매도 제법 먹을 수 있겠다!' 나무를 보고 있으니, 어린아이처럼 즐거워지네요. 남편은 이런 나무들에 거름을 주며 한껏 즐거운가 봅니다.

가까이 있는 뒷산에선 개구리들이 봄을 만나 즐겁다는 듯 갸르릉 거리는 소리와 딱따구리들이 나무를 쪼는 경쾌한 소리, 산비둘기의 구구 소리가 들립니다. 이러저러한 풀들 외에 이렇다 할 눈에 보이는 연푸른 봄은 아직 아니지만, 소리만큼은 정말 봄입니다. 바쁘게 밭일에 몰두하기보다 괜스레 여기저기 기웃거리고 싶습니다.

쉬고 있는데, 마을 할머님이 땔감을 한 아름 이고서 또 허리춤엔 나물을 가득 채취해서 내려가십니다. '어! 벌써 나물을 캐셨네! 무슨 나물을 저리 많이?' 궁금증이 발해, 총총히 내려가시는 할머님에게 말을 걸었습니다. 아들 내외가 올지 몰라 산지골 위에 가서 머구 나물 좀 캐셨답니다. 자디잔 머구 나물 순이 앞치마에 그득히 담겨있습니다. 내가 내미는 커피 한잔을 게 눈 감추듯(?) 후딱 드시고 씩~ 웃으며 땔감을 거뜬히 이고 내려가십니다. 남편에게 할머님 머구 나물 캐셨다고 얘기하니, 저녁 무렵 남편은 언제 올라갔었는지 아직 다 자라지도 않은 머구순을 가득 뜯어왔습니다. 덕분에 머구 나물 무침으로 저녁 찬거리 해결! 계절이 바뀌니 일상이 좀 더 자연 가까이에서 이루어집니다. 봄부터 자연이 모든 생명에게 베푸는 것이 많아서일까요? 겨울보다는 낙천적이 되갑니다.

새순들 그리고 장독들

지금 산과 들에선 조용한 변화가 일고 있습니다. 또, 갑작스럽게 느껴지는 꽃들의 출현이 일고 있답니다. 조팝나무가 산 여기저기서 하얗게 분출하듯 피고 있고, 진달래는 한두 송이 피더니, 지금은 산 구석구석에서 분홍빛 사연들을 가득 만들고 있답니다. 앵두나무, 자두나무, 무엇보다 복사꽃이 마치 춘정을 못 이기듯 연 분홍빛 꽃으로 제 몸을 치장하고 바람에 살살 나부낍니다. 항상 봄이면 이들 꽃들의 출현은 마치 게릴라성 출현처럼 갑작스레 느껴집니다. 그러다 '어머! 어머! 저 꽃들 좀 봐!' 이렇게 놀란 가슴에 경이롭게 쳐다볼라치면 어느새 사라집니다.

그런데 이 화려한 꽃들 옆에는 항상 서서히 돋아 나오는 존재가 있습니다. 연 초록빛 새 순들이지요. 꽃들처럼 눈에 확 띄지는 않지만 꾸준히, 조용히 산과 들의 빛깔로 번져갑니다. 봄만이 가질 수 있는 맑은 초록빛이 이제 서서히 물올라 절정을 향해 나아갑니다. 이들 연 초록빛 순들이 요즘 내 눈에는 진정한 봄꽃으로 보인답니다. 그 딱딱한 나무속에 꼭꼭 존재를 숨기고 있다가, 아주 조금씩 몸을 펴는 순들. 찔레나무 순, 조팝나무 순, 버들가지 순, 명자나무 순…

산과 들에 초록의 조용한 변화가 일어나고 있는 어제, 된장과 간장을 분리했습니다. 된장을 으깨면서 보니 된장의 속살이 마치 이제 막 물오른 나무들의 새순들처럼 맑은 빛이더군요. 눈에 보이는 색깔은 다르지만 맑기가 대동소이합니다. 이 봄의 연 초록빛 맑음이 여름으로 가면서 서서히 농도가 짙어져 녹음으로 진행되듯 장독 속에선 된장의 맑은 빛과 맛이 서서히 익어 녹음처럼 깊어지겠지요.

팔 아픈 줄 모르고 열심히 치대다 보니 된장 만드는 일 또한 자연과 친밀감을 형성해 가는 또 다른 일이란 생각이 들었습니다. 왜냐구요? 무념무상(無念無想)에 빠지기 때문입니다. 봄나물을 캐러, 야생화를 구경하러 산과 들로 다니다 보면, 민초라면 누구나 갖는 생활에 대한 걱정, 자식 걱정 이런 저런 사는 걱정들이 저만치 물러나 앉아있는 걸 느낍니다. 그야말로 아무 생각이 없답니다. 불교에서 말하는 무(無)에 빠진다고나 할까요. 물론 이렇게만 살 수 없지만, 그 순간들이 삶의 걱정에서 오는 아픔들을 치유해주는 것 같습니다. 이렇게 자연에만 쏙 빠져들 수 있는 생활이 있어서 시골에서의 삶이 좋은가 봅니다.

자연과의 교감은 커다란 이슈가 아니라 산길을 걷고, 그러면서 자연을 보고 자연에서 전해오는 느낌을 받고, 산에서 작은 먹거리를 구하는 것이지요. 된장을 만들다 보니 그런 자연과의 교감에서 오는 느낌이 그대로 전해져옵니다.

된장과 간장 가르는 일을 끝내고 나니 오후 늦게부터 비가 오기 시작했습니다. 산과 들을 서서히 초록으로 바꿀 새 순들이 반가워할 봄비입니다. 우리 집 장독들도 이 봄비를 반가이 맞이하는 자연의 일부이네요.

나물 캐는 봄 처녀 할머니

벚꽃, 복사꽃, 배꽃 앵두나무 꽃 등등 초봄에 피는 화사한 꽃들이 지고 있답니다. 요즘 바람이 유난히 휘휘 부는데, 바람결에 그 화사한 꽃 이파리가 우수수 떨어져 그야말로 꽃비랍니다. 이제 화사한 모습은 조금씩 벗고, 이파리와 나무줄기와 나무둥치를 키우는 계절이 서서히 오고 있습니다.

화사한 꽃들이 지고 있는 그제, 우리 부부는 밤 밭에 거름을 주러 산으로 올라갔습니다. 거름을 뿌려주다 보면 밭의 땅들을 보게 되는데, 온갖 야생화들이 발치에서 피어나 환한 얼굴로 웃고 있습니다.

"어마! 이 하얀 꽃 좀 봐! 이름이 뭐더라. 아! 산자고다. 이 꽃도! 근데 네 이름이 생각 안 난다!"

절로 그 조그만 꽃들과 이런 식으로 얘기를 나누는데, 사실 이름이 잘 생각나지 않는 꽃들이 많네요. 지난봄에는 야생화 관련 책들을 보며 익혀두었던 꽃들인데, 일 년이 지나고 보니 머릿속에서 이름만 맴돌 뿐 생각이 나지 않습니다. 아무튼 지금 산에는 야생화 세상입니다. 작은 붓꽃, 제비꽃, 산자고, 별꽃, 구슬붕이, 할미꽃, 미나리아재비와 이름을 잊어버린 여러 꽃들…

이런 꽃들은 허리를 굽혀 세세히 보지 않으면 잘 안 보이는 꽃입니다. 그래서 자연히 꽃을 보려면 허리를 굽히게 되는데, 한참을 그러다 보면 허리가 좀 아파 오지요. 밤 밭에 거름을 주며 허리를 굽혀서 이들 야생화를 보다 아 글쎄 어느새 고사리 순이 올라온 것을 알았습니다. 고사리 순이 올라오면 이젠 시골은 나물 철이라고 해도 과언이 아닙니다. 아니나 다를까, 밤 밭에 거름을 다 주고 산에서 내려오다 보니 마을 할머님 한 분께서 커다란 앞치마용 자루에 나물을 그득 캐서 내려가시는 모습이 눈에 띕니다.

마당에서 화단을 가꾸다, 밭을 갈다, 차 한 잔을 하며 어슬렁거리다 보면 이런 할머니들 모습을 자주 보게 됩니다. 우리 마을 할머니들뿐만이 아니라 다른 마을의 낯선 할머니들 모습도 보이지요. 그러면 나도 덩달아 마음이 급해집니다. 산에 가면 널린 나물을 캐다 묵나물을 만들어 두는 일, 흥겨운 일이기에 어서 동참하고프죠. 또 나물을 캐러 산으로 다니다 산과 친해질 수도 있고, 산에 사는 꽃과 나무들도 좀 더 알게 됩니다. 작년엔 밤 산을 돌보고, 밤을 거두면서도 보이지 않던 나무들이 올 해는 이 자리에 이런 나무가 있었나 싶게 눈에 띄는 겁니다. 돌배나무, 엄나무, 두릅나무…

지금 산에는 두릅순, 머구(머위), 고사리, 작은 취순 등이 많이 있답니다. 이들이 어른거려 그간 미루어두고 있던 밭갈이를 모두 서둘러 끝내고 홀가분한 마음으로, 덤으로 주어진 휴일을 맞아 아이들과, 고사리를 한 움큼 따왔답니다. 머구는 한 자루. 두릅은 반 자루. 취는 한 움큼. 그 향에 취할 것만 같은 취나물은 삶아 양념하여 어제 점심 찬으로 먹고, 두릅순은 삶아서 초장과 함께 집 짓

는 아저씨들에게 참으로 내고, 오늘 오전 내내 남은 나물들을 갈무리하고 씻어서 말리는 작업을 하고 나니, 봄의 나른한 피곤이 몰려옵니다.

장독 옆에 나물 말리는 채반을 놓고 앉아 있으려니, 할머님 한 분이 나물을 그득 캔 자루를 허리춤에 달고 마을로 총총히 내려가십니다. 시골에서 처녀는 눈 씻고 찾아봐야 하지만, 나물 캐는 봄 할머님들이 지금은 마치 봄 처녀 같습니다. 나는 나물 캐는 봄 새색시이구요. 왜냐구요? 할머님들께선 산에서 나물 캐기만큼은 펄펄 나십니다. 나는 그러고 보니 새색시 축에도 못 끼이겠네요. 나물 캐는 아줌마정도이지요. 그래도 이 나물 철이 좀 천천히 지났으면 싶네요. 복사꽃 지듯, 후딱 지나가지 않았으면…

. . . . . .

참으로 오랜만에 푹 쉬었습니다

참말 오랜만에 푹 쉬었습니다. 연일 내린 비 덕분이지요. 마당에 목련이 피기 시작하면서부터, 산에 들에 온갖 생명이 꿈틀대면서부터 우리부부는 그 생명의 소리를 쫓아서, 또는 모습을 찾아서 산으로 여기 저기 다니느라 사실 피곤이 쌓이는 줄도 모르고 있었습니다. 그런데 어제 오늘 비가 와 집안에만 있다 보니 그 피곤이 느껴집니다.

마침 큰아이는 2박 3일의 야영수련활동을 떠나서 없고, 집 짓는 아저씨들 오늘은 기상관계로 안 오시고, 아침 식사는 빵과 우유로 내주고, 나는 내친김에 퍼질러 잤습니다. 산으로 하도 다녀서인지 다리가 아

파서 어제는 잘 서있지도 못하겠더라고요. 그걸 핑계 삼아 늦잠을 자고 일어나니, 오전 9시 30분! ㅋㅋ

늦게 일어나니 입맛도 없고 하여 쑥꿀차를 한잔 타서 멍하니 앉아있 자니, '왜 이리 봄날이 바삐 지나가는가! 아니, 내가 왜 이리 그 좋은 봄 날을 곶감 빼먹듯 속속 빼먹고만 있는가!'란 생각이 듭니다. 좀 여유부 리며 지기들에게 전화도 걸고, 봄을 여유로운 시선으로 바라볼 수는 없을까? 라는 후회가 찾아듭니다. 물론 바삐 움직인 덕에 고사리며 이 런 저런 나물을 마련 할 수 있었고, 산과의 친밀감이 진해졌고, 텃밭에 이런 저런 야채를 심을 자리를 마련했지요. 하지만 사람은 사람과 수다 를 떨며 살아야하는 사회적 동물인가 봅니다. 지기들에게 전화해야지 하다가 하루가 그냥 지나가고, 저녁 9시만 넘으면 졸음이 몰려와 가까 스로 책 좀 보다가 잠자리에 들고…

가만히 생각해 보니, 봄 신학기가 시작되면서 좀 긴장을 했던 것 같습 니다. 큰아이가 중학생이 되고 보니 엄마인 내가 더 긴장했다고나 할까 요. 초등학교와는 분위기도 사뭇 다를 것이고, 아이 스스로도 신체적 변화와 정신적 변화 등 성숙을 향하여 나아가고 있기에 '아이가 올바로 나아가고 있나?'란 생각이 항상 마음속에서 떠나지를 않고 있었습니다. 어디에 살든 부모의 심정은 똑같겠지요. 큰 아이가 중학생이 되었기에 올 봄부터는 학교가 끝나면 버스를 타고 집으로 오기로 했습니다. 두 달이 다 되어 가는 지금은 아이들도 버스 타는 일에 익숙해져 있지만, 처음엔 너무 늦지는 않을까? 졸다가 내리는 곳을 놓치지는 않을까? 조 바심이 나더라구요. 괜한 노파심이었음을 증명하듯 아이들은 강 앞의 다리에서 정확히 내려 집까지 꽤 먼 거리를 걸어옵니다. 작은 아이는 졸다가 내리는 곳을 놓친 적이 딱 한 번 있었답니다. 다행히 한 정거장 지나서 내려 걸어올 만한 거리였다고 자랑 아닌 자랑을 합니다.

집안에서만 어슬렁대자니 이런 날도 필요하다는 생각이 듭니다. 휴식을 위하여 말입니다. 그래도 이 휴식이 길면 안 되겠다는 듯 몸이 근질근질 합니다. 산으로 올라가고 싶어서 말입니다. 그래서 비가 살살 흩뿌리는 틈을 타서 잠깐 남편과 산에 올라가 고사리와 취나물 조금 캐왔답니다.

· · · · · ·

사랑방을 무사히 지었습니다

사랑방을 무사히 다 지었습니다. 집을 짓기 전, 마음에 그려 넣었던 모습보다 한층 멋진 자태로 드러난 사랑방이 자못 흐뭇합니다. 하지만 집이 완성되기까지 잘 지어질까 은근히 근심이 되었습니다. 우리 부부가 직접 집을 짓는 건 아니지만, 마치 집 짓는 노동을 하는 것처럼 저녁이면 피로가 몰려왔습니다. 아마 그 근심에서 나온 피로인가 봅니다. 집 짓는 일이 대사(大事)이기에 집을 한번 지으면 10년 늙는다는 말이 생겨났겠지만, 다행히 2년 전 집을 지어준 업체에 대한 신뢰가 바탕이 되어 큰 마음고생이 없이 사랑방이 완성되었습니다.

사랑방에 이런 저런 살림살이들을 들이고, 청소를 끝내고 나서 그 새로운 방에서 차 한 잔을 들며 마치 여행 온 기분이 되어 멀리 마을 앞으로 흐르는 강물과 녹음이 우거지기 시작하는 옆 산을 바라보고 있자니 큰아들이 "엄마! 우리는 여행 안가?"하며 조금 볼 멘 소리를 합니다. 그래서 "여기, 우리 여행 왔잖니! 우리는 매일 이 곳으로 여행 와서 민박하는데!"하며 조금 억지소리를 했습니다.

아이들과 어려서 여기저기 여행 다니던 기억이 나도 새록새록 나고 아이들도 가끔 그 때가 그리운가 봅니다. 그런데 가만히 생각해보면 우리가 제일 많이 다녔던 여행지는 지금 우리가 살고 있는 여기 지리산 자락이었답니다. 여행지가 삶의 터전이 되는 행운을 누렸다면 그렇게 생각할 수도 있고, 그 반대로 그 멋진 여행지가 갑갑한 삶의 틀이 되었다고 생각할 수도 있는 상황이지요.

어쨌든 사랑방에 있자니 몇 날 며칠 요런 단출한 살림살이가 있는 곳에서 여행 온 것처럼 지내고 싶다는 생각이 들었습니다. 일상에서 탈출하여 낯선 곳에서의 생활! 무언가 어릴 적 호기심이 묻어날 것만 같은 낯설음을 즐겨보는 맛! 일상의 복잡함에서 벗어나 보는 것! 그것도 여행의 묘미이겠지요. 그러고 보니 일상에서 우리가 소유하는 삶의 도구가 왜 이리 많은지, 일상이란 무게가 그 도구만큼이나 무겁게 느껴질 때가 있죠. 단출한 사랑방에 있자니 일상이란 무게가 대조되어 자꾸만 단출해지고 싶어집니다.

안채를 짓기 전, 마을 할머님 문간방에서 몇 개의 숟가락과 여행용 가스레인지와 몇 벌의 옷으로 지내던 그 때가 생각납니다. 처음에는 지낼 만 했는데, 3개월 째 접어드니 방 한구석에서 쭈그리고 앉아 밥하는 일이 고역이더라구요. 샤워는 고사하고 얼굴과 발만 씻는 일도 힘들었으니 말이죠. 인디언들은 스무 가지에서 스무 다섯 가지의 물건만 소유하며 평생을 살아갔다고 하는데, 이미 만 가지 이상의 물건이 필요한 현대 문명에 길들여진 저로서는 그 때가 불편하기 그지없었지요.

예전엔 민박하면 소박한 시골 정서가 생각나기도 했지만, 좀 불편한 부분도 있었지요. 한 여름 땀이 뻘뻘 나도 샤워할 수가 없고, 밥해먹는 모든 도구를 챙겨 가지고 가야 했으니까요. 요즘엔 이런 불편을 없앤 민박이면서도 꽤 고급스런 숙박시설인 펜션이 유행한다고 합니다. 우리 사랑방이 이런 펜션이 아니냐구요? 겉으로 보기에 그렇게 생각할 수도 있지만, 우리 사랑방은 그런 고급 숙박시설인 펜션이 아닙니다. 예전 민박의 불편한 점을 해소한 좀 더 편리한 민박입니다. 그래서 바람이 있다면 우리 사랑방에 찾아오는 손님들이 시골의 녹색 전원에 흠뻑 젖고, 소박한 시골 정서도 함께 느껴갈 수 있었으면 합니다.

사랑방을 다 짓고 나니 이틀 간 연일 비가 내리고 있습니다. 앞산에선 하얀 안개가 피어나고, 마을 앞으로 흐르는 강물은 평소보다 세차게 흘러갑니다. 뒷산의 오동나무는 어느새 보라색 꽃을 피워 향을 품어내고 있습니다. 무엇보다 풀들이 쑥쑥 자라는 모습이 보일 지경입니다. 그만큼 풀들의 뿌리는 땅 속 깊은 곳으로 퍼지고 있겠지요. 그들 뿌리처럼 우리 사랑방도 도시인의 마음속에 깊이 자리하기를 기대합니다.

......

우리는 엥겔지수가 높답니다!

비가 오고 있는 지금, 커다란 거실 창을 통해서 보이는 풀들이 유난히 환한 연 초록색으로 빛나고 있습니다. 마치 연두 빛을 뿜어내는 태양처럼 말입니다. 그래서 거실 안은 어두운데, 밖은 환하여 진기한 세상을 연출하고 있답니다. 하느님의 연출 하에 모든 풀들이 초록빛을 품어내는 연기를 하고 있는 듯합니다.

바야흐로 흐드러지게 피었던 봄꽃들이 지고, 풀들의 세상이 오고 있다는 걸 그 빛을 통해서 알 수 있습니다. 비가 약해진 틈을 타서 텃밭으로 가니, 쑥갓이 쑥 컸으며, 상추도 적색을 띠며 점점 잎이 넓어져갑니다. 며칠 전 텃밭에 심은 이런 저런 모종들이 고개를 빳빳이 세우고 내리는 비를 달게 먹고 있습니다. 풋고추, 꽈리고추, 피망과 오이, 토마토, 가지와 호박들. 참, 한참 전에 싹이 올라 온 들깨와 방앗잎들도 이제 텃밭을 푸르게 장식할 겁니다.

3월 중순에 심었던 감자는 대부분 싹이 20㎝이상 컸는데, 어떤 구덩이에서는 이제야 싹이 올라와 겨우 손톱만한 것도 있습니다. 한 이주일 전, 왜 싹이 안 올라오는지 안타까움에 싹이 안 올라오는 구덩이를 파헤쳐 보았습니다. 대부분 싹이 트고 있다는 증거를 확인하고 흙을 다시 덮어주고, 썩어서 싹이 나오지 않을 것 같은 곳에는 새 씨감자를 묻었답니다. 그런데 땅 밖으로 싹을 내밀지 못하고 있던 씨감자들도 땅 속에서는 작은 감자 알갱이를 달고서 키우고 있었습니다. 자신의 역할을 잘 하고 있는데, 괜한 노파심에 땅 속을 파헤치며 간섭을 한 것이 아닌가 싶어 부랴부랴 흙을 덮었습니다.

엊그제 큰아이가 중학생이 되어 첫 시험을 치렀습니다. 첫 시험이기에 걱정이 되어서 이런 저런 조언을 한다는 것이 그만 간섭이 된 것 같아 '조금만 말할 걸'이런 후회가 들기도 했지요. 밭농사와 자식 농사! 둘 다 조금은 마음을 비워야 한다는 걸 깨닫습니다.

시골살이를 하다 보니 관심의 영역이 자연과 자식에게로 한정됩니다. 그 밑바탕에는 먹고사는 문제가 가장 큰 이슈로 깔려있지요. 문화생활이다 여가다 하는 문제는 관심거리에서 멀찌감치 물러나 있습니다. 그래서 우리 집은 엥겔 지수가 무척 높은 편입니다. 아시다시피 엥겔 지수가 높다는 말은 사람이 사는데 있어서 가장 기본이 되는 의식주 중, 식의 비중이 높다는 말입니다.

옷(의) 문제는 대충 해결합니다. 아이들의 옷은 사촌들에게서 물려받아 입히고, 우리 부부의 옷은 도시 생활하면서 있었던 옷으로 충분합니다. 집(주)문제는 가급적 후에 손이 가지 않아 경제적 손해가 생기지 않는 종류로 선택한 것이 목조주택입니다. 나머지 먹는(식) 문제인데, 이것이 시골에서는 만만치 않은 문제입니다. 물론 싱싱하고 건강한 자연식을 많이 접할 수 있다는 정말 좋은 점이 있습니다. 그러나 식생활에 필요한 모든 걸 자체 생산할 수 없기에 기본적인 식 생활비는 드는 거죠.

도시에 사는 아이들의 이모들은 한참 크고 있는 조카들이 단백질이 모자라 덜 자랄까봐 좀 걱정스러워 하는 눈치입니다. 그래서 전화할 때마다 언니들은 한마디씩 합니다. "한참 크는 애들, 잘 먹여야 돼! 고기 자주 먹여! 푸성귀만 먹이지 말고!"

이런 엥겔 지수가 높은 시골살림은 어찌 생각하면 갑갑하기도 합니다. 그러나 산과 들에는 자연 건강식이랄 수 있는 식품들이 널려있고, 무엇보다 그런 살아있는 푸른 자연 속에 늘 존재할 수 있는 반대급부가 주어지기에 행복합니다.

텃밭을 돌보다 어느새 빨갛게 익고 있는 딸기를 보았습니다. 별다른 손질을 하지 않았는데도 빨간 열매를 달고 있는 밭 딸기! 이 딸기처럼 푸른빛 속에서는 다양한 열매들이 숨어서 그 존재를 키우고 있답니다. 복숭아나무, 앵두나무 뽕나무 등 모두 새끼 손톱만한 열매를 달고서 의연히 비바람을 맞고 있지요. 보고 있자니 미소가 절로 번지고 눈이 밝아옵니다. 그런 존재 옆에 서있다는 것이 행복합니다. 아이들도 이렇게 커갈 수 있기를 바라고, 그러면 더 행복할 것 같습니다.

문화생활을 못해도, 엥겔 지수가 높아도, 자식 농사와 짓고 있는 작은 밭농사만 잘 되면 행복한 것이 '시골살이'라는 걸 새삼 깨닫습니다.

텃밭을 한 바퀴 둘러보고 나니 비가 거세집니다. 집으로 들어와 어제 도서관에서 빌려온 책을 읽습니다. 시노다 고코의 《요리와 인생이야기》이 책은 각 국을 돌아다니며 맛 본 요리와 그에 얽힌 이야기입니다. 요즘 나는 이런 여행 책들을 통해 세상 구경을 하는 문화생활을 하고 있습니다. 우리 집의 유일한 문화생활, '도서관에서 빌려온 책 읽기'입니다. 책을 읽는 중에도 거실 창밖의 연 초록빛 연출은 계속됩니다.

......

'청출어람'이고 싶어라

　　화창한 주말이 지나고 새로운 한 주의 시작입니다. 월요일 아침이라 활기차야 함에도 직장인의 월요병처럼 또는 긴 여행을 하고 돌아온 사람처럼 몸이 좀 무겁네요. 실은 주말에 일이 좀 많았습니다. 우선 토요일 오전엔 된장과 간장 그리고 고추장을 독에서 조금 떠서 용기에 담았습니다. 냉장고에 보관할 수 있을 정도로 몇 병만 담았지만 그 맛이 어떨까 긴장이 되어서 큰일을 한 것 같은 느낌이 듭니다. 맛이 어떠냐구요? 내가 만든 된장과 기존에 먹고 있는 된장 그리고 마을 할머님들께서 주신 된장을 수도 없이 찍어서 맛보기를 여러 번 했습니다. 팔은 안으로 굽는다고 당연히 내 된장이 맛있었지요. 물론 아주 주관적인 관점이지만, 작년에 돌아가신 마을 한 할머님께서 주신 된장과 청간장(맑은 간장)이 참 맛있었습니다. 그래서 그 할머님께 된장 만드는 법에 대해 이것저것 물어보며 기억해 둔 것이 있는데, 그걸 염두에 두고 또 장 만들기를 오랫동안 해 오신 분들의 이야기를 허투루 넘기지 않아서인가 그 할머님의 된장과 간장만큼의 맛이 납니다. 그래도 이렇게 말해보고 싶습니다. '청출어람 이청어람(靑出於藍 而靑於藍)이고 싶어라'

　　이제 막 시작한 민박! 시작하기를 잘 했다는 생각이 듭니다. 젊은 분들은 관광이 목적이어서 인지 주로 오후 늦게 저녁식사와 잠만 자고 일찍 떠나지만, 가족단위로 오시는 분들은 주변을 산책하고 마당에서 식사도 하며, 밤에는 초롱초롱한 별들도 보고, 계곡이나 강에서 잠깐씩 물놀이도 하고, 우리 개들과 어울리며 하루를 그야말로 전원에서 푹 쉬다가 갑니다. 번잡한 관광지가 아니어서 좋다고도 하고, 마을이 참 아름답다고도 하고… 여행오신 분들과 이런저런 얘기를 하다 보니, 나도 마치 여행 온 기분마저 듭니다. 손님들이 모두 집으로 돌아가시고 난 월요일, 정말 긴 여행지에서 돌아온 것처럼 노독에 몸이 조금 피곤합니다. 노독을 풀 겸, 그 여행지에서 어슬렁거려봅니다. 가까이에서 보이는 산에는 이미 녹음이 그득합니다.

이제 산으로 올라가 산 속에서 이리저리 돌아다니는 일이 좀 힘겹습니다. 엊그제 남편과 함께 취와 고사리를 캐러 위쪽 산에 올랐다가 이 나물 채취는 올해로 이것이 마지막이 될 거란 생각이 들었습니다. 아직 고사리 순이 올라오는 것도 있으나 풀이 우거져 찾기가 힘들고, 어느 틈엔가 스르르 나타나는 뱀 때문에 흙이 안 보이는 땅은 밟기가 조금 겁도 납니다.

우리 텃밭에서는 연한 상추들이 앞 다투어 자리를 자치하려고 애쓰고, 어느 틈엔가 토마토 줄기가 굵어져 작은 열매가 달렸으며, "자주꽃 감자는 자주 감자~~♪♬"라고 읊조리는 감자 꽃이 많이 피었습니다. 한 일주일 전에 고구마 순을 밭에다 심는 걸로 텃밭에 모종심기는 끝났고, 작물을 돌보고, 거두는 일이 남았지요. 고추와 상추, 토마토, 그리고 오이에 지지대를 세우면 크게 돌 볼 일은 없고, 잘 크고 있나 눈 맞추는 일이 남아있습니다. 보통 엄마들이 아이들이 학교 갔다 집에 돌아와서 인사도 없고 눈도 안 맞추면 서운하듯 작물들도 자주 둘러보며 눈 맞추기를 해야 안심이 된답니다.

빨리 지나지 않았으면 하는 나물철도 그야말로 눈 깜짝할 사이에 지나 가버린 듯 아쉽지만 세월은 어차피 흐르는 물과 같아 돌이킬 수 없지요. 대신 둥근 나이테 만드는 계절이 우리 앞으로 흘러가고 있답니다. 그 나이테 속에 올 한해 인고의 세월이 영원히 간직되었으면 합니다.

· · · · · ·

오디가 익을 무렵

여름이 성큼 다가왔습니다. 태양이 이젠 이글거리는 표정으로 이곳 산마을을 굽어보고, 너른 산자락 녹음은 한층 마을을 넓게 둘러싸고 있습니다. 마을 앞으로 흐르는 엄천강은 잦은 비에 수량이 많아져 물살이 세찹니다.

이렇게 여름이 오면 제일 먼저 오디가 사람들을 부릅니다. 오디가 툭툭 떨어진 채 터져서 검붉은 점들이 산길을 장식하면, 입 속엔 군침이 슥 돈답니다. 며칠 전, 남편은 오디를 원 없이 따왔습니다. 아니, 따온 게 아니고 털어왔습니다. 오디를 하나하나 따는 건 힘들어서 얼마 따지를 못합니다. 뽕나무 아래 커다란 차양막을 펼쳐놓고, 막대기로 뽕나무를 탁탁 쳐대면 익은 오디들이 우수수 떨어집니다. 그리 하니 순식간에 오디가 한 소쿠리! 달짝지근한 냄새에 몇 개 주워 먹게 됩니다. 갈무리를 하고 씻어서 술도 담고, 엑기스도 빼고, 잼도 담가야 하는데, 갈무리하고 씻는 일이 귀찮아 냉장고에 며칠 놔두었다가 맘먹고 그 일을 하고 있자, 수렵채취의 계절이 다시 돌아 왔지! 싶습니다.

　얼마 전, 남편은 강에서 커다란 황어 비스름한 물고기를 몇 마리 보았는데, 원시적 사냥의 DNA가 용솟음치는 걸 느꼈다나요. 아이들도 덩달아 하교 길에 그 팔뚝만한 물고기를 꼭 잡겠다고 며칠 간 설쳐댔답니다. 잡혔냐고요? 그리 쉽게 잡히면 물고기가 아니지요. 물고기의 자기 방어 DNA가 훨씬 우세했답니다. 그래도 우리 아이들, 그 용솟음치는 DNA를 만족시키려 낚싯대를 둘러메고 휘파람까지 불며 강으로 오르락내리락 할 겁니다.

　모든 동식물들에게 여름은 생명력 왕성한 계절인가 봅니다. 아 글쎄, 산비둘기들이 떼 지어 자주 우리 딸기밭과 복숭아나무를 습격한답니다. 새들은 '새벽형 동물(?)'이라 주로 아침에 습격해서 미처 발견할 틈도 없이 오후에 딸기밭에 가면 딸기를 뭉텅뭉텅 쪼아 먹은 흔적들이 발견됩니다. 당연히 산비둘기 입장에서는 그것이 먹이 채취 활동이지요. 그러나 '너희도 먹어야 살지. 맘껏 먹어라.'하며 베풀 수 없는 것이 또한 인간의 자기 먹이를 지키는 방어 DNA라 큰아들이 습격한 산비둘기를 향하여 돌을 던지니, 혼비백산하여 도망갑니다. 복숭아가 맛나게 익을 때까지 잘 지켜야 할 텐데 은근히 걱정됩니다.

　뽕나무 열매 오디가 익을 즈음이면 왕성한 생명력에 걸 맞는 수렵채취 활동에 대한 욕구가 피 속 깊은 곳을 간질임을 느낍니다. 내가 그렇다기보다는 그 팔뚝만한 물고기를 잡지 못해 안달 난 두 아들과 남편을 보고 있노라면 그런 느낌을 받지요. 사실 나도 조금은 그렇습니다. 연한 주황빛으로 익어 가는 살구! 아직 다 익지도 않았는데 어서 따서 살구 잼을 담고 싶어 조금 안달이 났거든요.

. . . . . .

산책길에서

우리 마을이 점점 숲 속에 숨어버리고 있습니다. 녹음에 가려서 올망졸망 앉은 작은 시골집들이 멀리서 보면 그 형태 구분이 점점 어렵습니다. 이럴 즈음이면 칡덩굴이 사방에서 기세등등하게 이런저런 나무와 풀들을 타고 그 거대한 줄기로 그물을 친답니다.

산책길에서 만나는 이런 저런 풀들이 이젠 절정을 맞이하고 있고, 나무들 또한 일 년 중 최고의 시기를 맞이하고 있다는 걸 느낍니다. 감나무 이파리들은 작은 감을 달고서 반짝반짝 윤이 나고, 자귀나무들은 그 연분홍빛 패랭이꽃 형태의 꽃을 피우고, 밤나무들은 허연 꽃을 피웠다가 열매 맺기에 바쁘니 온갖 나무들의 자태가 가장 왕성한 생명력을 발휘하고 있음을 느끼지요.

사실 나무들에게는 중반기라든지 하반기라든지 생의 구분이 의미가 없어 보입니다. 항상 나무들은 여름이면 왕성한 젊음을 과시하다 겨울이면 한 발작 물러서 있기를 반복하며 살아가니까요. 그러나 인간인 우리는 이제 생의 중반기에 들어서 운동이 필요한 시기가 아닌가 생각이 들어 가끔씩 하던 산책을 가급적 매일 규칙적으로 하기로 했습니다.

  산책길은 이웃마을로 난 산길로 해서 우리 마을로 돌아오는 길인데, 우뚝 솟은 산들을 사방에서 바라보며 걷다가 길 정상으로 올라서면 마을을 휘돌아나가는 강이 내려다보이고 조그만 계곡을 따라 내려가면 그 강과 만나고, 강을 따라 난 길로 올라오면 다시 우리 마을로 돌아오게 돼있는 산책길입니다. 걷기만 하면 한 40분 거리이지만 거리에 핀 꽃들과, 나무들, 또 가끔씩 등장하는 벌레나 짐승들 구경하다보면 한 시간이 후딱 넘어갑니다. 시골로 이사와 이 길을 알고 나서는 규칙적으로 산책하고픈 마음이 있었지만, 차일피일 미루다 이제서 결심을 하고 실천하고 있으니 그간 참 게으르고 우유부단했지요?

  매일매일 걷는 길이 지루하지 않을까 생각도 했지만, 푸른 나무들을 눈여겨보다 보니 이런저런 나무들과 생명체들을 좀 더 관찰하

까만 작은 개구리

게 되어 아직까지는 지루하지 않네요. 길가에서 산딸기나무가 무더기로 있는 곳을 발견하고 내년엔 산딸기를 제법 거둘 수 있겠다는 희망도 품고, 돌배나무가 있는 곳, 오디를 쉽게 털 수 있는 곳 등 이런저런 생명체의 존재에 눈이 밝아집니다.

  며칠 전, 산책하다가 길가에 뭔가 톡톡 튀는 것이 있어 자세히 보니

손톱만한 작은 까만 개구리 떼가 흩어져서 길을 건너고 있었습니다. 태어나 이런 작은 개구리는 처음 보았는데, 정말 학계에 보고해야 하는 것 아닌가하고 조금 의문이 들기도 하더군요. 사실 시골의 산과 들로 다니다보면 처음 보는 풀과 꽃, 나무와 벌레들이 많답니다. 책에서는 찾아봐도 안 나와 있는 것들까지 가끔씩 만나게 되지요. 그럴 때면 학명이 없는 희귀종이 아닌가 생각될 때도 있어 처음으로 발견했다는 짜릿한 학문 지양 정신을 느끼기도 한답니다.

오늘은 강에서 안타깝기도 하고 흥미로운 일을 목격했답니다. 강을 가로질러 만든 작은 방죽 위로 올라가려는 물고기들이 거센 물살에 밀려나고 마는 겁니다. 며칠 전 비가 많이 와 강물도 불고, 물살이 거세 그 강물을 거슬러 올라가려는 필사적인 노력에도 불구하고, 자꾸만 밀려나고 맙니다. 그래도 또 도전을 합니다. 방죽에는 물고기들이 위로 거슬러 올라갈 수 있는 길을 두 군데 만들어 놓았지만, 거기도 물살이 세서 쉽지 않아 보입니다. 물이 어느 정도 빠져 물살이 약해진 다음, 위로 올라가려는 시도를 하면 쉬울 터인데, 한사코 올라왔다 다시 떠밀려가기를 반복하고 있으니 안타깝기도 하고 본능적인 도전정신이 느껴지기도 합니다.

나는 계속 "어머! 나중에 해라! 어머! 또 밀려나네!" 이러고 있는데, 남편은 "흥분된다. 뜰채만 있으면 쉽게 잡히겠다!" 이러는 겁니다. 그래서 내가, "저런 물고기 잡으면 좀 치사하지! 어쨌거나 온몸을 바쳐 열심히 살려는 물고기를…"

그 물고기들을 뒤로하고 우리 마을로 오르는데, 논둑에 나있는 한 무리의 개망초꽃이 우리를 반깁니다. 이 순간은 안개꽃이 만발한 동화 마을로 들어서는 겁니다. 오늘도 돌진기할머님 집이 있는 오른쪽 언덕으로 향합니다. 할머님 집 앞에 핀 하얀 접시꽃을 보기 위해…

· · · · · ·

여름국화와 칡꽃 사이

노란 삼나물 꽃이 피었습니다. 초봄에는 존재가 있는 줄도 모를 정도로 키가 작은 그냥 풀이랍니다. 겨울에는 어떻고요. 겨울엔 아예 사라져 버리지요. 대부분의 풀처럼 말입니다. 그러다 여름이면 갑작스레 사람보다 큰 키로 허공을 향해 솟아오르다가 장마철이 한창일 때 노란 얼굴을 활짝 드러내는 꽃이랍니다. 여기서는 여름국화라고 부르기도 하지요.

이 노란 꽃을 보면 한 해가 다시 흘러갔음을 실감합니다. 작년 이맘때 오신 손님들께서는 울타리 역할을 하는 이 꽃을 배경으로 사진을 찍곤 하셨는데, 올해도 이 꽃을 배경으로 손님들은 셔터를 연신 눌러대기 시작합니다. 그래서 노란 꽃을 보면 손님들이 연상됩니다.

민박을 하다 보니 다양한 손님들을 만나게 되는데, 그 중 저번 금요일 오셔서 3박을 하고 가신 손님들이 기억에 남습니다. 중년의 부부와 어머님이신 노인 한 분 그리고 장성한 아들 한 분이었답니다. 산을 좋아하셔서 오신 날부터 운암으로 등산을 하시고 다음날은 하루 만에 백무동 한신계곡에서 세석으로 그리고 장터목 산장에서 다시 백무동으로 돌아오는 등산을 하였답니다. 우리는 어느 코스든 하루 만에 지리산 등반을 하기는 무리라고 생각하고 있었는데, 그것도 그 험한 한신계곡 코스를 그리 하루 만에 하셨다고 하였을 때 적잖이 놀랐습니다. 그리고 우리도 한번 도전해보자고 마음먹었지요. 계시는 4일 동안 이런저런 이야기를 나누며, 참으로 정이 많으신 분들이구나 생각했습니다.

그제는 대학생인 듯한 젊은이들이 민박을 하고 갔습니다. 첫날은 고기 잡는 뜰채를 빌려 강으로 오가며 젊음을 발산하였지요. 다음날은 하루 종일 천둥 번개가 치고 비가 내려 사랑방에 틀어박혀야했습니다. 그래도 신나는지 웃음과 즐거운 소리들이 들리더군요. 그런데 방학동안 늦잠을 자 버릇했는지 아침 11시가 되어도 일어날 기미가 없더군요. 그날 새로이 민박하러 오실 손님도 있고 하여 핸드폰으로 퇴실 시간을 알려주었습니다. 그제서 일어나 아침밥을 해먹는다고 부산을 떨었지만, 아침밥이 아니라 점심밥이었답니다. 새로 방에 드실 손님이 기다려야 되는 상황이라 나는 아래층 방을 부리나케 청소하여 손님을 들였습니다. 다행히 2층에 민박할 손님은 아직 안 오신 지라, 2층으로 올라가 식사를 하고 떠날 채비를 하라 하였습니다. 주인인 난 맘이 조마조마한데 객인 젊은이들은 느긋하여 꼼꼼히 떠날 채비를 하는가 싶었습니다.

사실 1층을 청소하면서 내가 좀 화가 났습니다. 민박이기에 퇴실을 하면서 기본 청소와 정리를 하는 것이 예의일 터인데, 기본 청소는 고사하고 라면 국물이 엎어져 있고 여기저기 물건들은 너부러져 있네요. '일층은 손님이 오셔서 상황이 이렇게 됐지만, 설마 2층은 좀 정리와 대충 청소라도 하고 가겠지.'라고 생각했지요. 오후 2시가 다 되어가도 떠날 기미가 없어서 혹시 그 날 들 손님이라도 오면 어쩌나 하는 생각에 젊은이들에게 눈치를 주기 위해 청소도구를 챙겨 가지고 올라갔습니다. 그제서 눈치를 채고 떠날 채비를 하더군요.

젊은이들이 가고 난 뒤, 청소를 하면서 전 의아했습니다. 물론 좀 전에 '설마! 대충 청소는 하겠지'란 생각은 여지없이 무너졌지만, 그리 화도 안 나더군요. 다음 손님을 들이려면 청소를 꼼꼼히 해둬야 하기에 화 낼 시간도 없었지요. 또 젊은이들이 어차피 주인아주머니가 청소는 다시 할 터이니까 아예 안한 심정도 이해가 갔지요. 그런데 문제는 쓰던 수건이며, 양말들과 먹다 남은 음식들을 그대로 두고 갔다는 겁니다. 배낭이 무거워 두고 간 심정은 이해가 갔지만 왠지 씁쓸했답니다. 여러 명이 나누어 조금씩 가져가면 그리 무겁지도 않을 텐데 말입니다. 얼마 쓰지 않은 수건들을 버려야하나 어쩌나? 빨았는지 안 빨았는지도 모르는, 대야 물속에 버려진 양말을 버려야 하나 어쩌나? 버리거나 안 버리거나 물속에서 건져 짜야했기에 그냥 눈 질끈 감고 짜버렸습니다.

너무 지저분해진 방을 청소하며, '이 젊은이들이 언제 가는 기본 예의를 갖추게 되겠지. 아직은 철이 안 들어서 그렇겠지.' 그리고 '참으로, 시골에서 살려면 사람들 뒤치다꺼리는 기본이지! 그 기본이 결코 비참함을 내게 안기지 않으면 그만이야! 그래서 우리 살림이 나아지면 좋은 거지!'라며 나와 그 젊은이들을 달랬답니다.

사실 시골에서는 이런 저런 궂은일을 마다하면 살수가 없다는 걸 그간 깨달았습니다. 도시에서 우리가 한 일은 학생들에게 학과 공부를 좀 더 잘 할 수 있도록 가르치는 일, 그리고 우리 아이들에게 영어동화책 찾아서 읽어주다가 만든 인터넷 영어동화 서점 관리하는 일. 도시에서의 일도 결코 쉬운 일은 아니었지만, 사실 시골에서 살기위해 하고 있는 일에 비하면 궂은일은 아니었지요.

가끔 여러 분들이 우리에게 물어봅니다. "시골에서 심심하지 않아요?" 사실은 심심할 틈이 없습니다. 이런 저런 친지와 손님들께서 찾아오시니 밥 한 끼라도 따스하게 같이 해 먹어야하고, 작은 농사짓고, 마당에 꽃들을 가꾸어야하니 말입니다. 사실 이러한 일들이 모두 어찌 보면 궂은일이랍니다. 민박은 그 연장선에 있다고 생각하지요. 그래서 그 젊은이들에게 그리 화가 난다기보다는 '그럴 수도 있지.'하며 좀 너그럽게 봐주고 싶은 심정이었답니다. 그래도 그 젊은이들은 우리에게 'TV가 없어서 심심해요. 텔레비전이 없어서 황당했어요.'란 소리는 안하더라고요. 민박을 하려고 문의하시는 분들 중 상당수가 TV 없는 걸 서운해 하며 이상하게 생각합니다. (지금은 그래서 작은 TV를 설치했습니다.ㅎㅎ)

우리는 일부러 사랑방에 TV를 설치하지 않았습니다. 1박이나 2박 잠시 시골로 여행 오신 김에 시골의 소리에 귀를 트여갔으면 하는 바람으로 그리 하지 않았지요. 낮에는 온갖 새소리, 풀벌레 소리 등 시골 소리들이 가득하고, 밤에는 소쩍새 소리, 개구리 소리, 바람이라도 불면 풀잎들 스치는 소리까지. TV의 소리는 사회와 정치 소리들이 가득합니다. 물론 사람은 사회적인 동물이기에 이런 소리들을 아예 외면할 수는 없겠지만, 하루 이틀만이라도 이런 소리에서 벗어나 보는 것. 누군가 정치는 사람을 갈라놓는다고 하더군요. TV에는 갈라짐의 소리만 있는 것은 아니지만, 그래도 듣고 보고 싶지 않아도 틀어 놓으면 그 갈라짐의 소리들이 들리고 보이지요. 시골에는 TV에서 낼 수 없는 소리와 색과 형상들이 있습니다. 그 시골스러운 것들을 민박 손님들께서 맘껏 느끼고 갔으면 하는 바람입니다.

이제 칡꽃도 피기 시작합니다. 칡꽃 향 맡아보셨어요? 코가 시원해지는 진한 향기! 향이 좋아 차도 만들어 마신다는 칡꽃이랍니다. 시골 가시게 되면 이 칡꽃 향 맘껏 마시세요. 그리고 궂은 일 하는 시골 사람들 어여삐 봐주세요.

. . . . . .

은어는 칭구를 좋아하는기라

장마가 끝나갈 무렵 엄천강에 세련된 복장을 한 낚시꾼들이 왔습니다. 그 복장은 '나는 전문가입니다.'라고 뽐내는 거 같았습니다. 아이들을 읍에까지 통학시켜 주느라 강둑을 오가며 관심 있게 지켜보았는데 은어 낚시꾼들이라고 합니다.

가슴까지 오는 컬러풀한 멋쟁이 방수복에 챙이 긴 모자를 쓰고 허리춤에는 물에 동동 뜨는 물고기 통과 뜰채를 매달고, 보통 낚시 대보다 두 배 정도는 긴 낚시 대를 가지고 강 한가운데까지 들어가서 낚시를 하고 있었습니다. 여울진 강물 속에 몸을 반쯤 담근 채 긴 대를 휘두르며 낚시하는 모습을 보니 요즘 회자되는 '웰빙'을 그림으로 그린 것 같았습니다.

마을 앞 엄천 강에서 피래미, 모래무치, 꺽저구, 메기, 빠가사리 등 흔히 잡히지만 은어낚시는 처음 봅니다. 예전에는 수박향이 나는 은어가 하도 많아 뜰채만으로도 잡았다고 하네요. 말 그대로 물 반, 고기 반이었다 합니다.

은어가 제법 있는지 낚시꾼들은 쉽게 쉽게 낚아 올리는 것 같았습니다. 그런데 은어 잡는 모습을 보다가 한 가지 궁금한 게 생겼습니다. 지켜보니 낚시 줄에 은어가 분명히 두 마리씩 잡히는데 한 마리만 고기통에 옮기네요. 낚시꾼이 나머지 한 마리를 보지 못한 줄 알고 난 소리쳐 알려줬습니다.

"이바요~ 저기요오~ 고기가 한 마리 더 잡혔어요!"

그런데 내가 한 말이 강물 소리에 빠져버렸는지 낚시꾼은 아무 대꾸가 없었습니다. 봉대 행님이 내 말을 듣고 있다가 "그게 그런 게 아니야."라고 합니다. 은어는 무리를 지어 다니는 습성이 있기 때문에 은어를 유인하기 위해서 낚시 줄에 잘생긴 놈 한 마리는 항상 매어 둔다고 합니다. 호오~ 호오~ 이거 말 그대로 '낚기'이네요.ㅎㅎ

그런데 춘길이 어르신은 "그게 그래서 그런 게 아니야."라며 또 다르게 설명해 줍니다. "은어는 칭구를 좋아하는 기라. 그래서 낚시 줄에 은어를 한 마리 달아 놓으면 다른 은어가 칭구하자고 와서 조타고 비비고 문때고 하는데, 허허… 그런데 은어 낚시 줄에 바늘이 따악 숨어 있는 기라. 그것도 모르고 칭구 조타고 쫓아오다가 고마 철커덕 걸리 뿌리는 기라." '고마 철커덕 걸리 뿌리는 기라.'에서는 손뼉을 치고 침까지 튀기셨는데 "호오~ 호오~ 그거 정말 기가 막힌 낚시법이네요오~" 하고 맞장구를 치면서도 나는 잽싸게 파편을 피했습니다.

그런데 나중에 그 재밌는 낚시 법에 대해 좀 더 알아볼 요량으로 웹에서 더 많은 정보를 검색해 보았더니 은어는 칭구를 별로 좋아하지 않는다고 해서 깜짝 놀랐습니다. 은어는 텃세가 심해서 자기 영역에 다른 칭구가 접근하면 가차 없이 공격하는데, 정치인 같은 은어의 이런 성향을 이용해서 잡는 낚시 법을 '놀림 낚시'라고 한다카네요.

· · · · · ·

빨간 고추 그리고 정자 이야기

우리 집 앞 둔덕에 서있는 은사시 나뭇잎이 떨어지기 시작합니다. 그러면 계절이 한여름에서 조금 벗어나 가을을 향해 간신히 한 발자국 내딛었다는 느낌이 들지요. 이런 느낌은 저녁나절이 되어야 찾아오는데, 한낮에는 그래도 헉헉…

쏟아지는 햇빛이 그야말로 폭염이지만, 이 폭염 덕분에 요즘 한창 수확하는 빨간 고추는 투명한 태양초로 변신하고 있습니다. 시골 거리마다, 시골집 마당마다 널려진 빨간 고추는 한 여름 낮의 커다란 꽃밭이 되어 줍니다. 우리 마당에도 이주 전부터 이 꽃밭이 한 마당을 장식하고 있습니다. 그런데 이 빨간 고추를 말리는 일이 태양만 있으면 쉬울 것 같지만, 실은 그렇지 않습니다. 고추밭에서 빨갛게 익은 고추를 일일이 하나하나 따서 그 하나하나에 햇빛을 잘 받게 펴주고 이슬이나 비를 안 맞게 신경 쓰는 노동력이 만만치 않습니다. 작년과 재작년엔 고추 농사가 잘 안 된 건 아니지만, 그 노동력의 부실로 인하여 또 태양 빛의 부족으로 인하여 절반을 버려야 했습니다. 올해엔 신경을 바짝 곤두세워 한 해 먹을 태양초만큼은 만들어보겠다는 의지도 있고, 그 의지를 신께서 가상히 여기셨는지 비도 적게 오고, 비와 이슬을 피할 정자까지 생기고 보니 절로 태양초가 되어갑니다. 약을 안쳐 썩어 가는 고추를 버려도 그 양이 작년의 두세 배는 됩니다.

7월 말에서 8월 중순까지 도시의 더위를 피해 이곳으로 오시는 손님들과 계곡으로 놀러가며 정신없이 보내다보니 내다 널어둔 한 소쿠리의 고추가 어느새 태양초로 변해있었습니다. 적은 양이라 밤에는 집 안으로 들이고, 해 뜨면 내다 놓기가 수월했지요. 그런데 본격적으로 빨간 고추가 나오니 이 고추 말리는 일도 노동이더군요. 양이 많아지니 정신을 차려야 하지요. 한 번은 고추를 널어놓고 그냥 외출했다가 소나기가 오는 바람에 다 말라 가는 고추를 몽땅 적시기도 했거든요. 작은 아들이 '엄마도 정신 차려야 되겠네!'하며 한방 먹이더군요.

시골에서 살려면 원두막 같은 곳이 있으면 참 좋겠다는 생각을 오래 전부터 해왔습니다. 고추를 말리다, 곶감을 말리다, 나물을 말리다, 비가 오면 후다닥 걷어놓을 수 있는 곳. 여러모로 그런 움막이 촌에서는 필요하다는 걸 느끼고 있었는데, 여름휴가 차 놀러 오신 남편 친구 분과 이야기를 나누다 시골이면 으레 있게 마련인 오래된 느티나무 밑의 정자 얘기가 나왔습니다. 친구 분께서는 그 전부터 정자를 하나 지으라고 종용(?)했다지만, 금전문제로 생각도 못하고 있었지요. 쇠뿔도 단 김에 빼라고 얘기가 나온 김에 그 남편친구께서 거금을 협찬하여 일을 저

질렀습니다. 지어 놓고 보니 여름에는 더위를 피할 수 있어서 좋고, 이런저런 먹거리들을 말리고 비를 피하고, 이슬을 피할 수 있는 곳으로써 그 유용성이 확대되니 참으로 좋네요. 무엇보다 우리 한국 사람들에겐 이 정자 문화가 참으로 정서에 맞나 봅니다. 정자에서 수박 한 덩이 잘라 먹고, 장기 한판 두고, 고기 구워 먹고, 늘어지게 낮잠 자고…

남편 친구 분은 정자가 완성된 그 날 정자에서 밤잠을 자겠다고 하여 그리 했는데, 한 밤중에 이가 딱딱 부딪칠 정도로 추웠답니다. 추우면 집 안으로 들어오시겠지 했는데, 안 들어오시더군요.

나도 지금 이 글을 정자에서 쓰고 있답니다. 아이들은 장기 두고 남편은 책을 읽고, 양 옆의 나무에선 매미들이 하늘 높은 줄 모르고 울어대고 있습니다. 해질 녘엔 마당에서 말리는 빨간 고추 꽃밭이 이 곳 정자로 옮겨 올 겁니다. 그러면 가을을 향해 한 두어 발자국 더 내딛었다는 느낌이 들겠지요.

· · · · · ·

햇 태양초로 김치를 담그다

아침과 저녁나절엔 창문을 닫아야 할 정도로 기온이 뚝 떨어졌습니다. 일찌감치 꽃을 피운 해바라기들이 까맣게 시든 채 마당 예서제서 그림자를 드리우고 있습니다. '뽑아낼까?' 하면 남편은 '아름다운 꽃을 보았으면 씨앗 맺을 시간은 줘야지!' 합니다. 맞는 말이지만, 이 맘때면 시든 여름 꽃들이 괜히 눈에 성가십니다. 참다 참다 결국 낫을 들고 시든 꽃들을 베어내게 됩니다.

시든 꽃대들을 정리해야지 하다, 텃밭의 푸성귀에 생각이 미칩니다. 이 푸성귀들도 이제 시들시들! 과감히 뽑아내 김장배추 밭으로 갈아야 합니다. 들르지 않은 며칠 사이 텃밭은 풀들이 무성합니다. 푸성귀들을 뽑고, 풀들을 뿌리 채 뽑아내는 일! 이것이 풀과의 올 해 마지막 한판이란 걸 압니다. 배추 심을 작은 텃밭 떼기만 빼고 모두 이미 풀이 한 판 승을 거두었습니다. 나는 이곳 한편에서만 한 판 승을 거두면 만족하지요. 작은 모종 심는 판에 배추씨를 심어 따스한 집안에 두니, 하루 만에 배추 싹이 올라왔습니다. 너무도 가냘픕니다. 이 작은 존재가 그 커다란 김장배추로 자랄 수 있다는 사실이 도저히 믿기 지 않습니다. 배추 싹을 집안에 며칠 두었더니 웃자라 휘청휘청하여 아예 밭에 옮겨 심었습니다. 밭에 옮기고 보니 그 존재가 더욱 작아 보이지만 예 땅이 배추가 원래 있어야 할 곳이어서 인지 훨씬 안정미(美)가 느껴집니다.

얼마 전, 한 프랑스 인이 몇 년에 걸쳐 실크로드 길을 걸어서 여행한 기행문을 읽었습니다. (《나는 걷는다.》 베르나르 올리비에 著) 요즘같이 차가 어디든 갈 수 있는 시대에 그 머나먼 길을 걸어서 여행했다니, 어찌 보면 그건 여행이 아니라 고행이었다는 생각이 듭니다. 그 실크로드 길이란 곳이 덜 서구화 되다보니 토속 전통이나 문화를 접할 수는 있어도 문명에 길들여진 서구인에게는 불편함과 비위생적인 일들의 연속이었지요. 그 여정에서 그는 늘 자신에게 '내가 왜 여기 있지?'란 질문을 던집니다. 여러 이유들이 있었지만, 그가 찾아낸 이유보다 독자인 내가 느낀 것―매 해마다 정해진 여정을 끝내고 일상으로 돌아왔을 때 그의 안정된 모습 속에 깃든 미(美)와 일상을 겨우겨우 쫓아가기보다 과감히 헤쳐갈 수 있는 힘이 그에게서 느껴졌지요.―이 땅 속에 심어진 배추 싹에서도 느껴집니다. 있어야 할 곳에 있어야 하는 존재의 아름다움. 그것도 일상의 무게를 버거워하기보다, 단단한 배추로 나아가려는 푸른 힘을 보았습니다.

이 작은 초록빛 배추 싹을 바라보고 있자니, '너는 왜 이 시골에서 사는데?'란 울림이 들려옵니다. '글쎄! 왜지? 왜 이런 곳에 굳이 있고자 하지?', '자연과 더불어 살고 싶어서?'란 구태의연한 대답이 순간 생각났지만, 그 자연이란 것이 오늘날 모든 삶의 최선책일 수만은 없기에 속시원한 해답을 찾지 못했답니다. 마치 '왜 사는데?'의 흔한 질문에 쉽게 대답하기가 어려운 것처럼 말입니다.

배추 싹을 땅에 옮겨 심고 난 그제 이 후, 김치 담그랴 이런 저런 일상에 쫓겨 밭에 가보지 못했기에 그 작은 싹들이 궁금하여 텃밭에 올라갔습니다. 그새 어떤 싹들은 떡잎 안쪽으로 눈곱만한 배추 잎을 내밀기 시작했습니다. 그 싹들이 내게 말을 겁니다. '그새 뭐 했는데? 우린 배추로 발 돋음을 시작했다고.' '음! 빨래해서 널고, 하루 세끼 챙겨 먹고, 그리고 김치 담갔지. 그것도 우리 밭에서 농사지은 무농약 태양초로.'

그러고 보니, 어제는 밭에서 농사지어 말린 고추를 방앗간에서 가루로 빻아왔습니다. 그런데 고추가 조금 덜 말랐답니다. 그래도 방앗간

아주머니께서는 기계에 몇 번씩 더 넣어 가루로 빻아 주시네요. 그런데 아주머니 말이 가관입니다. "처음으로 농사지어 말린다고 말린 고추 같은데 새댁 얼굴을 보니 그냥 다시 가져 가라할 수가 없어."

그 고춧가루로 김치를 담갔습니다. 근 열 근이나 되는 고춧가루가 생기니, 김장준비 반은 끝낸 듯싶어 또 뿌듯합니다. 사실 일상이란 자질구레한 일들의 연속입니다. 또 하던 일의 연속이고요. 계속 걸어야 하는 여정이지요. 그 일상에 대하여 한번 크게 웃거나 가만히 미소를 지을 수 있다면 그 대단한 실크로드의 걷기 여정에 못지않은 힘을 느낄 수 있겠지요. '햇 태양초로 김치를 담그고, 김장준비도 하다. 이게 너의 배추 잎을 내민 힘 있는 일상에 견줄만하지 않니? 어때 배추 싹아! 우리에게도 이제 조금 안정된 미(美)와 힘이 느껴지니?'

하하! 좀 단순합니다. 농사지은 고춧가루로 김치를 담그고, 배추를 재배하면서 얻는 기쁨이, 또 배추와 그냥 이런 마음 속 이야기를 나누는 우스움이 내가 아주 단순하다는 걸 증명해 주기도하고 또 한편으론 안정감을 주기도 합니다. 이곳이 우리가 있어야 할 곳임을 이런 일상들을 통해 조금씩 느낍니다.

• • • • • •

밤을 주우며

오늘에서야 겨우 비가 그쳤습니다. 지난 주 토요일 기세 좋게 비를 뿌려대던 비구름이 어제 토요일까지도 개지 못한 채, 우중충한 날씨가 연속으로 이어졌습니다. 이 긴 비로 사실상 여름이란 계절에 마침표를 단단히 찍고, 정말 푸르고 높은 가을을 그리려나 봅니다.

이즈음 습기가 많고 공기가 약간 서늘해지면 반딧불이가 눈에 많이 띕니다. 물론 밤에 그렇습니다. 집 유리창에도 서너 마리씩 붙어서 집 안 밝기에 조금 보탬(?)이 되기도 한답니다. 그런데 요즘 이 맑은 공기 속을 유영해 다니는 반딧불이를 한가로이 구경하며 밤 시간을 보내기가 몹시 버겁습니다. 비가 뿌리기 시작한 지난 토요일부터 본격적인 밤 줍기 작업에 들어가 연일 하루에 5~6시간을 비탈진 밤 밭에서 노동을 하고 있기 때문입니다. '에이! 겨우 5~6시간을 일하고?' 하실 분도 있겠지만, 밤 줍는 일이 내내 허리를 구부려서 해야 하는 일이고, 밤 한 알 한 알이 모이면 그 무게가 만만치 않기에 한 시간 만에 온 몸이 땀으로 흠뻑 젖는 답니다.

더구나 밤 산의 환경이 마치 야생의 숲과 같아 흙은 미끈거리고, 가시덤불에, 가끔씩 멧돼지가 싼 한 뭉텅이 똥, 우글거리는 온갖 벌레들 투성이라 몸을 사리게 된답니다. 비라도 오면 더 하기에 일을 시작한 처음엔 밤 밭에 가기 전, 온 신경이 예민해지고 밤을 줍기 시작하면 숨이 차서 헥헥거리며 머릿속에선 내내 야난(《세상의 딸들》의 주인공─엘리자베스 마셜 토마스지음─구석기 시대 일찍 부모를 여의어 어린 동생을 데리고 거친 야생의 삶을 헤쳐 나가는 주인공)이 '조금만 참아! 너에겐 씻고 마실 깨끗한 물, 또 지친 너의 몸에 필요한 음식들, 그리고 몸을 눕힐 편안한 집이 지척에 있잖니.' 합니다. 그러면 난, '맞아! 몸을 씻고 갈아입을 옷도 충분히 있어. 그래! 이 일이라도 있으니, 지금 얼마나 다행이야.'하며 마치 아이처럼 맞장구를 쳤습니다.

책을 통해서 알게 된 인물이 내 속에 들어와 힘든 내 손과 마음을 잡아주니 참으로 다행이다 싶었지요. 그렇게 며칠이 흐르니 이젠 비가 많이 와도 밤 밭에 가서 밤 줍는 일이 별로 대수롭지 않게 됐습니다.

남편은 늘 밤을 주우며 그럽니다. "자잘한 밤은 줍지마! 아무리 주워도 돈이 안 돼! 효율이 떨어져!" 맞는 말입니다. 처음엔 그 말이 귀에 잘 들어오지 않더군요. 몸과 신경이 예민해져, 눈에 보이는 데로 줍는 것이 편하더군요. 크건 작건 그냥 주웠습니다. 속으로, '에고! 일의 효율성을 생각하면 여기서 이러고 있으면 안 되지. 도시로 나가 일을 찾아야지!' 했습니다.

그런데 비가 연일 오니 밤송이가 무거워 한꺼번에 밤들이 떨어져 나오고 밤송이 째 널찝니다. 어느 밤 밭이나 마찬가지인가 봅니다. 밤들이 많이 나오니 농협의 수매가가 하루가 다르게 뚝뚝 떨어집니다. 정말 작은 밤은 한 포대 주워야 겨우 이삼천 원이랍니다.

그런데 이제는 야생의 밤 밭에 적응이 되어 밤알의 크기가 눈에 들어옵니다. 그래서 남편의 말에 따라 자잘한 밤은 그냥 안 줍고 넘어가게 되었습니다. 그래도 가끔 커다란 밤송이 안에 작은 밤이 예닐곱 개씩 들어있으면 너무 신기해 주머니에 넣기도 합니다. 보통 한 밤송이 안에 두 세 개씩 밤이 들어있는데, 많은 것은 10개가 들어있기도 합니다. 당연히 밤알이 작습니다. 일의 효율성에 따라 버려야 하지만, 그 강한 생명력이 느껴져 슬그머니 주머니에 털어 넣습니다.

밤을 줍다보면 산 짐승들이 먹다버린 밤을 모르고 그냥 주워 들 때가 있습니다. 어떤 밤은 깔끔하게 갉아먹어 살이 하나도 안 남아 있고, 어떤 밤은 마구 씹어 먹다가 대충 뱉어낸 것도 있는데, 유난히 짐승들이 먹다 버린 곳이 많은 밭이 있습니다. 주울 만한 성한 밤이 거의 없는 곳. '그래 너네 다 먹어라! 아직 주울 곳은 많이 있다.'하며 아예 포기한 곳이 있었습니다. 그제는 밤을 줍다가 어디서 '꽥꽥! 슉슉!' 소리가 나길래 긴장을 하고 있었습니다. 위쪽 밤 밭에 오신 아저씨께서 멧돼지라며 와보라는 소리가 들려왔습니다. 나는 겁이나 가만히 있고, 남편은 부리나케 달려갔지만, 재빠른 야생 짐승을 당할 수가 없지요. 아저씨 말로는 새끼 세 마리와 어미 한 마리인데, 어미가 비쩍 말랐고 새끼들이 빨리 쫓아오지 않는다고 재촉하는 소리를 내더랍니다. 보통 멧돼지는 야행성인데, 새끼들이 배고프다니 위험을 무릅쓰고 밤 밭에 온 게지요. 그 곳이 바로 우리가 포기한 곳이랍니다. 마을 할머니께서 이 말을 들으면 벌컥 역정을 내시겠지만 어미 멧돼지가 말랐다니 마음이 조금 아파옵니다.

요즘 마을 할머니들은 멧돼지와 한바탕 그야말로 전쟁을 벌이고 있습니다. 이제 벼가 패인지 오래 되어 고개 숙인 논에 무단으로 들어와 벼들을 짓밟고 쓰러뜨려 놓으니 전쟁을 벌일 수뿐이 없지요. 멧돼지가 밤 사이 못 오게 한다고 저녁이면 논가에 불을 놓고, 논둑에 허깨비를 세우고 애들을 쓰지만 역부족인가 봅니다.

오늘도 우리가 포기한 그 밤 밭을 지나며, 새끼들 굶주린 배를 채워주려 낮에 나온 그 멧돼지가 생각났습니다. 한참 먹이가 필요한 시기인 게지요. 조금 겁도 나고, 밤알이라도 실컷 먹으라고 아예 들를 생각도 안 했습니다. 우리 부부가 여기서 힘들게 노동을 하는 이유나, 멧돼지가 위험을 무릅쓰고 낮에도 밤에도 헤매고 다니는 이유나 매한가지겠지요. 지 새끼들 먹이고 살려는 생존 본능의 이유. 참, 그러고 보니 할머니들이 그 멧돼지와 전쟁을 벌이는 이유도 같겠네요.

‧‧‧‧‧‧

가을 햇살과 찬바람 그리고…

추석이 지나고 시월로 접어드니 마을이 부산스럽습니다. 추수를 하는 콤바인 소리가 '툴툴 삐삐' 어제와 그제 하루 종일 들리더니 마을 인근의 논들이 횅해졌습니다. 너른 논들이 텅 비니 마음 한구석도 빈 듯합니다. 이제 그 논들로 찬바람이 불어들겠지요. 역시 비어진 마음 한 구석으로도 찬바람이 불어들 거고요. 한 낮엔 정말 맑고 파란 하늘에 햇살이 따사롭습니다. 그러다가 해가 서산에 걸치기 시작하면 찬바람이 허리에 감겨옵니다. 가을 햇살과 가을 찬바람. 텅 빈 논들에 가을 햇살이 반짝입니다. 그 햇살이 마음 한 구석에 들라고 낮엔 가급적 밖에서 생활합니다. 마지막 거둔 빨간 고추도 말리고, 이부자리들도 햇빛에 내다 널고, 감도 깎아서 매달고, 밤도 삶아서 말리고…

남편은 집 아래논의 추수가 끝나자, 그간 벼르고 있던 은사시 나무와 호두나무를 베어버렸습니다. 집 앞을 가리고 있는 데다 8월부터 낙엽들이 우수수 떨어지는지라 베면 시원할 거라고 종용(?)하는 남편에게 내가 지고 말았습니다. 막상 베고 나니 앞산이 훤히 보이고 시야가 넓어

져 시원한 감은 들지만, 역시 나무가
있음으로 해서 오는 아늑함은 사라
졌습니다.

집 앞이 훤해지고, 논들마저 훤해
지니 봄부터 여름동안 크지도 않은
밭일에, 집 주변 일들 걱정에 온갖
일상에 채인 마음을 비우고 싶습니다. 분주하던 마음 한구석을 저 논
처럼 텅 비우고 싶지만, 역시 온전한 텅 빔이란 죽음 속에서나 이루어
질 수 있으리란 막연한 생각에 잠시 저 텅 빈 논을 바라만 볼뿐입니다.

시골이나 도시에서나 흐르는 세월에 대한 속도감은 마찬가지입니다.
봄인가 싶어 괭이 그러쥐고, 호미 잡은 지가 엊그제 같은데 풍요의 계
절 '가을'이 눈앞에 있으니… 다행히 시골에선 풍요가 있어 그 속도감이
억울하게 느껴지지는 않습니다.

그 '풍요'란 의미를 적지만 이것저것 수확하면서 온몸으로 느끼지요.
밤, 은행, 감, 호두, 고구마. 이 풍요를 거두기 위해 몸을 부지런히 놀려
야 합니다. 몸이 피곤에 지치면 밤이 몇 포대 가득 들어있고, 분홍빛 고
구마가 한 광주리 가득이고, 은행이 한 봉지 가득이요, 곶감으로 말라
갈 깎은 감들이 서너 줄이 걸립니다.

이 풍요 속에서 가끔 욕심이 고개를 듭니다. 마을 할머님들이 우리
밤 밭에서 주어간 밤을 생각하면 아까운 겁니다.ㅋㅋ 우리가 모두 다 줍
기는 어려우니, 드실 만큼 주우라고 한 말이 화근이었습니다. 마을 할
머니 몇 분이 서로 경쟁적으로 드실 만큼, 필요한 만큼이 아니라 틈틈

이 욕심껏 몇 포대를 주워 가신 눈치더라구요. 그러다 마을 할머님들끼리 약간의 갈등도 생기고… 나는 나대로 '헉! 몇 포대씩을? 주우려고 밭에 가면 먼저 싹 훑어간 흔적이 있더라니! 아이고! 아까워! 악착같은 할마씨들!'하며 속에선 부아가 났습니다. 시골 마을 인심이 후하다는 말을 나는 잘 모르겠습니다. 산업사회로 들어서면서 모든 것이 돈으로 환산되니, 아마도 그 인심이 후하다는 말은 예전 고리짝 얘기일까요? 그건 또 당연한 흐름이겠지요. 오히려 생존 본능 상 시골 할머님들의 생활력은 나이를 불문하고 악착같은 면이 있습니다. 그 악착성이 슬금슬금 우리 밤 밭에서 밤을 가져간 겁니다. 하지만 내 입장에선 '가져가실 만큼 가져가세요.' 할 수 없는 것이 우리 부부의 밤 줍는 실력(?)을 할머니들이 능가한다는 겁니다. 그래서 '내년엔 한 톨도 주워가지 말라고 해야겠네!'하며 별렀답니다.ㅋㅋ

그래도 물론 표 안 나게 조금씩 주워 가는 거야 뭐라 하겠습니까. 내 딴에는 할머니들의 그 악착을 좀 누그러뜨리려면 나도 좀 악착을 떨어야 된다는 생각이 들더라구요. 남편은 내가 그런 말을 하면 '그만 좀 해라! 어차피 다 줍지도 못하는데, 괜히 인심만 잃는다.'고 합니다. 그러고 보니 나도 이 시골 할머니들을 닮아가고 있네요. 그 악착성에서. 조금 찬바람이 일어야 될 것 같습니다. 봄, 여름과 가을을 통과하며 생명의 강인성을 느끼고 싶지만, 강인성을 빗대어 터무니없는 악착을 추구하고 싶지는 않습니다. 마침 그 찬바람이 조금씩 불어올 때입니다.

그 악착성 시비 속에서 밤 줍기가 거의 끝날 무렵 추석을 맞이했습니다. 항상 추석이면 다른 건 못해도 송편은 꼭 빚고 싶은 마음에 올해도 송편을 빚었습니다. 쌀가루를 불려서 빻기 위해 추석 이틀 전에 마천 방앗간에 갔습니다. 아직 시골에선 명절날 떡 만드는 집이 많이 있습니다. 송편보다는 이런저런 떡을 아예 방앗간에서 쪄 가는 집이 많더라구요. 길게 늘어선 줄을 보며 어릴 적, 방앗간 생각이 났습니다. 명절엔 으레 쌀을 빻거나 가래떡을 빼기 위해 방앗간에서 반나절씩은 기다렸던 기억. 물론 언니들이 많아 언니들이 그 일을 했지만, 오래 기다렸다는 기억이 남아있습니다. 그리고 추석엔 밤늦게까지 둘러앉아 송편을 빚었던 기억. 긴 줄에 우리 쌀 동이를 내려놓고 기다리는 동안 해마다 나는 왜 이 송편을 만들려 하는지 자문합니다. 그냥 만들고 싶어서였지만 좀 더 구체적으로 말하자면, 송편을 만들던 유년시절을 떠올리고 명절이면 마음 설레던 기억을 더듬기 위해서였습니다. 처음엔 그랬습니다. 그러면서 해가 거듭 될수록 날이면 날마다 이어지는 일상들에서 벗어나 하루쯤은 어떤 경건함을 위해서 송편을 빚는 거란 느낌이 들더군요. 집 밖을 벗어나면 지천인 소나무의 솔잎을 뜯어다 빚는 갓난아이 주먹만 한 작은 송편. 물론 내 아이들에게도 이 송편 빚기는 어떤 식으로든 유년 시절의 기억으로 남겠지요. 기억을 새겨나가는 일. 원시인들이 동굴 벽에, 고대인들이 건물 벽에 새긴 그림들처럼. 그 동물 벽화나 프레스코화는 그냥 재미로 그렸다기보다는 마음을 다 잡는 경건함을 위해서였다는 설이 더 마음에 와 닿습니다.

송편 빚는 일이 거창한 경건함으로 이야기가 발전되어 나도 당황스럽지만, 나이가 들어갈수록 '경건함'이란 단어에 마음이 쏠리고, 그 말은 결코 거창한 말이 아니라, 한없을 것 같은 똑같은 일상에서 무너지지 않고, 살아감을 지탱해주는 구심점이 아닐까 생각해 봅니다.

유년시절을 떠올리며 차례를 기다리는데, 한 아주머니께서 떡이 다 되었다고 한 덩이를 썰어서 이 사람 저 사람에게 먹어보라고 합니다. (아 이럴 땐 시골인심이 후합니다.ㅎㅎ) 우리도 끼여 먹고 있으려니, 또 다른 아주머니께서 굴밤떡이라며 몇 덩이를 잘라 내놓으십니다. 굴밤떡이 뭐냐며 물었더니, 도토리떡이랍니다. 도토리 가루를 내어 찹쌀과 함께 섞어 만들었는데, 전 처음에 '꿀밤떡'인 줄 알았답니다. 방앗간에서의 깜짝 떡 파티에 맛나게 떡을 먹고 있자니, 굴밤떡의 아주머니께서는 자꾸 눈가와 입가에 웃음기를 머금으며, 헤헤 떡을 먹고 있는 우리를 보고 있으십니다. 마치, '추석이 좋은 것이여! 이 맛에 살지!'하시는 것

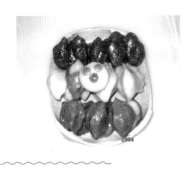

추석날 빚은 송편

같습니다. 이 또한 '삶의 경건함이겠구나' 싶어 떡이 너무 맛나다며 손까지 빨고 입가에 내내 웃음을 흘렸답니다.

봄과 여름동안 이어지는 꽉 찬 계절 속의 강한 생명력과 악착성에서 벗어나 가을 풍요로운 햇살 속에서 마음 한 구석을 차지한 욕심을 비운 그 자리에 가을 찬바람이 붑니다. 이 찬바람 속에서 경건함을 느끼고 싶습니다.

마을길과 산길 걷기

마을 집집마다 마당엔 콩, 들깨, 팥 등등의 곡식들이 널려
있습니다. 조금씩 짓는 밭농사이기에 마당 한구석에 옹기종기 펼쳐있는
모습에서 정겨움과 풍요로움이 느껴집니다. 무엇보다 길가마다 죽 펼쳐
있는 나락 말리는 모습에서 더욱 그렇지요. 올해는 멧돼지들이 극성을
부렸다고는 해도 큰 태풍이 없고 비도 알맞게 와서인지 나락 농사가 잘
되었다고 합니다.

요즘 메주 쑬 콩을 사러 인근의 마을을 다니고 있습니다. 이런 저런
마을 분들을 만나며 올해의 농사 이야기를 듣게 되지요. 그러면서 스
치듯 지나가면서는 느낄 수 없는 그 마을만의 독특함도 느끼고, 어디에
커다란 감나무가 또는 탱자나무가 모과나무가 있는지도 알게 됩니다.
인근의 마을과 마을을 걸어 다니며 콩을 사러 다니는 일도 마을들을
새로이 알게 되는 일이라 흥미롭습니다.

약간 먼 거리도 차가 있으니 차를 타게 되는데, 걷기 운동 겸 한 두어
시간 정도 일부러 걸어서 여기저기 다녀보는 일이 시골에서는 참으로
좋다는 걸 알았습니다. 그러다 좋은 산책코스로 삼으면 주기적으로 걷
기를 할 수 있습니다. 마을이 있는 곳으로의 길은 이런 저런 마을분과
의 만남이 있어서 좋고, 인가가 없는 숲으로의 길은 야생 짐승을 우연
찮게 만날 수 있어서 좋습니다.

며칠 전, 산지골 계곡이 있는 가리점으로 산책을 갔다가 길을 잘못 들어서 폐경지인 논으로 들어섰습니다. 남편은 뒤쪽에서 오고 내가 먼저 앞장서 걷는데, 모퉁이에서 휙 빠른 움직임이 느껴지는가 싶더니 커다란 사슴이 경중경중 뛰어갑니다. 엉덩이를 높이 쳐들고 앞으로 전진하는 모습을 보니 벌어진 입이 다물어지지 않더군요. 야생의 짐승을 2m도 채 안 되는 거리에서 만나기는 생전 처음입니다. 가슴이 뛰면서 순수의 세계가 지척에 있다는 느낌. 몇 번 더 그곳으로 산책을 나갔다가 그 쪽이 사슴이 다니는 길임을 알게 되었습니다. 사슴을 갈 때마다 만났냐구요? 그랬으면 더욱 좋았겠지만, 그게 아니고, 땅 위에 남겨진 발자국들이 그걸 알게 해주더군요. 갈 때마다 그 사슴을 한 번 더 만났으면 하는 바람을 가지지만, 아마 어디선가 우리를 쳐다보고 있을 거란 생각이 들더군요. 그 길로의 들어섬은 순수한 곳으로의 들어섬이지요. 가다보면 그 곳에는 또 아주 오래된 돌부처님의 좌상도 있답니다. 비록 두상은 없어졌지만, 마음이 다른 순수로 잠시 일렁입니다. 그래서 어느 곳보다도 이곳으로의 걷기를 좋아하는데, 길의 중간쯤 피서객들이 버리고 간 쓰레기와 그 흔적들에 눈살이 찌푸려지기도 합니다. 이곳을 어찌 알고 들어와서 피서를 하였는가도 궁금하고 이런 곳을 선택한 그 순수한 마음이 어찌 쓰레기를 이리 함부로 던져두고 갔는가는 더욱 의문입니다. 주제넘지만, 내년 여름엔 이곳 지킴이로 나서야 하는 것이 아닌가란 생각도 듭니다.

마을이 이어진 길로의 걷기는 내게 또 다른 꿈을 심어줍니다. 널려있는 나락들을 보면 언젠가 우리도 쌀농사를 지어보고 싶다는 꿈이 아직

유효하다는 암시. 그 꿈을 내년엔 한번 이루어보자는 기대감. 마음속으로만 가지고 있으면 어느 세월에 이룰까 싶어 남편에게도 우선 이야기하고, 마을의 몇몇 어른들에게 내년에 남에게 빌려주거나 놀리는 논 2마지기만 우리에게 빌려달라고 말을 넣어두었습니다. 그러고 나니 꿈이 자꾸 부풀려지는지 이런저런 계산을 하고 어느 정도 쌀이 나올까를 생각합니다. 의외로 대풍(?)입니다. 5마지기하면 몇 가구는 1년 먹을 쌀이 나오겠다는 둥, 현금으로 계산하면 얼마라는 둥⋯ 해보지도 않고 미리 계산만 하는 내가 우스워서, '아이고! 내년에 2마지기 해보고 꿈을 키우자.'고 꿈 부풀리는 일을 거두어 버렸습니다. 우스워도 시골에서 이런저런 노동에 조금 익숙해져 그런 용기를 내보는 겁니다. 이 용기가 사라지지 않도록 마을과 마을이 이어지는 길을 걷는 산책을 계속 해보렵니다. 사실 그 널린 나락들 보다 농사를 지은 촌부들의 얼굴과 그 마음속 뿌듯함이 내게 그런 용기를 심어줍니다. 글쎄요, 그게 용기일지 무모함일지는 내년에 두고 보아야겠지만 말입니다.

⋯⋯

메주방 그리고 단풍

화창한 가을 날씨가 이어져 비다운 비가 내리지 않더니, 어제 오후에 비가 내렸습니다. 시월 가뭄이었지만, 지리산 특유의 단풍이 마을까지 내려와 지금 이곳은 울긋불긋한 색채와 소나무가 많은, 변함없는 녹음이 공존하고 있답니다. 설악의 단풍이 화려한 미인이라면, 이

곳 지리산의 단풍은 수수하나 기품 있는 여인이라고나 할까요.

집 주변의 산들이 단풍으로 서서히 물들어 갈 때, 우리는 일이 많았습니다. 사랑채를 한 채 더 짓기 시작했고, 우리 부부는 메주방 만드는 일을 시작했답니다. 물론 사랑채는 저번 집을 지어주신 분들에게 맡겼으며, 메주방은 우리 부부의 손으로 직접 짓고 있습니다. 일을 벌였으니 사실 걱정거리들이 시월엔 늘 내 곁에 있었던 셈입니다. 물론 지금도 그렇지요. 앞의 사랑채처럼 잘 지어 주겠지만, 그래도 다 지어서 입주까지 별탈이 없기를 바라는 걱정. 사랑채 걱정은 크지 않은데 비해, 메주방은 태산 같은 걱정이었답니다. 평생 집 짓는 일을 구경도 제대로 해보지 않은 사람 둘이 벽돌 쌓아올리고, 구들방을 짓겠다고 나섰으니 그럴 만도 하지요. 벽돌쌓기를 처음으로 한 날, 우리 부부는 이 일을 계속해야 하나 고민을 했습니다. 수평을 맞춘다고 맞추며 쌓았는데, 몇 단 쌓고 나니 바르지 않고 선이 S자 모양으로 휘었답니다. 이런 저런 궁리를 해도 뾰족한 해결책이 없어 죽이 되든 밥이 되든 그냥 해보자는 심정으로 벽돌쌓기 작업을 마쳤습니다. 울퉁불퉁한 벽체를 보고 있으려니 울퉁불퉁한 못 생긴 메주가 떠오릅니다. 그렇지만 쓰러지지 않고 잘 서있기에 구수한 메주를 잘 띄워줄 방이 될 성싶습니다. 그러고 나니 이젠 구들을 들이는 문제가 걱정입니다. 구들을 사오고, 인터넷 사이트에서 구들 들이는 정보를 얻고, 안 해본 일을 하자니 팔꿈치며, 어깨며 안 아픈 곳이 없네요.

사랑채가 거의 다 지어지고, 메주방도 거의 완성 되어가니 아이들이 한 차례씩 아픕니다. 지난주에는 작은 아들이 감기에 걸려 결석을 했는데, 이번 주엔 큰아들이 체해서 결석을 하네요. 평소엔 잘 아프지 않는데, 걱정거리 많았던 시월이 지나가니 아이들이 걱정거리를 제공하네요. 물론 금방 나아지겠지만, 사실 자식에 대한 부모의 걱정은 존재론적인 문제일수도 있습니다. 자식은 애물단지란 말도 있듯이 아이들이 어려서는 순간순간 그 귀여운 작은 존재가 가져다주는 기쁨이 더 컸지만, 청소년기에 접어드니 부모에게서 독립하여 잘 살아갈 정신적, 경제적인 기반을 잘 마련할 수 있을까란 아이들 미래에 대한 걱정이 더 큽니다. 나만 그런 것은 아니겠지요?

11월에도 이런 저런 걱정거리들이 차곡차곡 그대로 놓여있을 것 같습니다. 그래도 일들이 하나하나 마무리 지어진다면, 조금씩 그 빛들이 옅어지면서 조금은 행복감에 젖기도 하겠지요. 어찌 보면 이런 걱정거리들의 연속이 사는 일인지도 모릅니다. 그 근심들을 흰 백지처럼 없앨수는 없겠지만, 걱정거리들을 조금씩 풀어나가다 보면, 나무의 단풍처럼 아름다운 빛이 될 수도 있겠지요. 사실 단풍도 추워지는 날씨에 어찌해야 살아남을 수 있을까 고민하던 나무들이 자신의 색을 바꾸면서 잎을 떨어뜨리는 과정이잖아요.

마을과 산을 산보하다 만나는 노랗게 물든 은행나무를 보면 황홀감이 몰려옵니다. 그 어떤 멋진 남자를 보는 것보다도 말입니다. 그 황홀감 속에서 그 나무의 근심과 고민의 빛들을 함께 느끼지요. 잠시 행복해지고, 마음이 평화로워집니다.

메주방을 완성하고, 사랑채를 마저 다 짓고, 마당 정리를 다 하고, 아이들과 아름다운 뱀사골 단풍을 보러 다녀와야겠습니다. 그 때까지 뱀사골 계곡의 나무들이 잎을 떨구지 않고 고민을 하고 있다면 멋진 단풍을 구경할 거고, 잎을 다 떨구었다면, 근심을 어느 정도 놓아버린 또는 해결한 자유로운 존재들을 만나겠지요.

· · · · · ·

서리 내리는 늦가을 그리고 터전

새벽과 이른 아침, 하얀 서리가 풀밭에 내려 지난 밤 기온을 말해주는 그런 날들이 지나고 있습니다. 얕은 물은 얼음이 살포시 얼기도 하네요. 이제 겨울로 들어서는 초입임을 가지만 남은 초목들에게서도 느낍니다.

서리, 얼음, 나목들… 왠지 시골 4년 차로 접어드는 시점이 되니 이들 늦가을의 풍경들에서 차가움보다는 휴식과 안도감이 느껴집니다. 아침 창을 통해 보여 지는 위 밭의 하얀 서리가 된서리라기보다 밤새 하얀 눈이 살짝 흩뿌린 것 같고, 받아쓰다 남은 물이 얼어있으면 차가움보다는 투명함이 느껴지고, 벌거벗은 나무들의 쭉쭉 내뻗은 가지들을 보면, 처량함보다는 강인함과 곧음이 느껴집니다.

가을 단풍을 보러 갈 짬도 없이 세월은 이렇게 겨울 초입으로 들어왔습니다. 장작불을 때는 작은 구들방 겸 광을 짓는다고 부산을 떨다가 세월이 흐른 거죠. 그러나 그 사이 민박을 할 요량으로 지은 사랑채가 한 채 더 완성되었고, 파헤쳐진 땅들과 엉망이 된 집 주변도 정리가 얼추 되었습니다. 우리 손으로 직접 짓는 구들방과 광만 완성이 안된 채 질질 끌고는 있지만, 조만간 완성이 될 거랍니다.

　메주를 띄울 방을 만들다. 아궁이를 만들고 구들을 들이고, 그 위에 황토 흙을 물에 개여 척척 바르는데, 정말 장작불로 이 돌과 진흙들이 따스해질까란 의문이 들었지만 벽돌을 다 쌓아 벽체가 완성되고 아이들 재미난 장난처럼 흙을 척척 짓이기는 몸놀림을 의식하고 있자니 묘한 감동이 전해져 옵니다. 새처럼, 또는 야생의 짐승들이 제 둥지를 스스로 마련하면서 가졌을 기분이 이랬을까요? 사실 옆의 번듯한 집이 없이 이 구들방에서 지내야 할 처지라면 현대문명에 길들여진 나의 의식에선 좀 처량한 감도 없지 않겠지만, 그만큼 이 구들방이 더 소중하게 다가올 거란 생각이 드네요. 마을의 한 할머님이 구경하러 오셨다가 전에 할머님도 방이 더 필요하면 남편과 함께 벽돌을 쌓고 구들을 손수 들이며 한 세월을 보냈답니다. 구들이 내려앉거나 방이 뜨듯하지 않으면 다시 구들을 다 뜯어서 다시 놓고 그러셨답니다. 몸집이 자그마하신 분이지만 겨울 나목에게서 느껴지는 강인함이 느껴옵니다.

　늦가을과 초겨울 사이엔 유난히 하늘이 투명하고 파랗게 높습니다. 그 파란 하늘 아래, 우리 가족이 살아갈 터전이 이제 겨우 마련된 듯하여 안도감이 잔 물결칩니다. 시골로 이사 온 첫해, 괜히 집만 휑하니 지은 것 같아 사상누각이 아닐까 자문을 한 적이 많거든요. 광도 없이 여기저기 굴러다니는 농기구들하며, 근본적으로 시골에 바탕을 둔 생계가 아니었기에 그랬습니다. 한 해 한 해, 조금씩 시골에 바탕을 둔 생계를 꾸릴 일을 찾아 이제서 그 터전이 마련된 것 같다는 안도감이 있지만 세상사 또 알 수 없는 미지수들이 있고, 터전 마련에 경제적인 무리와 빚을 냈기에 두 다리 쭉 펴고 쉴 형편은 아니랍니다. 겨울 휴식에 들기 전, 해야 할 일들이 아직 남아있기도 하구요. 메주방 굴뚝으로 연기를 휘휘 올리며 콩을 삶아 메주 쑤는 일. 이때만큼은 이런 저런 굴레들을 생각하지 않고 메주 쑤기에만 신명을 내려합니다. 조만간 굴뚝으로 일주일 내내 끊이지 않고 하얀 연기가 늦가을 풍경에 보태어질 날을 기다리고 있습니다.

· · · · · · ·

메주 빚기와 겨울 채비

마당 한편의 작은 단풍나무가 마지막 잎사귀들 몇 잎을 끌어안은 채 서 있은 지 여러 날입니다. 며칠 전 문득 뜰로 나서다가 붉게 변한 잎사귀들을 발견했는데 우리 집에도 단풍나무가 있었던 걸 새삼 상기하고, 그래도 단풍이라고 붉게 물들었구나 싶어 그간 박대한 것이 슬그머니 미안했습니다. 여름내 가지들이 사방팔방으로 뻗치면서 마치 풀어헤친 머리채 마냥 자라기에 남편이 여러 번 가지치기를 하였던 나무입니다. 시야만 가리고 볼품이 없다는 편견으로 잎들이 붉게 변해서 저 나름으론 멋진 홍색을 가졌던 순간들이 있었을 텐데, 무관심으로 겨우 끝에 남은 단풍 몇 잎만 보고 만 셈입니다. 이 단풍나무뿐만이 아니라, 바쁘다는 핑계와 무관심으로 눈길 몇 번 주지 못했던 우리 집 마당의 작은 나무들도 이젠 마지막 잎사귀들을 끌어안고, 겨울눈을 달고서 겨울 날 채비를 마쳤습니다. 사람만이 아직 종종대며 겨울날 채비를 끝내지 못했습니다.

단풍이 마지막 붉은 잎사귀들을 달고 있을 며칠 동안 우리는 콩을 쑤어 메주를 빚었습니다. 콩을 쑤던 첫날은 새벽 어스름에 일어나 가마솥에 불을 지피기 시작해, 저녁 8시 반까지 그야말로 14시간을 끙끙대며 종종거리며 노동을 하였습니다. 그랬더니 정말 이렇게 쑤실 수 있을까 싶을 정도로 온 몸이 쑤시고, 정신마저 쑤셔댑니다. 콩을 쑨다는 것이 내 몸도 같이 쑨 것이 아닌가 싶어 이 일을 어찌 감당할까 싶은데, 남편도 그랬던지 이래서는 며칠 못 견딘다 합니다. 하루해가 짧고, 저 많은 콩을 한시라도 빨리 메주로 빚으려면 가마솥에 최소한 하루 두 번씩은 불을 댕겨야 한다고 생각했지요. 그게 신명나는 일이라고 여겼는데, 해보니 신명은 나나 몸이 절단 나게 생겼고, 말을 듣지 않습니다. 일이 즐거워야 하는데, 심한 노동에 정말 삭신이 쑤신다면 결코 즐거울 수가 없겠기에, 가마솥에 불은 한 번씩만 댕기기로 하였습니다. 그랬더니, 여유 만만! 첫날은 밥해먹고, 청소하고 하는 일상을 뒤로 미루거나 대충하며 무시한 셈이니, 마음이 편치 못했습니다.

두 번째 날부터는 가마솥에서 콩이 익는 동안 여유 있게 설거지며 빨래 등등 일상을 챙기면서 메주를 만들었습니다. 그랬더니 마음과 몸이 훨씬 쾌적합니다. 챙길 수 있는 시간적 여유가 있으니 일상도 소중하게 다가오고, 메주 쑤는 일도 뿌듯함으로 다가옵니다. 이렇게 즐기며 메주를 만든다면 지금 쑤는 콩의 두 배를 더 한다고 해도 무리가 아님을 알겠습니다. 사실 우리의 된장 만드는 일은 우리 집 마당에 서있는 작은 나무들만큼이나 뿌리가 얕습니다. 물론 많이 만들어야 그 뿌리가 깊어지는 것이 아니란 걸압니다. 나무들이 한 곳에서 오랜 세월 견뎌내야 그 뿌리가 깊어지듯 우리의 된장 만들기도 이곳에서 오랜 세월이 흘러야 되겠지요. 우리 부부 둘이서 즐거움으로, 그리고 물이 흐르듯 자연스레 몰입하여 만드는 일이 어떤 건지 이제서 감이 잡힙니다. 정해진 시간 안에 굿하듯 후딱 해치우는 일이 신명나는 일이 아니라, 속도는 더디지만 파란 하늘 아래 우리 부부도 풍경의 일부가 된 몰입 속에서 만드는 일이 신명이란 걸 알았습니다.

몸을 직접 움직여 하는 노동을 하다보면 꼭 중요한 일이 한 가지 있답니다. 참을 먹는 일! 육체에 에너지를 주는 것뿐만이 아니라 영혼에 쉼을 주어 다음 일에 혼신을 다하게 하는 참! 일을 하다 가끔씩 우리부부는 군고구마로 참을 먹습니다. 메주 작업을 하면서도 가끔 고구마 참을 먹었는데, 먹을수록 고구마가 참으로는 제격이라는 걸 느낍니다. 메주 쑤는 첫날은 참은 고사하고 물 한 모금 먹을 시간이 없더라구요. 그 다음 날, 따사한 햇볕 아래에 고구마 한 입을 베어 먹으며 생각합니다. '그래! 콩 물이 덜 나오면서 눋지 않게 하려면 물 양이 그 정도야 해! 그리고, 장작불도… 그런데 이게 무슨 냄새지?' 장작불에서 꽤 멀리 떨어진 곳에 서있는데 나무 타는 냄새가 코에서 진동합니다. 내 몸과 남편 몸에 매캐한 나무 탄내가 아예 배어버린 겁니다. 과히 불쾌한 냄새는 아니랍니다. 생각하기에 따라서는 '나무 탄내 향수'라고 여길 수도 있을 듯싶네요.ㅎㅎ

참, 무엇보다 메주 만드는 첫날 새벽 어스름에 일어나 차면서도 깨끗한 공기를 폐 깊숙이 느끼며 몸을 움직였던 상쾌함이 참 좋더군요. 몸에 무리를 하지 않기 위해 가마솥에 한 번씩만 불을 댕기기로 한 두 번째 날부터는 새벽에 일어나지 않고 아이들 학교 보낸 후 일을 시작해서 그 상쾌함을 계속 만날 수는 없었지만 아직 하늘엔 별이 총총히 박혀 있고 하얀 서리가 사방에 내린 새벽을 온 몸으로 느낄 수 있는 기쁨. 산에서 내려오는 물이 얼어 사랑채에서 물을 길어다 솥에 안친 콩에 붓고 있자니 인적을 피해 물을 마시러 산을 내려온 한 마리의 순수한 짐승이 된 것 같은 이미지. 그 이미지와 함께 '산짐승들도 겨울날 채비를 다 하였을까?'란 염려가 스칩니다.

요즘 이곳 지리산 일대는 수렵허가구역과 금지구역이란 푯말이 곳곳에 세워져 있습니다. 강을 사이에 두고 건너편은 허가구역이고 이곳 우리 마을이 있는 쪽은 금지 구역인데, 사냥꾼들이 정해진 구역을 벗어나 우리 집을 끼고 있는 뒷산으로 수시로 올라간답니다. 하루에 한 두 번은 총성이 온 산을 뒤흔들고 아예 금지다 허가다 해놓으니 꾼들이 마음 놓고 산을 헤매고 다니는 것 같은 인상이 듭니다. 지난 일요일은 집 옆 농로에서 사냥꾼들이 총을 들고 서성이기에 남편이 제지를 하러 갔습니다. 인가가 지척이고 이곳은 금지 구역이니 사냥불가임을 얘기하는데, 바로 코앞으로 고라니 한 마리가 뛰어가더랍니다. 지금 한창 겨울 채비로 바빠야 할 짐승들이 사냥꾼들 등살에 허둥지둥 제 영역을 벗어나 헤매고 있으니… 산길이 훤히 드러나는 지금이 사냥 적기이지만 짐승들 겨울 채비 기간인 것만은 확실하고, 먹이가 부족해지는 시기인데, 사냥 허가·금지 구역을 설정하여 은근히 사냥을 부추겨 산짐승들 겨울을 더 혹독하게 만드는 건 아닌가 싶습니다. 산짐승들 개체수가 사냥을 대놓고 허가할 정도로 많다고는 생각지 않습니다. 개체수가 많고 사람에 대한 경계심이 없는 어느 나라에선 집 앞 마당에서 한 낮에도 산짐승들이 놀다간다는데 아직 이곳 지리산에선 그럴 정도로 산짐승들의 개체수가 결코 많지는 않답니다. 이나마 불어난(?) 산짐승들마저 이렇게 사냥을 허가해 버리면 금세 존재 위기로 내몰리는 건 아닌가 걱정입니다.

콩 쑬 물을 날라 부으면서 아직은 컴컴한 산들을 둘러봅니다. '사냥꾼들을 피해 겨울날 채비를 마치고 꽁꽁 숨어서 올 한 겨울을 잘 나렴!' 인간들보다 산짐승들이 겨울을 나는 그 메커니즘이 우수하다는 것은 지난겨울 읽은 《동물들의 겨울나기(베른트 하인리히저)》 책을 통해서 잘 알고 있기에 인간들이 극성만 부리지 않으면 지들끼리 아무리 혹독한 추위도 잘 견뎌낼 겁니다. 새벽어둠 속에서 먹이활동이나 생존의 움직임을 하고 있을 자연과 눈길을 마주하고 있다는 느낌! 인간에게는 생명이 있는 자연과 교감하려는 본능이 있답니다. 그런데 차갑고 딱딱한 현대 물질문명 속에서 살다보니 점점 그 본능이 죽어 가는 거라네요. 《야생 거위와 보낸 일 년(한문화)》의 저자 콘라트 로렌츠의 말입니다. 애완견이나 애완동물들과 같이 살려는 사람들이 늘어가는 추세나 어린 아이들일수록 강아지를 키우고자 하는 욕구가 강한 것은 이런 자연과의 교감을 원하는 인간 본능의 발로가 아닌가 그 책을 읽으면서 생각했답니다. 이 책을 읽기 전에는 뱀 같은 파충류를 애완동물로 키우는 사람을 이해할 수 없었는데, 이제는 이해할 수 있답니다. 자연과의 강한 교감을 원하는 인간 본능의 발로로.

새벽에 일어나 활동을 하니 그런 자연과의 교감 본능이 꿈틀대는 기뿜을 느끼지만, 아쉽게도 아직은 어떤 뚜렷한 목적도 없이 그 기쁨만을 위해 무턱대고 새벽에 일어날 열정이 없답니다. 나이는 제법 들었건만, 아직 새벽잠이 많아 꼭 해야 할 일이 없이 해 뜨기 전에 일어난다는 것은 내게 너무나 힘겨운 일이랍니다. 가끔 꼭두새벽에 일어나야 할 일이 있긴 있답니다. 아이들이 소풍가는 날. 김밥 싸기 위해서…

　꼭두새벽부터 일어나 삭신이 쑤신다는 말의 실감으로 시작하여 물 흐르듯 자연스런 몰입으로 이어진 메주 만들기를 끝내며, 우리의 겨울 채비는 거의 마무리를 짓고 있습니다. 조금 늦어진 감이 없지 않아 있지만, 아직 단풍나무가 단풍잎을 몇 잎 달고 있기에 적이 안심합니다. 또 어제 오늘 총성이 들리지 않기에 조금 더 안심합니다.

· · · · · ·

팥죽

　　　　일 년 중 밤이 가장 길다는 동지도 지나고 올 한해도 이젠 열흘 정도 남아있는 시점이 되니, 춥지 않은 겨울이라지만, 얼음이 제법 꽁꽁 얼고, 손이 시린 겨울은 겨울인가 봅니다. 산등성이가 휑하니 드러나 보이고 마른 갈색 풀들이 바람에 이리저리 가벼운 왈츠들을 추고 메마른 넝쿨 속에선 작은 새들이 지지배배 끊임없이 속삭이는 소리가 들려옵니다. 아직 겨울 날 채비를 다 못했는지 또는 다 끝내고 이제 수다를 떠는 건지 가끔은 느닷없이 까투리와 장끼들이 꿱 소리를 내지르며 허공으로 솟구쳐, 그 바람에 마당에서 일하다 파란 하늘을 보게 됩니다.

그 차가운 파란 하늘은 초겨울을 넘어 겨울로 깊숙이 들어온 계절이라는 느낌을 안깁니다. 동지 날이기에 더욱 그런 느낌이 들더군요. 날씨도 때맞추어 추워졌지만, 우리는 다행히 지지부진마저 끝내지 못 했던 일들을 마저 끝내고 팥죽을 끓여 먹을 수 있었답니다. 드디어 메주방을 완성해서 메주를 짚으로 엮어 매달고 이제 아궁이 불에 은은한 온기로 서서히 메주를 띄울 요량입니다. 또 늦어진 김장을 담갔는데, 왜 이리 욕심이 나는지 50포기를 담갔답니다. 이렇게 많이 해보기는 처음인데, 배추 파는 할머니께서는 요즘은 '김치냉장고' 덕분에 김장들을 많이 하는 추세라며, 김치냉장고 샀느냐고 물어 보기에 그냥 웃음으로 얼버무려 버렸답니다. 올해도 역시 남편의 힘을 빌려 독을 땅에 묻을 예정이었거든요. 많이 하니 두 독쯤은 묻어야 하겠기에 남편이 용을 써야 되겠지만, 이리 해두면 아마도 맛난 김치를 일 년 내내 먹을 수 있기에 욕심을 냈습니다. 삼일을 배추와 씨름한 결과 두 독이 오롯이 땅 속에 묻혀있답니다.

연일 일속에서 지내다보니 몸 여기저기가 비명을 지르지만, 그래도 동지 날인데 팥죽은 쑤어먹어야지 싶어 팥을 삶고, 찹쌀을 불리다보니 왜 또 이렇게 양이 많은지 몇 식구가 같이 먹어도 될 양이네요. 아픈 팔꿈치를 놀리며 죽을 쑤면서 생각했지요. 시골 와 살면서 손이 커지긴 커졌다고요. 도시에선 감히 배추를 그것도 대자로 50포기를 할 엄두를 못 냈지요. 팥죽도 커다란 대자 냄비로 이렇게 많이 쑤지는 않았는데…

'많이 쑤면 잡귀신들이 오다가 기겁을 해서 달아나겠지 뭐!'하며 열심히 팥을 돌렸습니다. 작은 아들도 심히 많아 보였는지 '엄마! 팥죽이 너무 많다. 이웃 할머니들에게도 좀 줘야 되겠다.' 합니다. 아니면 몇날 며칠 아침 식사로 물리도록 먹어야 되겠기에… 문설주에 바르지는 못할지라도, 내년 가족 모두의 건강을 위해서 요 날은 팥죽을 먹는 거라고 식탁에서 아이들에게 얘기하는데, 큰아들은 팥죽에 새알심이 안 들어갔다고 찡찡댑니다. 큰 아들은 좀 미식가에 가깝습니다. "아! 그게 들어가야 진짜 팥죽이지! 에이~" 좀 투덜댑니다. "그거 안 들어가도 맛만 좋다!" 하며 식탁 옆벽에 붙여 논 쪽지 한번 보라고 눈을 흘겼지요.

"이 음식이 어디서 왔는가
 내 덕행으로 받기가 부끄럽네.
 마음의 온갖 욕심 버리고
 진리를 이루고자
 이 음식을 받습니다." (공양하는 마음가짐)

다들 그럽니다. 국민소득 만 불 시대가 넘었기에 생존을 위한, 다시 말해 먹고사는 문제는 이제 큰 이슈가 아니고, '어떻게 즐기며 잘사는가'가 관건이라고들… 즉 웰빙의 시대라고요. 물론 그렇겠지만 한 끼의 식사가 내 앞에 있고, 내가 입을 한 벌의 따스한 옷이 있고, 내가 잘 따스한 집이 있는 것은 너무나 당연한 일인 양 넘어가는 일. 한 끼의 식사에, 옷에, 집에 감사하는 마음들이 점점 줄어드는 일! 행복에서 조금씩 멀어지는 일이 아닐까… 마음 깊숙한 곳에서 한 끼 식사를 감사하는 마음으로 먹을 수 있다면 그거야말로 진짜 행복이요, 웰빙이 아닐까 생각해봅니다. 그래서 의식적으로 감사하는 마음을 가지려고 노력하지만, 나 역시 법정 스님의 경지는 아닌지라 '공양하는 마음'이란 문구를 식탁 옆에 붙여두었답니다.

물건에 대한 소유는 끝이 없고, 소유욕은 더 끝이 없는 것이 요즘 현대문명을 누리는 사람들의 마음이요, 현실입니다. 도시에 살다보면 보이는 것이 어딜 가나 멋진 상품들이니 견물생심일 수뿐이 없지요. 그깟 한 끼 식사가 대수겠습니까. 그런 상품들이 작은 것에 감사하는 마음에서 오는 행복을 조금씩 갉아먹고 있는 건 아닐까 생각해봅니다. 시골에서 살다보니 자연히 멋진 상품들을 접할 기회가 적으니 견물생심은 현저히 줄어듭니다. 지금 가지고 있는 물건들로도 생활에 불편함을 모르니 아무리 좋은 물건이라도 생심이 발동되지 않습니다. 물론 주머니 사정도 사정이지만, 그 '김치 냉장고'를 사고 싶은 마음이 들지 않습니다. 더 이상 일상을 기계문명에 의존하고 싶지 않은 본심도 있고, '땅 속이 공짜 김치 냉장고인데 왜 돈을 들이지?'하는 옹고집 심보도 있답니다.

한 끼 식사에서부터 땅 속에 묻을 독이 있다는 작은 것에 마음 속 깊은 곳에서 정말 감사하는 마음을 가질 수 있다면 정말 행복한 사람이 될 것 같습니다. 김이 모락모락 나는 팥죽을 앞에 두고 내일부터는 환한 낮이 밤보다 조금씩 길어진다는 생각에 조금 행복한 미소를 짓고 싶습니다. 그런데, 며칠 전부터 큰아들 녀석이 MP3를 갖고 싶다고 은근히 졸라대다가 이제는 아예 대놓고 사내라고 조르니 그 소리에 작은 행

복의 미소가 약간 찌그러들긴 드네요.ㅎㅎ

. . . . . .

겨울바람

바람이 산을 돌고 돌아오는 소리에 간담이 서늘해지기도 하는 매서운 겨울, 또 한 해를 마감하고 2005년으로 넘어왔습니다. 항상 해가 바뀌면 인간이 정한 세월의 단위가 뭐 그리 대수인가 싶지만, 그래도 사람 마음이 약간은 흔들리게 마련입니다 무엇보다 나이를 한 살 더 먹게 된다는 데 대한 아쉬움과 안타까움. 그악스러운 바람 소리에 그런 아쉬움이 증폭되어 마음이 공허해지기도 합니다. 한겨울 도시보다는 바람소리가 몇 배 거세게 들립니다. 당연하겠지요. 거칠 것 없이 휘휘 돌아나갈 수 있는 들판과 산들이 펼쳐져 있으니 말입니다. 이럴 땐 도시가 조금 그립습니다. 옹기종기 모여 있는 건물들. 그 틈을 비집고 바람이 불어도 그리 매섭게 들리지는 않으니깐요.

사실 이런 상상은 괜한 건지도 모르지만, 이 곳 시골 산자락에서 맞이하는 겨울바람은 마음을 스산하게 합니다. 더군다나 지난 성탄절 이후로 기온이 뚝 떨어졌거든요. 그래 모든 바깥일은 정지되고 집안에서 뒹굴뒹굴하다 해가 바뀌니 이렇게 뒹굴뒹굴하고 있을 때가 아닌 것 같기도 하고, 겨울 한철 푹 쉬어도 되는 시기 같기도 하고 뭔가 종잡을 수가 없네요.

어쨌거나 바람 소리를 차단할 겸 그간 먼지만 쌓여있던 오디오 주파수를 다시 맞추고, 시디를 넣어 음악을 들으니 '겨울은 노래를 듣기에 참 좋은 계절. 음악이 절로 듣고 싶은 계절.'이란 생각에 웃음이 픽 나오네요. 간사한 내 마음이 읽혀지기 때문이랍니다. 봄부터 가을까지는 집 밖 생활이 많은 부분을 차지해 집 안에서 음악을 느긋하게 듣고 있을 시간이 없습니다. 그래서 자연히 오디오는 거의 틀지 않고 생활하다 보니 음악을 잊고 지내게 됩니다. 또 자연이 만들어내는 갖가지 고운 소리들이 있기에 사실 그 소리에 귀가 즐거워 인간이 만든 소리가 그립지 않았지요. 가끔 정신이 산란(散亂)스러울 때 듣는 음악 소리는 오히려 소음이란 느낌이 들었거든요. 사실 음악 소리 그 자체가 소음이 아니라 내 안의 마음이 소음이었겠지요. 자연의 작은 소리들이 거의 사라진 지금 겨울은 인간이 만든 소리들에 마음이 쏠립니다. 오랜만에 듣는 음악은 참 달게 느껴집니다. 그러나 너무 달면 금방 질리듯, 음악도 그럴 것 같습니다.

어리고 젊어서는 영혼이 좀 더 순수해서였을까요? 무조건 음악이 좋았지만, 나이가 드니 언제부터인가 음악이 시큰둥해질 때도 있더군요. 한동안 안 들었다가 듣는 음악이 참 좋지만, 이 좋은 음악에 대한 감성을 오래 유지하고픈 마음에 어떤 음악가의 말—아주 작은 소리(대화에 방해가 안 되고, 귀 기울여야 들리는 소리정도)로 음악을 잔잔하게 틀어 놓고 일상생활을 하면 정서와 집중력에 좋다—을 떠올려봅니다. 그러다 보니 밖의 거센 바람 소리는 소리대로, 집안의 작은 음악 소리는 그 소리대로 다 들립니다. 거센 바람이 차단되지는 않고, 그 속으로 노래와 음악 소리가 흘러갑니다. 작은 냇물이 흐르듯…

큰아이는 요즘 한참 대중음악에 빠져서 라디오를 귀에 달고 살려고 합니다. MP3도 그런 차원에서 너무 가지고 싶은 거죠. 음악을 들으며 자신의 세계로 빠져 무조건 음악이 좋은 시기인가 봅니다. 생각해보면 음악으로 삶의 큰 위안을 얻었던 순간들이 있었지만, 어른인 지금은 그 음악에서 큰 위안을 받지 못하니 참 순수에서 멀리 떨어져 있다는 걸 새삼 느낍니다.

오히려 항상 몸을 움직여야 하는 시골의 생활 덕에 해가 있는 한 몸을 움직여 뭔가를 해야 오히려 잡념이 없이 삶의 위안을 얻는 것 같으니 요즘은 그릇 만들기를 다시 하고 있습니다. 쭈그리고 앉아서, 때론 물레 앞에 앉아서 작은 그릇들을 만들다 보면 현대 삶의 방식에서 중요시되는 금전과 물질, 사회적 지위나 또는 인간을 둘러싼 배경들이 뭐 그리 중요하랴 싶습니다. 그것들이 행복의 조건이 될 수는 있어도 행복 자체는 아니라는 걸 너무나 잘 알고 있습니다. 그래도 솔직히 무조건 무시할 수만은 없는 것이 현실이니 가끔 내 마음을 괴롭히기도 하지만 그릇 만들기에 빠져 이런저런 구상을 하다가 우연히 내게 온 것 같은 작은 그릇들을 보노라면 그것 자체가 행복이랍니다. 특히나 그 그릇들에 차를 마시고, 밥을 먹으면 좀 더 행복감이 몰려옵니다. 또 주고 싶은 사람에게 선물이라도 하면 더 그렇지요.

그릇을 만드는 지금도 거센 바람 소리가 들립니다. 그 그악스러움 속에 작은 냇물 졸졸 흐르듯 음악 소리도 들려옵니다. 봄의 찬란함, 여름의 깊은 녹음과 가을의 풍요가 사라진 겨울은 '공수래 공수거(空手來 空手去)'의 계절이라고 졸졸 냇물 소리가 전해줍니다. 그 속에서 나란 존재는 그릇을 만들며 행복을 느낄 수 있는 존재로 잠시 이승을 살다 가는 거요. 그 이상도 이하도 아니란 생각. 항시 이런 생각과 느낌이 내 안에 머무를 수 있다면 좋으련만. 그러고 보니 거센 바람 소리는 굶주리지 않고, 헐벗지 않고 따스한 잠자리가 있으면 큰 복인 줄 알고 한 해를 또 살라는 메시지로도 다가옵니다.

요맘때면 '복 많이 받으세요!'란 덕담을 많이 하게 되지요. 그 말은 그야말로 덕담이지 정말 욕심을 내서 복을 많이 성취하라는 의미가 아닐 겁니다. 그 풍기는 뉘앙스가 좋고 상대방의 안녕이나 행복을 기원하는 듯하여 들으면 기분이 좋아지잖아요. 그 덕담에 거센 바람이 주는 메시지가 꼬리표로 붙어있어서 조금은 차분해집니다. 꼬리표 붙은 "새해 복 많이 받으십시오."

‧‧‧‧‧‧

아이들 개학과 두더지

아이들이 신학기를 맞아 개학을 했습니다. 아이들은 긴 겨울 방학과 봄방학이 지루했나봅니다. 특히 큰 아이는 "드디어 개학이네!"하며 그간 지루했던 심정을 이 한마디로 함축시킵니다. 그 전에는 "아! 벌써 개학이다!"하며 아쉬워하더니 말이죠.

봄을 시작하는 3월은 왔건만, 아직 이렇다 할 봄기운이 느껴지지는 않습니다. 산 밑 동네여서 인지 밤엔 물이 아직 얼어버립니다. 산에서 내려오는 물을 받아두는 물통에선 물이 졸졸 새어나와 얼었던 거대한 얼음덩이는 아직 그대로이고 옆 산 정상에는 아직 허연 눈들이 그대로 있지요. 하지만 아이들 방학과 3월이 시작됨에 따라 왠지 어디선가 봄 맞이를 하라는 외침이 들려옵니다. 그리고 '아! 보~오~옴이다.'하며 온 몸으로 기지개를 켜고 싶습니다.

그래서 어제는 봄 냄새가 물씬 풍길 것 같은 바다에 잠시 다녀왔습니다. 여기서 한 시간 남짓 차로 달려가면 삼천포가 가깝거든요. 큰 항구는 아니어도 남쪽으로 한 시간 정도만 달려가면 아담한 작은 포구 마을들이 많습니다. 산에서 벗어나니 햇살이 더 따스하게 느껴집니다. 삼천포항 근처 작은 어촌에서는 마을 아낙들이 굴을 따고 있고 강태공들이 군데군데 눈에 들어옵니다. 아이들은 수렵의 의지가 강해 자기들도 낚시를 하고 싶다고 아쉬워했지만, 별 계획 없이 바람 쏘이러 나왔는데 무슨 낚시를 하겠습니까. 그 마음을 갯벌에서 소라도 줍고, 작은 게를 찾으며 달랬는데, 그게 더 재미있네요. 바닷물에 손을 적시고 약간 비릿한 미역냄새도 맡으며 봄맞이를 했습니다.

산마을에서 사람들이 몸으로 느끼는 봄은 다소 늦게 찾아옵니다. 대신 아이들 신학기 시작이기에 겨울동안 게으르고 느슨해진 마음을 다시 추슬러서 등교를 시켜야하는 새로운 마음에서 봄을 느낀다고 할까요. 우습지만 우리는 아이들 신학기로 봄을 느끼는데 반해 산과 들에서 살아가는 온갖 생명들은 봄이 왔음을 본능으로 알겠지요.

며칠 전 밖에서 장작을 패던 남편이 창으로 살금살금 다가와 아이들과 내게 살짝 밖으로 나와 땅 속에서 두더지가 꿈틀대는 걸 보랍니다. 얼른 발소리를 죽이고 나갔지만, 소리를 들었는지 아이들과 나는 땅이 움찔움찔하는 모습도 두더지도 못 보았습니다. 대신 땅에 파인 서너 개 구멍만 구경했습니다. 남편은 두더지가 땅 속에서 얼굴을 쏙 내밀다 밖에 이상한 동물(?)이 있는 걸 알고는 숨어버렸답니다. 땅 속에서 두더지는 봄이 오고 있는 걸 느꼈나봅니다. 그래 움츠렸던 몸을 죽 펴서 땅 속을 헤치고 다니다 땅 위로 나와 보고 싶었던 건 아닐까 추측만 해봅니다. 산책길에서 들리는 새소리도 겨울에 듣는 소리와는 사뭇 다릅니다. 한 겨울 가끔 들리는 딱따구리 소리는 '떡~어~억 떠~ㄱ' 늘어진 이런 소리인데, 요즘은 아주 경쾌한 소리로 바뀌었습니다. '딱딱다딱 딱다다다딱'. 작은 새소리도 어딜 가나 제제제제 들립니다. 물론 땅 밑 온갖 풀씨들도 나름으로 꿈틀꿈틀 움트려고 몸이 가렵겠지요.

아이들이 학교 가고 난 집 안은 조용합니다. 오랜만에 집안이 조용하니, 휴! 좀 편안합니다. 시골에서건 도시에서건 아이들 방학은 엄마들의 개학이요, 아이들 개학은 엄마들의 방학인 셈입니다. 조용한 집 안에 있자니 내 몸도 풀씨들처럼 꿈틀꿈틀 싹이 틀 것만 같습니다. 겨우내 땅 속에서 바싹 말라버리지 않으려고 애쓴 씨앗들이 연초록빛을 발산시키며 새순을 내밀 듯, 우리부부도 그런 새순을 달고 산과 들로 쏘다닐 거고 아이들도 그 빛을 내며 학교로 오갈 거고, 우리 집도 그 빛에 둘러싸여 사람들 발길이 이어질 거고… 어서 이런 저런 싹이 텄으면 싶습니다.

......

큰 밭을 얻고 봄맛도 보았습니다

따스한 햇살에 봄이 왔는가 하여 마을 풍경엔 슬슬 움직이는 발길들이 더해지다가도 갑작스레 뚝 떨어지는 기온이나 구름이 잔득 낀 날엔 모든 움직임이 멈춰 버립니다. 살살 이곳저곳 밭들로 다니며 검부러기를 모으고 거름도 옮겨놓던 할머님들 모습이 꽃샘추위에 며칠 안 보였습니다.

어제 오후엔 꽃샘추위가 조금 누그러졌습니다. 밭에서 일하는 할머님들 모습이 다시 보입니다. '우리도 밭 정리를 해야 되는데… 아직 이른 봄이니, 천천히 하자.' 이런 생각이 듭니다. 바지런한 마을 할머님들 밭들은 대부분 깔끔하게 정리가 돼있습니다. 정리하고픈 마음은 굴뚝같은데 몸이 말을 안 듣고, 밭에 불을 놓기가 겁납니다. 밭에 불을 왜 놓냐고요? 작년에 자란 풀들과 시든 작물 줄기들을 태워야 하거든요. 그것들을 다 거두어 아궁이에 넣고 태우자니 옮겨야하는 번거로움이 있고, 밭에서 직접 태우자니 왠지 불안합니다. 또 불을 놓다 산불 감시원들 눈에 띄게 되면 벌금이 자그마치 몇 백! 그래도 마을 할머님들은 용케도 태워버립니다. 일이 많아도 조금씩 옮겨서 아궁이에 태워야겠지요?

그런데 장 담글 때 무거운 독들을 옮기고 씻고 하느라 팔이 무리했는지 근 이주일 째 팔꿈치가 아픕니다. 시골살이 이제 4년째로 접어드는데, 몸이 아프면 문제가 심각해질 수 있다는 생각이 듭니다. 사실 시골에서 산다는 일은 그야말로 몸뚱어리로 사는 일이지요. 머리로 사는 일이 아니고. 몸이 중요한 자산이라 몸이 건강해야 육체노동의 즐거움도 맛볼 거고, 시골살이를 하는 정신적 즐거움도 있겠죠. 그런데 몸을 많이 써야하는 '시골살이'이기에 그 둘의 균형을 유지하기가 쉽지만은 않을 거 같습니다.

저번 주 초에 남편이 밭 정리를 하는데 나는 어영부영 놀며 지냈답니다. 그런데도 아래 밭 할머님이 기운이 없어서 올해는 농사를 지을 수 없다고 우리더러 밭을 부치겠냐고 하시길래 별로 망설임도 없이 하겠다고 덜렁 해버렸어요. 그 널따랗고 기름진 밭을 생각하면 안 한다고 할 수가 없었지요. 우리 밭은 집을 지을 때 파 뒤집어 거름기도 없는 거칠고 좁은 밭이거든요. 올해는 쌀농사도 지어볼 요량으로 논 너마지기를 얻어두었답니다. 농사지을 땅은 잔뜩 얻었는데, 팔이 아프니 좀 걱정은 되지만 그래도 낫겠지요. 뭐.

이 좋은 밭을 짓게 되었다는 감격에 밭을 한 번 둘러보았습니다. 햇빛이 잘 드는 땅이라 풀들이 잔뜩 땅위를 점령했는데, 고 풀들 사이로 냉이가 제법 크게 자라 있습니다. 한 움큼 캐서 된장국을 끓였습니다. 올해 처음으로 땅에서 구한 먹거리랍니다. 냉이향이 코와 입안에 그득! 큰 밭을 얻고 봄맛도 보았습니다.

......

눈이 봄을 깨뜨릴 수는 없지

아침에 일어나니 눈이 옵니다. 그것도 거센 바람까지 동반하여. 남편도 나도 놀라서 후다닥 일어났습니다. 앞마당 뒷마당에는 제법 눈이 쌓여 있고, 내리는 모양새가 어물어물 하다가는 아이들이 학교에 갈 수 없는 사태가 벌어질 수도 있겠다는 생각에 미쳤지요. 그런데 다행히 길 위로는 눈이 쌓이지 않았습니다. 그러나 혹 조금이라도 쌓이면 차가 내려갈 수 없기에, 남편은 마을 입구에 차를 내려두고 조금 일찍 아이들을 깨웠지요. 눈이 오고 있는 걸 안 작은 아인, "와! 웬 눈. 학교에 못 가겠다. 룰~루 랄~라!"합니다. "아직 좋아하긴 일러! 길엔 눈이 안 쌓였는걸!"

시골로 이사 오고 나서 매년 3월 초순에 느닷없이 눈이 내려 아이들이 등교를 못한 적이 꼭 한 번씩 있었습니다. 올해는 3월 초순과 중순을 갑작스런 눈사태 없이 무사히 지나왔는데, 하순에 웬 눈인지 갑자기 멍해집니다. 하루 종일 눈발이 춤을 추다, 해도 나다, 눈이 한 쪽에선 '쌓이다, 녹다'를 반복하고 있습니다.

아이들 등교를 시키고 우리 부부는 산보를 나섰지요. 눈도 맞고, 봄빛도 쪼이며, '살살 부는 봄바람도 좋고, 뒤에서 몰아치는 거센 겨울바람도 좋아라.'하며 한 시간여 가량을 걸었습니다. 걸으며 남편은 중얼댑니다. "아무리 눈이 내려도 봄을 깨뜨릴 수는 없지! 달걀로 바위 깨뜨리기지!"합니다. 그 표현이 좀 우습기는 해도, 꽃샘추위가 아무리 추워봤자 봄을 막을 수는 없다는 얘기. 그래도 어제는 따뜻한 봄볕에 감자 심을 밭을 갈다가, 오늘은 겨울 외투 찾아 입고, 집 안에서 갈다만 밭을 바라보기만 해야 하니 나는 이리 말했지요. "그만 시샘 좀 했으면 좋겠다. 나오던 새순들이 기겁을 했겠네." 요즘 나무들을 가까이서 자세히 보면 이제 막 펼치려는 새순과 꽃봉오리들이 가지마다 조롱조롱 매달려 있답니다. 어제보다 조금 더 키우고, 조금 더 펼치려다 그만 닫아버렸겠지요. 밭을 갈다 멈춘 우리처럼.

산보를 하고 집으로 들어오다 앞마당에 서있는 산수유나무에서 노란 꽃을 발견했습니다. 너무 반갑고 신기합니다. 그것도 눈이 오고 바람 부는 날씨에 핀 꽃이라니. 이사 오면서 바로 심은 나무인데, 지난 3년 간 꽃이 안 피더니 올해 조금 피었네요. 남편 말이 맞긴 맞나 봅니다. "눈이 봄을 깨뜨릴 수는 없지!"

· · · · · ·

봄맞이 꽃

집 바로 옆의 길쭉한 밭을 얻어 갈다가 만난 봄맞이꽃. 둥 그렇게 모여서 함께 피어있었습니다. 이제 봄이 한창 무르익어 살구꽃, 벚꽃이 거의 질 무렵인데, 이름이 봄맞이꽃이라니? 아마 밭갈이를 한참하다 문득 눈에 띄어 그런 이름이 붙었을까? 생각해 보다가 봄에 밭갈이는 농경사회에서 진짜 봄맞이에 해당하는 행위가 아닐까? 그래서 봄맞이란 이름을 얻게 되었나보다고 나름대로 해석을 하였답니다.

아무튼 작고 하얀 꽃무리를 뭉개고 밭을 갈 수가 없어서 삽으로 퍼다가 작은 화분에, 그리고 화단에 옮겨 심었습니다. 그랬더니 와! 탄성이 절로 나옵니다.

・・・・・・

호미 이야기

땅 지표면에서는 풀씨들이 아우성을 치며 싹을 내고 있고 (오메! 무서운 것들!), 땅 위 지상에선 나무들이 새 순을 속속 내밀고 있습니다(와! 신선한 초록!). 바야흐로 신록의 계절입니다. 산으로 올라가면 발 디딜 틈이 점점 줄어들고, 온갖 식물들이 널리기 시작했습니다.

그래도 평년과 비교해보면 올해는 기온이 낮아 작물 심는 일이 좀 늦어지고 있습니다. 낮은 기온 덕(?)에 우리는 밭갈이를 아직 끝내지 못하고 느릿느릿 늦장을 부리고 있습니다. 밭갈이라면 밭에 거름을 뿌려 깊이 갈아엎은 후, 고랑과 이랑을 만들어 맨 마지막으로 비닐 멀칭을 하는 일을 말합니다. 기계가 없기에 우리는 이 모든 일을 호미와 괭이로 하고 있지요. 기존에 우리가 하던 밭 외에 올해는 헛간 옆의 긴 밭을 얻어서 밭농사가 두 배는 늘었습니다. 새로 얻은 밭은 묵은 밭이라서 나무뿌리와 풀들이 온 땅을 점령해 밭갈이가 몇 배는 힘들었답니다. 쉬엄쉬엄 근 이 주동안 호미와 괭이와 낫으로 씨름한 결과 간신히 고랑과 이랑을 내고 일부 비닐멀칭을 해두었습니다. 위쪽 산에서 이 밭을 내려다보니 꽤 큰 밭이네요. 거의 밭갈이를 끝내고 보니, 무엇보다 호미와 괭이가 대견해 보입니다. 특히 호미는 작지만, 그 위력은 다른 것에 견줄 바가 아닙니다. 아무리 단단히 박힌 돌이나 깊은 풀뿌리도 이 호미로 끈질기게 파내면 다 파내집니다. 괭이나 삽으로 할 수 없는 것도 이 호미는 할 수가 있지요. 할머님들은 대부분 이 호미 하나로 밭농사를 짓는다고 해도 과언이 아니랍니다. 괭이나 삽은 쓸 때 큰 힘이 들어 여자들은 사용하기가 용이치 않습니다. 반면에 호미는 적은 힘으로도 다양한 일을 해내거든요. 밭갈이에서 김매기까지. 요즘 밖으로 나가면 이 호미를 손에 쥐게 됩니다. 왠지 맨손으로 다니려면 허전하거든요. 마당에 나온 풀이라도 뽑으려면 이 호미가 있어야 하기에.

그런데 가끔 이 호미를 어디다 두었는지 몰라 밭으로 여기저기 찾으러 다닐 때도 있습니다. 쓰고 나서 제 자리에 두지 않아 풀에 가리거나, 작아 눈에 잘 띄지 않기 때문이랍니다. 시골살이에서 이 호미만큼 귀중한 도구가 어디 또 있으랴만, 항상 잃고 나서 그 존재의 귀중함을 느끼게 됩니다.

그제도 호미 놓는 자리에 호미가 하나도 없어서 여기저기 찾으러 다니다 앞쪽 화단에서 하나, 새로 만들려는 화단에서 하나, 딸기밭에서 하나 이렇게 한꺼번에 세 개를 찾아냈지요. 이러다 올해도 호미 한 두 개는 사야할 것 같습니다. '올해는 잊어버리는 호미 없는 해로 만들기!' 운동이라도 전개해야 할까요?

오래오래 쓰다 망가지는 호미라도 있으면, '오호! 통재라…'하며 애달프게 장례식이라도 치를 수 있는 호미가 생겼으면 합니다. 옛날 여인들은 늘 바느질을 해야 했기에 오랫동안 쓰던 바늘이 부러졌을 때 애석하다 못해 '오호! 통재라…'하며 추모 글까지 써서 장례식을 치러주던 옛글이 기억납니다. 아마 고등학교 국어 시간에 배운 고전서로 어렴풋이 기억이 나네요. 얼마나 애석했으면 그런 마음을 글로 남겼겠습니까? 그만큼 그 바늘을 애지중지 했겠지요. 호미 없는 시골살이는 생각도 할 수가 없지요. 애지중지 해야 함에도 쉽게 구할 수 있기에 그런 마음이 줄어드나 봅니다. 올해는 농기구들을 두는 헛간도 마련했으니 이들 농기구들에게 고마워하는 마음도 더 갖고 애지중지 간수해야겠습니다. 기본적으로 잃어버리지 말고 혹여 망가지더라도 또 고쳐 쓰고, 그러다 도저히 쓸 수 없을 정도로 망가지면 그간 들었던 정에 장례식까지는 아니겠지만, 내다 버리지 말고 한쪽에 두고 보아야겠습니다.

새로 만든 화단에 작은 야생화를 옮겨 심고, 이번엔 꼭 호미를 챙겨서 헛간에 갖다 두었습니다. 제자리에 두지 않으면 이제는 농사 짓는 밭들이 널찍널찍(?)해서 찾기가 더욱 힘들 거라며 그냥 제자리에 두고픈 마음을 바꾸었습니다. 이 호미 덕에 우리 집에는 올해 작은 풀꽃 정원이 탄생하고 있는 중이랍니다. 또 이 호미 덕에 맛난 푸성귀들도 쑥쑥 자라고 있고요. 또 이 호미 덕에 밭에서 일하다 온갖 새소리도 듣게 되지요. 요즘은 소쩍새가 사방에서 '소쩍! 소쩍 소~오쩍'. 그 장단에 맞춰 호미도 '스삭! 스삭! 스~으삭!'

. . . . . .

산속 돌미나리

이틀 째 흐리고 비가 내리고 있습니다. 봄이 한창 무르익는 요즘, 봄비는 계절의 전환점을 알리려는 듯 비가 오고 나면 신록은 한층 선명해지며, 녹음을 향해 달려갑니다. 마을 앞으로 흐르는 엄천강도 비가 오면 짙은 녹색을 띄며 흘러가는데 그런 강물을 보고 아이들은 수렵의 본능이 느껴지는지 물고기 타령을 하기 시작했습니다. 이러다 녹음이 우리 집을 끌어안으며 마을을 둘러싸기 시작하면 여름이 한 발짝 앞에 있지요.

여름으로 훌쩍 건너뛰기 전에 고사리와 취나물을 뜯으러 오늘은 집 뒷산으로 올라갔습니다. 비가 조금 흩뿌리지만, 개의치 않고 오히려 약간 으스스한(?) 분위기도 즐길 겸, 또 일상에 파묻힌 무심과 일상에서 오는 근심과 욕심을 벗어내려 숲을 거닐고 싶었습니다.

오늘처럼 4월 마지막 날에 봄비가 내렸었지요. 자다가 후드득 떨어지는 소리를 들었는데, 그냥 비인가 보다 하며 밤새 잘 잤습니다. 다음날 아침에 일어나 마당에 나가니 보랏빛 붓꽃이 활짝 피어있었습니다. 그

전날까지만 해도 그냥 꽃봉오리였는데, 봄비에 그만 만개를 한 겁니다. 그러고 보니 어제 봄비가 왔었구나, 근데 어째 별 감흥이 없었지? 언제부터 후드득 떨어지는 봄비에도 무심한 인간이 되었지? 붓꽃을 만개하게 하는 봄비이건만… 신록을 더 선명하게 하는 봄비이건만…

 산속을 나물 캐며 천천히 걸었습니다. 시골에서 이렇게 사는 걸 보고 혹자는 '참 여유 있게 산다. 남들은 치열하게 사는데… 그만한 금전적 여유가 있겠지. 그래도 궁상이다.' 할 수도 있겠다 싶더군요. 가끔 그런 생각을 가지고 우리를 바라보는 사람들을 만나게 됩니다. 그런 분들을 만나면 우린 동물원의 원숭이가 되어버린 느낌입니다. 솔직히 그 금전적 여유는 없답니다. 아직도 그 금전 때문에 이 시골살이가 불안하기도 하고 더불어 괜한 욕심이 일기도 하지요. 금전을 일구기엔 척박한 시골이기에 어쩌면 '시골 산다.'는 것이 더 치열한 삶이 될 수도 있다는 걸 취를 하나하나 뜯어 주머니에 넣으며 느꼈습니다. 마을 할머님들 중에는 이렇게 하나하나 뜯은 나물을 두어 포대 만들어 장에 내다 파는 분도 있답니다. 어쩌면 우리의 시골살이가 그 할머니보다 더 치열한 삶으로 내달을지도 모르지요.

 이런 저런 생각에 산 위쪽으로 조금 깊이 올라간 것도 모르고 있었는데, 비가 후두둑 더 떨어지기 시작했습니다. 좀 전보다 조금 더 어두워지니 좀 더 으스스해집니다. 혹시 멧돼지라도 불현듯 만나면 어쩌나? 싶어 발걸음을 돌려 산을 부지런히 내려왔습니다. 약간의 스릴과 걷기로 인해 머릿속을 맴돌던 불안들이 진정되었다고 생각한 순간, 산을 올라오던 마을 한 할머니와 느닷없이 만났습니다. 할머니는 '에고머니나! 깜짝이야!'하시며 나보다 더 놀란 눈치입니다.

"심심해서 나물 뜯으러 왔어요. 할머니도 나물 뜯으세요?"

"응! 나도 나물 좀 뜯으러! 저 논에 미나리가 있거든. 아들이 온다고 해서 쪼매 뜯어 가려구."

"미나리가 있어요? 어디요? 저도 쪼매 뜯어갈게요."

"그랴! 돌미나리가 그렇게 조타고 하데. 참 연하길래 뜯으러 왔어!"

산 위에 몇 년 째 묵힌 논이 있는데, 거기 물 나는 곳에 돌미나리가 무더기로 있더군요. 푹푹 발은 빠졌지만 할머니를 따라 논 한가운데로 들어가 한 움큼 낫으로 베어왔습니다. 우리 애들도 좋아할까? 금전의 값어치로 따지면 보잘것없는 거지만, 금전의 값어치로 따질 수 없는 것도 세상에는 너무 많은데… 집에 온다는 아들을 생각하며 채취한 할머니의 돌미나리… 오늘은 '우리 시골살이=이 한 움큼의 돌미나리'란 등식을 생각해 본 산 속 나물 캐기였습니다.

· · · · · ·

모내기

드디어 모내기를 했습니다. 손가락 크기만 한 모들이 일정한 간격으로 질펀한 논에 오똑오똑 서있답니다. 오똑이 병정들이 대열을 이루고 있는 것처럼.

이 모내기를 하기 위해 그간 한 일들이 참으로 많았습니다. 우선 초봄에 황토를 그물망으로 곱게 쳐내려 볍씨 심을 흙을 만들고, 그 흙을 모판에 넣어 씨나락을 뿌려 두고, 비닐로 덮어둡니다. 나락에 싹이 트면 물댄 논에 모판들을 모두 옮겨서 다시 천으로 덮어둡니다. 나락 싹이 자라서 옮겨 심을 정도의 모가 되기까지는 2~3주가 걸립니다. 그동안 논 정리를 해야 합니다. 논을 갈아엎는 일은 기계로 하지만, 기계가 하는 일 외에 잔잔히 사람 손이 들어가야 합니다.

논두렁에 자라는 풀들을 제거하는 일이 우선 큰일이랍니다. 옛날 방식은 이 풀들을 없애기 위해 논두렁을 태웠지만, 지금은 산불 방지를 위해 배치된 산불 감시 요원들이 있어 그리 하지 못합니다. 그래서 낫과 예초기로 베었습니다. 그리고 나면 논에 물을 대기 시작합니다. 산에서 내려오는 계곡 물을 각 논으로 대기 위해 산에서 논까지 내려오는 수로를 정비합니다. 이 일은 우리 마을 일대에서 농사짓는 사람들이 어울려 같이 한답니다. 수로를 막고 있는 흙과 덤불들을 일일이 제거하는 일이지요. 산보를 하다보면 힘차게 물이 흐르는 수로를 꼭 보게 됩니다. 그때마다 멀리 산 계곡 물을 마을에 있는 논으로 끌어대기 위해 그 긴 수로를 만들었을 노고와 지혜가 느껴집니다. 나아가 쌀 한 톨이 결코 거저 생기는 일이 아니란 상식을 다시 되새기게 되지요.

이제 물이 논에 가득 차게 되면 논두렁을 단단히 하는 작업을 합니다. 여기 어른들이 쓰는 말로 방청나지 않도록 하기 위해, 다시 말하면 논두렁이 무너지거나 구멍이 나서 물이 새는 일이 없도록 논의 진흙을 끌어다 논두렁을 높이고 옆면을 단단히 다지는 일입니다. 그리고 나서 그 논두렁에 '지지미 약'을 아주 조금씩 흩뿌립니다. 여기 할머니들이 쓰는 용어인 '지지미 약'이란 풀씨가 싹이 트지 못하게 하여 김매기를 용이하게 해주는 약입니다. 마음 같아서는 이런 농약을 안 쓰고 농사를 짓고 싶지만, 우리 논이 아니라 논주인의 방식을 따라야 합니다. 안 그러면 논이 풀로 엉망이 되어 논 자체를 망칠 수도 있고 그러면 논을 빌릴 수도 없겠지요. 무엇보다 우리는 이제 논농사를 배우는 입장이기 때문입니다. 여기 할머니들은 논두덕(논두렁)에 풀이 많이 자랐다는 표현을 '어찌 짖어 싸는지 몰라.' 합니다.

처음에 난 무슨 개가 짖어댄다는 말로 알아듣고 어리둥절했지만, 두렁에 가득 찬 풀들을 보니 그도 그럴싸한 표현이란 생각에 웃음이 나왔습니다. 풀들이 파랗게 올라오며 아우성치는 것 같거든요.

"맞아. 진짜 징그럽게 짖어 쌌네!"

물이 논으로 잘 들어오는 지 항상 점검하여야 하고, 물이 논에 꽉 차면 밑 비료를 논에 고루 흩어줍니다. 그러고 나서 트랙터가 들어와 논흙이 수면 아래로 모두 들어가도록 고루 쓸어줍니다. 기계가 일은 했지만, 논 표면의 높낮이가 일정하지 않아 수면보다 높은 논흙은 사람이 다니며 쓸어서 물속으로 넣어야 합니다.

그리고 하루 이틀 두었다가 논물을 조금 빼서 모내기를 하는데, 모판을 논으로 옮겨 놓는 일이 힘들더군요. 논이 농로 옆에 있다면 차로 운반하면 그만이지만, 우리가 짓는 논은 산비탈에 있다 보니 차가 들어갈 수 없지요. 너마지기인데 다섯 논배미로 층층이 놓여 있습니다. 근 100개의 모판을 들어서 논두렁 위에 올려 두었답니다. 숨은 차고 팔에 힘은 떨어지고… 모내는 기계가 모를 논에 심으면 그걸로 끝나는 것이 아니라, 기계가 닿지 못하는 곳이 많습니다. 가장자리는 기계가 모를 심지 못하기 때문에 사람이 다 심어야 하지요. 특히 네모반듯한 논배미라면 기계가 닿지 못하는 공간이 적겠지만, 둥글고 모퉁이가 여러 곳인 논은 사람이 일일이 모를 박아야하는 곳이 적지 않습니다. 무릎 위까지 오는 장화를 신고 질퍽한 논흙을 밟으며 모를 조금씩 떼서 논흙에 꼭 찔러 넣었습니다. 물이 많은 곳은 주위 흙을 끌어다 모를 심어야 하고요. 처음 해보는 일이라 더뎠지만, 요령이 생기니 할 만 하더군요. 발이 푹푹 빠지고 미끄러워 처음엔 발에 힘이 들어가게 되더니, 발에 과한 힘을 주면 오히려 역효과가 나 살살 디디고 적당히 힘을 주어야 한다는 걸 터득하게 되었습니다. 그 푹푹 빠지는 늪지(?)가 참으로 친숙하게 다가왔습니다. 논주인인 서상댁 할머님은 모내기 전에 우리 부부 둘이서 모내기 '땜방(?)'은 다 하기 힘들다고 놉(일손)을 쓰라며 안타까워 하셨는데, 할머님이 도와주고 우리 부부 둘이서 그런 대로 하니, 마음을 놓으시는 것 같았습니다. 그래도 한 주라도 더 모를 심으라고 종용하십니다. 이론적으로 너무 빼곡히 심으면 곡식이 오히려 튼실하게 열리지 못할 것 같은데, 할머님들은 기계가 심는 것보다 촘촘히 심으려고 합니다. 경험으로 기계보다 촘촘히 심으면 더 많이 곡식이 열렸다고 생각하는 것 같았습니다. 모내기를 다 끝내고도 아쉬워서 논에서 눈을 떼지 못하고 심을 곳을 더 찾는 할머니를 보며, 우리네 끈질긴 근성을 엿볼 수 있었지요. 어쩌면 몇 해 후엔 나도 할머님처럼 변할 지도 모르지요. 지금은 모내기를 끝내서 홀가분한 마음뿐이지만 이번 논농사는 논주인인 할머님이 정말 많이 거들어 주었고, 남편이 많은 몫을 해냈습니다. 내 몫은 작았지만, 모내기를 끝내고 나니 근육이 배겨서 팔을 똑바

로 펼 수가 없네요. 그러고 보니 팔뚝이 예전보다 굵어진 것 같네요. 어쩌지요? ㅜㅜ

'논농사! 기계가 거반 하니 밭농사보다 쉽지 않을까?'이런 생각을 했었는데, 결코 그렇지만은 않다는 걸 몸으로 깨닫고 있습니다. 그리고 모내기를 끝내면 사람이 할 일도 아직 이것저것 남아 있다지만, 무엇보다 하늘이 도와 줄 일이 제일 큰 일로 남아있습니다. 큰비와 큰바람 없이 적당히 비가 와 풍년이 들게 하늘이 도와주길 비는 마음이 절로 듭니다.

우리 신화 중에 곡식의 神인 '자청비'가 있답니다. 이 신은 본래 인간으로 태어나 신이 되었는데, 인간일 적에 여자였지만 씩씩하고 무슨 일이든 잘 하는 아름다운 여자였답니다. 자청비가 神인 문도령과 인간이자 하인인 정수남 사이에서 얽히고설킨 사랑을 하다가 뚜렷한 결말 없이 곡신이 되었는데, 문도령은 상세경, 자청비는 중세경, 정수남은 하세경을 맡아 농사일을 관장한답니다. 사랑 얘기에 나오는 인물들이 왜 곡신이 되었는지 납득이 잘 가지 않지만, 한 번 더 생각해보면 농사의 본질이 사랑의 본질과 닮아있기 때문인지도 모릅니다. 기다리고 끝없이 돌보아야 하는 일이란 본질.

《살아있는 우리 신화》(한겨레신문사)의 저자 신동흔은 이런 추측을 하지만, 확신이 서지 않는다고 합니다. 하지만 아침에 남편이 아이들을 등교시키고 왔을 때, 논에 물이 많이 들어왔는지 묻는 내 질문에 '벼가 그새 쑤욱 커부렸어!' 합니다. 그 너스레 속에서 농사와 사랑은 그 원형이 비슷한 일이란 걸 느낍니다. 모든 일이든 잘해내고 인내하며 지혜로운 자청비가 특히 곡식을 관장하는 신이 되게 한 것은 농사일이 생명을 지키는 아주 중요한 일이기 때문이고, 사랑스런 마음으로 농작물을 대해야 하기 때문이라고… "하느님! 자청비님! 올 한 해 풍년 들게 하소서!"

. . . . . .

개구리 소리가 더 크게 들리더니

지난 며칠 개구리와 맹꽁이 소리가 하늘에 새소리보다 크게 들리더니 드디어 어제 밤부터 비가 내리기 시작합니다. 가슴마저 시원해지는 아침에 촉촉해진 마당을 밟으며 커다란 소망이 이루어진 듯 행복합니다.

착 까무러치던 작물들과 풀들도 싱싱해지고, 온갖 잡생각이 풀풀 날리는 듯한 마당 흙먼지들이 가라앉으니 살 듯 합니다. 오이 두개 따오고, 노란 참외도 한 개 따오고, 꽈리고추도 몇 개 따오고… 아직 양이 많지 않아 슬쩍 서리를 하는 기분이랍니다.

비가 오니 텃밭과 꽃밭 그리고 마당을 한없이 거닐고 싶은 날이기도 합니다. 청승맞지만 비를 맞으면서 말입니다. 그 비를 맞으면 나도 풀처럼 싱싱해지지 않을까요? 혹여 젊어지지 않을까요? ㅋㅋ

참외 실컷 먹은 여름

무더위가 계속 이어지고, 원추리 꽃은 피고 지기를 반복하며 집 뒤편 언덕 밭을 장식하고 있습니다. 봄에 심었던 각종 꽃들이 이젠 제철을 만나 만개했으며, 정자에 그늘을 만들라는 특명(?)을 받고 심어진 조롱박은 어느새 정자 한쪽 면을 꽉 채우고도 모자라 지붕으로 올라가고 있습니다. 커다란 박도 서너 개 달고서요. 노란 해바라기 꽃들은 그 둥그런 얼굴을 해를 향하는 것만으로도 모자라는지 하늘에 닿을 듯 자꾸 키를 키웁니다.

고추밭은 어느새 빨간 고추들로 인해 울긋불긋해졌고 바람이라도 불거나 슬쩍 스치면 고소한 향이 훅 끼치는 깻밭엔 깻잎이 그득합니다. 작년엔 이 깻잎을 벌레들이 극성으로 먹어대는 바람에 거의 먹지를 못했습니다. 그래도 꽃을 피우고 열매를 맺은 것이 있어서 가을에 씨앗을 받아두었고, 그 씨앗을 올 봄 밭에 뿌렸는데, 올해엔 벌레들이 그리 먹어 대지를 않네요. 농약을 안 친 상태에서 맺힌 씨앗이 아무래도 자연 상태에서 자신을 방어하는 힘이 강하게 된 것이 아닌가 추측합니다. 아무튼 올해는 큰 아이가 유난히 좋아하는 깻잎 김치를 많이 담글 수 있게 되었습니다.

깨밭 옆에는 소풀(부추) 밭이 있는데, 며칠 전, 그 소풀(정구지)을 아예 모두 밑동째 싹둑 잘라 김치를 담갔습니다. 넓고 풋풋한 부추 잎을 보고 있자니, 어릴 적, 신 내가 물씬 나는 부추김치에 고추장을 넣고 밥을 쓱쓱 비벼 먹던 생각이 나더군요. 이 무성한 부추를 나두고 새로 배추김치를 담그는 건 사치(?)가 아닌가란 생각이 들었습니다. 더군다나 김장김치가 아직 많이 남아있는 상황에서 말이지요.

부추 밭 옆은 당근 밭인데, 당근이 이젠 제법 굵어져 필요하면 한 두어 개씩 쓱 뽑아다 먹습니다. 아래 밭엔 풋고추, 꽈리고추를 심었는데, 역시 먹고 싶을 때 가서 한 움큼씩 뜯어다 먹습니다. 피망은 가게에서 사다 먹고 그 안에 있는 씨앗을 발아시켜 심었는데, 좀 늦었는지 이제 막 꽃피기 시작했지만 올해 안엔 빨간색, 노란색, 초록색 피망을 먹을 수 있을 것 같아 공짜로 피망이 생긴 것 같은 기분이랍니다. 노랑, 빨강, 초록색 피망! 무척 탐스럽겠지요? 생각이 더 즐겁습니다.

올해 작물 얘기 중 빠뜨려서는 안 될 것이 있습니다. 노란 참외! 올 여름은 참외를 원 없이 먹었습니다. 그것도 달고 싱싱한 참외를. 한꺼번에 하도 많이 나와 냉면이나 매운 음식을 먹을 때, 찬으로 먹었답니다. 이 싱싱한 참외에 입맛이 길들여져 가게에서 사온 참외는 왠지 상한 게 아닌가란 생각이 들 정도였답니다.

참외가 다 떨어진 7월 말은 한 여름의 절정! 여름 방학을 한 아이들과 오후엔 마을 옆으로 흐르는 계곡으로 달려갑니다. 지난봄에 발견해 둔 제법 넓은 소에 풍덩 몸을 담급니다. 잠자리와 제비 나비가 휘휘 날아다니는 바위투성이 계곡을 바라보다가 매미 소리 들으며 졸다가, 책도 읽다가 그렇게 보냅니다. 여름엔 우리 가족이 계곡에서 살아가는 '계곡지기' 같답니다.

그렇지만 여름내 우리 가족이 계곡지기로만 살아가는 건 아니랍니다.

여름 지기로도 살아가지요. 여름 지기란 농부를 일컫는 말인데, 실은 실한 여름 지기는 아니랍니다. 처음으로 짓는 너마지기 논농사가 있는데 우리는 논두렁 베고, 약 치고 웬만큼 했으니, 이제 가을걷이만 남은 게 아닌가 생각했습니다. 그런데 며칠 전, 논 주인인 할머님이 조금 성이 나서 올라왔습니다. 남편은 새벽에 일어나 논두렁에 풀을 베고 논에 난 잡풀을 제거한다고 했건만, 논에 풀을 뽑아내지 않으면 논도 망치고 나락이 덜 들어찬다며 일 안 할 거냐고 다그치십니다.

산과 들 그리고 밭. 여름동안 여기서 살아가는 수많은 식물과 곤충들 그리고 사람들. 이 모두가 여름 지기들이겠지요. 여름을 살아내고 지켜내는 존재들. 실한 농부는 아니지만, 이 무더위, 시골을 떠나지 못하는 또는 떠나지 않는 여름 지기이고 싶습니다.

밭에서 고추가 빨갛게 익고 있답니다. 한낮 더위를 피해 고추를 따서 태양 빛 아래 널어야 하는 팔월이 앞에 있습니다.

‧‧‧‧‧‧

매미소리와 여름 불쾌지수

여름이 끝나가고 있어서 일까요, 매미와 풀벌레 소리가 동네를 꽉 메우고 있습니다. 여름이 지나면 더 이상 노래를 부를 수 없기에 찬바람이 불어오기 전, 실컷 불러야지 작심을 한 듯싶네요.

도시 오래된 아파트에서 살 때, 밤 새 우는 매미소리에 잠을 설쳤던 기억이 납니다. 트임이 별로 없는 공간에서 듣는 매미소리는 소음이었답니다. 오래된 아파트이다 보니 굵은 나무들이 많았는데, 그 나무들에 매미들이 빼곡히 자리 잡은 게 아닌가 할 정도로 매미소리가 엄청나게 들려서 조용한 밤에는 그 소리에 잠이 깨기도, 잠을 잘 수도 없었던 기억이 있습니다.

그런데 이곳 시골 매미와 풀벌레 소리 정도는 도시 아파트에 비할 바가 아닙니다. 그러나 묘하게도 그 소리가 소음으로 전혀 다가오지 않습니다. 당연히 그 소리에 밤잠을 설치는 일도 없습니다. 왜일까 곰곰이 생각해 봤는데, 사방이 확 트인 너른 공간에서 듣기 때문이 아닐까란 짐작입니다. 마당에서 비질을 해도, 정자에서 차 한 잔을 마실 때도 집 안에서 일을 할 때도 이 매미소리가 이어지지만, 성가시다는 느낌이 없습니다. 밤에는 그 매미 소리가 조금 잦아지는데, 잠 들 때쯤 들려오는 매미소리와 찌르르 풀벌레 소리는 자장가처럼 들리기도 합니다.

찌르르 들려오는 소리에 마음이 순해지고 선선해진 바람이라도 더해지면 가을이 멀지 않았음을 느끼지요. 솔직히 이젠 여름이 빨리 지났으면 하는 마음입니다. 뜨거운 열기에 곡식이 익고 먹거리가 생기지만, 이젠 사람이 익을(?) 것 같거든요.

한국식 바캉스 계절의 절정인 8월 초순엔 희한하게도 이곳은 비가 추적추적 계속 왔습니다. 그리고 나니 계곡은 물놀이를 조금만 해도 추워서 오래있지를 못했습니다. 대신 잠깐씩 해가 쨍할 때 맑은 강물에서 수영을 하기도 했는데, 너른 강물에서 하는 물놀이도 여름 무더위를 식히기에 그만이었지요.

그러나 유난히 더운 여름이고, 유난히 습기가 많은 여름이라 사람은 쉽게 지치고 불쾌지수가 높아 작은 일에도 신경이 예민해지게 마련인가 봅니다.

매년 8월 15일은 광복절을 기념해 이곳에선 면 단위로 체육대회가 열립니다. 8월 15일이 공휴일이어서 집에는 매년 친지나 아는 분들이 놀러오니, 온 가족이 참석하기가 여의치 않습니다. 올해도 손님이 계셨는데 남편과 아이들만 참석하고, 나는 집에 남았습니다. 아이들은 축구가 기대되고, 남편은 제기차기 선수로 나가야 하고, 난 집에서 민박 손님들 가고 나면 청소를 해야 했습니다. 단체 민박 손님이 왔다 가면 청소거리가 두 배는 많은데, 그 날 나간 팀이 단체 팀들이라 청소하느라 우리 집 손님은 정작 소홀했었지요. 형님과 아이들 고모부님이 떠나고 나서 겨우겨우 민박 방들을 청소하고 나니 온몸이 땀으로 뒤범벅이 되었지만, 또 다른 집안일들이 기다리고 있네요.

아이들과 남편은 오후 네 시가 넘어 체육대회가 끝나 집에 돌아왔습니다. 남편은 제기차기에서 우승했다고 하고, 아이들은 축구를 했는데, '초등학생은 끼워주지 않더라 그 아저씨 좀 심하더라…'하며 갔다 온 소감을 주절대고, 힘들다며 마루에 대자로 누워버립니다. 난 다용도실에서 빨래를 널다가, 우리 집 개들 먹이를 어제부터 주지 않았던 생각이 불현듯 들어 작은 아이에게 강아지들 먹이를 주라고 시켰는데, 요것이 한다는 말이

"힘들어 죽겠는데… 엄마가 줘!"

"엄마 지금 빨래 넌다. 빨리 줘라! 강아지들 배고프겠다."

"칫! 엄마는 강아지들 먹이 한 번도 줘보았나!" 하는 겁니다.

순간 요것이 얼마나 얄미운지, 소리를 버럭 질렀습니다. 체육회에서 뛰어다니며 논다고 힘들었겠지만, 엄마는 일한다고 파김치가 되어서 또 빨래를 널고 있는데, 아무리 어린것이지만 야속하더라구요.

평소에 우리부부는 아이들에게 집안일을 도와서 같이 하도록 시키는 편입니다. 개들 먹이 주기, 개똥 치우기, 설거지하기 등등… 아들을 집 안일이라고는 아무것도 못하는 왕자로 키우던 시대는 이미 지나 갔고, 인간으로 태어나 의식주에 관계된 잡다한 일을 하는 것이 결코 하찮은 일이 아니라 그것이 살아가는데 필수적인 일임을 아이들이 몸으로 느 끼고 배웠으면 하는 겁니다. 시골로 이사 오니 집 안팎으로 잡다한 일이 더욱 많아 도시에서 크는 아이들에 비해 이런 저런 일들을 많이 하는 셈이지요.

그런데 요즘 작은 아이가 사춘기인지 엄마나 형이 하는 말에 일일이 빈정대고 어긋난 말을 합니다. 그래서 이번엔 화가 치밀기에 엄마인 나 도 어긋난 말들을 뱉어내며 삐져버렸지요. 한 이틀 말을 안 했습니다. 그랬더니 미안했는지 저녁 밥상에서 "죄송합니다!"하네요. 그래 하하 웃고 말았지요. 사실 여름 불쾌지수가 그리 높지 않았다면, 아이를 혼 내고 말 일이지 내가 그리 성이 나서 아이와 말도 하지 않을 일은 아니 었지요. 어쨌거나 그러고 나니 두 아들들이 엄마에게 고분고분해졌네 요. 가끔씩 불쾌지수가 높아도 좋은 점이 있긴 있습니다.

무더위로 사람들은 지치지만, 오히려 풀들은 기세가 등등합니다. 나 무를 심은 위 밭은 아예 풀들이 나무키의 절반을 차지했으며, 텃밭엔 풀들이 듬성듬성 무성히 자라고 있습니다. 그래도 고추밭엔 빨간 고추들이 주렁주렁 달려 해가 쨍할 날을 기다리고 있지만, 올핸 태양초 고추를 만들기가 어렵습니다. 한참 빨간 고추들이 나올 시기에 내내 비가 내려 우리도 빨간 고추 한 부대를 건조기에 말려 와야 했지요. 태양초를 고집하다간 애써 딴 고추를 몽땅 썩혀야 했기에 편리한 문명의 기기를 이용해야 했습니다. 이웃집 건조기에 넣은 지 이틀 만에 투명하고도 빨갛게 마른 고추가 되었습니다. 맛이야 태양초에 비길 수 없겠지만, 일 년 내내 먹을 고추를 마련한다고 생각하니 뿌듯하고, 딴은 말려야 되는 골칫거리가 사라지니 마음이 홀가분해지네요.

집 주변, 텃밭, 논에 풀들이 무성해서 마을 할머님들에게는 조금 창피하나 그렇다고 모든 일 제쳐두고 풀 잡는 일에만 매달릴 수도 없고, 그러고도 싶지 않아 그냥 얼굴에 철면피를 깝니다. 우리 집 위쪽에서 농사짓는 할머님은 우리만 보면 고추밭에 깨끗이 풀 좀 매라고 은근히 성화지만, 우린 '고추를 가려서 고추가 클 수 없을 정도가 아니면 풀이 좀 있어도 괜찮다.' 주의랍니다. 평생 농사를 지으며 깔끔하게 논밭을 가꾸던 그 솜씨를 우리가 무슨 수로 따라가겠습니까! 우리는 우리 식대로 살아가는 거라고 생각하면 마음이 편하지요.

어제도 하늘에서 천둥이 우릉우릉 수 시간동안 울더니, 또 비가 내렸습니다. 당분간 풀들도 기세가 등등할 거고, 매미소리 풀벌레 소리도 천지를 흔들겠지만, 아침저녁으론 서늘한 바람이 불어오기에 가을을 기다리며 무더위 불쾌지수를 낮추어 봅니다.

· · · · · ·

계절 그리고 때늦은 수박

일 년은 급한 물살을 만난 듯 빠르게, 때론 강 하류의 물처럼 유유히 흘러갑니다. 항상 '이쯤이면, 이런 시기였었지!'하며 그저 그런 시기들이 사람들 곁을 왔다가 스쳐간다고 생각합니다.

그런데 미처 깨닫거나 느끼지 못하고 지나가는 시기들이 수없이 많을 수 있다는 생각이 들었습니다. 저녁을 먹고 어둠이 내리면 환한 불을 밝히고 싶지만, 자디잔 벌레들이 불빛을 따라 실내로 들어오기에 환한 불을 켤 수가 없는 요즘, 우리 집 파수꾼 지코와 코시가 느닷없이 조용한 밤하늘이 울릴 정도로 거센 격정을 담아 짖어대는 소리에 놀라곤 합니다. 우리 집 파수꾼들이 짖어대는 건 하루 이틀 일이 아닙니다. 그러나 밤에 총총한 별들이 뜨거나 날씨가 흐려 하얀 구름들이 산자락을 휘감고 있을 정말 적막이 흐르는 시골 마을에서 차가 지나가지도 않고, 인기척도 없고, 바람에 나무가 흔들리지도 않는 아무런 동적인 낌새가 전혀 느껴지지 않는 상황에서 헉헉 뛰어다니며 짖어대는 걸 들으니 묘한 느낌이 전해져 옵니다. 어둑어둑한 불빛에 졸고 있는 집 주변을 산짐승이 살금살금 기척 없이 움직이고 있다는 것. 그래서 우리 가족이 그 산짐승들의 포로가 된 느낌!

'맞아! 이맘때면 어둠을 틈타 산짐승들이 우리 집 주변을 배회하는 시기인가 보다.'

작년에는 느끼지 못했던 계절 감각이랍니다. 반면에 아이들과 남편은 올 해 다 하지 못한 어획(?)에 대한 아쉬움을 달래며 틈나면 물때를 봐가며 밤에 강을 오르락내리락하는 시기가 지금인데, 작년에도 재작년에도 느꼈던 일이랍니다. 사실 올해는 비가 많이 와서 강둑 위의 보에서 쏟아지는 물 양이 많아 매운 탕 해먹을 만한 큼직한 물고기는 잡지를 못했지요. 커다란 메기를 서 너 마리 잡았던 작년에도 요 때가 다 하지 못한 물고기 잡이에 대한 미련을 달래던 시기였습니다.

또 아침저녁으론 가을 같으면서도 한 낮엔 여름이 길게 이어지는 요즘, 풀에 두 손 들어버리는 시기입니다. 작년엔 김매기를 제법해서 풀에 두 손은 들어도 봐줄 만은 했는데, 올해는 고추밭에도 위 텃밭이나 아래 만든 화단에도 풀이 우거져서 어수선하여 바라보고 있자니 절망감이 살짝 밀려오기도 합니다. 유난히 덥고, 비가 많아서 인지 풀이 더 극성이란 생각도 들고, 우리 힘으로 풀을 잡는 일이 역부족이란 생각도 들고… 시골 사는 일이, 그리고 작은 정원이나마 예쁘게 가꾸는 일이 녹녹한 일이 아님을 이제 깨달은 건 아닌데… '에이! 풀 좀 자라면 어때! 좀 황량하면 어때! 예쁜 꽃에 눈이 환해지고, 향기에 몸과 마음이 시원해지면 그만이지!'하는 마음이 우거진 풀 속에 자리한 노란 야생 콩꽃처럼 자리하고 있습니다.

지나고 보니 봄과 여름동안 급한 물살을 타고 이곳까지 왔습니다. 봄에 밭을 갈아 이런 저런 모종을 심고 여름엔 더위를 피해 강과 계곡을 오가고 시골을 찾아오는 손님들을 맞이하는 이런 일만으로도 살아갈 수 있다면 참 좋겠지만, 그게 약간의 궁핍을 불러오기에, 다시 도시에서 하던 일을 하러 읍내를 오갑니다. 도시적 삶의 일부분을 다시 수용

한 셈이지요. 그만큼 시간이 더 빨리 흐르는 물살에 놓인 거 같습니다. 또 그만큼 금전이 생겼습니다. 사실 도시적 잣대로 보면 하찮은 돈이지만, 그로 인해 마음엔 여유까지 느껴집니다. 그 적은 돈으로 약간의 행복을 살수 있다는 느낌! 아마 도시에서라면 이런 느낌이 아니었겠지요. 내게 부족한 만큼만 채워주는 운명의 신이 있다는 생각까지!

오히려 넘치게 주어졌을 때보다 더 애틋한 행복을 느낄 수 있는 상황! 나도 몰랐습니다. 이 적은 돈이 이렇게 나에게 마음의 여유를 가져다줄 지는. 그래서 이 시골에서의 삶에 진정 감사한 마음이 생깁니다.

어제 우거진 풀을 치다 남편은 철 늦게 맺은 수박을 몇 덩이 건져왔습니다. 또 먹고 나온 씨앗을 심은 단호박도 세 덩이 건져오고, 늙은 누런 호박도 두 덩이. 요즘 아이들 말로 '아싸!' 생각지도 않은 수확들에 웃음이 나옵니다. 그 절망적이라 느꼈던 풀 속에서 제자리를 지키며 크고 있던 작물이 신기합니다. 이 이승에서의 삶이 어떠해야 하는지 이 수박과 호박 덩이가 내게 넌지시 속삭입니다. 내일은 오랜만에 호박죽을 끓여야겠습니다. 그리고 칡꽃 향을 맡으며 긴 산책을 나가야겠습니다.

‥‥‥‥

나락 걷이는?

파란하늘에 구름이 둥실 떠있는 정말 가을입니다. 해는 시골 가을 풍경에 딱 어우러질 정도로만 빛을 내려주고 이런 적당한 햇빛을 쪼이며 지금 이곳에선 가을걷이가 한참입니다.

가을걷이가 본격적으로 시작되기 전, 우리는 밤 줍기로 일을 시작했습니다. 올해 밤농사는 실패! 약을 치지 않았고, 8월에서 9월 중순까지 줄기차게 내린 비로 벌레 먹은 밤이 많았답니다. 하지만 신선한 밤을 삶아 먹고, 껍질 까서 밥에 넣어먹고, 오는 손님들에게 나누어주는 호사를 누렸지요.

그리고 열 근 정도 거둔 고추밭에 아직 새끼 손가락만한 파란 고추들이 달려 있어 이것들을 마저 거두며 약을 한번 안친 농작물도 한 가족 먹을 만큼은 열매를 내주는 자연이 고마웠습니다. 날씨에 따라 기복이 심하기는 해도, 아무튼 심어두면 우리 가족 먹을 만큼은 주는 것 같거든요. 참, 정말 '무농약' 고추를 빻아서 햇김치를 담그는 호사도 누렸습니다. 방앗간에서 재어보니 딱 6kg이 나가는 고춧가루 보따리를 고구마 자루 옆에 두니 '정말 가을이 좋긴 좋네!' 소리가 나옵니다. (조금 아쉬운 건 이번 고춧가루는 태양초가 아니라는 점!)

고구마도 거두었는데 마대자루로 두 자루를 거두었습니다. 봄에 고구마 순을 제법 심었는데 올해는 열매가 많이 달리지는 않았습니다. 심은 것에 비하면 적다는 생각이 들었지만, 우리 가족 겨울 식량으로 또는 간식거리로 충분합니다.

드디어 어제는 콤바인이 와서 나락걷이도 했습니다. 콤바인이 추수를 하기 전에 사람이 논 가장자리와 기계가 돌지 못하는 곳은 낫으로 베어내야 하는데, 지난주에 논주인 할머니와 함께 서둘러 해두었답니다. 낫으로 벼를 베어내니 진짜 추수하는 기분이 들기도 했지만, 물이 덜 빠진 논에 발이 푹푹 빠지며 허리를 숙이고 낫질을 하니 허리에 큰 무리가 오더니 드디어는 감기몸살로 한차례 법석을 치렀습니다. 이렇게 벼를 낫으로 베고, 기계가 언제 오나 목 빠지게 기다리다 지쳤을 때, 우리 논에 기계가 드디어 등장! 좀 지쳐서 짜증이 나기도 했지만, 처음으로 해보는 벼농사에 대한 기대감과 무엇보다 일 년 먹을 식량을 거두어들인다는 기쁨에 괜히 짜증낸 일이 후회가 되더군요. 참, 마을 어른들이 은근히 궁금해 하는 눈치! 논주인 할머니 애를 먹이며 지은 농사, 얼마나 거둘까에 대한 궁금증! 또 벼멸구가 먹어 가는 벼를 농약 안치고 배짱으로 지은 농사에서 얼마나 거둘까에 대한 호기심! (사실 일부러 안 친 건 아니고, 약을 치는 시기도 모르고, 어찌 해야 하는지를 몰랐습니다. 이상하게 할머님이 약 치라는 소리를 안하시더라구요. 우리는 할머님 눈치를 보다 얼씨구나 하며 그냥 넘어간 겁니다.)

결론부터 얘기하자면, 너마지기 논에서 총 63마대자루를 거두었습니다. 보통이상으로 거둔 거랍니다. 한 마대자루를 도정하면 20kg 쌀이 나온다니까 우리 부부는 어깨가 들썩들썩! 굉장하지요? 할머니에게 19자루를 드렸습니다. 도지가 보통 논 한 마지기에 한 섬(80kg)이라니까 넉 섬을 드리고, 좀 더 드렸습니다. 실은 할머님이 많은 일을 해주었기에 당연히 더 드려야지요. 그래도 우리 몫이 43자루! 보통 일 년에 우리가 12자루를 먹으니, 떡 해먹을 것 두 자루를 남겨도 29자루가 남네요. 일 년 동안 마을 사람들 눈치 보랴 이것저것 모르면서 힘 쓴 것, 그리고 할머님 애태운 것 생각하면 다시 안 짓고 싶지만 이 43마대자루 생각하면 슬쩍 '다시 한 번! 더'란 생각이 고개를 들기도 합니다. 아기 엄마가 첫 애기 낳을 때는 '다시는 안 낳아!' 하고는 둘째, 셋째 낳는다지 않습니까. 우리가 꼭 지금 그 심정이라니까요. 텅 빈 논을 바라보는 심정이 전과는 다르네요. 전에는 가을 그 쓸쓸함이 옴팍 거기 있다는 생각만 했었는데, 지금은 그 예쁜 아기 얼굴이 아른거려 어찌할까하는 싱숭생숭한 심정이 보태어졌답니다.

올해 이런저런 자질구레한(?) 농사는 보통 이하였지만, 처음으로 해본 논농사에서 몇 식구 일 년 먹을 식량이 나오니 감개무량이랍니다. 얼른 맛보고 싶은 급한 마음에 어제 남편에게 물어본 말! "나락, 꼭 햇볕에 말려서 찧어야 쌀이 될까? 그냥 찧어서 떡 해먹으면 안될까?"

......

가을강이 가을산보다 아름답다

낙엽송이 노란빛으로 물든 늦가을입니다. 눈을 들면 보이는 곳마다 억새와 갈대들이 너울너울 춤을 춥니다. 논두렁에는 서너 대의 갈대들이, 사람 발길이 닿지 않아 여름내 풀이 무성히 자란 곳에서는 무더기로 모여 있습니다.

시골에 산 지 어느덧 4년이란 세월이 흘러가고 있지만, 이 시골 주변에 대해 아직 다 느끼지 못한 점들이 남아 있음을 요즘 새삼 알게 되었습니다. 가을 강-높은 파란 하늘을 담은 물가에 억새와 갈대들이 무리를 이루고, 누렇고 붉은 풀들이 듬성듬성이는 곳. 가을산도 아름답지만, 가을 강도 참말 아름답다는 것. 개인적으로는 강이 더 좋네요.

　우리는 요즘 곶감을 만든다고 조금 분주하답니다. 곶감을 만들 감을 사러 남편은 멀리 청도까지 가야 했습니다. 그 덕분에 가을 강이 참~ 말 멋지다는 걸 보고 알게 되었답니다. 무슨 얘기냐 하면, 남편이 차를 가지고 가야했기에 며칠 동안 차 없는 생활을 했는데, 차가 없으니 천상 버스 정류장이 있는 큰길까지 걸어 내려가야 했거든요. 그 가는 길, 우리 마을 앞으로 흐르는 엄천강을 끼고 한 20여분 동안 걸어가야 합니다. 자연히 강을 내내 바라보며 가야하거든요. 수업하러 읍에 오고 가면서 눈에 들어온 강! 왜 여태 가을 강에서 이런 모습을 보지 못했던 걸까? 올해 엄천강이 특별한 건지, 아니면 그간 무신경이어서 보지 못한 건지, 곰곰이 생각하게 되더군요. 올해 이 가을 강이 유난히 별난 건 아닌 거겠죠? 주로 차를 타고 휙휙 지나 가다보니 못 느꼈던 건 아닐까, 알아챘어도 걸어가면서 다가오는 풍경과는 달랐겠지요.

　며칠 걸어 오가면서 가을 강에 있는 그 미(美)를 의식해서 요즘은 강가를 따라 차를 몰 때는 천천히 강을 조금씩 바라보면서 운전을 합니다. 그런데 걸으면서 보이는 강과는 사뭇 느낌이 다르네요. 부지런히 강가로 산책을 나가고 싶습니다.

　하지만 산책도 마음뿐! 살기 위해서 그야말로 생활비를 벌기 위해 움직여야 하는 건 시골이건 도시이건 똑같다는 것! 마음은 여유를 부리며, 유유자적하고 싶지만, 지금은 그럴 여유가 없습니다. 시간적으로 마음으로! 그럼 뭐 하러 시골에 사냐구요?

사실 이것도 내가 요즘 새삼 느낀 것 중 하나인데요, 이 세상에 확정적이고 안정적인 것은 없다는 것. 또 지금 그럴 수 있어도 그리 오래가지 않는다는 것. 작년 이 맘 때, 우리는 민박 방 한 동을 더 지으며 이만하면 어느 정도 안정적인 생활을 유지 할 수 있으리라 생각했는데, 그렇지가 않더라구요. 그래서 좀 더 움직여야했습니다. 읍으로 강의를 하러 다녀야하고, 지금은 곶감을 만들려고 움직여야 합니다. 그런 움직임들이 약간은 불안감을 안겨주고 힘들다는 생각도 들었습

이제 막 깎아 매달기 시작한
곶감과 마을 앞산 그리고 강

니다. '이렇게 꼭 시골에서 살아야 하나?'란 의문도 들었습니다. 그렇다고 뭐 뾰족한 수는 없습니다. 안정적이지 않은 시골 삶! 하지만, 그런 움직임들이 우리의 생존력을 높여주는 건 사실이랍니다. 또, 그 속엔 재미도 있지요. 또 적은 벌이지만, 부지런히 움직일 수 있다는 현실에 만족하며 그런 움직임에서 우리는 썩지 않는다는 자각이 들기도 합니다.

생활비를 벌기 위해 애쓰는 이면에, 시골 삶에는 자연이 잘잘한 행복을 줍니다. 불현듯 가을 강이 가을 산보다 아름답다는 느낌! 추위가 몇 번 왔다 갔어도 아직 텃밭에는 금방 뜯어먹을 수 있는 상추가 있다는 행복!

뒷산에서 감을 따 곶감을 만들 수 있다는 행복!

맑은 햇살에 메주를 만들어 된장을 만들 수 있다는 행복!

무형의 흙에서 유형의 그릇을 만들어 음식을 담아먹을 수 있다는 행복!

그래서 시골 삶이 결코 헛되지 않답니다.

· · · · · ·

시골사니 뭐가 제일 좋으냐고?

한 달 가량 계속된 감 깎기가 끝나갈 무렵 TV방송국 작가에게서 전화가 왔습니다. 우리 가족 홈페이지를 보았는데 홈페이지에 있는 것처럼 시골에서 여유롭게 살아가는 모습을 촬영하고 싶다는 것이었습니다. 정말 최근 한 달은 집을 떠나 여기저기 감을 따러 다니고 산더미처럼 따온 감을 깎아 말리느라 여유라곤 전혀 없었지만 수화기를 내려놓을 때는 기꺼이 촬영을 하기로 승낙하였습니다.

"네네, 《싱싱 일요일》 일요일 아침에 하는 프로라고요. 좋습니다. 좋아요. 이번 주 토요일부터 사흘간 촬영한다고요. 네, 좋습니다. 좋아요"

바쁜 가운데 여유를 부렸다고나 할까요? 그날 하루만 더 깎으면 끝나는 감도 방송촬영을 위해 몇 박스 남겨두었답니다.

약속한 주말에 촬영 팀이 와서 여유롭게(?) 감을 깎고 건조장에 거는 것부터 촬영이 시작되었습니다. 여유를 더하기 위해서 두 아들도 감꼭지 치는 칼을 하나씩 들고 자리를 잡고, 감을 기계로 깎을 수 있게 준비 작업을 도와줄 마을 할머니 두 분도 오셨지요. 감 깎는 모습 촬영

중에 담당 PD가 할머니에게 인터뷰를 합니다. 우리 가족이 산골마을로 이사 와서 사는 모습이 어떠한지를 물어보는데, 카메라 앞에서 긴장한 서상댁 할머니 때문에 자꾸 웃음이 터집니다. 두 아들은 감꼭지를 치다가 자꾸 고개를 돌리고 킥킥거리고, 돌정지댁 할머니도 웃음을 참느라 애쓰는 모습이 무척 힘겨워 보입니다.

"하하 할머니 카메라만 쳐다보지 마시고 그냥 자연스럽게요."

촬영 기사가 아무리 당부해도 칠순이 넘은 서상댁 할머니는 차렷 자세로 카메라를 노려보고 말을 합니다.

"늙은이들만 있는 시골에… 또 젊은 사램이 와서 같이 사니… 왜 안 조캣노… 조옷채."

"하하 할머니, 방금하신 말씀 그대로 다시 한 번만 더… 자! 할머니, 카메라만 쳐다보지 마시고요."

"에~~ 또 그라이까네… 하모… 좋채. 젊은 사램들만 사는 시골에 늙은이도 같이 와서 살면 좋지 좋아 하모… 좋은기라."

다행이 비디오 필름이 적절한 시점에서 다 돌아가 버려 서상댁 할머니는 자연스럽게 다시 한 번 성공적인 인터뷰를 할 기회를 갖게 되었지요. 사실 연예인이 아닌 보통 사람이 카메라 앞에 서서 자연스럽게 말하기는 쉽지가 않습니다. 밝은 장소임에도 불구하고 조명기사가 엄청 밝은 조명을 쏘고 커다란 카메라 렌즈가 노려보고 있는데 카메라를 의식하지 않고 인터뷰를 하려면 타고난 능력이 있어야 되는 게 아닌가 하는 생각이 듭니다. 나도 촬영 중간 중간에 담당 PD와 인터뷰를 하는데 카메라에 자꾸 신경이 쓰여 할머니처럼 차렷했다가 우리 아들처럼 열중쉬어로 바꿨다가 다시 팔짱을 끼어 보기도 하고 몸 둘 바가 아니라 손 둘 바를 몰라 애를 먹었습니다.

가는 날이 장날이라고 마침 촬영 이틀째가 이곳 장날이라 시골 장의 시끌벅적하고 정겨운 모습을 촬영하기로 하였습니다. 난장에서 파는 단감이 먹음직스러워 한 소쿠리 사는데 카메라가 그 장면을 촬영합니다. 그런데 과일 값을 받던 아주머니가 카메라를 보더니 황급히 도망을 갑니다.

"아이구머니~~ 깜짝이야~"
"아주머니 얼굴은 안 찍어요. 손만 나오는데…"
촬영기사가 달래어 보지만 과일 파는 아주머니는 옆에 야채 파는 할머니 뒤에 숨어서 손사래를 치고 카메라를 외면합니다. 주위 장꾼들과 구경하는 사람들이 웃으며 한마디씩 거듭니다.
"아지매~ 테레비 나오면 좋지, 뭘 그래~잉~~"

아내는 장에 나온 참에 필요한 것들을 하나씩 사들이고 내 양손은 늘어나는 비닐봉지로 점점 힘겨워집니다. 한번은 건어물 가게에서 아내가 멸치를 오천 원 어치 샀는데, 필름을 바꾸느라 미처 촬영을 못한 기사의 요청으로 멸치를 사고 돈을 치르는 장면을 재연하게 되었습니다. 건어물 가게 아주머니는 과일 파는 아주머니와 달리 촬영에 협조적이었습니다. 아주머니는 봉지에 담은 멸치를 다시 쏟아 부은 뒤, PD의 신호에 따라 됫박으로 멸치를 담고 손으로 덤을 집어 담습니다. 그런데 재연 장면은 처음과 눈에 띄게 다른 부분이 있습니다. 그것 때문에 아내 입이 귀밑까지 벌어지고 나도 웃음이 씩 나옵니다. 방송 카메라를 의식한 아주머니가 덤을 집어주는 손을 아까와는 달리 됫박보다 크게 벌려 멸치가 거의 두 배나 많이 담긴 것입니다. 재연 전에는 엄지, 검지, 중지 세 손가락으로 신중하게 몇 마리만 덤으로 집어 담았었는데 아주 짧은 순간이지만 가게 주인아주머니의 눈으로 스쳐가는 지혜의 빛을 보았던 것 같습니다.

 곶감 깎는 모습과 시골 난장의 이런저런 모습을 촬영하고 난 뒤, 여유로운 시골 생활의 모습을 보여주기 위해 아내가 도자기 만드는 장면을 촬영하였습니다. 우리 가족이 지리산 기슭에 집을 짓고 산지 이제만 4년이 되어갑니다. 도시 생활의 각박함에서 벗어나 자연 속에서 계절의 변화하는 모습대로 여유롭게 살아가기를 원하지만 일이 바쁠 때는 결코 여유 있는 생활을 즐길 수가 없지요. 그래서 여유롭게 도자기를 만들고 굽는 일은 농한기인 겨울에나 할 수 있습니다만, 아내는 촬영을 하기 위해 기꺼이 흙을 반죽하고 물레를 돌려 멋있는 찻잔을 만들었습니다. 그리고 시간관계상 건조, 초벌, 유약 바르기, 재벌 하는 장면은 먼저 만들어 놓은 것을 찍어서 편집하기로 하였답니다.

 촬영은 '시골에 사니 뭐가 좋으냐'는 인터뷰로 끝을 맺었습니다. 시골에 사니 좋기는 좋은데 그 좋은 것은 '자연에서 내 가슴으로' 느낌의 형태로 오는 것이라 말로 표현하기가 쉽지 않습니다. 계절이 변화하는 대로 계절에 따라 자연의 일부처럼 어울려서 좋은 느낌으로 살아갈 뿐이지 시골에 사니 뭐가 좋은지 평소에 깊이 생각해보지 않은 것 같습니다.

"그게~ 그러니까~~ 시골에 살면 건강해지고 그리고 에~ 또…"

어눌한 말솜씨로 대충 주절주절 말을 하고 끝은 맺었지만 아직까지 '이렇게 대답했으면 좋았을 걸'하는 그럴듯한 말이 떠오르지가 않습니다. '좋긴 좋은데 뭐가 좋지?'

· · · · · ·

인기 없는 그것을 보다가

지난 가을 추수하느라 한창 바쁠 때 읍에 있는 도서관에서 전화가 왔습니다. 도서관 주간을 맞이하여 독서와 관련된 시상식이 있는데 우리 가족이 다독 상을 받게 되었다는 것이었습니다. 나는 시상식을 한다는 날에는 가을걷이로 바빠 참석할 수도 없거니와 책을 많이 읽는다는 것이 무슨 상 받을 일이냐면서 정중히 거절하였습니다. 그런데 이미 상장이 다 준비되어 있고 또 부상으로 문화상품권을 준다는 말에 "그러시다면~ 뭐…" 하고 슬그머니 말을 바꿔 시상식 하는 날에는 참석하지 못하지만 책을 빌리러 갈 때 별도로 그 상을 받기로 하였습니다.

'히히 문화 상품권이라니 이거 정말 신나는구먼… 히히 이 나이에 공짜가 생긴다고 입이 요렇게 벌어지다니 정말 민망하기 짝이 없지만 그게 얼마나 될까? 한 열 장쯤 됐으면 좋겠네.'

사실 우리 가족은 책을 많이 읽는 편입니다. 시골에 살다보니 마음의 여유가 생기고 또 마음먹고 TV를 안보니 자연 그 시간에 책을 읽게 됩니다. 책은 매주 읍에 있는 도서관에 가서 각자 두 세권씩 빌려서 읽습니다. 비록 시골 읍에 있는 작은 도서관이지만 신간이 수시로 많이 들어오기 때문에 굳이 서점에 가서 책을 사서 보지 않아도 읽고 싶은 책들을 마음껏 읽을 수 있습니다. 책을 읽다 보면 책읽기처럼 재미있는 것도 없다 싶습니다. 도시에서 살 때는 일이 끝난 저녁 시간이면 온 가족이 TV 앞에서 채널 돌리며 시간을 보내느라 책 읽을 시간이 별로 없었지요. 시골로 와서 TV 안보는 습관을 들이니 자연스럽게 책을 많이 읽게 됩니다. 그러니까 모든 게 마음먹기 나름인 것 같습니다. 몇 십년동안 거의 매일 그것도 광고까지 꼼꼼히 보던 신문도 끊은 지 몇 해 되었습니다. 처음에는 신문을 안보면 뭔가 허전할 것 같은데 안보는 습관을 들이니 거기에 또 익숙해지네요. TV 앞에 앉아있는 시간과 신문 보는 시간만 잘 활용해도 꽤 많은 책을 볼 수 있지요.

어쨌든 새 책을 빌리러 가는 날에 아내와 두 아들과 기대를 가지고 도서관으로 달려갔습니다. 부상으로 준다는 문화상품권을 받으면 아내는 그것으로 가족이 맛있게 외식을 하자고 하고, 아이들은 그것으로 해리포터 DVD를 사겠다고 합니다. '나에게도 기회가 돌아오면 평소 갖고 싶었던 책이나 한 권 사볼까…'

화기애애한 분위기속에서 시상식이 있었습니다. 그리고 관장실 소파에 앉아 관장님과 다과를 하며 담소를 나누는데 부상을 직접 받은 큰 아들 녀석이 문화상품권이 든 봉투를 슬쩍 들여다보더니 그 중 두 장을 꺼내어 자기 안주머니에 쓱 집어넣는 것이었습니다. '요 녀석 봐라… 관장님과 직원이 다 보고 있는데서 민망하게스리 상품권을 지 주머니에 챙겨 넣다니' 큰 아들 녀석이 하는 짓이 한편으로는 우습기도 하여 애매한 표정을 짓고 있는데 아내가 나머지 봉투를 슬그머니 빼앗아 가방에 챙겨 넣습니다.

"책을 많이 읽는 아이들의 미래는 밝다."는 요지의 관장님 말씀을 마지막으로 듣고 집으로 오면서 아내와 큰 아들은 상품권을 서로 챙기려고 신경전을 벌였습니다.

"한비야~ 그거 엄마가 같이 보관하고 있다가 나중에 필요할 때…"

"됐어, 엄마! 두 장은 내가 잘 보관하고 있을께"

그런데 한 달쯤 뒤에 도서관에서 비슷한 내용의 전화가 또 걸려왔습니다. 《책 읽는 가족 협회》에서 책을 많이 읽는 가족을 매년 선정하여 상을 주는데 이번에 우리 가족이 선정되었다는 것입니다. '야호~ 이거 두 번씩이나. 히히 이번에는 내가 챙겨야지' 또 한 번의 즐거움을 기대하며 우리 가족은 모두 날아갈 듯 한 걸음으로 도서관으로 달려갔지요.

"한비야~ 이번에는 저번처럼 관장님 앞에서 그러지 마라!"

큰 아들은 엄마의 이런 다짐에 대답은 않고 이번에도 부상은 자기가 받겠다고 우깁니다. 웬만하면 엄마에게 고분고분하던 큰 아들 녀석은 중학교에 들어가고 콧수염이 나기 시작하더니 말을 잘 듣지 않습니다.

역시 지난번처럼 화기애애한 분위기속에서 관장님으로부터 인기 없는(?) 상장을 받고 부상을 이번에는 작은 아들이 받습니다. 그런데 이번에는 저번처럼 봉투가 아니네요. 부상을 받는 작은 아들의 손을 보는 가족들의 표정이 모두 제각각입니다. 특히 실망한 표정이 역력한 아이들을 보는 나는 웃음을 참느라 볼이 실룩실룩 합니다. 집으로 오는 길에 아내가 아이들을 다독거려 줍니다.

"엄마는 문화상품권보다 오늘 받은 기념패가 훨씬 가치 있어 보인다. 그깟 상품권보다야." "엄마~ 나는 그래도 상품권이 더 좋아~" 그런데 아내의 말을 증명이라도 하듯 인기 있는 상품권은 챙긴 사람이 이미 각각 사용했고, 인기 없는 기념패는 아직도 거실 벽난로 위에서 자리를 차지하고 있습니다.

겨울이라 해가 일찍 넘어가 저녁 6시만 되면 어두워지고 벽난로에는 장작이 탁탁 소리를 내며 타기 시작합니다. 활활 타는 벽난로 앞에서 가족이 모두 모여 책을 읽는 밤늦은 시간에 문득 벽난로 위에 올려져있는 인기 없는 그것을 보다가 웃음이 나와 글로 써 보았습니다.

· · · · · ·

아이들의 화려한 외출

기온이 또 뚝 떨어졌습니다. 올 겨울은 초장부터 동장군이 톡톡히 제 구실을 하더니, 삼한 사온이란 말이 무색합니다. 눈도 몇 번이나 펑펑 나리고 집 앞 엄천강도 12월부터 꽁꽁 얼더니 내내 얼음장이 떠있네요.

올해는 늦가을부터 겨울이 어서 왔으면 내심 기다렸답니다. 11월 한 달 내내 감 깎고, 메주 쑤고 이런 저런 노동에 몸이 무척 지쳐 있었거든요. 어서 일을 마무리 짓고 겨울 내내 따스한 난로 가에서 그야말로 꼼짝 않고 쉬고 싶었답니다. 휴식이란 단어가 절실히 필요한 계절이 어서 왔으면 했죠. 그런데 그런 기대가 너무 지나쳤는가, 그만 지독한 감기에 걸려 근 이주 넘게 고생을 했습니다. 콜록거리다 보니 어느새 세월은 이 천육 년으로 넘어와 있네요. 요즘은 곶감 포장 작업을 며칠에 걸러 하루씩 하고, 잔잔한 집안일 하고 도서관에서 빌려온 책을 읽으며, 그야 말로 동안거에 빠져있답니다. 아이들도 방학이라 한없이 늦잠을 자고 이 작은 둥지에서 별로 벗어나는 일 없이 살고 있답니다.

그런데 오늘 아침 큰아들 친구에게서 전화가 왔습니다. 읍내로 나와 서 볼일(?) 좀 보자고, 아들이 나갔다 와도 좋은가 물어봅니다.

"그래, 재밌게 놀다와!"하니 신나서 외출할 준비를 합니다. 그런데 돌발 상황이 발생합니다. 형이 나간다고 하니 동생이 덩달아 자신도 나가 겠다고 합니다.

"넌 구체적인 약속도 없이 그냥 읍에 나가 방황하러 나가니? 안 돼! 그리고 아직 중학생이 아니잖아!"했습니다. 그러니 작은 아들은 입이 대자로 나옵니다.

"이제 중학생이라며, 공부하라는 것은 많으면서, 지금은 중학생이 아니라니! 말도 안 돼! 이건 차별이야!"하며 투덜댑니다.

가만히 생각하니 내가 말실수를 했습니다. '중학생이 아니라서'라기 보다 친구와 구체적인 만날 계획도 없이 그냥 무턱대고 읍에 나가는 것 이 불안하여 그런 것인데, 제 딴에는 엄마가 형과 자신을 엄청 차별대 우한다는 생각에 좀 괴로운가 봅니다. 그래서 다시 말을 바꾸었습니다.

"엄마가 네가 중학생이 아니라서 그런 건 아니고, 네가 만나려고 생 각한 친구가 일이 있어서 집에 없을 수도 있고, 그냥 약속도 없이 읍에 나가는 건 계획 없이 삶을 무작정 살아가는 습관을 은연중에 심을 수 있어서 안 된다고 한 거다. 다음 주에 친구와 전화로 만날 약속을 하고 나가."

이렇게 말을 하니 좀 마음이 누그러지나 봅니다. 시골에서 읍으로 나가는 일이 우리 아이들에게는 좀 '화려한 외출'에 속합니다. ㅎㅎ 특히 방학 중에는 그렇죠. 평소 매일 등교할 때는 몰랐다가 방학하면 친구들이 그립고, 이런저런 물건 파는 가게들이 있는 읍으로 한 두 번씩 나가는 일에서 즐거움을 느끼는 듯합니다. 늘 곁에 있다면 그렇지 않겠지만, 약간의 거리를 두고 있으니 그런 즐거움을 느끼는 게 아닐까 생각합니다. 이 작은 둥지에서 사람들도 많고 뭔가 재미있는 일이 일어날 것만 같은 더 넓은 세상으로 나가 사는 것이 우리 아이들의 꿈일 수도 있겠지요. 후에 도시나 여기보다는 넓은 세상으로 나가 살 때, 어려서 읍으로 나가며 마음속에 일던 설렘을 기억하겠죠? 또 그 설렘 옆, 흐르던 강물도, 강가와 논둑에서 하늘거리던 억새풀도 조금 기억나지 않을까요?

추위를 핑계로 또 감기를 핑계로 산책도 하지 않고 집안에만 틀어박혀 있자니, 작년과 재작년 겨울이 머릿속을 슥 스쳐 갑니다. 아이들과 뒷산에 희미하게 난 길을 넓혀서 작은 등산로를 만들고, 눈이라도 오면 아이들은 썰매를 탄다고 연신 들락거리던 지난겨울…

아이들은 이제 썰매에 재미를 느낄 나이가 지난 건지 올해는 눈이 쌓여도 썰매 탈 생각을 안 하고, 가끔 개를 데리고 옆 농로를 따라 고갯길을 갔다 올 뿐이고, 우리 부부도 자연 곁으로 다가서는 움직임이 많이 줄었답니다. 산으로 들로 다니며 나무냄새를 맡고 숨은 듯 얼굴을 내민 야생화나 풀을 찾아보며 움직였던, 자연에 다가가고픈 그 순수함이 일상과 노동으로 인해 약간 굳어졌다고나 할까요.

벽난로 속에서 딱딱 쉬쉬 나무 타는 소리가 들리고, 마음속에선 그 굳어진 순수함을 녹이기 위해 어서 봄이 왔으면 좋겠다는 소리가 들립니다. 시골에서 산다고 저절로 자연을 벗 삼아 사는 건 아니며, 그런 마음과 움직임이 있어야 그렇게 살 수 있음을 깨닫습니다. 특히 봄은 겨울 자연에서 멀어진 마음을 다시 여는 계절이기에 겨울로 깊숙이 들어와 있을 때면 간절히 오길 기다리게 됩니다.

아이들은 읍으로 화려한 외출을 한 두어 번씩 하기를 고대하고, 우리 부부는 멀리 산책이라도 할 수 있게 포근한 날이 오기를 고대하며 겨울이 흐르고 있습니다.

• • • • • •

곶감 광고 카피

드디어 곶감 일을 거의 끝내고 한숨 돌리고 있습니다. 설을 앞두고 선물용으로 주문이 많아 한숨 돌릴 새도 없이 곶감 포장 일에 매달려야 했습니다. 곶감을 말리는 덕장에서 곶감을 채반에 내려 하나하나 꼭지를 따서 햇볕을 하루 이틀 쪼이고, 곶감에 묻은 먼지나 티를 털어 내고 모양을 내서 곶감 박스에 넣어 포장을 해야 합니다. 당연히 일이 많아 작업이 더딜 수밖에 없기에, 박스 만드는 일은 우리 아이들 몫이었답니다. 나중에는 너무 일이 밀려 이웃에서 도와주어 일을 처리했는데, 혹 조금 곶감 외모(?)에 미흡한 점이 있더라도 이해해 주기를 바랄 뿐이랍니다.

곶감이 공산품이 아니다 보니 그 색이나 마른 상태 등이 항상 일정할 수 없지만, 설전에 대부분을 팔 수 있었던 것은 먹어보신 분들이 맛있다며 주문을 여러 번 해주고, 이웃에 알려준 덕이었답니다. 1월 초까지는 농한기 수준은 아니지만 시간적인 여유를 부리며 작업을 할 수 있었는데, 10일정도 들어서니 정말 숨 돌릴 사이도 없이 일을 해야 했습니다. 그야말로 농번기였답니다.

11월부터 시작된 고된 노동을 끝내며 그릇도 만들고, 뜨개질도 하고, 책도 실컷 읽으며 남아도는 시간을 빈둥거리며 보내려 했던 동안거 프로젝트는 온데간데없어지고, 농번기 프로젝트로 변해있었답니다. '이 놈의 곶감을 만들자고 해서'란 말이 목구멍까지 올라왔는데, 생활비는 벌어야하니 달리 짜증을 낼 수 없었답니다. 요즘 우리 부부는 감나무를 심으려고 합니다. 힘들어도 아이들이 크고 있으니, 생활비만 벌어서는 안 될 일이겠지요? 또 멀리서 감을 사오는 일도 엄청 고된 일이고, 감을 사다 곶감을 만들면 그만큼 이윤이 별로 남지 않으니 농부의 당연한 선택이랍니다. '올해는 곶감에 대한 소비자들의 반응을 알아보는 해'로 만족한다는 남편은 투자에 요즘 마음이 설레고 있답니다. 웬 투자냐구요? 감나무를 심고, 덕장을 만드는 일이 시골 농부의 작은 투자랍니다.

지리산 산지골 곶감을 대한민국 모~든 사람들이 먹어보는 그 날까지 우리 부부는 "Go! Go! Go!" (무슨 광고 카피 같지요?)

....

공개바위를 공개합니다

봄의 문턱인 입춘이 지났습니다. 눈이 비로 내리고 얼음이 녹아 물이 된다는 우수도 지났습니다. 그리고 엊그제는 봄비도 내렸습니다. 이제는 누가 뭐래도 봄입니다. 하늘에서 보이지 않는 힘이 지상의 만물을 끌어 올리고 있는 듯 겨울 내내 땅속에 갇혀 있던 생명들이 쑥쑥 올라오고 있습니다.

도무지 집안에 머물 수 없는 눈부신 봄날, 때마침 예정된 산행이 있어 아침부터 배낭을 메고 우리가족은 즐거운 마음으로 집을 나왔습니다. 산행은 뒷골 공개바위까지인데 통영의 김용규 선생님을 산행대장으로 하여 모두 아홉 명이 산을 올랐습니다. 김선생님 부부, 우리 부부와 아들 둘, 뒷골의 강연호님, 그리고 방송국의 베테랑 PD 두 분까지 산행팀으로는 적지도 많지도 않는 인원입니다. 참 등반 안내견 수업중인 래시도 따라 붙었습니다. 래시는 콜리종의 온순한 개인데 우리 집에 민박손님이 오면 한 시간 코스의 산책길도 스스럼없이 따라 다니곤 한답니다. 처음 보는 사람도 잘 따르고 눈치도 빨라 등반 안내도 시켜볼까 해서 가까운 산행 길에는 데리고 다닌답니다.

이번 산행은 무엇보다 봄날의 들뜬 기분을 만끽하기 위해 하는 것이지만 공개바위탐구산행의 목적도 있습니다. 공개바위의 공개는 공기의 사투리입니다. 마을 어르신들의 말에 의하면 공개바위는 마고할미가 공깃돌 다섯 개로 공개 놀이를 하다가 쌓아 두었다고 하여 공개바위라고 합니다. 또 다른 전설에 의하면 마고할미가 똥을 누어 만든 것이라고도 하는데 누룩처럼 생겼다고 누룩바위라고도 부르고 있습니다.

공개바위가 있는 곳은 함양 휴천면과 산청 금서면의 경계능선에서 산청 쪽으로 8부 능선 상에 있습니다. 그런데 지형적으로 함양 휴천의 운서마을과 동강마을에서 접근하기 쉬운 곳에 있어 이 두 마을 사람들에게 친숙한 바위입니다. 예전에 나무가 유일한 땔감이었을 때 운서와 동강 마을 사람들이 나무하러 다니다가 또는 고사리 캐러 다니다가 공개바위를 보곤 했답니다. 지금은 나무하러 다니는 사람도 없고 나물 캐러 멀리 가는 사람이 없어 거의 잊혀져가던 바위지요.

산행은 뒷골 강연호님의 집에서 시작하였습니다. 공개바위가 산청과 함양의 경계 근방에 있는지라 산의 등날을 타고 오르다보면 왼쪽 발은 산청 땅을 딛고 오른쪽 발은 함양 땅을 밟고 있습니다. 산길이 가파르고 부분적으로 땅이 얼어 있어서 미끄러웠지만 하늘에서 보이지 않는 손이 끌어주는지 대부분 가볍게 올라갔습니다. 대부분이라고 토를 단 것은 그렇지 않았던 사람도 있었다는 것입니다. 누구라고 밝힐 수 없는 그분은 내내 지리산을 온몸으로 체험하며 올라갔습니다. 다행이 산길에는 지난 가을에 떨어진 낙엽이 이불처럼 두텁게 쌓여있어 체험활동에 도움이 되었습니다. 산은 거의 전체가 참나무 숲을 이루고 있어 도토리가 떨어지는 가을에는 눈이 내린 겨울보다 더 미끄럽겠다는 생각이 들었습니다.

한 시간 남짓 산을 오른 것 같습니다. 산행대장인 김 선생님의 지형

설명을 들으며 중간 봉우리에 있는 헬기장을 두 번 지나고 산죽 밭을 두 번 지나니 드디어 공개바위가 신비로운 모습을 보여줍니다. 하나의 무게가 10톤 정도는 될 것 같은 공깃돌 모양의 바위 다섯 개가 탑처럼 쌓여 있습니다. 그런데 보는 각도에 따라 30도 가량 기울어져 있어 태풍이라도 불면 금방 넘어질 것 같습니다. 마치 사람의 손길이 있었던 것처럼 기울어진 방향으로 고임돌이 끼워져 있습니다. 전체 높이는 10m 이상은 되어 보입니다. 크기가 스무 배 정도 작다면 사람이 쌓은 것이라고 볼 수 있겠는데 이렇게 거대한 바위 탑을 더군다나 높은 산비탈에 사람이 쌓을 수는 없습니다. 결국 이성을 가진 사람이라면 공개바위는 우연히 만들어진 자연물이라고 인정해야 하는데 가까이서 실물을 보면 자연물이라고 인정하기도 쉽지 않습니다. 자연물인 바위의 모양이 재단을 한 것처럼 반듯하기도 하거니와 크기도 얼추 비슷하여 누군가가 석탑을 만들려고 혹은 석불을 조각하려고 쌓은 것이 아닌가하는 생각도 듭니다. 공교롭게도 제일 위에 있는 바위는 불상의 얼굴 옆모습처럼 보이기도 합니다. 공개바위가 있는 곳에서 그리 멀지 않은 곳에 있는 전구형왕릉의 거대한 돌무덤을 쌓았던 사람들이 공개바위도 쌓은 것이 아닐까하는 생각도 들었습니다.

어쨌든 일행은 오늘 산행의 가장 중요한 목적인 김밥을 맛있게 먹고, 김 선생님과 나는 소주도 한잔 하고

수북이 쌓인 낙엽을 밟으며 날듯이 내려왔습니다. 누구라고 밝힐 수 없는 그 분은 내려올 때에도 지리산을 온 몸으로 체험하며 내려왔는데 맹세코 나는 그 일로 즐거워하지 않았습니다.

. . . . . .

그 까이거~ㅎㅎ 오늘 돈 벌었다

현관 잠금장치가 또 말썽입니다. 지난 해 한번 수리했던 잠금장치가 얼마 전부터 헐거워져서 애를 먹이더니 드디어 일을 냈습니다. 문을 여는데 문은 안 열리고 황당하게도 손잡이만 뭉치채로 쑤욱 빠져버렸습니다. 아파트에서 살 때는 집안의 사소한 잔고장이 있으면 관리실에 전화 한통화로 간단히 해결했는데 산골에 살다보니 이런 일이 생기면 정말 난감합니다.

나는 원래 기계치라 할 정도로 손재주가 없는 터이라 앓다가 빠진 썩은 이 보듯 한동안 무심하게 쳐다보고만 있었지요. 그러다가 문득 직접 고쳐봐야겠다는 생각이 들었습니다. 문에 남아있는 부품을 모두 분해하여 바닥에 하나씩 펼쳐보니 부품이 모두 스무 개는 넘는 것 같습니다. 현관문 잠금장치 하나가 이렇게 복잡하리라고는 생각지 못했습니다. "그 까이꺼~ 수리라는게 뭐 별거겠어? 엉뚱한데 가있는 녀석들을 하나씩 집어서 '여기가 네 자리야~ 알았지~ 이제 움직이지마!' 하고 타일러 주면 되는거지."

나는 낯선 부품들을 이렇게 맞춰보고 저렇게 짝지어보고 이제 됐다 싶으면 현관문에 조립하기를 열 번은 넘게 한 것 같습니다. 나 같은 사람은 잠금장치 전문점을 하는 사람들에게 꼭 필요한 사람이라는 생각이 들었지요.

내일 모레가 사월인데 아침부터 눈이 내리고 있습니다. 오늘은 이른 아침부터 감나무 거름 주러 간다고 나섰다가 눈이 내리는 바람에 포기하고 돌아오면서 오전 내내 현관문을 붙들고 있습니다. 눈바람이 어찌나 세게 불어대는지 눈물이 날 지경인데 부품들은 고집불통입니다. 전화번호부를 뒤져 읍에 있는 전문점으로 전화를 걸었습니다. 새 잠금장치로 바꾸고 출장비까지 8만원을 달라합니다. 나는 말도 안 되는 가격에 해달라고 억지를 부리다가 다시 한 번 현관문을 잡고 매달려봅니다.

8만 원짜리 뭉치를 안쪽 뭉치랑 바깥 쪽 뭉치로 4만원 어치씩 나누어 안쪽은 안쪽끼리 바깥쪽은 바깥쪽끼리 차근차근 조립하기를 또 수차례, 마침내 성공적으로 결합하였습니다. '그래 그 까이꺼~ㅎㅎ 오늘 돈 벌었다.'하며 이제는 점심 먹을 생각에 흐뭇한 마음으로 문을 닫았다가 다시 열어보는데, 입에서 바로 아이쿠 소리가 튀어 나옵니다. 닫힌 문이 이제는 아예 열리지가 않습니다. 다시 전문점으로 전화를 해야겠다고 갈등하다가 오기가 나서 다시 매달렸습니다. 안팎으로 나눈 두 뭉치를 하나씩 작동해보며 잠긴 문이 왜 열리지 않았는지 차근차근 살펴보다가 어느 순간 나도 모르게 기쁨의 소리를 질렀습니다. 조그만 스프링 하나가 엉뚱한 곳에 끼워져 있었습니다.

오늘은 종일 눈발이 날려 하려던 일도 못하고 집안에서 빈둥거렸지만 오후 내내 기분이 좋았습니다. 그리고 문득 '내 마음의 문도 스프링 같은 것이 엉뚱한 곳에 끼워져 있어 누군가 문을 못 열고 있지 않을까!' 하는 생각도 해보았지요.

part 3

흐르는 강물은 막지 말고
당신 똥구멍이나 막으시오

떫은 곶감

지리 상봉에서 찬바람이 불어오고 엄천강에 물안개가 끼기 시작할 무렵이면 엄천골짝 사람들은 너나없이 감을 깎아 걸기 시작합니다. 그러면 옷을 벗은 감은 한 달이나 한 달 보름동안 얼었다가 녹기를 반복하면서 떫은맛이 사라지고 달콤한 곶감으로 바뀌는데, 이곳 사람들은 곶감을 접는 방식이 좀 별다릅니다. 시중에 판매되는 곶감은 대부분 종이박스나 PE 투명케이스에 담아 유통되고 있는데 지리산 함양 사람들은 곶감을 타래처럼 주렁주렁 끈에 매달아 거래하기도 합니다.

곶감 철에 함양 재래시장에 가면 곶감을 한 접씩(백 개) 또는 반접씩 끈에 주렁주렁 매달아 놓고 판매하는 모습을 볼 수가 있는데 유네스코 문화유산까지는 아니더라도 지역전통 먹거리 문화유산으로 보존할 만한 가치가 있는 풍경입니다. 곶감 오십 개 또는 백 개를 끈에 주렁주렁 엮는 거, 그게 그렇게 쉽지만은 않습니다. 한 접 엮는데 시간도 많이 걸리고 숙련된 사람이 아니면 모양도 예쁘게 나오지 않습니다. 이렇게 주렁주렁 매단 곶감을 개량시라고 부릅니다.

예전에는 꼬지곶감이라는 것도 있었고 춘시라는 것도 있었다고 합니다. 이곳 엄천골에는 불과 십년 전만해도 곶감을 긴 싸리 꼬챙이에 산적 꿰듯이 꿰어 말린 꼬지곶감을 흔히 볼 수가 있었지만 이제는 거의 볼 수가 없습니다. 그런데 얼마 전 운 좋게도 안골댁이 싸릿대로 감의 똥꾸멍을 찔러 꼬지 곶감을 만드는 걸 목격한 적이 있습니다. 꼬지곶감이 하도 신기해서 하나 먹어보았는데 싸릿대가 닿은 부분에는 시큼한 맛이 나더군요. 춘시는 곶감을 도넛처럼 둥글납작하게 만들어서 동전 쌓듯 포갠 뒤 열개씩 실로 묶은 것입니다.

 개량시, 꼬지곶감, 춘시 등 재래식으로 곶감 만드는 방식은 이제 새로운 포장방식으로 대부분 바뀌었습니다. 곶감쟁이 십년차인 내가 만든 곶감을 4가지로 분류해보면,

1. **선물용 곶감**- 그 해 만든 곶감 중 가장 크고 좋은 것을 선별하여 대바구니와 고급 한지함에 담고, 등급별로 명품선물상자, 난좌박스, 보급형 지함에 포장.
2. **가정용 곶감**- 지퍼백에 무게만 달아서 막 담습니다.
3. **못난이 곶감**- 때깔이 좋지 않은 거 흠이 있는 거 망한 것들은 따로 모아서 똥값에 파는데 묻지도 따지지도 않고 불티가 납니다.
4. **떫은 곶감**- 지금은 숙성기술이 좋아져서 떫은 곶감이 발생하지 않지만, 일부러 떫은 곶감을 몇 상자 만듭니다. 엄천강을 막아서 지리산 댐을 만들겠다는 대단한 정치인에게 명절 선물로 보낼 요량으로. 떫은 곶감 묵다 똥꾸멍이 막혀보면 흐르는 강물을 막아서는 안 된다는 교훈을 높으신 분이 얻으시길 기대하면서…

......

흐르는 강물은 막지 말고 당신 똥꾸멍이나 막으시오

《호랑이와 곶감》 이야기가 탄생한 이곳 지리산 골짝에 용유 담이라는 곳이 있습니다. 안골댁 할머니께서 지난여름 이 용유담에 가 보고 싶어 하시는 지라 모시고 간 적이 있기도 합니다.

"거기가면 용이 똬리를 틀고 앉았던 자리가 있는기라… 소풍가면 나 는 꼭 거기서 도시락을 까묵었제… 용이 똥을 싸서 그랬다는 전설도 있 고…"

할머니는 마적도사 전설을 또 꺼내십니다.

"그랴~ 마적도사가 문풍지 구멍으로 승천하지 못한 용을 훔쳐보다가 고마 눈이 멀었삤다 아이가…"

용유담은 '한국내셔널트러스터'에서 꼭 보존해야 할 명승으로 선정한 곳입니다. 그리고 문화재청에서 2011년 12월에 명승지정을 예고하여 국 가 명승지로 거듭날 찰나, 수자원공사에서 지리산 댐 수몰예정지라고 명승지정에 반대하여 보류되었습니다.

50층 높이의 시멘트 댐이 들어서 천년의 세월이 만든 용유담의 신비 로운 조형물이 모두 수장된다 생각하면 황당합니다. 그래서 엄천골 농 부들이 더 늦기 전에 사람들에게 알리기 위해 길 위에 섰습니다.

"용유담을 지켜주세요~ 엄천강이 흐르게 해주세요~ 지리산에 댐을 세우지 말아주세요~"

지나가는 사람도 별로 없고, 봐주는 사람도 거의 없지만 호미질 하던 농투성이들이 돌아가며 길 위에 서서 지리산을 지키기 위하여 일인 시위를 했습니다. 나도 이 시위에 참여했는데 혼자 외롭게 서서 외쳐보았습니다.

"흐르는 강물은 막지 말고 당신 똥꾸멍이나 막으시오!!!!"

• • • • • •

코시의 봄날 일기

또다시 나의 계절이 왔네요. 겨우내 꽁꽁 얼었던 산비탈에는 파릇파릇 새순이 올라오고 있습니다. 그리고 땅속에서 긴 잠을 자던 짐승들이 여기저기서 꿈틀꿈틀 땅위로 올라옵니다. 얼마 전 마당에서 두더지를 한 마리 보았지요. 아 글쎄 뒷마당에서 봄볕을 즐기고 있는데 갑자기 땅 바닥이 움찔움찔 하지 않겠어요? 가만히 지켜보고 있으니 두더지가 고개를 쏙 내미는 겁니다. 하하 어찌나 반가운지 악수를 청하려고 손을 쑥 내밀었는데, 두더지는 아무 말도 없이 황급히 땅속으로 들어가 버리더군요. 아마 나의 호의를 오해 한 것 같습니다.

누구든 순수한 우정에 대해 오해를 받으면 참 섭섭하답니다. 오늘은 산으로 올라가다가 꿩을 세 마리 보았지요. "어이~ 친구들 반가워"하며 달려갔는데 이 사교성이 부족한 꿩들은 고래고래 비명을 지르며 날아가 버리네요. 그렇지만 나는 자존심도 버리고 쫓아갔답니다. 하하 워낙 심심했거든요. 그런데 세상에 이게 웬일입니까? 글쎄 너구리 한 마리가 그러니까, 정확히 한 마리라고 할 수도 없는 너구리가 (왜냐하면 내가 꿩을 쫓아 가다가 발견한 그 너구리는 머리와 등뼈만 남아있었거든요.) 글쎄 그 너구리가 숲에서 나를 기다리고 있네요. 아마 보이지 않는 부분은 배가 무지 고프고 사나운 짐승의 뱃속으로 들어간 것 같습니다.

나는 순수한 우정에서 비록 한 마리라고도 할 수 없는 그 가여운 너구리를 물고 내려왔답니다. 히히 솔직히 내려오는 도중에 나는 뭔가 크게 횡재를 했다는 생각이 들지 않은 것은 아닙니다만, 흠흠~ 나는 불행한 처지에 놓인 그 너구리를 위해 무엇인가 해주어야겠다는 생각이었지요.

그런데 오늘은 정말 일이 꼬입니다. 뒤따라오던 주인님이 내가 발견한 그 한 마리라고도 할 수 없는 그 너구리를 보고 욕심이 난 모양입니다 나는 그냥 수차례 여기 저기 좀 세게 물고 있었을 뿐인데, 나더러 너구리를 먹었다고 야단을 치더니 휙 빼앗아 버리는 겁니다. 난 결코 먹지 않았다고 하소연을 해도 믿어주지 않습니다. 하지만 뭐 상관없습니다. 살다보면, 흠흠~ 본의 아니게 오해를 받을 수도 있으니까요.

어부 코시

집 아래로 흐르는 엄천강에 며칠 째 씨름 선수 팔뚝만한 물고기가 나타났습니다. 다리 위에서 무심코 강을 내려다보니 황어 같기도 하고 송어 같기도 한 커다란 물고기가 강 가장자리에서 노니는데 뜰채를 가지고 뛰어 내려가면 서 너 마리는 쉽게 잡힐 것 같아 보였습니다. 엄천강에는 꺽지나 모래무치처럼 손바닥만 한 고기가 많이 잡힙니다. 가끔 커다란 눈치가 잡히기도 하고 노련한 낚시꾼들이 커다란 메기나 민물장어를 잡는 걸 보기도 했지만 이번에 본 물고기는 정말 커서 보는 사람 가슴을 설레게 만들었습니다!

어제는 버스타고 하교하는 아이들을 데리러 엄천교까지 나갔다가 다리 위에서 그 큰 물고기를 목격하고는 아이들과 허겁지겁 집에 가서 낚싯대와 뜰채를 가지고 달려들었습니다. 낚싯줄도 드리우고 뜰채를 들고 강물 속으로도 뛰어 들어 '큰 녀석을 두 마리 잡았습니다.'라고 말한다면 얼마나 좋겠습니까 마는 물고기에게 실컷 희롱만 당하고 빈손으로 돌아왔답니다.

오늘은 일찍 하교한 한무랑 우리 집 개들 코시와 지코도 합세하여 강으로 내려갔습니다. 눈에 아른거리는 씨름선수 팔뚝만한 그 물고기를 꼭 잡아 저녁상에 올리겠다는 야무진 꿈을 가지고 휘파람을 불며 강으로 내려갔습니다. 보름간 비가 내리지 않은 탓에 강물이 많이 말랐습니다. 지코는 강바닥이 드러난 곳을 질주하기도 하고 물속으로 뛰어들어 수영을 즐기기도 합니다. 그런데 코시는 오로지 물고기에만 관심이 있습니다. 물살이 센 곳도 아랑곳 하지 않고 물고기만 보이면 첨벙 뛰어드는데 무척 진지합니다. 코시야 말로 진정한 어부가 아닌가 싶을 정도입니다.

'물고기를 포착하고, 막 덤벼들고 허탕치고, 앙~ 먹고 싶당~ 한 마리라도~ 이게 뭡니까? 한마리도 못잡고…'

흐르는 강물에서 뜰채를 가지고 물고기를 몰아서 잡는 것은 생각만큼 쉽지가 않습니다. 한무랑 나는 한참동안 헐떡거리며 고기를 몰았지만 큰 고기는 구경도 못하고 땀으로 옷만 적셨습니다. 나는 뜰채를 미련 없이 던져버렸습니다. 그리고 황어인지 송어인지 그 커다란 물고기를 잡으면 기념촬영을 하겠다고 가지고 간 디카로 고기 잡는다고 헤매는 코시 사진이나 찍어주고 있는데 한무가 다급하게 소리쳤습니다.

"아빠! 고기가 나타났어! 빨리 와!"

포기하지 않고 계속 고기를 쫓던 한무가 흥분된 목소리로 외치는데 큰 놈이 나타난 모양입니다.

"알았어! 한무야! 기다려!"하고 돌아서 가는데, 코시도 나만큼 마음이 급했나 봅니다. 코시가 지가 먼저 가겠다고 내 앞으로 뛰어드는 바람에 녀석을 밟지 않으려고 하다가 몸의 균형을 놓치고 말았습니다. 그

리고 결론을 말하자면, 어부 코시 녀석 때문에 큰 물고기 대신 값비싼 디카를 잡고 말았습니다. ㅜㅜ

••••••

정원사 코시 일기

　　지리산 골짝마을에 가뭄이 들어 모두들 아우성입니다. 벌써 유월 중순인데 계곡에 물이 말라 아직 모내기를 못한 논이 많습니다. 모두들 "비가 와야 하는데, 우째 이리 비가 안올꼬…"하며 한숨을 푹푹 내쉬고 있습니다. 이런 어려운 시기에 내가 할 수 있는 일이 하나도 없다니 정말 가슴이 아프네요. 그런데 내가 누구냐고요?

　네이버에 동물 검색을 하니, '코시. 코카스파니엘. 나이 다섯 살, 직업은 정원사.'

　개가 무슨 정원 일을 하느냐고요? 지나가는 개가 다 웃겠다고요? 하긴 나도 어째 하다 보니 정원사가 되었지만 뭐 정원일이 별건가요? 하루 두어 번씩 화단에 거름 주고 요즘처럼 화초들이 자라기 시작할 때 적당히 밟아주면 순지르기가 되어 꽃들이 많이 피는 거 아니겠어요?

　오늘도 다알리아 화단에 들어가서 적당히 순을 지르며 예쁜 꽃을 많이 피우라고 풍성하게 웃거름을 주었더니 주인님이 "어이~ 코오시~ 됐다, 됐어, 오늘 세 번째다. 고마 해~"라고 하는데, 핀잔인지 칭찬인지 약간 헷갈리네요. 미간을 살짝 찡그렸지만 입가에 코털처럼 짧은 미소가 숨겨져 있어 은근한 칭찬으로 받아들였습니다.

그런데 이건 조금 어려운 말입니다만, 우리 주인님도 인생 순지르기를 한번 했다고 합니다. 5년이 훨씬 지난 일인데요, 대도시에서 책과 관련된 일을 하며 한창 사업을 키우다가 '이제 순을 질러야지.'하고는 이곳으로 내려왔다고 합니다.

다알리아든 인생이든 순을 지른다는 것은 멋진 것 같아 나도 용기를 내어 한번 질러볼까 생각중인데, 막상 지르려고 하니 가슴이 떨리네요.
사실 내가 정원일 하는 것을 주인님이 그리 탐탁하게 여기는 것 같지 않아 이제는 그만 철학자가 될까 합니다. 높고 깊은 산골짝에서 강물이 흘러오고 흘러가는 것을 내려다보며 살면 저절로 철학자가 되는 법이거든요.

‧‧‧‧‧‧

한밤중 산책길 달리기

저녁을 먹고 아내와 함께 가볍게 산책을 하는 시간은 하루 중 가장 행복한 시간입니다. 오늘은 모처럼 삼겹살에 소주까지 한잔 마신 뒤라 이미 어둠이 내렸지만 불룩해진 배도 꺼뜨릴 겸 산책을 나섰습니다. 머리 위에는 내 배만큼 부른 달이 산길을 비춰주고 공기 중에는 야생화 향기가 안개처럼 가득 차 있어 발걸음도 가볍습니다.

산책길은 비탈진 산모퉁이를 돌아 다랭이 논과 밭 사이를 느릿느릿 내려가다가 작은 계곡을 하나 지나고 곧장 하늘로 솟아오를 것 같은 가파른 언덕길로 이어집니다. 길옆에 하얗게 무리지어 피어있는 야생화를 보며 '저게 무슨 꽃이지?'하고 아내가 물어봅니다. 나는 달밤에 보니 더 멋있다며 한 송이를 툭 꺾어 냄새를 맡아봅니다.

"으윽~ 무슨 꽃냄새가 이래? 여엉~ 별로다."하고 킥킥 웃으며 구시락재라고 부르는 고갯마루로 올라섭니다. 고개에 올라서면 시야가 탁 트입니다. 엄천 강을 따라 시원하게 흘러내려가는 강변의 풍경이 한 눈에 들어오지요.

고갯마루에서 걸음을 되돌리면 이십분 정도 소요되는 말 그대로 가벼운 산책길이고, 고개를 넘어 이웃 동강마을로 내려가 강둑길을 거슬러 한 바퀴 돌아오면 한 시간 가량 걸리는 운동 겸 산책길이 되지요. 달이 밝아 아직 잠들지 못한 새소리를 들으며 고갯마루에서 돌아오는 길에 아내는 얼마 전 그믐밤에 내가 아이들이랑 운동 겸 산책길을 다섯 바퀴 달린 이야기를 꺼냅니다.

"당신도 차암 지독하다~ 두 바퀴만 돌면 되지… 어째 다섯 바퀴나…"

"하하… 애들은 두 바퀴만 돌면 그게 스포츠지 벌 받는다는 생각이나 들겠나?"하니 아내도 히히 웃으며 고개를 끄덕입니다. ㅎㅎ 부끄러운 이야기지만 얼마 전 길도 보이지 않는 깜깜한 그믐밤에 아이들이랑 운동 겸 산책길을 다섯 바퀴 죽기 살기로 달린 이야기를 해야겠습니다.

그러니까 그날은 주말이었습니다. 늦은 밤에 마당에서 본 달은 정말 머리카락처럼 가늘게 사위어 실바람이라도 불면 곧 사라질 것 같은 그믐이었지요. 아내와 나는 거실에서 늦게까지 책을 보고 있었고 중간고사를 막 끝낸 두 아들은 홀가분한 기분에 하루 책을 덮고 자기들끼리 즐거운 시간을 보냈습니다. 자정이 막 지나 눈이 슬슬 감기려고 하는 시간이었습니다. 읽던 책을 덮고 잠자리에 들려고 하는데 이층 아이들 침실에서 뭔가 퍽 하며 떡을 치는 듯한 소리가 들렸습니다.

'퍽'하는 소리에 아내와 나의 놀란 눈길이 마주치고 그 눈길은 서로에게 같은 질문을 하고 있었습니다. '잠잘 시간에 침실에서 떡을 치는 소리, 중1 중3 형제, 평소 사소한 일로 자주 다툼, 형은 동생을 별로 사랑하지 않는 것 같고 동생도 형을 별로 존경하는 것 같지 않음, 중간고사를 마치고…'

나의 두뇌컴퓨터에 긴 문장의 검색어가 탁탁 입력되고 있는데, 아내는 한마디 명령어로 결과를 바로 출력해버립니다.

"너거들 이게 무슨 소리얏!"

고개를 푹 숙인 두 아들이 이층 침실에서 슬금슬금 내려오는데 액정화면이 망가진 전자수첩을 내어놓습니다. 작은 아이의 전자수첩이 벽으로 날아갔다가 비명을 지르는 소리였습니다.

사소한 말다툼에서부터 그렇게 벼르고 별러 구입한 전자사전이 날기까지 아이들이 털어놓은 이야기를 여기서 다 주워 담을 수는 없지만 사내아이 둘 키우는 부모라면 아마 짐작할 수도 있을 것입니다. 아내는 이런 난감한 사건에도 엄마로서의 품위를 유지하며 한마디로 문제를 정리하였습니다. "에고! 너거들 오늘 아빠한테 혼 좀 나야겠다."

나는 다른 방법의 지도가 필요함을 깨닫고 아이들을 데리고 나갔습니다. 자정이 넘은 시간이고 그믐이라 길이 보이지 않아 염려는 되었지만 아이들을 구시락재를 넘어 강둑으로 돌아오는 길로 돌렸습니다. 래시를 데리고 잠시 후 내가 뒤따라 붙으며 소리쳤습니다.

"뛰어! 더 빨리! 다섯 바퀴야! 아빠보다 늦으면 계속 추가되는 거야."

칠흑 같은 어둠이라 발걸음을 내딛기도 힘든데 그나마 앞서가는 래시가 흰 꼬리를 살래살래 흔들어 도움을 줍니다. 아이들은 다섯 바퀴 이상 돌고 싶은 생각이 없는지라 한참 앞서서 달리고 있습니다. 두 바퀴 째 오르막길에서 아이들을 한번 따라 잡을 때만 해도 '아이들을 올바로 가르치기 위해서라면 아빠가 같이 뛰는 것도 괜찮지.'라는 생각이 들었는데, 뒤처진 채 혼자 세 바퀴째 돌고나니 가쁜 가슴이 비명을 지릅니다.

'숨이 차 죽겠네… 근데 이 자슥들은 다리에 엔진을 달았나? 보이지도 않네…'

'혹시? 이 자슥들이 안 뛰고 어디 숨어 있는 거 아닌가?'

힘이 드니 쓸데없는 의심까지 드는 겁니다. 나머지는 어떻게 뛰었는지 모르겠습니다. 보이지 않는 공간에는 찔레인지 아카시아인지 향이 가득 차 있었고 뛰는 열기가 봄밤의 공기를 데워 후끈후끈했었습니다. 아이들이랑은 한 바퀴 정도 차이가 난 것 같은데 샤워를 하고 나니 새벽 세 시. 아이들 어깨 한번 두드려주고 잠자리에 들어 눈을 붙이는데 뻐꾸기 우는 소리가 들려왔습니다. 남의 둥지에 있는 자식들 가르치느라 밤새 우는 뻐꾸기가 나와 처지가 크게 다르지 않다는 생각이 들었지요.

･･･････

냄새 가득한 계절

바야흐로 냄새의 계절입니다. 꽃향기 계절이라고 해야 하지 않냐고요? 아~ 그러고 싶지만, 산책길에서 만나게 되는 냄새가 꼭 향기로운 냄새만은 아니란 걸 고백하지 않을 수 없네요. 우리 부부가 다니는 산책길에서 어떤 알 수 없는 혹은 정체가 뚜렷한 냄새를 요즘처럼 매일이다시피 만나는 때는 없답니다.

산책길을 나서려는 찰나, 집 옆 꽃밭에 핀 가지각색의 장미가 훅 향기를 뿌려주고, 5월 중순부터 흐드러지게 피는 찔레꽃 향기가 모퉁이를 돌아서면 머리 위에서 살살 맴돕니다. 한번은 구시락재로 이어지는 오르막길을 지나는데, 느닷없이 정체불명의 냄새가 콧속을 바로 공격해 들어왔답니다. 우리 부부는 너무 놀라 억 소리를 지르며 그 달콤하면서도 진한 향기의 정체를 바로 찾았는데 덤불 숲 위로 하얀 꽃을 피운 나무가 보였습니다. 남편은 까치발을 해서 냄새를 맡더니 그만 가지 하나를 '뚝!'했습니다. (아! 죄송! 환경 극보호주의를 지향하시는 분에게는 죄송!) 키가 닿지 않는 아내를 위해 가~끔 산책길에서 만나는 지~천인 야생화를 꺾어서 꽃병에 꽂아두기를 좋아하는 아내를 위해 남편이 조금 몰지각한(?) 행위를 했답니다. 어쨌거나 신이 나서 나는 코를 꽃에 들이대고 크게 들숨을 쉬며,

"어머! 이거 무슨 꽃이지? 진짜 진하다. 꽃도 정말 잔잔하니 예쁘지?"
하며 호들갑을 떨었답니다. 꺾고 보니 그야말로 내 눈에는 어느 신부의

부케 꽃만큼이나 근사하게 보여 부리나케 산책길에서 돌아와 꽃병에 꽂았습니다. 꽃을 들고 집으로 돌아오는 잠깐 동안 먼 옛날이 되어버린 결혼식 장면이 떠올라 피식 웃음이 나오더군요. 왠지 어색하고 촌스러웠던 꽃다발이었다는 생각. 다시 결혼식을 한다면 향 없는 인위적인 꽃다발보다는 산에서 막 꺾은 꽃다발을 들고 해보면 어떨까? 이 꽃처럼 향기가 다발로, 뭉텅이 채로 풍기면 더욱 좋고. ㅋㅋ

오늘은 산책 길 내내 인동초 꽃향이 우리를 따라다닙니다. 인동초는 꽃이 필 때는 하얀 색인데, 꽃이 질 무렵이 되면 연한 주홍빛과 아이보리색을 합한 살구 빛으로 변합니다. 그렇다고 꽃이 시든 것은 아니고, 겉으로 보기엔 싱싱하답니다. 나는 하얀 꽃을 몇 개 따서 코에 대고, 남편은 살구빛 꽃을 따서 코에 댔습니다. 남편은 살구빛 꽃 향이 더 진하다고 하여 다시 비교하여 맡아보니, 그런 것 같기도 하고, 아닌 것 같기도 합니다. 아마, 풋풋한 젊은 미보다는 농익은(?) 원숙미가 좋아지는 불혹의 나이여서? ㅋㅋ

인동초 꽃잎 몇 개 손에 넣어 맡으며 돌아오는 길에 작은 날아다니는 곤충이 내 얼굴로 날아들었습니다. 나도 모르게 손사래를 쳤는데, 어디서 괴상한 냄새가 진동을 합니다. 순간 그 곤충이 뿜어낸 냄새란 생각이 스칩니다. 좀약 냄새처럼 고약한 화학 약품 냄새가 몇 분 간 따라옵니다. 내가 손사래를 치자 적의 공격 신호로 받아들이고 화생방전을 벌이자고 덤벼든 거죠. 참 희한한 벌레도 다 있다죠? 이 벌레가 쏘아댄 냄새로 인해 향기 가득한 산책길로 묘사하고 싶었던 글 제목을 눈물을 머금고(?) 수정할 수밖에 없었습니다. 냄새 가득한 산책길로 그리고 계절로.

또 한 가지, 요즘 시골엔 농사철인 관계로 거름으로 만든 분뇨 냄새가 허공을 떠다닙니다. 마치 연한 황사처럼. 그러다 어느 순간 코로 날아들 때도 있답니다. 가끔 산책길에서도 이런 황당한 경우를 당하지만, 아까 그 벌레의 생화학 전에 비하면 아무것도 아니죠. 오늘은 불행 중 다행히 그런 황당한 일까지는 벌어지지 않았답니다.

구름이 많이 끼어 달무리가 살짝 져서 우리 코뿐만이 아니라 눈도 즐거운 산책길이었죠. 눈뿐만이 아니라 입도 즐거운 산책길이었습니다. 이제 오디가 새까맣게 익어 땅으로 떨어지기 시작했습니다.

사실 작년엔 오디를 원 없이 따서 효소도 빼고, 잼도 만들고 했습니다. 그런데 너무 과해서 일까요? 한동안 먹다 질려서 만든 잼을 다 먹지 못하고, 냉장고에서 굴러다니다 그만 곰팡이가 피어 버렸답니다. 과유불급(過猶不及)이라더니 너무 많으니 고마운 마음은 고사하고, 그만 질려버리고만 것입니다. 지나친 열정으로 욕심을 부린 것 같아 올해는 아예 그 열정을 생각도 못하고 있었습니다. 그래서 오디가 막 땅에 떨어지는데도 미안한 마음에 곁눈질만 했었지요. 그런데 산책길에서 돌아오다 제법 오디가 많이 열린 뽕나무를 만났습니다. 남편이 살짝 덜 익은 오디가 새콤하면서 오히려 까맣게 완전히 익은 것보다 맛있다며 몇 개 따줍니다. 하나만 입에 속 넣고 오물오물하다가 다음엔 두 개를, 그 다음엔 세 개를… 이런 맛을 어디서 맛 볼 수 있을까! 한동안 그 뽕나무 아래에 서서 약간 덜 익은 오디를 찾아 입 속에 털어 넣었습니다. 그러다 보니, 그 미련스런 열정이 슬며시 고개를 듭니다.

"오디잼 조금만 만들까? 이번엔 먹을 만큼만 만들자!"

"........."

남편은 묵묵부답. 그러면서 내 얼굴을 웃으면서 쳐다만 봅니다. 아이들 준다고 몇 개를 따면서 손을 보니, 손에 까만 얼룩이 졌습니다. 순간 이 까만 얼룩이 입과 혀도 물들였으리란 생각에 아차 싶습니다. 오디 맛에 빠져 덜렁대고, 부끄러운 과거(?)를 잊고, 또 오디잼을 만들려고 하는 아내가 우스웠나 봅니다. 아이들 줄려고 딴 몇 개는 그냥 내 입 속에 넣고, 그 오디잼 만드는 일을 '다시 한 번 생각해 봐야지'하며, 집 마당으로 돌아오니 해가 거의 지고 어스름만 남아있습니다. 어스름 속에 그냥 앉아있고 싶어 잠깐 앉아있는데, 그새 오디만큼이나 새까만 밤이 몰려옵니다.

어스름 속에서 들려오던 아래 밭 할머니 호미질 소리, 휘파람새의 휘파람 소리, 바람에 나부끼는 나뭇잎 소리, 멀리 '호로롱 오로롱!' 부엉이 소리. 익숙했던 모든 소리들이 멈추었습니다. 산책길과 집 주변을 떠도는 온갖 냄새들도 사라진 듯, 갑자기 낯선 역에 들어와 있다는 착각에 빠집니다.

녹음 우거진 여름이란 역에 밤기차가 우릴 여기 내려놓고, 휑하니 소리도 없이 떠나간 느낌! 그 느낌에 느낌표를 하나 더 붙입니다. 이 한 여름, 여행객이 되어 설레는 마음으로 살아가라는 느낌!

· · · · · ·

곶감 덕장 이야기

오랜만에 해가 '쨍'합니다. 아직 장마와 물난리는 진행형이기에 이곳 마을을 둘러싼 산들은 하얀 띠를 온 몸에 휘휘 감고 있습니다. 그것도 삼 주 째. 덕분에 풀들은 넘쳐나고, 집 안팎이 눅눅!

봄부터 산에서 들려오던 짐승들 소리는 슬그머니 자취를 감추고, 오로지 풀들만 함성을 질러대는 듯, 기세가 등등합니다. 그 우거진 풀들의 들리지 않는 함성 속에 여름 벌레들 소리가 슬슬 묻어 나오기 시작합니다. 눅눅한 습기 속을 유영해 다니는 걸 좋아하는 반딧불도 여름 무대에 등장! 습기가 많아 불쾌지수 높은 한여름이지만, 가끔 산에서 내려오는 바람결에 풀벌레 소리 보태지고, 반딧불이 '반짝반짝'하면 그 눅눅함을 견뎌낼 만합니다.

계절이 한여름으로 돌아설 때, 남편은 이 습기와 고온에 맞서 굵은 땀을 흘려야했습니다. 봄부터 계획은 했지만, 하루 이틀 자꾸만 미뤄지던 덕장(곶감 말리는 곳)을 지어야 했거든요. 보름을 인부들과 씨름한 결과, 내 눈에는 멋진 덕장이 완성되었습니다. 매일 학교를 나가야 했기에 난, 그냥 구경만 했죠. 엄청 무거운 철근을 다루는 일이라 위험해 보여 '조심하라'는 말을 누누이(?) 하고 싶었지만, 도와주지는 못하면서 잔소리만 하는 걸로 들릴까봐 퇴근길에 별 탈 없이 하루 일이 끝난 걸

보는 것으로 만족했답니다. 가장 힘들어 보이는 이층 지붕까지 다 올리는 걸 보고 안심했는데, 그 다음날 저녁을 먹고 평소처럼 덕장을 구경하러 마당에 들어서니, 장독대에 독이 몇 개 안보입니다. 뭔가 어수선한 느낌! 뒤 따라 마당으로 나온 남편이 그 날 사고가 있었다며 '큰 일 날 뻔했다.'고, 그러나 다행히 '인명피해는 없었다.'고 전해줍니다. 이층 난간을 끌어올리다, 놓쳐서 쇠파이프가 장독대를 덮친 겁니다. 독과 묵은 장들이 아까웠지만, 다치지 않았다니 긴 숨이 절로 쉬어졌답니다. 그러면서 남편은 처음 이사 왔을 때 마당이 널널해서 좋았는데, 민박방을 두 동이나 짓고, 정자에 또 덕장까지 지으니 갑갑하다는 얘길 합니다. 그렇기는 하지만 시골에서 우리 살아가는 이야기가 고스란히 이 곳 마당에 그려져 있는 셈이지요. 난 오히려 아기자기하고 안정된 느낌이 들어 더 좋다고 하였답니다. 두 줄로 늘어선 장독, 헛간이 되어버린 구들방, 민박방, 그리고 이젠 덕장! 그 건물들 앞에 서있는 키 작은 나무들, 그들 옆에 붙어서 올망졸망 자라고 있는 가지각색의 화초들! 가운데 좁지도 넓지도 않은 딱 적당한 크기의 흙 마당! 처음부터 그리 계획하고 만든 마당은 아닌데 어찌어찌 하다 보니 뒤로는 산이, 앞으로는 강이 보이고, 좌우는 적당히 가려져 아늑한 느낌이 드는 곳!

이들을 보고 있으면, 시골로 이사와 흘러간 세월이 느껴집니다. 그 세월 속 밭을 만들고, 풀을 뽑아내고, 일하다 앉아서 땀을 훔쳐내던 우리 부부의 모습이 겹쳐지죠. 참 무엇보다 시골에서 흘러간 세월은 훌쩍 커버린 우리 아이들에게서 느낍니다. 큰 아이는 아빠보다 키가 커버리고, 작은 아이는 엄마를 내려다보며, 둘 다 굵은 목소리로 '엄마! 아빠!'를 부르면 그렇답니다.

가끔 언니들이 그럽니다. '참! 용타! 시골서 그리 버티고 살고 있으니!' 언니들이 그러면 '뭐 용해. 그냥 사는 거지!' 하며 웃고 그냥 넘겼는데, 덕장이 다 만들어진 날, 그 곶감사업(?)이 잘 될지 안 될지는 모르지만, 조금 그 '용타!'는 느낌이 들면서 무엇보다 흘러간 세월이 훅 옆에서 숨을 쉬네요.

이층으로 올라가 찬찬히 조망을 해봤습니다. 뒤쪽으론 산이 더 가까이 다가오고, 앞으로는 강물 흐르는 모습이 더 뚜렷이 보이고, 키 큰 나무 가지들이 손에 닿기도 합니다. 그러자니, 요즘 밭과 마당일을 못하고 있는, 다른 말로 하자면 자연과 직접 교감을 할 수 있는 흙을 만지고, 풀을 만지는 순수한 노동에서 멀어져 있는 내가 갑갑해집니다. 학교에 매일 출퇴근해서 시간이 전보다 부족하기에… 아무튼 이해가 안 될지 모르지만, 마당과 밭에서 일하던 시간들이 그리워집니다. 정말 순수의 시간들이… 어떤 갈등이나, 대립이 끼어 들 수 없는 시간들이…

이 자연이 둘러싼 집 밖을 나가면, 인간의 활동이 이루어지는 사회로 나가면 여지없이 부딪치는 갈등들… 표면에 갈등과 대립은 없어도 뭔가 본인 이해와 맞지 않으면 날카로운 선을 세워버리는 말과 행동들! 참으로 철저하게 장막을 치고 마음의 빗장을 닫고 있는 경우를 간혹 만납니다. 또 이해관계가 얽힌 것이 아니고, 그냥 자신의 기호와 안 맞는다고. 그렇다면? 이해관계가 얽힌 갈등과 대립이라면 풀 수 있는 여지는 있으나, 이런 경우는 참으로 난감합니다. 그냥 모른 척하는 수밖에요. 알게 모르게 느끼는 이런 저런 불편한 순간들은 가만히 생각해 보면 도시 생활 속에서는 늘 있었던 건 아닌가? 다만, 시골에 붙박이로 몇 년째 살다보니 자연이 주는 편안함에 젖어 그런 일상화된 인간 사회의 군상들을 잊어버려, 새로이 받아들이는 일이 조금 힘든 건가? 물론 자연이 주지 못하는 유쾌한 대화와 시간들도 많이 있지만, 밭에서 땀 흘리며 일하는 순간의 절대 자유와 순수가 그리워집니다.

우리 시골 사는 이야기가 그려진 마당 한 구석에 새로 들어선 덕장. 이 덕장에서, 또는 덕장을 배경으로 근심이나 갈등 또는 대립이 들어설 수 없는 순수한 노동이 펼쳐지기를 기대합니다.

・・・・・・

구월 주말 아침 수다

아침이면 강가엔 솜보다 하얗고 푹신할 것만 같은 안개가 피어있습니다. 그런 강 안개가 뽀얗게 피는 날들이 이어지면 가을입니다. 근데 오늘 아침에는 안개가 피지 않았습니다. 대신 하늘이 살짝 흐린 가운데 나무들이 스스슥 소리를 내며 춤을 춥니다. 사람인 우리도 나무들처럼 살살 바람 리듬에 맞춰 춤을 추고 싶어지고 가을이라고 수다를 떨고 싶습니다. 나뭇잎과 바람이 만나서 내는 그런 소리로. 그래서 지금 난 그 가을바람을 온 몸으로 느끼며 데크에 나와 이렇게 수다를 떱니다.

99.9%로 둥근 보름달이 휘영청 했던 그제 남편과 난 어둠을 뚫고(?) 산책을 했습니다. 아니 사실은 어둠을 환히 밝혀준 달빛을 받으며 산책을 한 셈입니다. 점점 해가 짧아지고 있어, 퇴근하여 저녁을 먹고 나면 사방이 어두워집니다. 그러다 보니 자연스레 '산책길 폐쇄!!' 그런데 며칠째 강 안개가 피고 맑은 날이 이어지니 괜스레 몸과 마음이 싱숭생숭! '아~~ 가을??????'

　저녁을 먹고 차 한 잔을 하러 밖으로 나오니 달은 마을을 훤히 비추는 것은 말할 것도 없고, 그야말로 산 속을 속속들이 비출 듯한 기세입니다. 좀 더 밝아지면 마음속까지 꿰뚫을 듯합니다. 그 달빛을 받은, 하얀 선으로 산 너머 이웃 마을까지 이어진 예의 그 산책길은 우리 부부를 유혹합니다. 남편과 난, 누가 먼저랄 것도 없이 그 길로 들어섰습니다. 사방은 풀벌레 소리들이 넘쳐나고, 늦게 핀 칡꽃 향이 간혹 배어 나오고, 달빛을 받아 더욱 푸른 소나무들이 주르르 서있는 곳!

　달빛을 받아 하얗게 된 길을 밟으며 오랜만에 산책을 했습니다. 남편은 기분이 좋은지 큰 소리로 노래를 부릅니다. 난 혹여 멧돼지라도 출현할까 조금 맘을 졸였지만, 마음 한편에선 야생짐승들을 옆에서 살짝 엿보는 것도 재미있을까 싶어 남편에게 조용히 하라고 눈을 흘겼지요. 근 한 시간을 천천히 걸은 셈인데, 기대와는 달리 야생 짐승들은 어디에도 나타나지 않았습니다. 다만, 봄부터 여름 내내 밤이면 서러운 소리로 울어대던 사슴이 그 날도 어김없이 서러운 소리를 후후 뿌려 댔습니다. 봄과 초여름까지는 아직 짝을 못 찾은 사슴이 자연의 섭리에 따라 짝을 찾는 당연한 소리로 이해했으나, 늦여름과 초가을인 지금까지도 그 서러운 소리가 들려오니 저 사슴에게 뭔 쓰라린 사연이 있지 싶네요. 새끼를 잃었거나, 님을 잃었거나…

한낮 기온이 높아도 가을은 가을이라 코발트빛으로 맑은 하늘, 뭉게구름과 휘휘 선을 그리며 돌아나가는 구름들, 그 빛을 담고 있는 강물, 또 어딘지 여름 짙은 녹음을 놓아 보내며 빛이 변하고 있는 나무들. 며칠 전 퇴근 길, 고개를 넘어가는 길로 차를 몰다, 이런 가을을 문득 만났습니다. 일상을 꾸려나가기에 바빠, 보지 못하고 또는 느끼지 못하고 지나칠 뻔한 초가을 풍경을 차를 몰다 만났던 거지요. 속도를 늦추고 천천히 초가을을 좀 감상하며 차를 몰다, 급브레이크를 밟아야 했습니다. 찻길 옆 논둑에서 일하던 아저씨와 아주머니가 있었는데, 오는 차를 전혀 의식치 않고 그냥 찻길을 건너갑니다. 그것도 천천히. 천천히 차를 몰고는 있었지만, 전혀 예상치 않은 상황이라, 급히 차를 세워야 했습니다. 한 숨을 내쉬고, 다시 출발하며, "가을! 너! 조심해야겠구나! 특히 운전할 때는."라고 중얼거려야 했습니다.

그런데 고개 길을 내려가는 중에 다 자란 까투리는 아니고, 중간 정도 자란 꿩이 찻길을 천천히 건너가고 있네요. 클랙슨을 빵빵 울렸는데도 날아가지는 않고, 어기적거리고 있기에 세게 연이어 클랙슨을 울려야 했습니다. 그제야 쓱 목을 빼어보고는 빠른 걸음으로 옆 풀밭으로 달아납니다. '참! 짐승들도 가을을 타나!' 아무튼 운전 중에는 가을을 조심해야합니다.

이렇게 수다를 떨고 있는 중에 약간 흐렸던 하늘은 서서히 개고, 옆 화단에 여름부터 끊임없이 피고 지는 한련화는 데크에서 살살 바람에 맞춰 춤을 추고, 남편은 겨울에 곶감 말릴 때 쓸 채반으로 만들 나무를 다듬고 있고, 아이들은 줄넘기를 하고, 우리 집 견공들은 시원한 바람에 털을 날리며, 뛰어다니다 데크에 엎드려 졸고 있습니다. 수다를 끝내고 나도 마냥 이렇게 데크 의자에 앉아 졸고 싶습니다. 맑고 따스한 가을 햇살을 받으며… 사사사 바람 소리를 들으며…

· · · · · ·

추석에

숨이 조금 찹니다. 가벼운 산책이 가파른 산길을 오르는 등산처럼 되어버렸기 때문입니다. 또 근 두 시간을 걸으니 어제 그제의 피곤이 겹쳐서 숨을 더 가쁘게 몰아쉬게 됩니다. 그래도 가을 아침 신선한 공기를 담뿍 온 몸에 적셔 움직일 때마다 가을 향이 풀풀 몸에서 풍길 것만 같습니다.

어제는 그 환한 보름달을 창을 통해 잠깐 봤습니다. 전처럼 환한 달빛을 받으며 산책을 나가야지 그 환한 달에게 뭔가 소원이라도 빌어야지 벼르고 있었는데, 추석 전 일이 좀 과했는지 저녁이 되니 몸이 물먹은 솜처럼 느껴져 일찍 잠 속을 헤맸습니다.

매번 명절이 되면 서울행을 고집하는 나. 그러나 남편은 서울보다는 이 곳 보금자리에서 명절을 보내고 싶어 합니다. 그것도 '의미 있게.' 40 후반의 뼛속까지 한국인인 남자가 명절을 의미 있게 보내고 싶어 한다면 뭐가 있겠습니까? 차례뿐이 없겠죠. 이런저런 형식과 절차를 떠나, 이 세상에 하나 남은 아들이 본인 아버님 차례를 지내겠다는데, 못 할 이유가 뭐가 있겠습니까? 흔쾌히 차례 준비를 했습니다. 또 풍요로운 명절을 맞이하고픈 건 나도 마찬가지인지라 송편도 만들고, 이것저것 음식도 장만했습니다. 음식을 장만하다보니 배와 대추는 우리가 올해 처음 수확한 것이고, 고사리는 뒷산에서 장만한 거고, 애호박은 이웃집에서 준거고, 포도는 유기농으로 재배한 거 아는 선생님에게서 사온 거고, 특히나, 송편은 작년에 우리가 농사지은 쌀로 만든 거고… 슈퍼마켓이나 장에서 사오지 않은 차례음식이 많이 있네요. 밤은 며칠 전 작년까지 우리가 농사지었던 산에서 조금 주워왔는데, 밤을 차례 지내려고 조금 줍는 일이 이리 즐거울 줄 몰랐습니다. 밤 산을 돌아다니며, 수매하려고 줍는 일은 정말 힘들고 지겹더니, 또 밤이 지천이라 맛도 없더니, 조금 주워 송편에 넣을 소를 만드니 꿀맛입니다.

차례나 제사를 지내는 것. 死者보다는 실은 산 자를 위한 의식이지 싶습니다. 주어진 삶에서 정신없이 지내다 어찌어찌 살다 가끔씩, 마음의 구심점을 확인하는 의식. 한 숨 돌리고, 친척도 만나고, 고향도 만나는, 그러다 고향이 있는 자연도 마음속에 한번 품어보는 의미들.

어제는 꼭, 그 환하고 멋진 달빛을 내 마음 속에 품어보고 싶었는데, 그만 그러지를 못했습니다. 차례음식 만든다고, 이틀을 꼬박 서서 일을 하고, 긴장을 해서인가 봅니다. 그래도 올핸, 남편도 나도 명절을 정말

자~아~ㄹ, 마음 뿌듯하게 보내고 있습니다.

긴 잠을 자고 오늘 아침 일어나 커튼을 젖히고 창문을 여니 환한 초록빛 앞산이, 그 밑으로는 맑고 고요한 강이 있습니다. 요즘 내가 가장 좋아하는 순간입니다. 아침에 창문을 열고, 산과 강을 바라보는 순간! 그리고 차 한 잔을 타서, 마당으로 나서는 순간! 하루 늦었지만 오늘밤에는 꼭 보름달빛을 받으며 소원을 하나 말해야겠습니다.

"저 고요한 가을 강물과 환한 산 빛이 마음으로 흐르게 해달라고…"

· · · · · ·

반달곰과 박털보

요즘 곰 때문에 조마조마합니다. 이 깊고 넓은 지리산 골짝에 곰이 오데 갈 데가 없어서 우리 집까지 내려올까 했는데 TV에서나 보던 곰이 이집 저집 마실 다니면서 마을 사람들을 놀라게 하고 있습니다. 지난봄엔 국립공원 직원이 찾아와서 혹시 곰이 방문하면 연락 달라고 하기에 즐겁게 웃으며 '그러지요~'했네요. 결코 즐거워 할일도 웃을 일이 아니었는데 말입니다.

며칠 전엔 두루묵댁 할머니 집에 곰이 다녀갔다고 합니다. 토종꿀을 세통 먹고 감나무 고목에 발톱으로 벅벅 긁어 영수증을 써 놓고 갔다 합니다. 곰이 영역표시를 했다는 거지요. 근데 감나무 바로 옆엔 개집도 있고, 벌통은 개집 바로 옆에 있었네요. 두루묵댁 할머니는 집안에 있어서 곰을 직접 보지는 못했는데 해거름에 순덩이가 갑자기 미친 듯이 짖더랍니다. 그래서 짖나보다 했는데 이내 잠잠해지길래 또 고만 짖나보다 했다네요. 나중에 보니 벌통 세 개가 굴러다니고 감나무 고목에 곰이 긁은 흔적이 깊게 파져 있더랍니다. 그 자국을 보니 오싹하네요.

그러니까 처음엔 순덩이가 벌통을 지키기 위해 곰에게 미친 듯이 짖었다는 말입니다. 그런데 곰이 경고를 씹고 다가오자 모종의 합의를 본 것 같습니다. 별거 아닌 걸로 소란을 피운 것에 대한 순덩이의 사과가 선행 되었을 테고 이어 '친구신청 – 수락 – 감사인사 – 신변보장 각서전달' 뭐 이런 일들이 이어지지 않았을까요? 개집 바로 옆에 벌통이 굴러 다니는데 순덩이도 개집도 멀쩡하니까 말입니다.

그리고 그 곰이 오늘은 박털보네 집에 다녀갔다고 합니다. 박털보의 말에 의하면 대가리가 사람머리 다섯 배나 됨직한 곰이 뒷마당에 놓아 둔 벌통을 들고 꿀을 줄줄 흘리며 파먹고 있다가 뒷간에 똥 누러 가던 자기에게 대여섯 걸음 거리에서 딱 걸렸답니다. 당황해서 머리가 멍해지고 정말 똥이 더 마려웠다네요.

'어이쿠~ 저 도둑놈이 내 꿀을 훔쳐 먹네. 아이코 내 꿀, 우짜지 우짜지 우짜지?'

꿀을 돌려달라고 하면 곰이 화낼 거 같아 원만한 해결책을 찾느라 박털보는 필사적으로 머리를 굴렸다네요. 다급해서 '도둑이야!' 하고 소리 칠까도 생각했다 합니다. 그리고 '그렇지! 사진을 찍어두자. 그래 국립공원에 손해배상 청구해야지!' 하고 카메라를 가지러 집에 들어갔다 나왔

는데 곰이 안보이더라네요. '어디 갔어? 사진 찍고 가야지.'

　짐작컨대 곰도 박털보를 보고 많이 당황했을 겁니다. 박털보도 한 덩치 하고 얼굴에 무성한 털과 부리부리한 눈매가 자기랑 같은 과인 것처럼 보여 여간 만만치 않거든요. 박털보가 머리 굴리는 동안 곰도 아마 필사적으로 머리를 굴렸을 겁니다. 그런데 박털보가 등을 돌리자 곰이 먹던 꿀통을 내팽개치고 줄행랑을 놓은 게 아닌가 싶습니다.

　나도 벌을 조금 치고 있는데 곰이 공유하자고 달려들까 봐 여간 신경이 쓰이지 않네요. 얼마 전 산돼지가 고구마 밭을 갈아엎는 바람에 졸지에 가난해진 터라 더 그렇습니다. "코시가 벌통을 지키겠다고 왔다 갔다 하고는 있지만 쥐도 한 마리 몬잡는 저 바보를 우째 믿겠습니까?"

‧‧‧‧‧‧

낯선 단풍

　　　요즘 남편은 단풍만큼이나 바쁩니다. 늦더위가 이어져 초록을 놓지 않고 있던 산들에 울긋불긋 단풍이 찾아와 급히 앞뒤 산들을 물들이니, 남편도 높은 기온에 어영부영 감 딸 시기인가 가늠만 하다, 급히 작업을 시작해야 했기 때문입니다. 아직 일주일이 넘게 감을 따느라, 집을 비운 채, 청도에 있습니다. 그 사이 단풍 색을 닮은 주홍빛 감이 덕장에 널리기 시작했습니다.

문 밖을 나서면, 낯선 산이 와락 내게 덤벼들 것만 같습니다. 초록과 갈색 간혹 붉디붉은 빛으로 급히 변해버린 앞산이 올해 무척이나 낯설게 느껴져, 자꾸만 눈길이 갑니다. 그러다 그제는 차 한 잔을 타서 데크에 앉아 그 낯선 산들을 바라보다 저녁 해를 보내고, 어둠이 내려앉은 줄도 모르고 있었습니다. 어둠에 사위는 고즈넉하고, 환한 달빛에 단풍 든 산이 볼수록 낯설게 느껴집니다. 얼마 전 알베르 까뮈의 글을 읽다 마주친 글귀가 생각나는 순간이었습니다.

'제노바(북아프리카 알제리의 지역)에는 신들이 내려와 산다!'

'이 곳 우리 집 앞뒤 산에도 신들이 내려와 산다!'

온갖 종류의 신들이 내려와 산들을 붉게 물들이고 나무들은 투명해지고, 쉬쉬 소리를 내기 시작하고… 바람은 한층 톤을 높여, 하늘을 떠다니고…

계절을 점차 무채색으로 바꾸는 신들이 도처에서 느껴지고, 그런 느낌이 낯설어집니다. 좀 더 계절이 연장되었으면 바라지만, 된서리와 눈까지 이미 되게 내려버린 마당에 계절과 세월의 신들을 어찌하겠습니까?

생각을 신에게서 사람으로 바꾸어 봅니다. 아이들은 요즘 건강히 무사태평으로 지냅니다. 남편은 다 희어진 머리카락을 날리며 감 따는 작업을 하루 종일 하다 지금쯤 쉬고 있을 거고… 이런 저런 사람들을 떠올려 봅니다. 그리고 나 자신. 항상 내 뇌리 속에 기억하고픈 말, 'Being would be joyful, hopefully. Anyone can live anywhere in any conditions.' (존재하는 일이 항상 기쁨이었으면, 어떤 상황에서건 누구건 어디에서라도 살 수 있다.)

이런 생각에 젖어있는데, 창의 불빛을 보고, 나방 몇 마리가 내게 날아와 가녀린 날개 짓을 하며 날아다닙니다. 귓가에 윙윙 스사사 소리를 남기며 "인간사 어찌 신의 존재를 떠나 생각할 수 있으리!"란 여운을 날갯짓에 남기며…

. . . . . .

12월입니다

12월입니다. 덕장엔 감들이 주렁주렁 널린 채, 산에서 내려오는 찬바람과, 하늘에서 내려오는 맑은 햇살을 받으며 말라 가고 있습니다.

지난 몇 주 간 한숨 돌릴 사이도 없이 바빴던 남편은 요즘, 조금 여유로워 졌지만, 그래도 비 오면, 기온이 내려가면 노심초사로 덕장 덮개를 내렸다, 올렸다를 반복하며, 그 주홍빛 감들과 눈 맞추기를 끊임없이 하고 있습니다.

12월에 맞춰 기온은 뚝 떨어져, 집 안 벽난로에 장작을 넣고 불을 때야함에도, 그 곶감에 온통 마음이 빼앗긴 남편은 그럴 생각이 없네요. 일요일 산책을 하자고하니, 바쁘답니다. 그래, 혼자 호젓하게 산책을 나갔습니다.

추수를 끝낸 훤한 들판에 억새와 갈대들, 그리고, 메마른 덤불이 혼자 산책 나온 나를 반겨줍니다. 양지바른 곳에 노란 산국이 조금 피어 있기에 꽃 하나 꺾어 냄새를 맡아봅니다. "아직 가을이네!" 괜히 우기고 싶습니다. 얼마 전 만들어진 무덤 위로 이르는 길엔 낙엽이 소복이 쌓여 있습니다. 한 발 한 발 내디딜 때마다 바스락 소리가 납니다. 가을이 부서지는 소리처럼… 그러다 음지에서 졸졸 흐르는 작은 계곡에 닿았습니다. 고인 물은 얼어있네요. 조심조심 건넜습니다. 재에 올라서니 바람이 불어옵니다. 사정없이 얼굴을 때리고 지나가는 바람은 겨울입니다. 바람을 피해 재를 내려오니, 우뚝 선 소나무 그림자 위로 휘휘 날아다니는 작은 새들 그림자가 까만 점을 무늬로 남깁니다. 바로 머리 위에서.

햇살은 가을이고, 바람은 겨울이고, 양지는 가을이고, 음지는 겨울이고. 작은 새들이 소리도 없이 날아다니는 저 파란 하늘 아래, 가을과 겨울이 공존합니다.

그런 12월입니다. 돌아오는 길, 집 바로 옆 텃밭에 섰습니다. 짐승들 발자국들이 어지러이 널려있네요. 올해는 사슴과 노루들이 자주 이곳에 와서 하염없이 울다갑니다. 불 켜진 우리 집을 전혀 경계하지 않는다는 듯이, 또 마구 짖어대는 우리 집 견공 코시가 전혀 무섭지 않다는 듯이… 이곳에 터 잡은 지 몇 해가 흘러 가다보니 이제 산 짐승들도 우리의 존재를 자연의 일부로 여기고 있나 봅니다. 마치 코시가 집 주변을 배회하는 야생 고양이들에게 익숙해져 코앞까지 다가와도 짖지도 않고, 무관심으로 일관하는 것처럼 말입니다.

이렇게, 이곳에서 다섯 번째 맞이하는 12월입니다.

......

곶감쟁이

　시골 와서 이런 저런 농사를 지어보다가 다 접고 곶감쟁이가 한 번 되어보겠다고 결심했을 때는 그게 이래 힘들 줄 몰랐습니다. 말벌과 싸워가며 토종벌을 치는 것보다, 여름 날 땀으로 샤워하며 다락 논에서 풀을 메는 것보다, 산돼지와 경쟁적으로 허리가 아프도록 알밤을 줍는 것보다는 재미있을 거라는 막연한 생각으로 달겨들었습니다.

　단풍이 절정일 때 가을의 정취를 온 몸으로 느끼며 기다란 장대로 맑은 가을 하늘을 찌르면서 잘 익은 감을 따 내리고, 손을 빌려 감을 깍은 뒤 덕장에 주렁주렁 걸어두면 지리산 상봉에서 불어오는 차가운 골짝 바람이 알아서 달콤한 곶감을 만들어 줄 것이고, 나는 겨울 내내 우아하게 미소 지으며 곶감 주문전화를 받는 그림을 떠올렸습니다.

　그런데 사람 하는 일이 무엇 하나 쉬운 일은 없네요. 올 시월 한 달 내내 감을 땄습니다. 감나무가 대부분 고목이라 감을 따는 일은 그야말로 끝없이 하늘을 우러르는 일이었습니다. 처음 열흘 가량은 목이 무지 아팠네요. 하지만 신기하게도 열흘이 지나자 목 아픈 게 가셨습니다. 목 근육이 완전히 풀려 목이 자유자재로 휙휙 돌아가는데 하늘을 아무리 오랫동안 째려보아도 더 이상 목은 아프지 않고 대신 손목이 부어오르기 시작했습니다. 감을 따느라 깍짓대(감 따는 대나무대)를 계속 비틀었더니 이번엔 손목이 비명을 지르는 것입니다.

곱게 단풍든 감잎을 밟으며 장대를 들고 맑은 가을 하늘을 가르며 경쾌한 몸짓으로 감을 따는 내 모습을 그렸었는데, 높은 나무에 올라가서 떨어질까 봐 쩔쩔매며 감을 따 내리는 모습은 미처 생각해보지 못했던 당황스러운 그림. 그렇게 따 내린 감이 모두 다섯 동입니다. 한 동은 백 접, 한 접은 백 개, 모두…

앞마당 가득 감을 쌓아놓고 마을 할머니들과 같이 칼을 들었습니다. 감꼭지를 치고 껍질을 벗기고 덕장에 감을 하나씩 매다는데 감을 매다는 일은 끝없이 몸을 낮추는 일입니다. 몸을 숙여 감을 하나씩 집어 들고 일어서서 감을 하나씩 걸이에 매다는데, 그렇게 다섯 동의 감을 모두 달고 나니 마치 고행하는 수행자가 된 듯합니다.

예전에 쉬지 않고 절을 천 번 해본 적이 있습니다. 절을 천 번 하는데 일곱 시간 가량 걸렸던 것 같은데 끝까지 다 하기는 했지만 절반 정도하니 무릎이 아파 더는 못할 것 같더군요. 성철 스님 살아생전에 그분을 한번 만나려고 예외 없이 삼천 배를 해야 했다고 합니다. 그런데 나는 감을 매달기 위해 오만 번 몸을 낮추어야 했지요. 십이월에 접어들자 골짝에서 차가운 바람이 불어와 덕장에 매달린 곶감을 살짝 얼렸다가 녹이기를 반복하며 곶감에 단맛을 더해주고 있습니다. 일찍 매단 거는 이제 반 건시가 다되어 그제부터 포장을 시작했고, 늦게 매단 것도 매일 붉은 색깔을 더해가고 있습니다.

힘든 일을 모두 끝내고 나니 사람 사는 일이 무엇 하나 쉬운 것도 없겠지만 못할 일도 없다는 생각이 듭니다. 오늘은 올 겨울 들어 처음으로 벽난로에 장작을 넣고 몸을 따뜻하게 녹였습니다. 호박고구마를 벽난로에 넣어두고는, 덕장에 수시로 들락거리며 곶감을 빼먹는 아들에게 실컷 먹으라고 아예 박스채로 가져다주었습니다. 아내는 책에 빠져 있고, 나는 노란 호박고구마가 익기를 기다리고 있습니다.

......

낯선 시골살이

순하지만 지루하지 않은 겨울날입니다. 따스한 날이 이어지다, 기온이 뚝 떨어지는 날들도 있고, 포근한 눈도 두어 번 왔습니다. 눈이 펑펑 내려 온 세상이 하얗게 변하면 마치 진짜 눈 속에 갇힌 산속 외딴 마을에 사는 느낌이 듭니다. 사방 유리창으론 하얀 산, 나무, 들판, 마당만이 보이고 거기 우리 집도 하얀 눈으로 덮였다고 상상하면, 산 속 어딘가 둥지에 틀어박힌 뭇 짐승들과 우리 가족이 대동소이하다는 느낌!

그런 눈이 그치고, 맑은 하늘에 해가 들어오면, 눈을 밟으며 산책을 나갑니다. 뽀드득 소리에 잠시 동심으로 돌아가고, 꾹꾹 눌린 발자국으로 시선을 돌리다 또 동심이 고개를 듭니다.

우리 부부처럼 짐승들도 눈이 그치니 기동을 시작했다는 걸 알 수 있습니다. 커다란 인간 발자국 옆에 난 작은 발자국들. 야생 고양이들, 고라니, 다양한 새 발자국들이 어딘가로 향하여 조심조심 나아갔음을 알 수 있죠. 우리처럼 부러 뽀드득 소리를 들으려 힘껏 발을 내딛지는 않았답니다. 참, '인간처럼 자연에서 생존에 위협을 느끼지 않으며 푹 퍼져서 사는 동물이 있을까?'란 생각이 들어 일부러 꾹꾹 누르던 발을 살살 내딛어봅니다. 생존의 본능 때문에 민첩한 몸놀림을 하는 짐승들! 어찌 보면 스릴을 만끽하며 살기에 야생 짐승들에게는 '귀차니즘'이나 허무와 같은 심리가 파고들 틈이 없나 봅니다. 인간 사회에서는 특히나 자본주의로 인한 물질의 풍요 속에 편안한 생활을 하는 사회에서는 만연한 정서들인데 말이죠. 잠시 하얀 눈 속에서 그 허무나 일상의 지루함이란 말을 날려 보내고 싶습니다.

눈이 그치고 하루 이틀이 지나니 따스한 날이 이어집니다. 우리 산책길도 음지를 제외하고 눈이 모두 녹아 사라졌습니다. 해가 잘 드는 곳에 있는 무덤가엔 푸릇푸릇한 쑥이 올라와 있습니다. 시계가 휘리릭 빨리 돌아가 '봄이 왔구나!'란 터무니없는 생각을 갖고 쑥 향이 맡고 싶어서 살살 검부라기를 헤치고 조심스레 한 순 한 순 뜯었습니다. 겨울이 햇빛을 만끽하고 있는 전성기인 정오, 양지 바른 곳에서 쭈그리고 앉아 쑥을 뜯고 있자니 슬그머니 옆에서 누군가 나를 웃으며 바라보고 있다는 생각에 고개를 들지만 아무도 없네요. 겨울 햇살이 나뭇가지를 헤치며 만들어내는 그림자였을까요? 쑥을 한 움큼 뜯어 호주머니에 넣고, 바람을 맞으며 재를 내려오는데, 쑥을 뜯고 있던 내 옆을 지키던 그 '아무개'는 처음 이곳으로 이사와 시골 햇살을 마주하던 순수한 내 영혼이었을지도 모른다는 생각이 스쳐갑니다.

그런 느낌에 조금 지루하던 겨울이 물러섭니다. 집으로 돌아와 마당에 섰는데, 나무 타는 냄새가 나질 않네요. 난로에 불이 꺼졌나 봅니다. 올해 우리 집 난로는 호강입니다. 불이 거의 끊일 날이 없이 타기 때문이랍니다. 작년까지만 해도 남편은 해가 떨어져 추위가 솔솔 집안으로 들어올 때만 난로에 불을 지폈는데, 올 곶감 깎는 일이 끝난 이후로는 주야장창 난로에 장작을 넣고 있습니다. 내가 공개적으로(먼저 '우리 사는 이야기'에서) 난로를 지피지 않는다고 불평을 해서인지, 혹은 올해 장작을 많이 구해놔서인지, 혹은 추위라면 질색을 하는 아내를 위해서인지, 거의 한시도 빼지 않고 난로에서 이글이글 불이 타오릅니다.

근데 오늘은 산책에서 돌아오니 난로에 불이 없네요. 곶감 작업 때문에 바쁜가 봅니다. 도와줄까 물어보니 괜찮다기에 난로에 죽은 불씨를 살려보려 돌담 옆에서 한 계절 살다가 시든 바질대를 뚝뚝 끊었습니다. 불쏘시개용으로 쓰려고요. 바질의 달짝지근한 향이 훅 납니다. 이걸 불쏘시개용으로 쓰다니, 참으로 우리 난로는 올해 호강이지요? 아무튼 바질대로 불씨를 다시 살려냈습니다.

내가 살려낸 불씨를 기특한 마음에 멍하니 보며 한숨 돌리고 있자니 남편이 집 바로 옆 덕장에서 집으로 전화를 했습니다. 민박 손님이 오고 있으니 방 청소를 해야 한다고요. 부리나케 방 청소를 거의 끝낼 무렵, 수돗물이 끊겼습니다. 최근엔 물이 끊기는 일이 거의 없어 방심하고 있었는데, 하필 손님이 온다는데 물이 안 나오니 난감하네요. 남편은 올 손님에게 물이 안 나오니 다른 곳으로 가시라고 전화를 하니 손님들은 물이 안 나와도 좋으니 밖에서 고기 구워 먹고 재워만 달라고 하여 우리 집으로 왔습니다. 산물도 얼어서 집 안에서는 전혀 물이 안 나오니, 시골살이가 갑자기 당황스럽고, 낯설게 느껴집니다. 할 수 없이 마을 맨 아래 사시는 할머님 집에서 물을 길어다 손님들에게 드리고, 우리도 그 물로 밥하고, 씻고 그럭저럭 물 문제를 해결했습니다. '이 상태로 물이 계속 안 나오면, 어떨까? 계속은 아니지만, 며칠 이어져도 삶은 계속 살아지겠지! 어딘가에서 물을 길어다 살수는 있을 터!'

남편은 저녁 한 나절을 손님 들이고 물 문제 해결하느라 곶감 일을 못해 밤늦게 아예 집 안으로 곶감을 가져왔습니다. 그래 둘이 늦도록 곶감 꼭지를 따고 손질을 해야 했는데, 가만히 며칠 동안 있었던 일들을 생각해 보니, 그 사람의 말이 맞지 싶네요. '삶은 상투적 일상이라기보다 항상 낯선 실체다.' (알랭 드 보통, 《프루스트를 좋아하세요?》에서)

사실 요 며칠, 지루함이 굴뚝에서 솔솔 새어나오는 연기처럼 뇌 속에서 슬금슬금 기어 나와 마음을 온통 뿌옇게 흐리고 있었는데, 하루하루를 구슬처럼 글이란 실에 꿰어 맞추고, 물 사건까지 터지니 그 지루함이란 내 생각이 만든 헛된 정서였나 봅니다. 그래서 그 사람의 말을 조금 수정해봅니다.

'시골에서의 삶은 상투적 일상이 이어지다가도, 느닷없이 낯선 실체를 만나고 마음 속 낯선 정서들이 생겨, 조금 불편해도 삶이 즐겁다. 아니, 살만하다.'

마을 뒷산 호랑이 굴

명조 어르신 살아계실 적《호랑이와 곶감》이라는 전래동화의 실제 주인공이 엄천골 호랑이이며, 엄천골에서 옛날부터 전해내려오던 이바구가 동화로 만들어진 거라는 얘기를 들은 적이 있습니다. 내가 엄천골짝 운서마을에 터를 잡고 살기 시작하던 그 다음해 명조어르신이 만든 꼬지곶감이 신기해서 하나 얻어먹으며 들은 이야기이죠.

엄천골짝 운서마을 뒷산에는 천상바위라는 거대한 바위가 있습니다. 그 바위에 있는 천상 굴 일명 호랑이굴에는, 명조어르신이 젊었을 때만해도 호랑이가 실제 살았고 마을에도 들락거렸으며, 16세 어린처녀가 초저녁에 집에서 자다가 호환을 당한 적도 있다합니다. 호랑이굴로 올라가는 소막골에 있는 돌로 만든 무덤이 그 처녀의 것이라 합니다. 마을엔 아직도 인척이 살고 있고 쉬쉬하는 이야기라 더는 말할 수 없다 합니다.

엄천골이 옛날부터 유명 곶감산지였고, 잘 알려진 호랑이 서식지가 있었던 것도 사실이지만,《호랑이와 곶감》배경이 엄천 골이라는 근거가 무엇인지 여쭈었더니 어르신께선 그런 건 모르겠고 자기도 윗대 사람들에게《호랑이와 곶감》이라는 동화는 천상굴 호랑이 이야기라고 들었다는 겁니다.

비록 엄천골이 곶감산지였지만 못 살던 시절 곶감을 만들면 모두 팔아 돈 벌어야 하기에 어느 누구도 마음대로 먹을 수 있는 것이 아니었기에, 아기가 '천상굴 호랑이 온다~' 해도 울음을 그치지 않는데 '곶감이다~' 하면 울음을 그쳤다는 말이 그럴 듯하기도 합니다.

명조 어르신도 한 때는 곶감을 백 접 이백 접이나 깎으셨다고 합니다. 마당에 있는 감나무 고목에서 딴 감으로 곶감을 말려 꼬챙이에 열개씩 끼워 놓으셨는데 신기해서 한 개 맛을 보니 꼬챙이 닿은 부분은 약간 시큼한 맛이 나네요. 그땐 내가 곶감쟁이가 되기 전이라 곶감은 그렇게 만드는 모양이라고 생각했는데 지금 생각하면 웃음이 나옵니다. 지리산이 워낙 깊고 넓은 산이니 호랑이 굴이 어디 엄천골에만 있었을까마는 마을 어르신들이 모두 《호랑이와 곶감》의 원형을 엄천골 호랑이로 알고 있고 또 곶감 깎기 민요도 전해내려 오는 걸로 보아 그렇구나 하지만 워낙 호랭이 담배피우는 이바구라 솔직히 거시기하기도 합니다. 이 지역에서 생산되는 곶감은 고종시라고 불리는데 고종황제에게 진상되어 그렇게 불린다하네요.

《호랑이와 곶감》의 배경이라는 호랑이굴을 답사하기로 하고 엄천골 출신 향토사학자이시며 시조시인이신 김용규 선생님과 강연호씨, 그리고 이곳 토박이 두 분의 도움을 받아 천상바위를 찾아 나섰습니다. 호랑이 굴로 가는 지름길은 운서마을에서 수독골로 올라가 상대등날 능선을 타게 되는데 지금 수독골 윗길이 사람의 발길이 끊긴지가 수십 년 되어 예전에 있었다는 길은 싹싹 지워지고 흔적조차 찾기도 힘들었습니다. 하지만 예전에 수독골에 살았다는 토박이 어르신 덕분에 잡목 속에 숨어있는 호랑이 굴을 겨우 찾을 수 있었습니다.

호랑이 굴에 도착하자마자 준비해간 소주와 돼지고기로 배부터 채웠습니다. 오늘의 답사목적이 바로 이것인양! 그리고 내가 챙겨간 곶감도 나눠 먹었지요. 곶감을 챙겨간 원래 목적은 굴에서 호랑이가 "어홍"하고 튀어나오면 '곶감이닷!'하고 물리치려고요. ㅎㅎ

잡목에 가려 눈에 띄지 않는 호랑이 굴 주변을 반나절 정리하고 멀찌감치 뒤로 물러서 호랑이가 살았다는 굴을 바라보니 '과연~'하는 탄성이 터져 나왔습니다. 굴을 둘러싸고 있는 엄청난 규모의 바위와 그 형상의 당당함, 거대한 암벽의 중턱에 위치하여 호랑이가 아니면 뛰어 올라갈 수 없는 절묘한 굴의 위치, 이어 확인된 천연요새 같은 굴의 내부 구조 등등. 과연 그 당시 엄천골 사람들이 두려워했던 호랑이와 곶감의 주인공이 살았음직한 곳이었습니다.

암벽이 워낙 거대하고 또 그날은 눈보라가 거세게 몰아치는데다가 부상자까지 발생하여 천상바위 전체를 살펴보지는 못했습니다. 호랑이가 새끼를 양육했음직한 굴, 식당으로 사용했음직한 굴, 호랑이가 백수의 왕으로서 지리산 전체 동물들을 소집하여 회의를 주재했으리라는 상상을 일으키는 큰 굴 등 몇 개만 살펴보고 다음을 기약해야 했습니다.

...···

겨울이 그리운 아내의 만행

일찍 서둘러 온 봄입니다. 눈에 띄는 풍경은 아직 무채색 겨울이지만, 땅 위를 자세히 들여다보면 봄을 제일 먼저 반기는 작은 야생화와 풀들이 시치미를 떼며 그 자리를 차지하고 있습니다. 꽃다지와 쑥과 냉이들… 우리 집 화단에도 크로커스들이 노란 꽃잎을 활짝 열고 봄 햇살을 반기고 있습니다. 그지없이 따스한 햇살을요.

그런데 올 듯 말 듯 온 봄이 아니고, 그냥 사랑하는 사람 품에 팍 안기듯 온 봄이라 조금은 싱겁습니다. 화끈하기는 하겠지만 맛이 덜한 거지요. 꽃샘추위에 비바람도 불다 한 발짝 한 발짝 살포시 온 봄. 새색시 같은 봄. 그게 전형적인 봄인데, 올 핸 무슨 이상 징후인지 서둘러 오면서도 이런 저런 눈치를 안보니 조금은 얄밉네요. 그러면서 겨울에만 누릴 수 있는 여러 일들이 그리워지기 시작합니다.

우선 거실에서 하루 종일 쉬쉬 타~탁 소리를 내며 밝은 빛을 내던 벽난로. 따스한 그 봄 햇살이 불쑥 집안으로 들어와 낮 동안 거실을 점령하고 있으니 벽난로에 불을 넣을 수 없습니다. 그러니 어딘가 허전합니다. 내내 곁에 있던 어떤 존재가 슬며시 사라질 때 느끼는 허전함. 그래서 해가 떨어지기 무섭게 난 남편을 종용합니다.

"해 떨어지면 추워. 난로에 불 좀 지피자. 추워! 어~ 추워!"

그래도 불을 지피지 않기에 내가 잔가지와 그 바질대를 꺾어 밑불은

키웠는데, 정작 넣어야 될 장작이 없습니다. 아무리 여기저기 마당을 돌아다녀도 잘라 둔 장작이 없는데, 돌담 한 구석에 지난 가을부터 남편이 잘 모셔둔 나무가 눈에 띄었습니다. 딱 난로에 넣을 장작만한 크기인데, 그 속안이 동그랗게 파여 있어서 신기합니다. '이걸 난로에 넣어 말어!' 속으로 조금 고민은 했습니다. 남편이 이걸로 무언가 만들 거라고 한 거 같기도 하고 신기해서 그냥 구석에 둔 것 같기도 하고… 결론은 쪼매 신기하지만 우리 남편 솜씨로는 뭘 만들 것 같지 않아 덜렁 들고 집으로 들어와 난로에 넣었습니다. 밑불이 좋으니 서서히 그 장작에 불이 붙기 시작하는데, 남편이 들어왔습니다.

"어~ 누가 이 나무를 난로에 넣었어?"

"내가 넣었는데, 그거 뭐 할 거 아니잖아. 난로에 딱 맞는 크기인데."

"아이쿠! 그냥! 화분 만들 거라고 분명히 얘기 했는데."

"못 들었는데. 그냥 방치 상태라 장작도 없고 해서… 그런 불상사가 생기기 전에 나무 좀 잘라 놓지! 할 수 없네. 아직 하나는 남아있어. 이미 불붙었는데."

"뭐가 할 수 없어! 내 이 만행을 만 천하에 고할 거다!!!!"

남편은 씩씩대며 이미 불이 붙은 장작을 꺼내 마당으로 내갑니다. 계속 이 만행을 꼭 알릴 거라고 구시렁대며 눈을 흘깁니다.

"그래라. 으으! 무서워!"

이 일이 있고나서 혹여 살짝 타버린 나무를 사진 찍어서 인터넷에 내 만행을 올리지나 않나 슬금슬금 눈치를 보았는데, 전혀 그런 기색이 없네요. 결국은 내가 내 만행을 만 천하에 고하게 되었지만 말입니다. 아무튼 내가 하도 불 피우자고 수선을 떠니 남편은 귀찮은 마음을 숨기지는 못하면서도, 해 떨어지면 불을 피웁니다. 그러며 꼭 한마디 합니다.

"아이구! 몇 시간 넘 고생했겠네. 불이 없어서. 손발은 안 떨리나?"

구박을 조금 받지만, 그래도 벽난로에서 쉬쉬 물 끓는 소리가 들리고 투명한 노란 듯 붉은 듯 푸른 불이 넘실대니 거실이 허전하지 않습니다. 하지만 조금 있으면 이 난로불과도 작별! 난로 불 없는 공간! 괜스레 생각할수록 그리다 만 화폭의 빈 공간이 될 거란 느낌!

또 하나 파란 겨울 하늘. 그 아래 무심으로 떠있는 뭉게구름과 구름을 닮은 낮달. 바람이 지나다 슬쩍 낙엽을 뿌리는 듯 날아다니는 겨울 새들. 그 아래 굵은 뼈대를 드러낸 강인한 겨울 산. 이처럼 겨울만이 만들어 낼 수 있는 군더더기 없는 겨울 풍경이 그리워 질 것 같습니다. 파리와 잔 나방 같은 벌레들이 없는 깨끗한 겨울 풍경도.

내일부터는 개학이니, 그 겨울 풍경 속에서 빈둥대던 한가로움도 그리워질 겁니다. 느긋하게 산책을 하고, 느긋하게 음식을 만들어 먹고, 느긋하게 책을 읽고, 느긋하게 늦잠도 자고… 아직은 봄이 만들어가는 기적에 마음이 들뜨기보다 가는 겨울이 아쉽습니다.

3월 새순이 나오기까지

일요일 아침, 하늘엔 은빛 장막이 드리워져 있습니다. 우리 집과 마을을 둘러싼 산엔 연둣빛 커다란 꽃들이 무리지어 있구요. 이 제 막 새순을 내민 나무들은 멀리서 보면 마치 꽃처럼 보입니다. 가끔 은 하얀 돌배나무 꽃과 분홍빛 개복숭아 꽃들도 보입니다.

이미 벚꽃들은 바람에 꽃비를 뿌리며 지상에서 사라져 갔습니다. 얼 마 전 내린 거센 봄비에 땅 속까지 4월의 기운이 깊이 내려간 듯합니다. 4월의 기운이 깊이 내려가 아직 잠자고 있던 나무의 뿌리와 씨앗들을 깨웠는지 늦게 싹이 트는 감나무 고목들에도 새순이 났고, 석류나무에 도 붉은 순들이 고개를 살핏살핏 내밀었습니다.

사실 이들 고목이 순을 내기까지, 작은 씨앗들이 땅 위 흙을 뚫고 순 을 내밀기까지 겨우내 잠만 자다 그 느긋함에서 깨어나 봄이 전해주는 거센 기운을 받아들여야 했을 거란 느낌이 꼭꼭 마음속에 쟁여지는 봄 입니다. 올 봄은 봄이 전해주는 계절의 신비에 마음이 홀려 즐거운 마 음이기보다 그 땅 속, 나무속 보이지 않는 그 느낌이 내내 나를 붙들고 있네요.

어제 민박 온 손님이 있는데, 오늘 아침 일곱 살 배기 그 집 아들과 6 학년 딸과 아주머니와 함께 같이 달래를 캐러 갔습니다. 일곱 살 아들 의 흥겹고 천진한 모습에 우리 아이들도 저만 했으면 지금 이 순간이 참으로 행복하겠다는 어처구니없는 생각이 들었습니다. 그 순간 우리 아이들은 중간고사에 대비해 시험공부를 하고 있으니… '이미 아이들이 커버려서 재미가 없네요.'라고 아주머니에게 말하고 보니 정말 아이들 초등학교 시절이 그리워집니다. 이 맘 때면 뒷산으로 올라가 나물도 같이 캐고, 산책도 같이 다니며, 정말 순수한 즐거움에 빠졌었는데…

큰 아이가 고등학생이 되고 보니 그 계절이 가져다주는 순수한 즐거움이 더 한참 물러나 있습니다. 눈에 보이는 즐거움들. 꽃과 신록의 나무와, 그리고 나물들. 아이가 입시경쟁에 뛰어들었다는 현실이 그런 즐거움을 있는 그대로 느끼지 못하게 합니다. 도시의 숨 막히는 그런 경쟁은 아니겠지만, 엄연히 본인 앞에 놓인 현실! 그걸 무시할 정도로 여유가 있는 것도 아니고, 무모한 것도 아니기에, 본인이 헤쳐 나가기를 바라지만, 어느 때는 '쟤가 겨우내 잠자고 있다 봄이 되었는데도 깨어날 생각이 없는 씨앗이나 나무가 아닌가?'란 근심이 불현듯 찾아옵니다.

오늘 아침은 민박 온 손님의 아이들과 잠시 그 순수에 다가가 달래를 캐고 산책을 했습니다. 물론 그런 근심도 잠시 잊었습니다. 그 근심은 3월 내내 마음속에 머물다 이젠 서서히 빛이 바래고 있습니다. 근본적으로 아이들이 거센 비와 바람을 받아들여 새순을 키워내는 나무처럼 그리 되리란 느낌을 꼭꼭 마음속에 다지기를 하니 한결 그 근심이 가벼워지고 있습니다.

그리고 내가 학생으로 학교에서 만나는 모든 아이들도 그럴 거란 생각을 해봅니다. 학교의 아이들이 모두 풋풋한 새순을 내민 나무란 느낌이 전해져 옵니다. 작은 나무 큰 나무, 새순을 많이 내민 나무, 좀 덜 내민 나무, 가지가 많이 뒤틀린 나무, 곧게 뻗은 나무! 그러나 모두 화려한 봄날을 꿈꾸고, 장엄한 여름을 향해 가고 있는 나무들이란 느낌!

달래를 캐고, 우리 부부는 강가를 돌아 산책을 했습니다. 아주 흐린 날도 아니고 화창한 봄날도 아닙니다. 그러나 하늘 은빛이 드리운 차분한 봄날입니다. 돌아오다 어디서 가벼운 종소리를 들었습니다. '오르르 오르르' 종 모양의 작은 야생화들이 내는 소리를…

· · · · · ·

남편 작품 1호

점점 해가 길어지고 있습니다. 해가 길어지매 다양한 꽃들이 피기 시작합니다. 이른 봄부터 피기 시작한 튤립은 오래전에 졌습니다. 그 커다란 꽃잎을 뚝뚝 떨구거나, 종 같던 꽃잎들이 오그라져서… 대신 매발톱이 화단 여기저기 등장하여 그 길고 뾰족한 발톱을 곧추세우고 있습니다. 붓꽃, 또는 아이리스란 이름을 가진 꽃들도 그들에게 주어진 이 봄날을 기억하려 붓대를 쑥쑥 올려 그 끝에 그지없이 화려한 꽃을 그려내고 있습니다. 화선지가 필요 없는 붓들이지요. 아이리스란 이름보다 붓꽃이란 이름이 더 멋있다는 생각을 하려는 찰나, 마음속에 허영심이 휙 스쳐갑니다. 보랏빛과 자줏빛이 섞인 붓꽃? 그런 색감으로 된, 아니 꽃잎으로 된 그런 옷감이 있다면 그런 꽃 옷(?)을 입고 싶다는 생각.

"저런 빛으로 된 옷을 한 벌 해 입고 싶다. 멋있겠지?"

한참을 생각하던 남편 왈,

"어이쿠, 저런! 스스로 화려한 꽃이 되겠다? 남편을 위해서?"

남편은 '꿈보다 해몽!'입니다.

"웃겨! 그냥 그렇다는 거지, 거기다 꼭 누굴 위해서는 왜 붙여? 그건 괜찮네! 꽃 같은 존재라는 건! ㅋㅋ"

　

잠시 그 색깔 묘한 꽃을 입고 있는 나를 상상해 봅니다. 그 붓꽃이 내게 가져다 준 허영심에, 또 남편의 그 해몽에 웃었습니다. 아무튼 요즘은 차 한 잔을 들고, 마당을 한 바퀴 돌면 이런저런 다양한 꽃들을 만납니다. 달콤한 향을 풍기는 케모마일, 큰 꽃 으아리, 남산제비꽃, 샤스타 데이지, 이제 막 피어나는 장미 등등. 마당 한 구석엔 이런저런 꽃모종들이 새싹을 내밀고 제자리를 찾아갈 준비를 하고 있고요.

그런데 며칠 전 퇴근하고 오니 이들 꽃 생명들 말고 낯선 물건이 마당에 놓여있습니다. 나무로 만든 긴 의자.

　

멋있나요? '남편이 만든 작품다운 작품 일번!'이라고 이름 붙여주고 싶은 거 있지요. 물론 집 주변에 피는 다양한 꽃들도 남편의 작품이긴 작품입니다. 남편이 이런저런 꽃들을 구해서 심고, 키우고, 가꾸기에 꽃 보는 즐거움이 있지만, 꽃 하나하나에 '작품 1, 2, 3…' 이렇게 이름을 붙여줄 수는 없잖아요.

사실 남편이 나무로 뭘 만드는 재주는 별로라고 생각했습니다. 아니 정말 별로입니다. 오래 전에 마당 한편에 흔들의자를 좀 만들어 달라는 내 요청(?)을 흔쾌히 받
아들이더군요. 자존심상 절
대 못 만든다고는 하지 않더
라구요. 그래서 과연 만들 수
있을까 의심은 들었지만, 계
속 부추겼습니다. '그 결과가
이 나무벤치가 아닌가'라고
나 혼자 생각했습니다.

저녁을 먹고 차를 타서 이 나무 의자에 앉아 사방을 둘러보며 차를
마시니, 좋긴 좋네요.

"너무 좋다. 이왕 내친 김에 흔들의자도 만들지?"

"그러지 뭐!……"

"언제?"

"………"

언제 만들지는 묵묵부답! '흔들의자는 아니어도 좋다.'는 말이 입에서
튀어나오려고 했지만 참았습니다. 이 의자로도 만족이지만 '남편의 발전
(?)을 위해 계속 흔들의자를 종용해야 되나 마나' 좀 고민이 되네요.

의자에 앉아 있다 해가 길어져 다시 열린 저녁 산책길로 천천히 발걸
음을 떼었습니다. 짙은 아카시아 꽃 향이 우릴 사로잡습니다. 구름이
잔뜩 끼고, 바람이 살살 불어오니, 그 향이 멀리 날아가지를 못하고 우
리 산책길을 꽉 메웁니다. 덕분에 우린 아카시아 향 항아리에 풍덩 빠
졌다 나왔습니다.

······

산딸기로 몸보신

　　해가 쨍쨍 온 세상을 점령하다. 흰 구름과 먹구름이 하늘을 온통 뒤덮다 하지만, 비다운 비가 몇 주째 오지 않고 있습니다. 모내기를 못하는 논도 보이고, 모내기를 마쳤지만 물이 부족해 논바닥이 보이고, 어떤 논은 조금씩 바닥이 갈라지고 있습니다. 그 위로 막 개구리로 환생한 세월들이 톡톡 뛰어다니며 특유의 꾸룩꾸룩, 개굴개굴 소리를 내고 있습니다.

　마을 앞으로 흐르는 강의 수량도 쑥 줄어 예전 같으면 물속에 잠겨있어야 될 바위들이 고개를 빼꼼히, 때론 쑥 내밀고 반은 회색빛 명상에 잠겨있습니다. 나머지 반은 물속에서 아직 물고기들과 노닐고 있고… 물살의 흐름이 약해 잔잔해 보이는 수면 위로 물고기들이 톡톡 뛰어 오릅니다. 그러면 물방울로 화한 세월들도 허공으로 튀어 오릅니다.

　요즘 산책길에서 만나는 자연들! 가뭄 속에서도 자연스럽습니다. 그 자연스러움을 한껏 느끼고 싶은데, 퇴근하고 오면, 눈꺼풀이 자꾸만 아래로 쳐집니다. 간신히 저녁을 차려 먹고 나면 우리에게 주어지는 시간은 30분 정도! 구시락재까지 갔다 오는 걸로 만족하지만, 짧은 산책을 즐기며, 여름이 무르익어가고 있다는 걸 느낍니다. 공기 중에 떠도는 향기로, 숲에 걸쳐지는 녹음으로, 무엇보다 입맛으로…

빨갛다 못해 검붉게 무르익은 산딸기를 따서 입 속에 탁 털어 넣는 느낌과 맛! 그 맛에 하루 피곤이 좀 가신답니다. 좀 과장되게 말하면 몸 보신하는 기분! 그러다 종아리를 가시덤불에 긁혔답니다. 그래도 요즘 산책의 즐거움은 거기 있기에 가시덤불이 있어도 기꺼이 발을 내딛습니다. 자연 속 세월이 만든 산딸기를 맛보기 위해. 토돌토돌한 산딸기를 살짝 오작오작 깨뭅니다. 그러면 무르익은 맛으로 화한 세월이 거기 또 있습니다.

· · · · · ·

올 여름 꼭 하고픈 일

장맛비가 오고 있습니다. 장마가 시작되기 전, 허공엔 옅으면서도 투명한 안개가 가득 피어있었습니다. 몇 날 며칠 그렇게 온 세상이 하얀 안개 꽃 속에 파묻혀 있었습니다. 물론 습했지만 마음속까지 하얀 색으로 물들일 것 같은, 흔하지 않은 그 안개 속에 앉아있거나 걷거나 하며, 그 풍경 속 한 점으로 있고 싶었답니다. 세상이 거대한 하얀 꽃이란 느낌! 올 장마의 징조였습니다.

그러다 그 거대한 하얀 꽃 속에서 물이 쏟아지듯, 일주일 넘게 이어진 장맛비! 시골서 살고부터는 장마철이 시작되면 항상 긴장이 앞섰습니다. 어디선가 천지개벽이 진행 중이란 느낌이 전해져 오는 천둥번개를 동반한 비는 사람의 가슴 속을 후련하게 하고 간담을 서늘케 하기도 하지만 컴퓨터나, 보일러 심지어 전화와 TV까지도 번개에 맞아 작동 불

능에 빠지기에 긴장하지 않을 수 없었지요. 그런데 올핸 그런 거센 비는 아직 없었습니다. 대신, 찬란한 태양을 향해 한번 손짓이라도 해볼 양 휙 긋고 지나가는 비! 새벽 잠결에 후두둑 지나가는 비이거나, 먼지 이는 밭을 축축이 적실 요량으로 내리는 비이거나, 마당 어디에라도 앉아 한없이 바라보고 싶은 비이거나, 살살 안개처럼 뿌려서 맞으며 걷고 싶은 비였답니다. 그러고 보니, 시골에서 느끼는 비는 제법 다양하지요?

허공에 내리는 비만 보면 얌전히 지나가고 있는 장마철이지만, 강물을 보면 그렇게 느껴지지 않습니다. 불은 강물은 제법 거세게 흘러갑니다. 황토 빛에 허연 거품마저 일으키고 있습니다. 평소 조용히 생물이나 무생물이나 무심으로 받아들이던 강물이 아닙니다. 바람이 슬쩍 스치고 지나가도 무심! 아이들이나 어른들이 그 육중한 몸을 던져도 무심! 비닐이 어쩌다 물결에 휘감겨 흘러내려도 무심! 깡통이 가라앉아도 무심! 짙은 녹음도, 훤한 달도, 가녀린 초승달도, 이글거리던 태양마저도 받아들이던 물이건만, 요즘은 은빛을 반사시키며 도도히 흐르고 있습니다.

항상 그랬던 것 같습니다. 휴가철이 시작되기 전, 장마로 인해 깨끗해지는 강물. 맑은 물로 다시 흐르기 위해 거센 거부의 몸짓으로 흘러가는 강물! 이 강물이 다시 고요해지면, 장마철 끝! 물론 무더위가 이어지겠지만, 윤기 나는 녹음이 이 시골을 에워 쌓겠지요. 이 파란 여름에 가장하고픈 일이 있다면, 마당을 스멀스멀 기어 다니며 세를 늘려나가는 잡초들을 한 마리씩 뽑아내는 일! 또 잡초 뽑아내 듯 마음 속 잡념들을 뽑아내고 싶습니다. 그래서 땀에 흠뻑 젖었다가 그 새로운 몸짓으로 흐르는 강물 속에 풍덩 몸을 담그는 일! 그래서 조금 영혼이 맑아지는 일!

......

기막힌 포도와 여름

지리한 장마에 이어 불볕더위를 견디며 사는 요즘은 화두가 없었습니다. 실은 멍한 채, 맹한 모습으로 또는 무념무상으로 학교와 집을 오가다 오늘 문득 세월이 2007년이란 숲으로 깊숙이 들어와 있다는 걸 문득 깨달았습니다. 밤새 내렸고, 아직도 내리는 비가 잠시 더위를 식히고, 더위에 멍해진 우릴 조금은 일으켜 세웁니다.

여름 숲으로 들어올수록 봄의 초록에 대한 환희는 사라져가고, 초여름 화려한 꽃들에 대한 환호성도 잊혀져갑니다. 그렇다고 봄 같은 초록이 주변에 전혀 없는 것도 아니고, 화사한 꽃들이 전부 자취를 감춘 것도 아닌데 넘치니 오히려 그 존재를 의식하지 못하며 지냅니다.

반성하는 의미로 오늘은 우산을 쓰고 우리 집 주변 자연을 의식적으로 돌아보았습니다. 깊숙이 들어온 이 여름이 얼마 남지 않았기에 이런 계절을 또 만나려면 한해를 기다려야 할 거란 조금은 절박한 심정으로… 요런 저런 모양의 해바라기와 다알리아 그리고 나리꽃들이 집 주변에 지천으로 있고, 연한 흰빛에서부터 진한 자줏빛에 이르는 가지각색의 나팔꽃들이 칡 나무가 산을 점령해 나가듯, 집주변을 점령하고 있네요. 한줄기 바람에 어디선가 칡꽃 향이 날아옵니다. 무엇보다 이사 온 해 심은 배롱나무가 드디어 살아났는지, 분홍빛 꽃이 줄기 끝마다 피어있습니다. 그간 병이 들어 시들시들해 남편이 아예 밑둥째 잘라내 버린 나무였는데, 고 짧게 남은 기둥에서 줄기가 나와 꽃까지 피우니 신기합니다.

그런데 그렇게 이파리가 무성하던 상사화는 단 한줄기 꽃대만이 올라와 있습니다. 이상해서 남편에게 물어보니, "뭔 늦게 올라 오는 사연이 있겠지!"하며 너스레를 떱니다. 그럼 꽃대가 더 올라 온다는 말인데 올라올지 안 올라올지는 두고 봐야 알겠지만, 어쨌거나 '이 세상 모든 것엔 사연 없는 존재는 없다.'는 말이 떠올랐습니다. 또 사람 키만 한 해바라기에 나팔이 칭칭 감고 올라가 남편 말처럼 '나바라기꽃'을 피웠습니다. 정수리엔 노란 해바라기 꽃이 몸뚱이엔 하얀빛 나팔꽃이 주렁주렁.

별 일없이 지나가는 여름이지만, 모든 존재를 하나하나 들여다보니 이야기 거리가 있네요. 아! 특히 빼먹으면 안 되는 것 하나! 우리 밭에 포도가 주렁주렁(?) 열려 감칠맛 나는 포도를 몇 송이 째 따먹고 있다는 것! 우리가 이 포도를 먹을 수 있게 되기까지는 기막힌 사연(?)이 있었습니다. 남편은 이사 온 해, 그해부터 바로 따 먹을 수 있다는 포도를 거금을 들여 두 그루 사다 심었습니다. 근데 포도는 고사하고 잎까지 모두 우수수 다 떨어져 버리더니, 아예 한그루는 죽었습니다. 매 년 그런 상태로 지나갔는데, 올핸 남편이 큰맘으로 봄부터 포도나무 옆을 지날 때면 포도 잎에 기생하는 벌레를 한 마리 한 마리 모두 잡았습니다.

저리 벌레들을 한 마리 한 마리 잡는다고 될 일일까 싶었는데 며칠 전, 제법 큰 포도를 한 송이 턱 안기니 기가 막히네요. 너무 귀한 포도라 껍질 째 다 먹어야지 했는데, 햇빛을 그대로 보며 익은 거라 껍질은 좀 질겨서 아까워도 못 먹고 가끔씩 씨앗은 그냥 삼키거나 아작아작 깨물어 먹었습니다. 남편은 한 술 더 떠 아직 덜 익은 퍼런 송이도 얼굴을 한번 찡그리고는 먹어버렸습니다.

여름날, 꽃과 풀과 이런저런 나무들 외에 우리 집을 장식하고 있는 것 또 하나! 커다란 고무보트! 마을 앞에 흐르는 강으로 오후 가장 더운 시간에 가족 모두 내려갑니다. 큰맘 먹고 장만한 고무보트를 가지고. 두 세 시간 수영도 하고, 보트를 타고 물놀이를 하다보면 더위가 가장 기승을 부리는 시간이 훌쩍 흘러갑니다. 온 몸이 젖은 채, 집으로 올라와 저녁거리를 장만하면 그리 더운 줄도 모릅니다. 이래서 멀리 피서 여행을 가고 싶은 마음이 들지 않는 가 봅니다.

둘러보다보니 또 하나! 보이지 않는 존재이지만 이 여름 숲을 꽉 채우고 있는 것이 있네요. 잠시도 멈추지 않는 풀벌레 소리들! 녹음이 이 여름을 시각적으로 꽉 채우고 있다면, 그들은 소리로 숲을 채우고 있습니다. 지금은 여러모로 보나 꽉 찬 계절! 학교와 집만을 오가며 텅 빈 수수깡처럼 되어가던 마음속에 이 꽉 찬 여름을 밀어 넣어봅니다.

홍시 던지는 노인

"춘길이 어르신~ 밑에 홍시 떨어져요오~~"

"퍼억…"

이웃마을 춘길 어르신과 함께 곶감 만들 감을 수확하는데, 한 사람이 나무위에 올라가서 감을 털어 내리면 한사람은 밑에서 그물망을 치고 주워 담습니다. 지난해에는 이곳 지리산자락 감나무들이 해거리를 하여 수확할 게 별로 없었는데 올해는 가지가 부러지도록 많이 달렸습니다. 그런데 감을 털어 내리다 보면 심심찮게 돌발 상황이 벌어지게 됩니다. 장대에 감나무 가지를 끼워 비틀 때 잘 익은 홍시가 아래에서 일하는 사람의 머리위로 대책 없이 떨어지는 것입니다. 홍시가 떨어지는 것을 보고 "춘길이 어르시인~ 밑에 홍시 떨어져요오~~"라고 급히 소리치지만 홍시는 소리보다 더 빨리 어르신 머리에 도착해버립니다. 머리카락 몇 올 없는 어르신의 시원한 대머리에서 홍시가 터지면 "아고고~ 죄송해요오~~"하고 소리치고는 터지는 웃음을 참느라 어금니를 꽉 깨물어 버립니다.

한번은 춘길 어르신이 나무에 올라가고 내가 밑에서 감을 주워 담는데 칠순을 넘긴 어르신이 감을 얼마나 잘 터시는지 아래에서 감을 주워 담느라 손이 열 개라도 부족할 지경이었습니다. 그런데 위에서 "으어이~ 떨어진다아~~"하는 소리가 들려 고개를 치켜드는데, 미처 피할

새도 없이 홍시 두 개가 내 얼굴에서 연이어 퍽퍽 소리를 내며 터졌습니다. 비록 홍시지만 눈두덩이에 맞으니 아프기도 하고 창피하기도 하여 얼굴을 찡그린 채 나무위에 있는 춘길 어르신을 원망의 눈초리로 쳐다보니, 어르신은 미안하다는 표정으로 "어어이~ 괜찮나?"하고는 뒤로 돌아 나무둥치를 끌어안더니 쪼그리고 앉습니다. 왜 그러시나 싶어 가만히 보니 어깨가 들썩들썩 엉덩이가 실룩실룩 하는 게 분명 웃고 있습니다. 웃다가 나무에서 떨어질까 봐 나무를 끌어안고 몰래 즐거워하고 있는 것입니다. 나로서는 전혀 웃을 기분이 아니었지만 이런 종류의 웃음은 워낙 전염성이 강한지라 내 얼굴에도 살짝 미소가 칠해 졌습니다. 얼굴에 묻은 홍시를 손으로 대충 걷어 내고 입술 주변에 혀를 돌려 홍시의 부드럽고 달콤한 맛을 음미하다가 어느 순간 웃음이 터져 넘어갔습니다. 배를 잡고 웃다가 홍시를 밟고 미끄러져 엉덩방아를 찧으면서도 눈물이 찔끔 나도록 웃었습니다.

곶감용 감은 무서리가 한두 차례 내려 감이 방금 운 아이 볼처럼 발그레해지면 수확을 시작하는데, 그중 성질 급한 녀석들은 벌써 홍시가 되어 제멋대로 떨어집니다. 이 홍시는 감을 수확하는 가을 그리고 곶감을 깎아 말리는 겨울 내내 곶감쟁이들의 훌륭한 간식거리가 되기도 하고 때로는 즐거운 웃음거리를 만들어 주기도 합니다. 그런데 이상하게 춘길 어르신이 나무에 올라가면 유난히 홍시가 많이 떨어져 (그것도 내 머리위로) 혹시 고의로 던지는 게 아닌가하는 의심이 들기도 합니다.

한번은 내 머리에서 폭발한 홍시를 걷어내며 "어르신!! 이건 어르신이 던진 거 아닙니꺼?"하고 다그치니 "이사람아~ 나무에 올라가서 감 털기 바쁜데 야구할 시간이 어디있노… 내가 투수도 아이거만…”하고 실실 웃으십니다. 그러다 내가 웃는 얼굴로 눈을 빠히 쳐다보며 압박하면 어르신은 엄숙한 표정으로 턱을 쓰윽 내미시는데 웃음을 참느라 볼이 실룩실룩하는 게 역력합니다.

맑고 쾌적한 가을 날 고목에 올라서서 푸른 하늘에 머리를 담근 채 감을 수확하는 곶감쟁이들은 순수한 기쁨으로 활기가 넘칩니다. 하지만 주변 풍경을 지배하는 높은 나무에 올라서서 감을 따는 것은 힘들기도 하고 때로는 위험한 일이기도 합니다. 특히 이곳 지리산 자락에서 엄천강을 바라보고 자란 나무들은 모두다 하늘 높은 줄 모르고 당당하게 자란 나무들이라 더 그러하지요.

“어어이~ 조심해~~ 감 털다가 인생 털어 버릴라…” 내가 나무에 올라가면 춘길 어르신은 미덥지가 않아 꼭 한소리 합니다. 춘길 어르신이 나무에 올라가면 나도 미덥지가 않아 한소리 하고 싶어 입이 달싹달싹합니다. “영감님~ 재밌다고 자꾸 홍시 던지지 마시요잉~~”

· · · · · ·

곶감쟁이 영농일기

지난 해 늦가을부터 해를 꼴깍 넘기고 겨울의 끝자락까지 밤낮 곶감 만드는 일에만 매달렸더니 마침내 병이 났나 봅니다. 남들은 눈으로 덮힌 지리산 높은 봉우리들을 보고 “아름답네~ 멋지네~” 한마

디씩 하는데 내 눈에는 어째 그것들이 하얗게 분이 난 곶감으로 보이는
지… 산봉우리를 보고 맛있겠다는 생각이 드니 참으로 난감합니다.

덕장 옆에 있는 감나무 고목에는 매일 같은 시각 딱따구리가 한 마리
와서 아침식사를 하고 갑니다. 경쾌한 음악을 연주하며 조반을 먹는 딱
따구리가 오면 곶감 손질하던 아주머니들은 눈웃음을 주고받지요. "왔
어~ 히히 또 왔어~~" 그런데 내 눈에는 어째 딱따구리의 빨간 배때기
만 눈에 쏘옥 들어오네요. 때깔 좋은 고종시로 보이는 딱따구리의 빨간
배때기를 보며 내가 병이 나도 크게 났다는 생각을 했습니다.

요즘은 일을 하다가 틈만 나면 엄천 강을 내려다봅니다. 내 병을 치
료해줄 그 분이 오시나 해서 보는 것이지요. 그 분이 오셔서 큰 손으로
얼어붙은 엄천 강을 한번 쓰윽 쓰다듬기만 하면 모든 것이 바뀌어 버리
지요.

오늘로써 곶감 손질을 모두 끝냈습니다. 깊은 밤인데도 추위가 매섭
지는 않네요. 호박만큼 큰 달 옆에 어지러이 흩어진 별들을 한 접 두
접 주워 모으며 힘들고 신명났던 한해 곶감농사를 접습니다.

· · · · · ·

뱀사골에 반달곰이

장마가 이어지다가 하루 비가 그친 날, 마을 사람들과 산길
을 걸었습니다. 성삼재에서 노고단을 오르고 돼지령, 임걸령, 삼도봉,
화개재를 오르락내리락 하다 뱀사골 계곡으로 내려왔습니다.

노고단 정상으로 올라가는 나무 계단 길은 경사가 완만하여 편안합니다. 노고단 정상에서 섬진강을 바라봅니다. 구름사이로 언뜻언뜻 왕시루봉, 화엄사, 구례 등등이 보입니다. 노고단에서 돼지령으로 가는 숲길. 아직 오전 10시도 되지 않았는데 모두들 허기지는 모양입니다. 등이 가려운데 배를 긁어도 등이 시원하다고 너스레를 떨어댑니다.

모두들 비가 와서 산행을 못할 거라고 생각하고 있다가 날이 개어서 해가 뜨자마자 일찍 집을 나서는 바람에 아침도 제대로 못 먹고 왔으니 그럴 만합니다. 적당한 곳에서 도시락을 먹습니다. 맨밥에 김치, 풋고추지만 이렇게 맛있을 수가 있겠나 싶습니다.

며칠간 장맛비가 계속 내려 계곡에 물이 많이 불었습니다. 보는 눈도 시원하고 듣는 귀도 시원합니다. 계곡물에 잠시 발을 담그니 물이 얼마나 차가운지 10초를 견디기 힘드네요. 잘 드는 회칼로 무채를 썰듯이 발을 베어내는 것 같습니다. 그런데 아지마씨 한 분은 몇 분 동안 발을 담그고도 끄덕없습니다. "아지마씨~ 우째 그리 모질고 독허요?"라는 말이 올라왔다가 목에 걸려버렸습니다.

뱀사골 물길위로 만든 나무계단 길. 나무 그늘 아래로 물이 흐르고 있어 한기가 들 정도로 시원합니다. 그 아래 뱀사골 계곡을 내려오면서 뱀사골이라 내내 살모사가 나올까봐 눈 여겨 보았는데 뱀은커녕 도마뱀도 보지 못했습니다. 뱀사골 계곡은 거의 너덜바위 지대라 뱀이 살기에 더 없이 좋은 조건이더군요. 바위틈에 숨어서 지켜보고 있다가 뒤따라올 것 같아 자꾸 뒤를 돌아다보았습니다.

뱀사골 계곡을 내려오면서 뱀사골이 더 좋은지 칠선계곡이 더 좋은

지 말이 많았습니다. 나는 뱀사골 계곡이 더 좋다고 하고 같이 간 박털보는 칠선계곡이 더 좋다고 합니다. 배우 김태희의 오른쪽 눈이 더 예쁜지 왼쪽 눈이 더 예쁜지 말이 많았다는 얘기이죠.

뱀사골 마지막 길을 터덜터덜 내려오는데 한참 앞서가던 박털보가 곰이 나타났다고 소리칩니다. 반달곰을 보고 싶은 마음에 헐떡거리며 달려 내려갔습니다. 곰이 어디 있냐고 하니 계곡에 있었다고 합니다. 어디로 갔느냐? 뭘 하고 있더냐고 물으니 계곡에서 팔뚝만한 연어를 한 마리 잡아먹고는 가 버렸다고 합니다. 비록 속았지만 마지막으로 달릴 힘을 보태준 박털보를 고맙게 생각하기로 했습니다.

· · · · · ·

세동할매 천왕봉 오르다

여름이 가기 전에 지리산에 한 번 올라가자고 엄천골 사람들 사이에 의논들이 오가더니 마침내 맑은 날 택일하여 상봉으로 오르게 되었습니다. 일행은 백무동으로 이동하여 하동바위로 오릅니다.

한 30분 쯤 걸었을까요? 모두들 배가 고프다고 과일들을 깎아 먹기 시작합니다. 그런데 세동아지매(사실상 할매입니다)를 눈여겨보니 아무래도 불안합니다. 마치 곱게 차려입고 장에 가는 것 같습니다. 그래도 상봉까지 당일치기로 갔다 와야 하는데 멋쟁이구두는 좀 심했습니다.

"야아야~ 내는 지리산에 살면서도 지리산에 첨 올라가본다."

"아지매~ 지리산에 살면서 아직도 지리산에 안 올라가봤다는 기 말이되능교?"

"지리산에 사는데 지리산에 와 올라가노… 지리산에 사는데…"

"그라면 오늘은 우째 올라가능기요?"

"오늘 안 가보면 죽을 때까지 못 가볼 거 같아서 한번 안 올라가보나…"

칠순을 벌써 넘기신 춘만이 어르신은 양말 속에 바짓가랑이를 잘 접어 넣고 시종일관 뒷짐지고 오르십니다.

"아~ 글씨~ 반백년도 지난 이야기지라… 그때도 이리루 올라갔제…"

"상봉에 올라갔는데 마참 비가 오는기라… 그래서 바우밑에 비를 피하는데… 비가 하늘에서 떨어지는 게 아이고 바람타고 옆으로 내리니 바위 밑에 숨어도 아무 소용이 없제… 날씨가 얼마나 추운지 덜덜 떨다가 얼어 죽겠다 싶어 비니루 뒤집어쓰고 냅따 뛰어 내려왔는기라… 얼마나 빨리 뛰었는지 한 시간 반 만에 뛰어 내려왔다 카이…"

"어르신 아무리 그래도 상봉에서 한 시간 반 만에 우째 내려 오는교?"

"그때는 그랬는기라… 열일곱 열여덟이었으니 날라 다녔는기라…"

한 시간 남짓 걸었나 하는데 세동 아지매가 어디서 산신령에게나 어울릴 법한 지팡이를 구해왔습니다. 내가 가져온 등산용 스틱을 드렸더니 나무 지팡이가 더 좋다고 받지 않으십니다. '산신령님! 지팡이에 신통한 힘을 몰래 넣어주셔서… 지가 세동 할매를 업고 내려오거나 헬기를

부르는 일이 없도록 하여 주십시오.'

그런데 버섯은 우째 세동아지매 눈에만 보이는지 모르겠습니다. 앞서 가던 세동 아지매는 수시로 두 손을 번쩍 치켜들며 "포구(버섯)다~"하고 외치십니다. 양손에는 큼지막한 표고버섯이 들려있습니다.

"포구는 장마가 와야 되는 기라… 샛바람이 불어야 보이지라. 작대기로 요렇게 포구 따낸 자리를 탁탁 뚜디리 놓고 난중에 가보면 포구가 천지 빼까리로 나있능기라."

세동 아지매 눈에는 노루궁둥이도 잘 보이는 모양입니다. 세동 아지매가 산신령 지팡이로 가리키며 "저어기~ 노리궁디다~"하면 금세 세동 아저씨 손에 노루궁둥이가 들려있습니다. 엉? 노루를 사냥?ㅋㅋ 천만에요. 산행 중 사냥이라니요. 노루궁둥이 버섯입니다. 노루궁둥이 버섯은 생김새 때문에 지어진 이름인데 산삼보다 좋은 거랍니다. 항암 효과가 뛰어나다나요.

나이 드신 분들이 많아 걱정을 많이 했는데 괜한 걱정이었습니다. 고백컨데 헐떡거리고 올라간 사람은 나 혼자였습니다. 상봉에 서니 모두 희희낙락입니다. 어둡기 전에 내려가야 하는데 아무도 내려갈 생각을 않습니다.

"저어기가 엄천강이여… 조오기가 종근이 집이고. 저쯤이 우리 집인디 저 산이 가렸네."

하도 내려갈 생각들을 안 하니 박털보가 걱정이 되는지 일행 중 손전등 챙겨온 사람이 몇이나 되는지 물어봅니다. 간단한 손전등이 2개 나옵니다. "선두에 하나 후미에 하나 켜고 내리 가면 되겠다."하고는 상봉에 다시 못 올 사람 있으니 실컷 구경하고 내려 가자고들 합니다.

하지만 숲이 우거진 산은 일찍 어두워집니다. 어둡기 전에 내려가려고 일행을 재촉하는데 다들 느긋합니다. 온 길로 내려만 가면 되는데 뭐가 걱정이냐고 합니다. 어두워 못 내려가게 될까봐 걱정하는 사람은 나밖에 없는 것 같았습니다.

· · · · · · ·

지리산 엄천골짝에 부는 바람

지리산 엄천골에 바람이 붑니다. 칼바람도 찬바람도 따스한 바람도 아닙니다. 그럼 무슨 바람이냐고요? 들어보세요.

'누구누구는 천왕봉에 갔다 왔다 카드라. 가보니 엄청 좋다 카드라.' 하는 말들이 무성하더니, 맨 날 지리산에만 갈게 아니라 이번에는 남들처럼 관광버스타고 다른 산에도 한번 가보자는 말들이 오갔습니다. 지리산에 올라갔는데 못 오를 산이 어디 있느냐는 것이죠. 조금 있으면 가을걷이하고 이어 곶감 깎는 철이 닥치니 그 전에 움직여보자고 의논이 되어 9월 마지막 목요일에 속리산에 가기로 결정되었는데 가는 날 아침부터 산행을 축복하는 가을비가 내렸습니다.

전날부터 비가 오락가락 했기 때문에 비옷준비는 완벽했습니다. 세동 아제는 우주복형 비옷에 일회용 우의를 하나 더 걸치고 모전 아지매도

우주복형 비옷을 입었는데 조금 걷다가 더워 다 벗어버릴 것이 거의 확실했습니다.ㅎㅎ

아니나 다를까! 좀 걷다 비가 완전히 그친 것은 아니지만 모두 비옷을 벗어 버렸습니다. 비보다 땀이 더 문제인 게죠.

"아지매요~ 지난 번 구두신고 지리산 갔을 때 발바닥 괜찮았능교?"

"그럼~ 괜찮코말고… 아무 이상 엄었서…"

그런데 엄천골에 바람이 불어도 단단히 불었던 모양입니다. 우선 산행 참석인원이 26명이나 되는데 엄천 골짜기에서 걸을만한 사람은 거의 다 나온 것 같습니다. 지난번에는 나무 지팡이가 대부분이었는데 이번에는 모두 번쩍번쩍하는 등산용 스틱을 하나씩 장만해왔습니다. 물론 신발도 모두 등산화입니다. 세동 아지매도 고급스러워 보이는 등산화에 길이가 조절되는 스틱, 세련된 배낭까지 전부 업그레이드 하셨습니다. 새로 산 청바지도 광이 반짝반짝 납니다.

"아지매요~ 지팡이 멋찌네요~~"

"이거… 싼 건데 머…"하며 멋쩍어하십니다.

백연마을의 봉수 아제가 쌍지팡이를 빙빙 돌리며 은근히 자랑하십니다.

"이거 한 개에 이만 오천 원짜린데, 육천 원짜리하고는 쫌 차이가 나제. 비싼 거는 한개 사 만원 돌라 카드라고…"

정상인 문장대에서 부부 기념촬영을 했는데, 차렷 자세로 긴장한 세동 아제에 반해 아지매는 여유만만이었고, 아지매들 수다가 시작되었습니다.

"요새는 세월이 우째 이리 빨리 가는동…"

"내가 엄천꼴짝에 시집왔을 때, 그때는 그리 세월이 안가드만… 몸써리가 나도록 세월이 안가드만…"

"요래 돌아다녀 세월이 더 빨리 가구만…"

"근디, 요산이 쪼매 낮쟈? 울 지리산보담야."

"하모, 그렇제."

그러다 신선대를 거쳐 내려오면서 속리산이 산은 참 좋은데 좀 낮다는 말이 나오더니 누군가가 설악산 얘기를 꺼냈는데 금세 분위기가 달아오릅니다.

"그랴~ 내도 살악산엔 함도 안가봤다~~"

"우짜든동 거기도 한번은 가봐야 안되겠나…"

"그라면 하루 자고 와야 될낀테… 돈이 많이 들낀데…"

"그라도…"

엄천꼴짝에 엄청난 산행 바람이 몰아치고 있습니다.

• • • • • •

길어져라 길어져라

해마다 이맘 때 그러니까 하늘은 끝 간 데 모르게 높고 푸르고 감나무 잎이 노랗고 빨갛게 물들 즈음이면 괜히 마음이 들뜹니다. 곶감쟁이들의 일 년 농사가 시작되는 계절, 감을 따서 말릴 때가 된 겁니다.

지난해는 지리산 지역에 100년만의 감 대풍이었는데 올해는 80년만의 가뭄이 들어 감농사가 흉작입니다. 내가 사는 엄천골 여기저기 고목나무에 달린 감들을 서둘러 수확한 뒤 부족한 감을 보충하기 위해 씨 없는 반시감을 밭떼기로 사서 수확하게 되었습니다.

감은 고목에 달린 것이 달고 맛있기 때문에 수확하기에 힘은 들지만 올해도 고목을 사서 수확을 했습니다. 내가 곶감쟁이가 되기 훨씬 전에 하동에서 감이 엄청 달린 감나무 밭을 본적이 있습니다. 이렇게 높은 나무에 가득달린 저 많은 감을 누가 다 따갈까 궁금했었는데 지금 생각해보니 나 같은 곶감쟁이들이 얼씨구나 하고 털어간 거죠.

예전에는 대나무 장대 끝에 감나무 가는 가지를 끼워 꺾어 내렸는데 요즘은 손오공의 여의봉처럼 길이가 마음먹은 대로 조절되는 전지가위가 있어 한결 감 따기가 쉬워졌습니다. 전지가위가 닿는 높이의 감은 땅 위에서 손쉽게 감을 따 내립니다. 오랫동안 하다보면 목도 아프고 손목도 아프지만 참고 계속하다보면 근육이 풀려 목도 휙휙 잘 돌아가고 할 만합니다. 곶감쟁이에게 이런 정도의 감 따기는 물속에서 땀 닦기인 것입니다.

문제는 손오공의 여의봉으로도 닿지 않는 진짜 고목의 감 따기입니다. 까치가 마음 턱 놓고 집을 지을 만큼 높은 나무의 감을 털기 위해서는 직접 손오공이 되는 것 외 다른 방법이 없습니다. 원숭이처럼 나무에 뿔뿔 기어 올라가서 손으로 감을 따서 아래에 펼쳐놓은 그물에 감을 던집니다.

나무에 올라가서 손에 닿는 감은 모두 따서 던지고 가는 가지 끝에 달린 것은 다시 여의봉을 늘립니다. '길어져라… 길어져라…' 감나무 곁가지에 기댄 채 여의봉을 사용할 경지까지 올라간 고수는 엄천골에도 몇 되지 않습니다. 엄천골의 춘길이 어르신과 레드햇 봉대 행님은 아마 전국 감 따기 경연대회를 열면 금메달 은메달을 딸 만한 고수들입니다. 손에도 닿지 않고 여의봉에도 닿지 않는 고목의 가는 꼭대기에 달린 감까지 흔들어서 다 털어 내리는 고수들은 예외 없이 이곳에서 나고 자란 터줏대감들이죠. 나무에 올라가서 헛손질 해대고 점심 때 밥만 많이 먹는 나 같은 하수와는 내공이 다른 것입니다.

이렇게 해서 감이 박스에 가득 담겨있습니다. 감이 박스에 담기기까지 손을 세 번 거쳤는데 이 감들이 달콤한 곶감이 되어 사람의 입에 쏘옥 들어가기까지 곶감쟁이들의 손을 몇 번 더 거쳐야할까? 다섯 번? 열 번? 아닙니다. 적어도 스물다섯 번은 더 곶감쟁이의 손을 거쳐야 달콤한 곶감이 됩니다. 그러면 왜 스물다섯 번? 궁금한 사람은 곶감쟁이의 다음 일기를 기다려보십시오. ㅋㅋ

‥‥‥‥

난 동안거에 들어갔을 뿐이고…

어째 보면 내가 요즘 동안거 중이 아닌가 하는 생각이 들곤 합니다. 산사에서 화두하나 붙들고 선에 잠긴 스님은 아니지만 겨울 내내 덕장에서 곶감 하나만 바라보고 있으니 그런 착각이 드는 것도 무리는 아닙니다. 곶감 하나가 내 화두인 셈이죠.

지난 연말에는 송년모임에 참석하라는 문자가 참 많이도 들어왔습니다. "친구야~ 얼굴 한번 보자~" 이런 문자를 받으면 잠시 마음이 흐트러져 다 때려치우고 모임에 가고 싶은 마음이 꿀떡같았습니다. 핑계로 술도 한 잔 하고요. 그런데 아쉽지만 내가 붙들고 있는 화두를 놓을 수가 없는 게 이게 나에게는 일 년 농사인 탓입니다.

그런데 새해 첫날 엄천골짜기 사람들끼리 해돋이 산행을 한다고 해서 아들을 데리고 왕산에 올랐습니다. 겨울 산행은 처음인지라 얼어 죽을까봐 옷을 있는 대로 껴입었더니 한 여름과 한 겨울의 진수를 동시에 맛보았습니다.

왕산 정상에 올라서니 바람이 미친 듯이 불어댑니다. 발가락도 시리고 볼때기는 얼어붙고 해 뜨기를 기다리는 동안 개 떨듯이 떨면서 해돋이 산행을 가자고 바람 잡은 백연마을의 봉대 행님을 원망합니다. 그런데 얄밉게도 바람잡이 본인은 정작 따뜻한 방에서 푹 자고 있었습니다. 전 날 연말이라고 술을 너무 많이 마시는 바람에 음주산행이라 못 온다고 합니다. 허~참!

"아지매~ 무슨 소원 빌었능교?"

"자식들 건강하고 손주들 벨 탈 없이 잘 크게 해 달라고 빌었제…"

"아지매 소원은요?"

"내사 뭐 별거 있나… 그저 몸 안 아프고… 자식들만 잘 되면 되제…"

신년 새해가 고양이 눈처럼 빼꼼 보이더니 이내 둥실 떠오릅니다. 마치 엄천강 바위에 앉아있던 두루미가 날 때처럼 한번 리듬을 타고는 어쩔 수 없는 힘에 밀려 올라옵니다. 모두들 입이 벌어집니다. 나도 새해 소원을 빌어봅니다. '가족 모두 건강하게 무탈하게' 한 해를 보내게 해달라고.

왕산에서 내가 사는 엄천골을 내려다보니 가슴이 벅찹니다. '내가 저렇게 아름다운 곳에서 살고 있다는 말이가…' 우리 집은 산 정상너머 너머 골짝 한가운데 정도 되는 곳에 있는데, 고개를 넘어가는 길이 실처럼 보입니다. 한가운데서 오른쪽으로 엄천강은 지금 얼어 붙어있습니다. '엄천강이 녹아 흐를 때 쯤 얼어붙은 나라경제도 회복되기를…' 이참에 소원 하나를 더 붙여봅니다.

......

시산제

시골에서 겨울은 대개 농한기지만 엄천골짝 사람들은 오히려 겨울에 바쁩니다. 모두들 곶감농사 짓느라 겨울 내내 나들이 한번 못하더니 곶감을 다 판 지금에서야 배낭을 메고 길을 나섭니다. 오늘은 시산제 지내러 마을 뒷산 독바위로 우루루 올라갔습니다. 모두들 도시락이 든 간단한 배낭을 하나씩 메고 왔는데 나무지팡이 하나만 달랑 들고 가는 사람도 보입니다.

"절터 아지매는 우째 배낭이 엄능교?"

"밭에 나왔다가 산에 간다 캐서 너무 좋아 따라 가능기라. 내는 아즉 아츰도 안 묵었다…"

절터 아지매는 예전에 나물 캐러, 땔감 하러 하루 두 번씩 다니던 독바위에 간다는 말에 아무 준비도 없이 합류한 모양입니다. 산죽비트를 지나면서는 여기가 '예전에 우리 밭이었는기라…' 노장대를 지나면서 '저기 집터가 우리 영감이 태어나 살던 곳인기라.' 하며 즐거워하시는데 나무 지팡이에 체중을 싣고 걷는 게 어쩐지 불안해 보입니다. 체중이 보통 남자보다 10㎏ 이상 더 무겁기 때문에 여차하면 업고 내려갈 수도 없습니다.

할매당 가기 전에 거대한 돌배나무가 한그루 있습니다. 돌배가 한번 열리면 수십 푸대씩 수확할 수 있는데 4백년 이상 되었다고 추정한답니다. 워낙 거대한 나무라 해거리를 해서 7~8년에 한 번씩 배가 열린다고 하는데 이곳 마을의 큰 자랑거리랍니다. 이렇게 거대한 돌배나무에 하얀 배꽃이 가득 핀다면, 그리고 바람 불어 그 하얀 배꽃이 떨어진다면… 말이 필요 없겠죠.

할매당에서 잠깐 숨을 고르는데 우아한 자태의 자작나무가 눈에 쏙 들어옵니다. 정말 늘씬하고 아름답습니다. 사람으로 치면 김연아 정도는 되는 것 같습니다.ㅎㅎ 같이 올라간 친구 박털보의 고로쇠 집수정도 있었는데, 추위에 고로쇠물이 얼어서 아쉽게도 물맛을 보지 못했습니다.

환희대가 눈앞입니다. 왜 환희대라고 불리는지는 바위 위에 올라서보면 알게 됩니다. 환희대 바위에 뿌리를 내린 소나무는 세동 마을의 마적송 못지않게 품격이 있어 보입니다. 소나무 옆에서 내려다보면 문수사부터 세동 마을까지 잘 보입니다.

올 한해도 무탈하게 그리고 부자 되게 해달라고 산신령님께 절을 모두들 합니다. 오늘 돼지는 수입이 짭짤합니다. 처음에는 입에 봉투하나 물고 돈맛을 보더니 코로도 돈 냄새를 맡고는, 귀로도… 아이쿠~ 급기

야 돈에 눈이 멀어버렸습니다. 돈에 쉽게 눈멀어 버리는 사람을 보는 것 같아 슬며시 웃음이 나옵니다.

시산제가 끝날 무렵, 절터 아지매가 힘겹게 올라오셔서 모든 사람들로부터 격려의 박수를 받았습니다. 박수소리가 얼마나 크던지 독바위가 흔들거릴 지경이었습니다. 본인 말대로 하루에도 두 번씩이나 올라오던 이곳에 다시 못 올라올지도 모른다고 눈물을 글썽이며 특별히 기념촬영을 부탁하십니다. 그때는 땔감이 없어 이렇게 높은 곳까지 나무하러 왔다는데, 믿어지지 않는 사실이랍니다. 그 때는 모두 그렇게 거짓말처럼 살았다고 합니다.

......

산골마을 물세 받으러 다니기

오늘은 마을 물세를 받으러 다녔습니다. 마을 공동지하수 전기요금인 셈인데 물을 쓴 만큼 비용을 분담해서 냅니다. 처음에는 마을 이장이 하던 일인데 우째 하다 보니 어리숙한 내가 몇 년 째 떠맡게 되었습니다.

스무 가구 남짓한 산골마을이라 계량기 검침하고 돈을 걷는 데는 한 시간이면 족합니다. 그리고 우리 마을에는 혼자사시는 할머니들이 많아 물을 거의 쓰지 않기 때문에 보나마나 기본요금인 경우가 대부분입니다.

그런데 막상 물세를 받으러 다녀보면 그게 그리 만만치가 않네요. 왜 그런지 말하려고 하는데 얘기가 길어질 것 같아 오늘 첫 번째 물세 받은 집을 소개하는 걸로 대신할까 합니다.

등구 할머니는 팔순이 다 되가는데 아직도 논 7마지기와 수백평의 밭을 가십니다. 그리고 암소도 한 마리 키우십니다. 밭농사는 농기계의 도움을 전혀 받지 않고 오직 괭이 하나로 지으시는데 새벽부터 해가 저물도록 일을 하십니다. 할머니 밭이 우리 집 바로 앞에도 있고 우리 집 뒷산에도 하나 있어서 하루 일하시는 걸 집안에서도 볼 수가 있어 할머니가 하루에 일을 얼마나 하시는지 본인보다도 잘 안다고 할 수 있습니다.

한번은 캄캄한 밤에 집 앞에 있는 밭에서 탁탁하는 소리가 들려 짐승인가보다 하고 조심조심 다가가 보니 글쎄 등구 할머니가 랜턴을 켜

놓고 괭이질을 하고 있어 내가 더 놀랐습니다.

그런데 이렇게 하루 종일 일만 하시는 할머니가 나에게 할 말이 엄청 많으신 모양입니다. 밭일하는 할머니 옆을 지나가다 "할머니 힘드신데 쉬었다 하세요~"라고 할라치면 할머니는 괭이를 놓고 오셔서 이런 얘기 저런 얘기를 하시는데, 내가 적당한 핑계를 대고 빠져 나오지 않으면 시간이 한정 없습니다. 주제는 주로 이 마을에 시집와서 자녀들 키운 얘기인데 하도 여러 번 들어서 할머니 자제분들 이름을 이 나이에 다 외울 정도입니다. 그리고 내가 물세를 걷으려고 공책을 들고 마을을 돌면 할머니는 하던 일을 잠시(?) 접어두고 집으로 앞장서시는데 내가 야박하게 돈만 받고 바로 다음 집으로 갈 수가 없는 것입니다. 30분은 최소한의 예의고 날씨가 화창할 때면 한 시간 이상 인내심을 발휘하기도 합니다.

오늘 드라마 1부는 얼마 전에 낳은 송아지였습니다.
"그래서 내가 아이고 아이고 예쁜 소야~ 또 송아지를 낳아줘서 을매나 고마운지 모리겠다 하이까네 소가 눈을 껌뻑~ 껌뻑 하면서…"
거북등껍질처럼 까칠하고 장비처럼 단단한 손을 휘저으며 한창 열중하실 때는 내가 잠깐 자리를 비워도 계속하십니다. 그리고 내가 송아지 사진 찍느라 옆에 없다는 걸 아시고는 다가오셔서 바로 2부로 넘어 가시는데 2부 드라마는 나도 다 외는 겁니다.

"우리 봉수가 성공해서 오겠다고 집을 나서다가 돌아서서 내 손을 꼬옥 잡으면서, 어무이~ 어무이~이 돈은 지가 못 가져가겠심더 하고는 꼬깃꼬깃 접은 돈을 터억 내 놓는데, 내가 야야~ 봉수야~ 에미는 이 돈 엄서도…"

　사실 내가 오늘 물세 받으러 집집마다 다 돌아야 하는 처지가 아니라면 2부 드라마에 이어 3부 드라마까지도 들어 드리고 싶지만, 오늘은 하루 만에 물세를 다 걷고 싶어 "할머니~ 물세 천오백원입니다"하고 갑자기 바쁜 일이 생긴 듯이 재촉하여 돈을 받고는 옆집으로 갔

습니다. 등구 할머니보다 두 세배는 말씀을 잘하시는 임실 할머니 댁으로. 여기서는 얼매가 걸릴라나요.

・・・・・・

산골마을 사람들 목욕 가는 풍경들

　오늘 마을 어르신들을 모시고 목욕탕에 갔습니다. 겨울이 지나고 새봄이 왔는데 그냥 봄을 맞을 수는 없는 것이죠. 읍에 있는 목욕탕에 어르신들을 모셔 드리기 위해 마을에 있는 차량을 징발하였는데 총 5대가 동원되었습니다.

　날씨가 너무 포근하여 굳이 목욕까지 하지 않아도 날아갈 것 같은 기

분인데 모처럼 목욕까지 하고 오면 노인네들 표정이 어떨지 상상하니 흐뭇합니다. 더군다나 오늘 점심은 남해에서 싱싱한 회 거리가 시외버스 편으로 배송되어 오게 되어 있었습니다.

마을에 승합차가 한대 있으면 좋으련만 동원 가능한 승용차도 한 대밖에 없으니 3인승 트럭이라도 있는 대로 모두 징발하는 수밖에 도리가 없습니다. 어쨌든 행사차량 1호차부터 5호차까지 꼬리에 꼬리를 물며 이동했습니다. 그리고 이웃마을을 지날 때는 일부러 경적을 울립니다. 길가에서 마주친 이웃마을 사람들은 어디 가는지 다 알고 있다는 표정으로 미소를 짓고 손을 흔듭니다. 시골에서 소문의 속도는 빛과 같은 것입니다. 차량행렬은 엄천강을 따라서 고개를 넘고, 또 고개를 넘어서 읍으로 달립니다.

(참고로 1호차 기사는 나입니다. 시골에는 마을마다 새마을 지도자가 있는데 얼마 전 마을 회의에서 내가 새로운 지도자로 추대(?)되었습니다. 뭐, 각자의 관할지역에선 북한에 있는 뚱뚱하고 못생긴 지도자와 권력 서열이 비슷하다고 보면 될 듯… ㅋㅋ)

목욕탕에 도착하여 요금 계산하느라 조금 늦게 들어갔더니 영감님들이 조그만 사물함에 옷을 구겨 넣고 계십니다. 그러시며 좁아서 유감스럽다는 표정입니다. 나는 웃음을 참으며 그곳은 신발만 넣는 신발장이고 옷장이 아니라고 알려드렸더니 영감님들이 '아~ 어째 요상타 했지!!!'하며 껄껄 웃으십니다. 덕분에 나도 배꼽잡고 웃었습니다.

목욕을 마치고 돌아와 마을회관에서 싱싱한 회를 먹으니, 마을회관에서 회를 시켜먹기는 처음이라고 모두들 좋아하십니다. 돈만 있으면 매일 먹고 싶은 맛인 거죠. 또 돈이 없어서 매일 먹지 못하는 맛이기도 합니다.

• • • • • •

400년 된 돌배나무와 하루

오늘은 마을 뒷산에 있는 돌배나무 주변에 잡목을 정비했습니다. 이 나무는 400~500년 정도 되었을 걸로 추정하는데 나무가 워낙 크다보니 해거리를 하여 7~8년에 한 번씩 열매가 달린다고 합니다. 주변에 잡목과의 치열한 싸움으로 덩치는 크지만 용맹이 없어 보여 이번에 마을 친구랑 큰맘 먹고 일을 벌였습니다. 주변에 큰 잡목들이 너무 많아 엔진톱을 혹사시키고 힘들었지만 돌배나무가 제대로 햇빛을 받도록 주변 잡목을 모두 베어내고 나니 속이 시원합니다.

올해 열매를 한번 달게 해보려고 거름을 30포정도 주자고 말하고, 잘하면 약효가 뛰어난 돌배를 수십 포대 수확할 수 있을 거라고 군침을 삼켜봅니다. 수십 포대의 공짜 돌배를 얻는데 두 가지 문제를 빼고는 모든 것이 만족스러워 보입니다. 하나는 30포대의 거름을 지게에 지고 마을에서 산길을 한 시간 이상 걸어야 한다는 것이고, 또 한 가지는 가을에 수확할 수십 포대의 돌배를 지게에 지고 한 시간 이상 마을까지 걸어가야 한다는 것입니다. 하하, 세상에 공짜는 없는 것이죠. 공짜는

고사하고 몸뚱이 보전이 쉽지 않아 보여 군침만 삼키기로 했습니다.

인간들 군침에 덩달아 같이 고생한 건 친구네 검둥이입니다. 이 녀석은 얼마 전 집을 나가서 일주일 만에 돌아왔다고 합니다. 주인은 올무에 걸린 게 틀림없다고 울부짖으며 일주일 내내 이 산 저 산 헤매며 찾아다녔지만 어디에서도 못 찾았다 합니다 이 넘이 몰래 꽃피는 춘삼월에 신혼여행 간 것도 모르고…

지리산은 이제 바야흐로 야생화의 계절입니다. 아침에 올라갈 때는 얼레지가 옷을 우아하게 입고 있었는데 오후에 내려 올 때 보니 모두 치마를 걷어 올렸습니다. 요즘은 춘심과 더불어 꽃 세상에 묻혀 삽니다. 내가 사는 산골마을은 지금 복사꽃으로, 살구꽃으로 그야말로 꽃 대궐을 이루고 있습니다. 매화는 이제 마~악 날리는 참입니다. 내 인생의 한 페이지도 몇 백 년 묵은 고목 옆에 붙어 매화와 함께 날린 하루였습니다. 매화 꽃 이파리처럼…

주사나 한방 맞으러 갔다가

지난 월요일 배가 살살 아파 아침 점심 굶고 매실 한잔 마시고 버티다가 주사나 한방 맞으려고 병원에 갔었습니다. 진찰하고 주사 한 방 맞고 약 받아 집에 오면 된다고 생각 했었는데 유감스럽게도 아직 집에 못가고 있습니다.

맹장염이라고 바로 수술을 하자고 해서 얼떨결에 맡겨 버렸습니다. 읍에 있는 작은 병원에서 수술을 한다는 게 내키지는 않았지만 우째 그냥 하게 되었습니다. 맹장 수술은 비교적 간단한 수술이라고 하니 금방 하고 집에 갈 생각만 했었지요. 근데 아무리 쉬운 수술이라 해도 배를 째고 창자를 도려내는 일이라 금방 집에 갈 수 있는 게 아니네요.

오늘까지 엿새째 입원실에서 링거를 맞으며 회복하느라 투쟁중입니다. 모레 퇴원 예정인데 병원에서 나오는 밥이 점점 맛이 없어지는 게 몸이 회복되어가는 징조가 아닌가합니다. 오늘은 간호사 몰래 근처 PC방으로 올 생각까지 떠오른 것을 보니 정신도 점점 맑아지는 조짐이 보입니다.

내가 있는 입원실은 일반 입원실로 4인실입니다. 벽에는 시계하나 달력하나 달랑 걸려있는데 이 달력이 좀 웃깁니다. 입원실에는 예쁜 꽃 사진이 있는 달력이 걸려 있어야 하지 않나요? 근데 이놈의 달력은 날짜만 큼직하게 있는 달력인데, 아래 광고란에는 대충 이런 글이 있습니다. 〈가족 같은 마음으로 정성껏 모시겠습니다. 시골○○병원 장례식장 24시간 대기. 어쩌고저쩌고…〉 이런 세상에~~ 입원실에서 바로 옆에 있는 장례식장으로 가기를 바라는 것인지… 입원실에 냉장고가 우째 없느냐고 물어보니 특실에는 있다고 합니다. 어쨌든 집 나가면 개고생입니다.ㅋㅋ

지금쯤 집에는 독일붓꽃이 만개했을까? 집 나올 때 한 송이 두 송이 피기 시작하던데… 장미도 피기 시작했을 텐데… 오늘은 장날이라 난장에서 오이고추랑, 방울토마토, 참외, 가지 등등 모종들을 사서 심었으면 좋으련만… 감나무 밭에 멀칭도 반쯤 하다가 왔는데… 이런 저런 생각들이 멈춰버린 시간 위로 둥둥 떠다닙니다.

4인실의 네 개의 침상은 공교롭게도 50대(나), 60대, 70대, 80대가 나이순으로 시계바늘 방향으로 차지하고 있습니다. 마치 10년 후에는 얼굴이 이렇게 변하게 된다는 것을 보여주는 것 같네요. 70대(실제 79살)인 영감님은 방구소리가 얼마나 큰지 정말 부럽습니다. 부끄럼을 달관할 나이인지라 불을 끈 밤에도 입원실 벽이 뚫리도록 포를 쏘아대는데 건강의 화신인 것 같습니다. 한밤중 화장실에 자주 간다는 것을 제외하고는 모든 것이 좋아 보이십니다.

수술 후 방구가 나와야 음식을 먹을 수 있다기에 나도 수술부위를 자극하지 않고 방구를 뀌기 위해 무지 노력했습니다. 마침내 이틀 후 힘 조절에 성공하여 나에게도 들리지 않을 정도로 빈약한 가스누출이 있었는데 사람 사는 게 참 우습습니다. 이런 사소한 일이 사람을 참으로 기쁘게 해주다니 말이죠.

건너편의 60대 아저씨는 신체의 어느 부위가 특별히 아파서 입원하신 게 아니고 그냥 쉬고 싶어서 오셨다고 합니다. (휴대폰 벨소리가 심수봉의 백만 송이 장미여서 편의상 백만 송이 아저씨라고 부를게요.) 근데 쉬러 오셨는데 정작 밤에는 잠을 자지 못하고 도로 집으로 가서 잡니다. 무슨 소리가 들려 잠을 이룰 수가 없다고 합니다. 나도 무슨 소리가 들리나 싶어 숨을 죽이고 집중해 보았더니 난방 팬 소리인지, 가습기 소리인지 모를 저음의 윙윙거리는 소리가 들리기는 하는데 졸려서 더 자세히 듣고 싶지는 않더군요.

백만 송이 아저씨는 50년간 이발을 해온 이발사라고 합니다. 초등학교 졸업하고 바로 이발 기술을 배우신 것 같은데, 반백년 면도칼을 사용하다보니 신경이 예민해져서 그러신 것 같습니다. 외모도 신경질을 그림으로 그린 것 같은 날카로운 인상입니다. 집에서 자고 정확하게 아침 6시 반이면 신문을 들고 입원실로 들어오십니다. 신문에 끼인 전단지까지 꼼꼼하게 읽어보고 가끔 이런저런 문의전화도 하십니다. 백만 송이 아저씨는 아침식사를 하면서 이런저런 불평을 합니다. '왜 병원에서 환자가 편히 잘 수 있도록 소음을 없애주지 않느냐?' 다른 사람은 잘 자는데 왜 혼자 못자느냐고 하면 "나더러 어쩌라는 말이냐." 하십니다. 이발소에서는 모든 사람이 자기 시키는 대로 하는데 병원에서는 아무도 자기 말에 귀를 기울이지 않으니 유감이 많아 보입니다. "국회의원도 내가 고개 숙이라고 하면 바로 숙이는데…"

80대(실제89세) 아저씨는 어제 퇴원을 하셨습니다. 매일 링거를 주입하고 흰 약 4개만 준다고 무슨 병원이 이래 성의가 없느냐고 잘 치료해

줄 큰 병원으로 옮긴다고 퇴원하셨습니다. 빈 침상에 갈비뼈에 금이 갔다는 50대 후반으로 보이는 건장한 농부가 들어왔다가 링거가 반도 들어가기 전에 벌떡 일어나서 안절부절 못하더니 링거 바늘을 뽑고 바로 나갔습니다. 관리기가 골을 타고 가다가 갑자기 멈춰서 가슴을 때렸는데, 논농사 100마지기중 절반이나 모내기를 해놓은 상태라 일 년 농사를 망칠 수 없어 아파도 논으로 가야한다고 말입니다.

나도 내일 모레면 실밥을 뽑고 집에 갈 겁니다. 갈비뼈에 금간 농부만큼 일 년 농사가 기다리고 있는 것은 아니지만 소소한 내 손길을 기다리고 있는 집으로. 집을 비운 동안 병원과 집과 직장을 오가며 애쓴 아내가 정말 고맙네요.

• • • • • •

등구할매 파마하시고

오늘은 마을 어르신들 모시고 여수 향일암에 다녀왔습니다. 지난 해 여수에서 우리 집에 민박 온 손님이 있어 우째 여수같이 경치 좋은 곳에서 지리산 골짝을 찾아오셨는지 물어본 적이 있습니다. 대답은 간단했습니다. "바다는 있는데 산이 없어서…" 오늘 우리가 여수로 간 심정이 그 심정입니다. "산은 있는데 바다가 없어서… ㅎㅎ"

등구할매는 허리가 굽어 넘어질 듯 위태로운데 혼자 뒤쳐지실까봐 잰 걸음으로 가십니다. 지치면 못 올라가시니 천천히 걸으시라고 말씀드려도 뒤처지는 게 싫으신 모양입니다. 장롱에 고이 보관했던 가장 고운 옷을 입으시고 향일함을 향해 뛰듯이 넘어질 듯이 올라가십니다.

어제 그제는 밭에서 일하시는 등구할매를 못 알아보았습니다. 우리 집 앞에 있는 등구할매 밭에 다른 할머니가 김을 매고 있어서 할머니 친척분인 모양이다, 등구할매가 아프신가 보다, 싶어 걱정을 했습니다. 그런데 실은 등구할매가 파마를 해서 못 알아본 것입니다. 오늘 고운 옷을 입고 부처님에게 절을 하는 모습을 보니 할머니가 며칠 전부터 오늘을 준비해 오셨음을 알겠더라구요.

"내가 언제 이런 곳에 다시 와 보겠어." 요즘 할머니는 평생 논에서 밭에서 일만 하시며 보낸 세월이 아쉬운 듯 넋두리를 자주 하십니다.

"세월이 금새 다 가부렸어…"

향일암 단청불사 시주받는 곳에 할머니들이 거금을 아낌없이 내는 것을 보고 놀랐습니다. 물세 1,500원 아끼려고 수도꼭지 잠그고 샘물 길어먹는 분들인데.

오늘이 때마침 화촌댁 아주머니 칠순이라 점심 때 케이크를 준비했습니다. 그동안 아주머니라고 불렀는데 벌써 칠순이십니다. 세월은 나이만큼 가속도가 붙는다고 합니다. 나이 들면 용기가 없어지고 변화를 싫어하게 되니 일상이 반복되어 그렇게 느껴지는 것이라 추측해봅니다. 그런 의미에서 오늘 하루는 세월을 붙들어 맨 하루였습니다. 유행가 가사처럼 밧줄로 꽁꽁 묶은 하루!

천상의 화원

지리산 산행을 위하여 새벽5시에 모닝콜을 맞춰놓고도 한밤중에 미리 잠이 깨어버렸습니다. 해마다 이맘 때 상봉에 피는 구절초와 산 오이풀 군락을 볼 생각에 잠을 설쳤기 때문입니다.

비울 것을 비우고 다시 자려고 하는데 잠이 오지 않습니다. 내게는 이게 큰 병입니다. 산행 전에 잠을 충분히 자둬야하는데 머릿속에서 하얀 구절초와 빠알간 산 오이풀 군락이 펼쳐지자 잠이 싹 달아나 버린 겁니다. 한 시간 이상 뒤척이다가 포기하고 거실로 나와서 요즘 읽고 있는 책을 펼쳐들었습니다. 소파에 비스듬히 기대어 노벨상을 받았다는 르 클레지오가 쓴 장편소설을 펼치고 나서 무난히 숙면에 들어갈 수 있었습니다.

이번 산행은 상봉에 있는 '천상의 화원'을 보러가는 것이라 빨리 올라갈 수 있는 코스를 택했습니다. 엄천골짝에 사는 행님, 아지매 12명이 중산리에서 셔틀버스를 타고 자연학습원까지 이동하니 오전 8시. 그리고 한 시간 가량 산길을 오르니 법계사입니다. 낮은 담장, 텅 빈 흙 마당이 눈에 들어옵니다. 낮출 걸 낮추고 비울 걸 비우라는… 법계사 삼층석탑 아래 산행객들이 작은 돌로 정성들여 탑들을 쌓아 놓았습니다. 돌을 쌓으며 소원을 빌었을 것입니다. 나도 조심조심 돌을 하나 올려놓으니 봉대행님이 말립니다. 돌을 위태롭게 올리면 인생이 위태로워지니 그러지 말라고 합니다. 듣고 보니 그럴 듯하여 다시 돌을 내려버렸습니다. 내게는 이게 큰 병입니다. 기왕 올린 돌, 자기암시로 소원을 빌고 믿음을 가지면 될 텐데 귀가 너무 여린 겁니다.

높은 산에 오르면 제일 먼저 해야 할 일은 증거를 남기는 겁니다. 내가 아무 날에 이 산에 올라왔다는 증거로 사진을 찍으려 정상에 올라서니 법계사에서 본 스님 세분이 계십니다. 안개 자욱한 산정에서 무슨 얘기를 나누는 것일까요? 모자를 쓰지 않은 스님은 조각상처럼 잘생기셨습니다.

산정에서 점심을 먹고 장터목을 지나 법천폭포로 하산했습니다. 철쭉과 단풍은 이제 한창 불타고 있습니다. 보름 후면 온 산이 단풍으로 불타오를 것입니다. 구절초, 산 오이풀, 용담, 쑥부쟁이 그리고 이름 모를 야생초를 한번 스쳐 지나갔을 뿐인데 아직도 눈에 삼삼한 것이 마음엔 천상의 화원이 자리합니다. 그리 비우라 했는데도 쉽사리 되지 않는걸 보면 아무래도 내게는 이게 큰 병인 모양입니다.

· · · · · · ·

또 하나의 지리산 길, 운서 올레길

올봄부터 지리산 둘레길이 생겼습니다. 그리고 그 길이 내가 사는 운서마을을, 그것도 내가 사는 집 앞을 지나가게 되었습니다. 조용하던 지리산 엄천골짝 운서마을에 이제는 지나가는 둘레꾼들이 보이고 주말이면 걷는 사람들로 제법 북적이기도 합니다. 이참에 멀리서 온 손들이 마을을 그냥 스쳐 지나가게 하지 말고 마을 뒷산도 한번 둘러보고 가라고 마을 둘레길을 만들어보기로 했습니다.

이름 하여 운서마을 올레길. 답사는 마을 이장님이랑 총무 그리고 나 세 명이 하였는데, 아침 9시에 마을 뒷산 한쟁이골을 출발하여 공개바위까지 갔다가 능선을 타고 내려오니 오후 두시. 중간 중간 쉬는 시간 점심시간을 제외하면 약 세 시간 정도 걸었습니다.

한쟁이골로 올라가는 길은 이미 개통된 지리산 둘레길에 결코 빠지지 않는 아름다운 오솔길입니다. 예전에는 이 길을 견마길이라고 불렀다합니다. 견마길은 육이오 전쟁 후 산판 나무를 져 나르기 위해 만들었다는데, 길바닥에는 나뭇짐을 인력으로 끌 수 있도록 둥근 나무토막이 깔려있었다 하네요. 지게로 져다 나르면 한 짐밖에 나르지 못하지만 사다리같이 생긴 긴 지게에 나무를 한 번에 대여섯 짐이나 올려서 질질 끌고 내려왔다는데 그 때는 그게 제법 돈이 되었다합니다. 그 나무들은 동란 후 부산의 피란민 판자촌 짓는데 사용되었다고도 합니다.

그런데 그 견마길이 세월이 흘러 이제는 사람 한사람 겨우 다닐 수 있는 오솔길이 되었습니다. 오솔길을 따라 올라가는데 돌배가 떨어져 있어 맛을 보았더니 새콤달콤 기가 막히게 맛있네요. 어찌나 맛있던지 내려오는 길에 다시 여러 개 주워 먹었습니다. 거름을 주고 재배한 열매는 시간이 지나면 썩는데 완전 자연산 야생 배는 썩지 않고 마르기만 할뿐 달콤한 맛은 갈수록 깊어진다네요.

반시간 가량 오르니 산죽이 무성해서 걷기가 어려울 정도입니다. 장정 두 명이 날을 잡아서 산죽 밭에 오솔길을 내기로 했는데 그 불쌍한

두 명이 누가 될 지?ㅎㅎ 겸마 길을 따라 한 시간 가량 올라가니 마당바위가 나옵니다. 예전에 사람이 많이 다닐 때는 바위가 반들반들 했다고 하는데 지금은 다니는 사람이 없어 솔잎이 수북이 덮여 있습니다.

마당바위에서 조금 더 올라가니 콩죽바위가 나옵니다. 바위에서 콩죽을 끓이는 소리가 들린다고 해서 그렇게 불리는데 바위 옆에 앉아 가만 귀를 기울여보니 신기하게도 뽀글뽀글 콩죽 끓이는 듯한 소리가 들립니다. 바위에서 우째 이런 소리가 날까 궁금해서 주변을 살펴보니 근처에 계곡이 졸졸 흐르고 있고 바위는 물소리가 공명이 되도록 부채처럼 생겼네요.

지리산 마고할미가 공기놀이 하던 공깃돌(공갯돌)을 쌓아서 만들었다는 공개바위에서 도시락을 먹고 능선 길로 내려왔습니다. 능선 길에는 온통 도토리가 깔려있어 한번 미끄러지면 청룡열차 타고 마을까지 내려올 거 같았습니다. 청룡열차를 타고 싶은 충동을 느꼈지만 돌아오는 표가 없다하여 참았습니다.

• • • • • •

곶감 숙성용 하우스

몇 년 전부터 곶감 숙성용 하우스를 지으려고 벼르던 차에 중고자재를 이용하여 저렴하게 시공해 준다는 업자를 소개받았습니다.

"이런 건 일도 아니라요. 잠깐이면 해버리죠."

"그래도 맨바닥에 짓는 게 아니고 덕장 2층에서 베란다를 내어 맹그는 거라 좀 까다롭지 않을까 싶은데요?"

"아뇨~ 이런 일은 일도 아니라요."

"좋습니다. 그럼 시간되는 대로 바로 부탁드립니다."

소개해준 사람이 일 잘한다고 적극 추천도 하고 중고자재를 이용하여 저렴하게 시공한다는 말이 귀에 쏙 들어와 쉽게 업자를 정했습니다. 견적을 내어 달라고 했더니 다 중고자재를 쓰는데 돈도 별로 안 든다고 그냥 알아서 달라고 합니다. '그래도 견적을 달라고 하면 내가 너무 쪼잔한 거 같아 보이겠지… 중고자재로 하는 거니깐…'

이런 건 일도 아니라고 자신 있게 말하는 업자는 전문가 냄새가 물씬 났고 믿음도 갔습니다. 우리 큰 아들 또래의 훤칠하게 잘생긴 젊은 친구를 조수로 데리고 왔는데 자기 아들이라며 소개를 해주었습니다. 아버지와 아들이 한 팀을 만들어 일을 한다니 더 믿음이 갔습니다. 그 때가 나락을 한창 거둘 때였으니 아마 구월이었나 봅니다. 시간되는 대로 바로 시작하기로 했는데 시월이 다가도록 공사가 시작되지 않아 전화를 해보니 현장이 여러 군데라 바쁘긴 하지만 간단한 일이니 잠시 짬을 내어 보겠다고 합니다.

그리고도 보름이 지났습니다. 보름 뒤, 다시 전화를 해서 더는 기다릴 수가 없어 다른 업자를 알아보겠다고 하니 그날 저녁에 자재를 일부 갖다놓고는 일이 늦어진 것에 대해 정중하게 사과를 하고 갔습니다. 그리고 그 사람은 다시 열흘쯤 지나서 나타났습니다.

"내 바음이 조그 이사하지요. 머이를 다치는 바암에… 이은 금바 하께요…"

발음이 조금 이상한 게 아니라 많이 이상했습니다. 다른 현장에서 일을 하다가 머리를 부딪쳐 입원했다가 사흘 만에 퇴원하는 길이라 하네요. 발음도 어눌하고 눈빛도 흐리멍덩해 보여 도무지 일을 할 수 있을 것 같지 않은데 금방 끝내겠다며 중고철근 자재에 페인트 칠 부터 시작했습니다.

"페인트 치하면 새거이랑 또 가타요…"

정말 중고 철 자재에 칠을 하니 새 것처럼 깔끔해 보였습니다. 페인트가 채 마르기도 전에 절단공구로 툭툭 잘라내고 용접마스크도 없이 거칠어 보이는 손바닥으로 불똥을 가려가며 베란다를 이어내는데, 불안해 보였지만 전문가답게 일은 잘하는 것 같았습니다. 그렇게 해서 사흘만에 하우스를 지을 수 있는 기초 베란다가 완성되었는데, 아뿔사…

치명적인 오류가 발생했습니다. 바닥이 평평하지 않고 기울어져 있는 겁니다. 기울어도 살짝 기운 것이 아니라 서있으면 몸이 쏠릴 정도로 많이 기울었습니다. 일을 시작하기 전, 무릎을 구부린 채 한쪽 눈을 감고 찡그린 외눈으로 수평을 볼 때 과연 전문가라고 생각했었는데… 다친게 머리뿐만이 아닌 모양입니다.

"이사하다… 분며이 평펴핸느데…"

약간 기울었지만 사람 사는 집이 아니고 곶감 숙성용 하우스니 그냥 그대로 하면 안 되겠냐는 것을 못들은 척하고 "평평하게 고쳐야죠."했더니 한참 고민한 후 그렇게 하겠다고 합니다. 문제는 그 작업을 해머하나로 한다는 것입니다. 당연히 용접부위를 산소를 불어 분리하고 수평에 맞게 다시 용접하는 줄 알았는데, 한 시간 이상 땀을 뻘뻘 흘리며 해머만 휘두르는 것을 보고 즉시 마음을 바꿔 현실을 있는 그대로 받아들이기로 했습니다.

"다시 생각해보니 곶감 숙성하우스니 좀 기울어도 상관은 없겠네요. 그냥 진행합시다."

일단 곶감 덕장이 무너지는 것은 막은 셈입니다. 나름대로 잘못을 바로 잡으려다 내가 그냥 진행하자고 하니 업자는 체면이 심각하게 손상되었다고 생각한 모양입니다. 잠시 다른 현장에 급한 일을 처리해 주고 오겠다며 가더니 함흥차사가 되어 버렸습니다. 소개해준 사람에게 다시 알아보니 그 업자는 고물상을 하는 사장님이시라고 합니다. 결코 전문가가 아니었습니다.

우째우째하여 공사는 다른 사람이 맡게 되었고 새로 온 전문가는 바닥이 기울었다고 투덜대면서 기울어진 기초위에 기울어진 하우스를 뚝딱 만들었습니다. 새해부터 만드는 곶감은 모두 이 기울어진 하우스에서 숙성되어 나옵니다. 숙성시켜야할 게 곶감만은 아니건만 나는 요즘 아무 생각 없이 기울어진 하우스에서 곶감만 숙성시키고 있습니다.

．．．．．．

송화 가루 날리는 날

아침에 송령을 만들려고 산으로 솔 순 채취하러 가려는데 곶감덕장에서 박새가 지푸라기를 물고 오락가락하고 있어 잠깐 지켜보니 덕장 처마 밑에 집을 짓고 있습니다. 작년에도 박새부부가 둥지를 틀고 새끼를 키워나갔던 자리입니다. 재작년에는 넝쿨 장미 줄기에 둥지를 틀었고 민박집 처마에도 둥지를 튼 적이 있습니다.

일단 새가 집을 짓고 알을 낳으면 나도 건물 사용에 상당한 제약이 따르기 때문에 이 무허가 건축행위를 허용할 것인지에 대해 고민을 하게 됩니다. 더군다나 재작년 넝쿨장미에 박새가 알을 깠을 때는 심장병과 근육경련이 발병해서 고생한 적도 있습니다.ㅎㅎ 장미가 흐드러지게 피었는데 나랑 별로 친하지 않는 박새가 내가 접근하면 무척 당혹해해서 조심조심 지나다니느라 가슴이 두근거리고 다리근육이 뻣뻣해지는 증상이 생기기도 했거든요. 다행히 박새가 새끼를 다 키우고 출가시켜 이사를 하고나서는 그런 증상이 사라졌습니다. (믿거나 말거나 ㅎㅎ)

새끼가 날 수 있을 때까지 약 한달 가량 곶감덕장 한 쪽 귀퉁이를 사용하지 못하게 되는데 가만 생각해보니 내가 입게 될 경제적인 손실은 별로 없는 것 같아 묵인하기로 했습니다. 그리고 이제 막 핀 고운 살굿빛 붓꽃을 보며 산으로 향했습니다.

그런데 살구 색깔의 붓꽃을 보니 문득 밀린 숙제가 떠오릅니다. 며칠 전부터 아내가 살구씨를 까달라고 했는데 대답은 시원하게 해놓고 아직까지 안 까고 있습니다. 살구씨 가루를 바르면 저 붓꽃처럼 얼굴이…ㅋㅋ

산에서 솔순을 한창 채취하고 있는데 갑자기 산새가 한 마리 톡 튀어나오더니 제대로 날지를 못하고 주위를 어지러이 왔다 갔다 합니다. 다쳐서 날지를 못하는구나 하고 불쌍히 여겨 한참이나 지켜보았습니다. 이리 푸더덕 저리 푸더덕하며 애써 날갯짓 하는 게 안쓰러워 가까이 다가가니 어라? 이게 제법 포르르 날기도 합니다. 몇 걸음 쫓아가다가 나는 풋 웃어버렸습니다. 머릿속에 자막이 떠올랐죠.
"나 잡아봐라~ 나 잡아봐라~"
인정하기는 싫지만 내가 속은 겁니다. 원래 자리로 가서 새끼들이 있나 덤불을 뒤져보았는데 아무것도 찾지 못했습니다. 오늘은 새하고 인연이 있는 날인가봅니다.

지금 산에는 온통 송화 가루가 폭탄 터지듯 펑펑 터지고 있습니다. 비 오듯 쏟아지는 포탄을 뚫고 오전에 솔 순 한 포대 해왔습니다. 그런데 바람도 불지 않는데 어째서 송화 가루가 화학공장에 불이라도 난 거처럼 저리 펑펑 터질까요? 짐작컨대 저녁에 비가 많이 온다고 하니 소나무가 서둘러 송화를 뿌리는 것이 아닌가 싶습니다. 사실이라면 참으로 놀라운 자연의 섭리겠죠?

．．．．．．

풀을 베다가

마당 아래 경사진 곳에 덤불을 정리하고 장미를 심어볼까 싶어 이틀째 풀을 베고 있습니다. 첫날은 낫으로 하다가 낫으로 할일이 아니다싶어 오늘은 예초기를 휘두르고 있습니다.

"낫도 날히언 마란 예초기가티 들리도 업스니이다～ 앗싸～ 덩더둥셩～"

룰루랄라～ 찔레 덤불을 치는데, 아이쿠야～ 이게 뭐야～ 코앞에 새 둥지가 있습니다. 하마터면 대형 참사가 터질 뻔 했네요. 미안미안～

"그래도 이 넘들아 그런 일이 있었으면 소리를 해야지." 짐짓 엄하게 꾸짖으며 들여다보니 이넘들은 아직 짹 소리도 못할 처지네요. 설사 짹 소리 해본들 예초기 소음에 들리기나 했겠냐마는…

"이넘들아～ 니네들도 놀랐겠지만 어미가 얼마나 놀랐겠니? 물론 애비도 놀랐겠지만 어마님처럼 괴시리 업스니(사랑하실 이 없으니)…"

숨을 죽이고 주위 공기를 느껴보니 보이지는 않지만 어

요 4마리는 4대강과 무관함.

미가 근처에 몸을 숨기고 애를 태우고 있다는 느낌이 옵니다. 작업 중단을 결심합니다. 4대강 사업을 중단케 하고 싶은 구국의 심정으로. 철수 결정을 내린 뒤 베어낸 찔레가지를 이리저리 얼기설기 덧대어 주변을 복구해 봅니다.

• • • • • •

중은 올깎이고 감은 늦깎이야

　　세상사 새옹지마(塞翁之馬)라더니 참으로 알 수가 없습니다. 지난 늦가을 다른 농가에서는 한창 감을 깎아 매달고 있는데 나는 일손을 구하지 못해 애를 태웠습니다. 지난 해 우리 집에서 감을 깎던 아주머니들은 모두 양파 심으러 가버렸습니다. (들에서 양파 심는 품삯이 집에서 곶감 깎는 것보다 한 장 더 많습니다.)

　　이곳 지리산 엄천골짝은 양파가 또 유명합니다. 엄천골은 게르마늄이 많은 지역이라 양파가 단단하고 저장이 오래 된다고 합니다. 그런데 곶감 깎는 시기가 양파 심을 때와 겹쳐 때만 되면 양파농가와 곶감농가의 일손확보전쟁이 벌어집니다. 양파 농가에서는 양파도 아직 다 안 심었는데 감을 깎는다고 곶감 농가에 한소리하고, 곶감 농가에서는 설이 오기 전에 곶감을 만들려면 더 이상 늦출 수가 없다고 항변하지만 싸움은 항상 한 장 더 주는 양파 농가의 승리로 끝납니다.

　　그래서 깎으려고 마당에 재어 놓았던 감을 다시 저온창고에 넣고 일손 구하러 여기저기 소리하고 다니는데 먼저 곶감을 매단 농가에서 다

급한 소리가 들려왔습니다.

"이걸 우짜믄 좋노~"

"와요? 와 그라는데…"

"감이 바닥에 다 붙어 버렸어~"

"감이 와 바닥에 붙어요?"

"몰라~ 소똥 붙듯이 바닥에 다 붙어 버렸다니까…"

무슨 소린가 싶어 감이 붙어버렸다는 집에 가보니 정말 덕장에 매달려 있어야 할 감이 소똥처럼 바닥에 흥건했습니다. 바닥에 붙어 버린 셈이죠. 100년만의 이상 고온으로 감이 마르지 않고 홍시가 되어 바닥에 모두 떨어져버린 겁니다. 이어 방송에서는 연일 상주, 산청 등 유명 곶감산지의 피해 보도가 이어졌습니다.

오래 전부터 곶감을 많이 깎았던 이곳 어르신들이 그러셨답니다. '중은 올깎이고 감은 늦깎이야.' 중이 되려면 일찍 머리를 깎는 게 좋고 곶감을 만들려면 늦게 감을 깎는 게 좋다는 말인데, 중이 안 돼 보아서 왜 일찍 머리를 깎아야 하는지는 몰라도 감을 깎아보니 늦게 깎아야 한다는 걸 이제 확실히 알겠습니다. 나는 알고 늦깎이 한 건 아니지만 어쨌든 일손이 없어 지난 기후행패(?)를 피할 수 있었습니다.

그런데 이 이상고온은 다른 한편으로는 좋은 점도 있었는데 감이 숙성이 잘되어 100년 만에 가장 달콤한 곶감이 된 겁니다. 그래서 감을 모두 붙여버린 사람이든 운 좋게 비켜간 사람이든 모두들 한마디씩 합니다.

"달기는 엄청 달아~"

요즘 엄천골에는 곶감 도매상인들이 자주 들락거립니다. 양파 때문에 감을 늦게 깎은 농가가 많은 엄천골은 지난해보다 곶감 작황이 좋다는 소문이 상인들 귀에까지 들어간 모양으로 이전에는 상인들이 우리 같은 영세 농가까지 다니며 곶감을 사는 일이 드물었습니다. 어떻게 알았는지 우리 집에도 상인이 왔었죠. 경기도에서 과일도매를 엄청 크게 한다고 하더군요. 내가 만든 곶감을 도매로 팔아본 적이 없고 팔겠다고 생각해 보지도 않았지만 막상 상인이 찾아오니 기대가 되었습니다. 올해 유난히 때깔 좋고 숙성이 잘 된 곶감을 보고 상인은 얼굴에 만면의 미소를 띠며 '이미 포장된 곶감과 아직 덕장에 말리고 있는 곶감까지 모두 좋은 가격에 사겠다.'라고 말하길 기대했는데, 유감스럽게도 상인의 얼굴에서는 만면의 미소는커녕 한 올 머리카락처럼 가는 미소도 찾아볼 수 없었습니다.

　재밌는 얘기가 많지만 말을 하자면 길어질 것 같아 결론만 말하겠습니다. 거래는 이루어지지 않았습니다. 사려고하는 상품이 좋아도 마음에 든다는 표정이 얼굴에 나타나지 않도록 엄격하게 표정관리를 하는 상인에게 좋은 가격에 손쉽게 곶감을 팔고 싶은 곶감쟁이는 크고 달콤한 곶감을 맛보여주며 몇 번 방아쇠를 당겨 보았지만 표정관리의 달인은 끄떡없고, 햇볕을 많이 받아 색이 바랜 곶감을 골라 질겅질겅 씹어 먹으며 가격을 후려치던 달인을 안다리 후리치기 한판으로 보내 버렸습니다.

안 돼! 사람 불러야 돼

기계치 선발대회가 있다면 우승도 넘볼 수 있는 내가 내 손으로 직접 포클레인을 운전해보게 되리라고는 꿈에도 생각하지 못했는데, 세상에나 이런 일이 실제로 발생했습니다.ㅎㅎ 이렇게 감격해 하는 것은 이미 말했다시피 나 바보농부는 둘째가라면 서러워할 기계치라는 거. 특히 포클레인 같은 중장비는 일생에 한번이라도 사용해보게 되리라는 기대를 개미 똥꾸멍 만큼도 해본 적이 없었다는 겁니다. 비록 미니 포클레인이지만 그 엄청난(?) 장비를 내가 내손으로 직접 운전해서 감나무 밭 배수로를 정비하고 새 배수관을 묻었다는 거 아니겠습니까?ㅋㅋ 이걸 직접 하지 않고 '안 돼~ 사람 불러야 돼~' 했더라면 텔레뱅킹할 때 손가락이 제법 떨렸을 텐데 말입니다.

물론 과정이 쉽지는 않았습니다. 이웃 행님이 군 농기계 임대사업소에서 미니굴삭기를 빌려 사용하는 것을 우연히 보고 나도 한번 도전해보고 싶다는 당찬 생각을 하게 되었지요. 그래서 굴삭기 사용법을 물어보고 운전실습도 그 자리에서 해 보았는데 굴삭기 이거 생각보다 어렵지 않더군요. 숙달만 되면 해볼만하다는 생각이 들었습니다. 그래서 일단 포클레인을 빌려 혼자 연습한 뒤 실전에 사용하기로 하였습니다.

농기계사업소에 임대 신청할 때 굴삭기 운전 경력을 묻길래 운전해본 적이 있다고 둘러대었습니다. 사고 위험 때문에 운전 경력이나 면허가 없는 사람에게 굴삭기 같은 장비는 빌려 주지 않거든요. 잠깐이나마 해본 적이 있으니 거짓말 한 것은 아니지요.ㅎㅎ

그런데 사업소 직원이 굴삭기를 한번 운전해보라고 하는데 가슴이 두 근반 세 근반 총 여섯 근. 운전해본 것도 한 달 전이고 여러 종류의 핸들 중 일부는 위치가 다른 것 같고 조작해보았던 기억도 가물가물했지만 결코 당황하지 않고 침착하게 흙을 한 삽 퍼서 옆으로 부어 보았습니다. 그리고 그 동작을 반복했습니다. 한참 같은 동작만 했더니 헐~ 눈앞에 백록담과 지리산이 하나씩 생기네요.

당황스럽게 지켜보던 직원이 구덩이는 그만파고 앞뒤로 움직여보라고 합니다. 앞으로 가겠다고 해놓고는 뒤로 가면서 예전에 사용했던 모델이 아니라서 조금 헷갈리지만 쓸 만하다고 날씨가 너무 좋다고 너스레를 떨었습니다.

그랬더니 그 직원 표정이 대충 이랬네요. (포클레인 사용해본 적이 전혀 없구만… 움직이는 거만 겨우 어디서 훔쳐본 모양인데 저 겁먹은 표정이 참으로 가관이다. 이거 빌려줬다가 사고 나는 거 아닌가 모르겠네. 일단 관심농부로 분류.)

아닌 게 아니라 사고가 났습니다. 첫 번째는 트럭에 실어온 장비를 땅위에 내릴 때 아찔한 사고. 트럭에 사다리를 걸치고 장비를 움직여 조심조심 내리는데 바퀴가 수평상태에서 사다리가 놓인 각도로 바뀌는 순간 갑자기 기우뚱하는데, 하이고~ 손발이 오그라드는 끔찍 했던 순간이 그날 밤 꿈에 나타날 정도로 아찔했습니다. 운전석에 앉아있던 몸이 갑자기 기우뚱하니 중심을 잡는다는 게 그만 핸들을 잡고 당겨버렸네요. 조심조심 엉금엉금 거북이처럼 기어 내려와야 하거늘 당황한 운전자가 브레이크대신 액셀을 밟고 돌진하는 것처럼 그냥 순식간에… 하지만 하느님이 보우하사 살아서 내려왔습니다.

작업이 기다리고 있는 감나무 밭까지 이동하는데 좀 보태면 전차를 운전하여 전투에 나서는 병사의 심정이었다고나 할까요? 하여튼 엄숙한 마음으로 본격적인 작업에 앞서 이것저것 핸들을 밀고 당겨보며 조작법을 익혀보는데 도대체 맘대로 되는 게 없었습니다. 굴삭기 바가지를 숟가락이라고 한다면 숟가락으로 밥을 퍼서 입에 못 넣고 어깨 너머로 홱 던지기를 반복하고 국을 떠서 입에 가져가다가 제기랄~ 그만 무릎에 쏟아버립니다. 밥이 입으로 들어가려다 눈에 철퍼덕 붙기도 하고, 하여간 대화가 안 통하는 기계의 손을 빌려 일을 하려니 답답해서 그냥 삽질 하는 게 낫겠다는 생각까지 들었지만 참고 연습 또 연습하니 겨우겨우 숟가락질이 되네요.

그런데 운전이 좀 익숙해지니 이렇게 재밌을 수가 있을까요. 또 여유도 생기네요. 배수로를 만들다 원추리가 보여 집주변에 이식해서 꽃을 보고 싶은 여유까지 생겨 원추리를 퍼 모았습니다. 그런데 사고란 게 항상 이런 방심의 순간에 찾아오네요.

이틀 작업 중 첫날은 조작법 익히느라 일을 별로 못하고 이틀째는 일이 된다 싶어 속도를 좀 내어보는데 한번은 굴삭기 바가지가 큰 바위 밑에 끼어 버렸습니다. 굴삭기로 들어 올릴 수 있는 크기가 아니어서 끼인 바가지를 빼내야 하는데 바보 같은 기계치가 핸들을 반대로 당겨버렸습니다. 이게 앞에서 말한 두 번째 사고입니다. 굴삭기가 갑자기 기우뚱

기우뚱하다 옆으로 기울더니 나를 옆 도랑에 홱 패대기쳐버렸습니다. 굴삭기도 거의 넘어질 뻔 했는데 하나님이 또 보우하사 오뚝이처럼 다시 균형을 잡고서는 바람에 옷을 좀 버리고 얼굴에 머드팩을 한 것 외에 피해는 없었습니다. 웃기는 건 하마터면 대형사고가 날 뻔 했는데 우째 이런 순간에도 남의 눈치가 보이던지… 어이없게도 멀리서 쑥을 캐던 할머니 두 분이 우스꽝스럽게 날아가는 모습을 봤을까 싶어 도랑에서 엉거주춤 몸을 낮추고 상황을 지켜보았다니까요. 글쎄~ㅎㅎ 다행히 못 본 것 같아 옷을 툭툭 털고 다시 굴삭기 위로 올라갔지요.

우째우째해서 배수로 흙을 파내고 새 배수관을 묻은 뒤 흙 매우는 작업을 비슷하게 해냈습니다. 여전히 숙달까지는 요원해서 어떤 작업은 포클레인이 빠를까 그냥 삽질하는 게 빠를까 고민하기도 했지만 다음에는 더 큰 포클레인도 운전할 수 있겠다는 용기를 얻은 게 큰 수확인 거 같습니다.

사실 미니 포클레인은 네 가지가 부족합니다. 덩치가 작아서 힘이 부족하니 웬만한 돌 하나 제대로 들지 못하고, 키가 작으니 조금 먼 곳에는 손이 잘 안 닿고, 경사진 곳에서 작업하면 넘어지기가 쉽고, 바퀴가 고무판이라 마른 땅이 아니면 진흙에 잘 빠집니다. 하지만 작은 만큼 큰 장비가 들어가기 곤란한 곳에 들어가서 작업할 수 있다는 장점은 있으니 영 쓸모없는 놈으로 오해하지는 마시길…

참고로 요즘은 군마다 농기계임대사업소가 있어 트랙터, 미니굴삭기, 관리기, 경운기, 동력제초기, 동력운반차, 구근 수확기 등, 농기계를 농

민들에게 저렴하게 빌려주고 있습니다. 농사 규모가 작아서 농기계 사용일수가 연간 며칠 안 되는 경우에는 큰돈을 들여서 구입하기보다 임대로 쓰는 게 훨씬 경제적이라 판단됩니다.

다만 이런 농기계들은 결코 장난감이 아니니 바보농부처럼 막무가내로 덤벼들지 말고 반드시 운전교육을 사전에 받고 사용해야 한다는 것입니다. 바보농부는 그 뒤 경남농업기술원에서 농업기계기술교육 과정을 이수하여 기계화 영농사 자격증을 받았습니다. 이론교육부터 분해조립, 운전실습까지, 2주 합숙교육을 받았는데 관리기, 트랙터, 엔진톱, 미니굴삭기, 콤바인, 스키로더, 용접기술 등등 농가에서 사용하는 모든 장비에 대해 배우고 시험에도 통과하여 평생 이마에 달고 다니던 기계치 딱지를 떼고 상으로 공구세트도 받았다는 자랑질을 지금 하고 있는 것입니다.

‧‧‧‧‧‧

등구 할매와 장닭

붓꽃 향이 진한 오월 아무 날, 어딜 다녀가시는지 오늘따라 등구할매 걸음걸이가 힘들어 보입니다. 지난해까지만 해도 밭에 왔다 갔다 하실 때 지게도 지고 때론 제법 큰 나무 등걸도 땔감 한다고 끌고 다니셨는데 어디가 불편하신지 걸음걸이가 다릅니다. 얼핏 보니 앞가슴에 뭘 가득 보듬고 내려가시는데 걸음이 왜 이리 느리신지…

등구할매 올해 연세가 어떻게 되시더라? 마당일 하다가 곶감 한 봉지 들고 따라 내려가 보니, 할머니가 가슴에 가득 보듬고 내려간 것은 뽕잎 순입니다.

"뽕니파리가 참으로 몸에 좋은기라~ 내가 삶아서 먹기 좋게 해가지고 갖다 줄테니까 한번 먹어보소~"

"아이고 아닙니더~ 저도 뽕닢이랑 다래 순이랑 묵나물 많이 만들어 났심더~"

뽕잎이 손톱 자라듯 조금씩 보이던 게 엊그저께 같은데 한여름 날씨처럼 갑자기 더워진 요 며칠 새 이파리들이 아기 손바닥처럼 넓어졌습니다.

며칠 새 엄천골짝은 나물천지로 변해 할머니 나물보따리엔 뽕잎 외에 다래순이랑 취나물이 가득 가득이고, 말동무가 생겨 신이 난 할머니 이야기보따리엔 엄천골로 시집오기 전 등구 마을에 살 때 산사람(빨치산)에게 양식 빼앗긴 드라마와 옛날 옛적 영감님 살아계실 때 어려웠지만 그런대로 재밌었던 시트콤이랑 지금은 모두 도시로 나간 자식들 이야기로 넘쳐납니다. 오늘은 첨 듣는 시트콤이 있어서 시간가는 줄 모르고 할머니의 스토리텔링에 심취해있는데 방해꾼이 생겼습니다.

방해꾼은 바로 이 녀석. 가엾은 장닭 을입니다. 이 녀석은 닭장 안에 있는 장닭 갑이랑 허구한 날 싸움질을 해대다가 닭장 밖으로 격리수용 당했다는데 현실을 받아들이지 못하고 격분하여 시도 때도 없이 목청을 높인다합니다. 소리가 얼마나 요란한지 이 녀석이 한번 '꼬끼요'하면 할머니도 잠시 말을 멈추십니다. 대화 중에 머리위로 비행기가 지나가기라도 하는 것처럼. 게다가 이 넘은 승질도 보통이 아닌지 할머니 엉덩이 까지 쪼아대는 행패를 부린다고 합니다.

물론 장닭 을이 악의가 있어 그러는 거는 아니겠죠. 그렇다고 닭장 안에서 세 마리의 암탉을 거느리고 있는 장닭 갑의 잘못도 아닐 거고요. 사연인즉, 작년 봄 면사무소에서 토종병아리 분양 보조 사업이 있을 때 할머니는 수평아리 하나 암 병아리 넷을 신청하셨다는데 어찌된 영문인지 암 병아리 하나가 수탉으로 자라는 불상사가 발생한 겁니다. 한 우리에 장닭 하나 암탉 넷도 장닭으로서는 불만인데 장닭 둘에 암탉 셋이라니 장닭 하나에 암탉 평균 1.5씩은 말도 안 된다는 거죠.

장닭 을의 방해가 만만찮았지만 등구할매 이야기보따리는 넘치고 넘쳐서 미처 다 주워 담지 못할 정도였고 아쉽지만(?) 다음을 기약해야만 했습니다.

· · · · · ·

눈이 이국적인 강아지

어제 저녁 산책길에 주먹만 한 강아지를 보았습니다. 고개 너머 이웃 마을 앞을 지나가는데 낯선 강아지가 한 마리 보이기에 "호오~ 고놈 눈이 참 이국적이네~"하고 지나쳤습니다. 아주 어린 것이었어요. 3~4개월이나 되었을라나 체구도 쪼그마한 것이 재래종 같아 보이는데 완전 토종은 아니고 스피츠인가 하고 다시 보면 그것도 아닌 것 같고… 하여튼 아내가 무슨 종이냐고 물어보는데 딱히 답이 떠오르지 않아 우물쭈물하다가 한번 연구해보자 하고는 과제로 돌려버렸지요. 조상 중에 말티즈도 있었던 거 같고 요키도 의심스러운데 좌우지간 우수한 2세를 배출하기 위해 다양한 조상들이 고뇌하고 노력했음을 짐작케 하는 넘이었습니다.

그런데 매일 이맘 때 산책하며 지나가는 이웃 마을에서 저렇게 눈이 매력적인 넘은 본 적이 없는지라 뉘 집 강아지지? 유기견인가? 하는 생각이 들었습니다. 지금 여름휴가가 절정인 때라 어느 양심에 털 난 사람이 지리산 계곡에 놀러왔다가 쓰레기와 함께 슬그머니 버리고 간 것이 아닌가 하는 생각이 들었는데 아나나 다를까 그녀석이 우리를 쫄래쫄래 따라오는 것이었습니다.

"어마! 엄마! 저것이 왜 우릴 따라와? 어째?" 하며 아내는 놀란 표정을 짓고,

"얏~ 안 돼~ 저리~가~ 따라오면 안 돼~"하고 나는 소리쳤습니다.

그런데도 녀석이 막무가내로 쫄래쫄래 따라오기에 이거 안 되겠다 싶어 돌아서서 눈을 부라리며 으르렁댔습니다. "얏! 안돼! 안돼! 안돼! 안돼!~ 꽥~"하고 허공에 주먹을 사납게 휘둘렀더니 이 녀석이 그제야 상황을 감지했는지 엉덩이를 땅에 붙이고 얼음이 되어 버렸습니다. '이 녀석아 미안하다. 정 갈 데가 없으면 내가 소개장을 써 줄 테니 함 찾아가보던지… 진주에 아진이라는 천사가 있는데 어려운 처지의 개를 애써 구조해서 돌보아준다 카드라… 그리고 니 주인이 널 애타게 찾고 있을 수도 있는데…'

혹시나 하는 마음에 목을 봤지만 명찰은 안보입니다. 유기됐을 가능

성이 더 많아 보입니다. 안됐기는 하지만 버려진 개를 길가에 보이는 대로 다 거두어 돌봐주고 먹여줄 처지가 아닌지라 아내와 나는 가슴을 쓸어내리며 재빨리 이웃 마을길을 지나치고 강둑길로 접어들었습니다.

근데 그렇게 모질게 소리쳐놓고도 왜 뒤통수가 근질근질했을까요? 저 어린 것이 무작정 따라와 집에까지 밀고 들어오면 내치지는 못하겠다는 생각이 들어 나는 아내에게 만일 저 넘이 집에까지 따라오면 어쩌지 하고 떠보았습니다. 그랬더니 아내는 묵묵부답. 머릿속에서 천사와 악마가 싸우느라 답변할 처지가 아닌 모양이었습니다.

근데 뒤통수가 근질근질하다 못해 뒤에서 누가 자꾸 부르는 것 같아 뒤돌아보니 놀랍게도 이 녀석이 끈질기게 따라오고 있었는데 이제는 거리를 두고 멀찌감치 따라오고 있는 것이었습니다. 마치 부모한테 혼난 어린애가 찔끔찔끔 눈치 살피며 따라오는 것처럼…

산골마을 마당 있는 집에 살다보니 도시에 사는 친지들이 기르던 애완견을 길러달라고 부탁하는 경우가 많습니다. '아파트에서 도무지 못 키우겠으니 제발 좀 키워줘~ 된장 바르지 말고…' 그 부탁을 다 들어주었으면 지금쯤 우리 집은 동물농장 아님 개판이 되었겠지만 딱 한번 남이 기르던 개가 병이 있는 것도 모르고 예쁘다고 받았다가 두 달 만에 저세상 보내고는 다시는 남이 기르던 개를 받아 키우지는 않습니다. 미안하지만 저 넘을 따돌려야겠다는 생각이 들었습니다. 그래서 항상 걷던 강둑길을 벗어나 산기슭 논둑길로 접어들었습니다. 논 주인이 풀을 베지 않아 뱀을 밟을 지도 모른다는 생각에 위태롭게 따라오는 아내 걱정을 하면서도 꼭 해야 할 일을 하는 것처럼 그렇게 뺑소니를 치는데 우리가 논길을 벗어나서 다시 강둑길로 접어들 무렵에 뒤돌아보니 놀랍게도 이 넘도 이미 논둑길에 중간정도 접어들어 이제는 노골적으로 쫓고 쫓기는 형국이 되어 버렸습니다. 상황이 안 좋다는 확신이 들자 아내와 나는 말없이 고개를 끄덕이고는 냅다 뛰기 시작했습니다. '따라 오지마! 따라 오지마! 니가 날 우째 봤는지는 모르겠지만 좌우지간 내는 니를 받아줄 수 없응께…'

이제 오십을 넘긴 부부가 뛰면 얼마나 뛰겠습니까마는 하여튼 저녁 먹고 배 만지며 산책하다가 100미터 단거리를 두 번 이어 달리고 우리 마을 입구에서 고바위 언덕길을 올라갈 때는 오래달리기로 다시 종목을 바꾸어가며 얼마나 내뺐는지 내가 은행을 털었어도 그만큼 빨리 달리지는 못했을 겁니다. '미안하다~ 이 넘아~ 날 야속타 생각지 마라~'

비록 다리가 짧아 날 이기지는 못했지만 그래도 그 정도 실력이면 어느 순진한 초딩을 따라잡거나 아님 어느 어리숙한 총각 따라 붙으면 니는 충분히 좋은 가족 만날 수 있을 거라 내가 장담하니 부디 좋은 가족 만나 잘 살거래이~

· · · · · ·

콜라의 울음

며칠 째 바람이 거셉니다. 산골짝 골짝 골짝을 몇 구비 돌아 나오면서도 기세가 꺾이지 않는 바람소리가 들립니다. 겨울에만 들을 수 있는 소리입니다. 그 휘휘 윙윙대는 소리 끝에 어디선가 늑대 울음소리가 들려옵니다. 컹컹 두어 번 짖고 '우우 워우우' 서글픈 울음소리. 늑대소리? 늑대소리가 아니라 우리 집 견공 콜라 울음소리입니다. 며칠 전 늘 같이 붙어있던 옆지기 코시를 저세상으로 보냈습니다. 악성종양이 생겨 두 번 수술을 했지만 다시 재발해서 더 이상 손 쓸 수 없게 되었지요. 휘청대고 몸은 마를 대로 말라 더 이상 고통스러워하는 모습을 볼 수 없었답니다. 남편이 양지바른 곳에 묻어주었습니다. 활발하고 거침없이 온 곳을 누비던 존재가 이 세상을 떠났다고 생각하니 눈물이 납니다. 순수한 존재, 코시의 자유로운 영혼이 편안하게 좋은 곳으로 가기를 바랍니다. 옆지기 콜라는 코시가 없으니 시도 때도 없이 울어댑니다. 죽은 자는 말이 없지만, 산자는 허전함과 외로움에 슬프죠.

우리 집 강쥐(애견)들을 생각해 보니 세월이 많이 흘렀다는 걸 느낍니다. 시골로 처음 이사 왔을 때, 아이들과 친구할 겸 데려온 애견들이건만 이젠 모두 우리 곁을 떠나고 콜라만 남았습니다.

그래서 요즘은 이 존재에 대한 생각을 많이 하게 됩니다. 나란 존재는 시골에서 살지만 도시적 삶의 한 형태인 출퇴근을 하고 있고, 남편은 그야말로 농부가 되어 시골인으로 살아가고 있고, 큰아이는 군 제대 후 대학을 다니고 있고, 둘째는 군 복무를 하고 있고… 모두 존재에 큰 문제는 없습니다.

한 때 우리 아이들 미래에 대한 불안감에 고뇌에 빠진 적도 있습니다. 다들 외국으로 유학을 보내고 그야말로 일류대학에 보내기 위해 전쟁 아닌 전쟁을 치르고 있는데, 우리 아이들은 이 시골에서 고만고만 생활하다 지방대를 다니며 미래 경쟁력이 없어 보였거든요. 이건 성급한 어미의 마음이었습니다. 아이는 그런 좋은 대학, 후진 대학 등등의 차별적 개념 없이 중산층으로 살아가기 위한 생각을 합니다. 그래서 나도 존재에 대한 정의를 꼭꼭 다져 봅니다. '한국 토종으로 키워진 아이들에겐 마음의 행복과 만족이 중요하다. 사회 어딘가에 아이들이 뿌리 내려 만족하며 알콩달콩 살아갈 틈이 있겠지. 한국에서 농부가 되어 살아가긴 힘들겠지만, 농부가 되어 행복한 마음으로 살아간다면, 내 아이가 농부가 될 수도 있겠지. 우리 아이들이 그렇게 행복한 존재로 자리 잡게 정말 도움을 줘야할 시기는 지금이구나.'

또한 반성하는 마음도 듭니다. 시골에서 자란 대부분의 평범한 아이들이 자연스레 농부가 되어 행복하게 중산층으로 살아갈 수 있는 사회구조를 만들어 나가야 하는데… 시골에서 자라, 흔히 교육여건이 나쁜 곳에서 자라, 자리 잡지 못하고 방황하는 청년들이 없는 그런 사회구조. 건강한 노동을 해서 건강하게 삶을 영위하는 사회구조를 못 만든 우리 기성세대의 반성. 이야기가 조금은 거창하게 흘러갔네요. 그래도 한마디 더하면 우리사회는 건강한 육체노동이 저평가된 사회입니다.

지난 3월 봄부터 이제까지 육체노동으로 감을 키우고 곶감을 만들어 팔고 있는 우리 남편은 지금 사우나에 갔습니다. 며칠 전부터 허리가 아프답니다. 가만히 생각해보니 매년 겨울 한 번씩은 허리가 아팠네요. 사우나 몇 번 갔다 오고 물리치료하면 나아진다고 하며, 걱정은 반쯤 접어둡니다. 육체적 노동의 강도에 비해 수입은? 이 생각을 하면 마음이 아플까봐 나는 아예 계산 같은 것은 하지 않습니다. 울 남편도 그런 같습니다. 그냥 먹거리를 생산해서 약간의 생활비를 벌수 있는 것에 만족하는 거죠. 그래도 마음은 늘 행복한 사람입니다. 사실 그러려고 시골로 들어 온 것이니까요.

지금 시골 우리가족들 중 행복하지 못한 존재는 콜라네요. 옆지기가 없으니 한겨울 바람소리가 내는 소리보다 더 슬픈 울음을 울고 있습니다. 어찌해줘야 할 지 진지하게 고민해야겠습니다.

· · · · · ·

곶감 먹으면 딸 낳는다!

늘 평소대로 식탁을 차려놓고 남편과 큰아들을 저녁 먹자고 불렀습니다. 가족이 식탁에 둘러앉고 나서 차려진 식탁을 보니 물미역과 봄동 무침이 한 접시씩 있네요. 내가 음식을 해서 차려놓고도 그 찬들이 우리 집 남자들이 별로 좋아하지 않는 찬이란 걸 식탁에 앉고 나서야 깨달았습니다. 남편은 나이가 들어가니 건강을 생각해서 야채를 의식적으로 먹습니다. 근데 태생적으로 야채보다는 육류를 좋아한다는 걸 20여년 같이 살아왔으니 잘 압니다. 문제는 아이들. 식물성 찬에는 젓가락이 별로 가지를 않죠.

오늘도 이런 생각을 하다 문득 야채 위주의 식사 습관이 딸을 낳는 비결이란 얘기를 얼핏 들었던 기억이 떠올랐습니다. 그래서 느닷없이 아들에게 얘기했습니다.

"장가가서 딸을 낳으려면 야채식 위주의 식사를 하면 좋대. 가만 보면 아빠랑 아빠 집안은 육류를 좋아한다. 그래서 집안에 딸이 귀하잖아. 우리 집도 아들만 있고."

이에 울 아들 김빠지는 소리를 합니다. "아니! 왜 딸을 꼭 낳아야 되는 건데…"

나는 좀 아들이 야속했습니다. 평소에 엄마가 늘 '딸이 있었으면 좋겠다. 너네가 엄마 아빠한테 사근거리고 애교도 부리는 딸이었음 어땠을까?' 하면서 은근히 딸 예찬론을 늘어놓았었는데, 그걸 귓등으로라도 듣지 않았다 걸 증명하는 대꾸였거든요. 그래서 김이 빠졌죠. 그렇지만 '여기서 물러서면 안 되겠다' 싶어 다시 강조했습니다.

"엄마는 딸은 없지만 손녀는 꼭 있어야겠다. 너도 이제부터 TV 드라마 좀 봐라! 거기 보면 엄마 마음을 알게 될 걸! 엄마 마음 알아주는 자식은 딸이더라. 그리고 요즘은 딸들이 똑똑하고 속 안 썩혀! 그런 걸 떠나 우리 집엔 딸이 없으니 너 장가가면 당연히 딸을 낳아야지! 너도 딸이 좋을 걸. 그러니 여기 야채들 많이 먹고, 딸 낳으려면 야채위주의 식사를 해야 돼!"

"말도 아냐! 야채 많이 먹는다고 딸 낳는 다는 게 말이 돼?"

"아냐! 학교에 한 선생님은 딸 낳기 프로젝트로 야채위주와 딸을 낳는다는 음식을 찾아서 해먹었는데 이번에 진짜 딸 낳았어. 생각해보면 전혀 터무니없는 말은 아닌 거 같아. 야채를 먹으면 몸이 알칼리성으로 되고 뭐 그게 딸 유전자를 끌어당기는 거 일수 있지. 넌 장가가면 반드시 딸 낳아야 돼! 딸은 없어도 손녀 딸 만큼은 꼭 있어야겠다. 엄마는!"

내가 이 말을 하자마자, 울 남편 왈, "야아~! 곶감 먹으면 딸 낳는다는 소문나면 곶감 엄청 잘 팔리겠다. ㅋㅋ" 울 남편과 나는 한 식탁에서 같이 밥을 먹으면서 동상이몽을 하고 있었습니다. 울 아들 남편 말에 키득키득 웃고, 나는 내 진심이 농담이 되어버린 게 조금은 야속했습니다.

"그래! 그런 소문나면 진짜 잘 팔리겠다. 하긴 곶감도 식물성에 속하네. 어쨌거나 아들은 지금부터라도 야채 많이 먹고 곶감도 많이 먹어! 꼭 딸 낳는 프로젝트 시작해."

내 억지에 울 아들, '쯔쯧… 쯔쯧… 안 보던 TV드라마 보더니…'

· · · · · · ·

바보 농부 이야기

옛날 옛날 한 옛날 지리산골짝 마을에 한 바보농부가 살았답니다. 그 바보는 바보같이 멀쩡한 논을 갈아엎어 감나무를 심어놓고는 해마다 풀을 치느라 죽을 똥을 쌌더랍니다.

목매 고대하던 감나무는 잘 안자라면서 풀은 또 얼마나 잘 자라는지. 잠깐 사이에 바보농부의 키만큼 자라서 매년 세 번 네 번 예초기로 풀을 치는데 한번 칠 때마다 며칠씩 걸리니 여름만 되면 허리가 부러질 지경이었답니다. 그런데 하루는 이웃 사는 영감님이 "여보게 바보~ 매년 그렇게 죽을 똥을 싸면서 풀을 치지 말고 잡초매트로 밭을 다 덮어버리게. 그렇게만 하면 다시는 풀칠 일도 없고 그 시간에 놀아도 되니 일석이조 아닌가. 마침 내가 시간이 나니 기꺼이 도와줌세. 일이 끝나면 나

한테 일당만 넉넉히 쳐주면 되네만…"라고 하는 것이었습니다.

그 말에 바보농부는 무릎을 탁 치면서 세상에 그렇게 좋은 방법이 있는데 왜 이제사 알려주시냐고 영감님에게 화를 내고는 그 다음날 당장 잡초매트로 감나무 밭을 싸 바르기 시작했더랍니다. 지 혼자서.

이천 평이나 되는 밭을 다 싸 바르려고 하니 있는 돈 없는 돈 다 털어 바보는 자기 재산이 다 날아가는 줄도 모르고 그야말로 돈으로 멀칭하는데, 바보농부가 바보답지 않게 닷새 동안 얼마나 꼼꼼하게 싸 바르는지 지켜보던 영감님이 이번 일로 바보를 다시 보게 되었더랍니다.

"여보게 바보~자네 생각보다 꼼꼼한 데가 있네 그려~"

'흐흐… 풀들아 이제 느거들 다 주겄써~ 그런데 내가 너무 꼼꼼했나? ㅋㅋ'

조금 남은 거는 다음 날 하루만 하면 너끈히 해 낼 수 있겠다고 생각한 바보는 너무 기쁜 나머지 다섯 째 날엔 치맥도 했다합니다. 이렇게 해서 바보농부 풀과의 전쟁 끝.

다음 날, 바보농부가 남은 일을 마저 하려고 밭에 갔다가 기절초풍을 했다합니다. 꼼꼼하게 덮어놓은 잡초매트가 바람만 불면 일제히 벌떡 벌떡 일어서는 것이었습니다. 바보농부가 얼이 나간 채 비법을 알려준 이웃 영감에게 여차저차 하소연을 했더니 영감님이 "여보게 바보~ 멀칭을 하기 전에 풀을 먼저 잘 베어내고 했었어야지~ 풀 위에 그냥 멀칭을 하는 바보가 세상에 어디 있나? 저어기 둘레길 걷는 사람들도 그 정도는 다 알겠네."라며 즐겁게 웃는 것이었습니다.

하지만 바보농부는 당황하지 않고 침착하게 아내가 일러준 대로 손수레로 돌을 실어 나르기 시작했습니다. 밭으로 가는 길은 경사가 너무

급해 트럭은 들어갈 수가 없는지라 손수레로 무거운 돌을 하나씩 실어 날라서 잡초매트 위에 올려놓기를 또 닷새째 하고 있다하네요. 그래서 바보농부는 밭으로 무거운 돌을 나르며 매일매일 행복하게 살고 있다 합니다. 수년 전에 감나무 심을 때 내처졌던 돌들도 다시 고향으로 되돌아오게 되어 무척 기뻐하고 있다 합니다.

· · · · · ·

스마트 농부 일기

장미가 필 무렵이면 오디가 익기 시작합니다. 아침에 새까만 오디 한줌 장미꽃 몇 장으로 과일 샐러드를 만들어 먹었습니다. 장미꽃은 반드시 아침에 먹어야 향이 입안에 감도는 걸 느낄 수 있죠. 잘 익은 오디에 노린재가 여러 마리 보였지만 당황하지 않고 잘 골라내고 먹었습니다. 왜냐하면 난 스마트 농부니까요.

스마트 농부는 블루베리와 블랙커런트를 심은 밭에 오늘로서 관수공사를 마무리했습니다. 처음에는 무엇을 어떻게 어디서부터 시작해야 할 지 몰라 고민하다가 전문으로 한다는 사람을 소개받았는데 공사비를 어마무시하게 요구하기에 인터넷으로 시공방법을 공부하고 직접 자재를 구입해서 설비를 해보니 생각보다 어렵지 않았습니다. 밸브만 열면 수백그루의 나무에 물 공급이 되니 거짓말 같네요. 정말 나는 스마트 농부임에 틀림없습니다.

그런데 오후에 엄천강에서 쪽대로 모래무치를 한 그릇 잡아서 저녁꺼리로 어탕을 만들려고 수돗가에서 배따다가 오늘 택배 나갈 것을 깜빡했지 뭐에요. 방에 들어가 컴퓨터로 운송장을 빼고 류현진 선수의 야구 경기 잠시 보다가 다시 나갔더니 "헐~" 장만 중이던 어탕꺼리가 안 보입니다. 분명 조금 전까지 배따던 모래무치가 어디로 사라졌는지 정말 귀신이 곡할 노릇입니다. 스마트 농부도 귀신, 들 고양이는 못 당하겠습니다.

$\cdots\cdots$

엄천강 물고기 쉽게 잡기

오늘은 마을 대청소를 하는 날입니다. 여느 때 같으면 장정(?)들은 예초기를 돌리고 할머니들은 낫을 하나씩 들고 나와서 마을 주변에 무성한 잡초를 베는 게 하루 일거리인데 오늘은 쓰레기 줍는 거 외에 일이 별로 없습니다. 공공근로에서 이미 마을주변 풀들을 싸악 베어버렸기 때문입니다. 내 집 주변의 풀은 내가 베면 되고 마을 주변의 풀은 마을 사람들이 베면 되는데 우째 공공근로 하는 사람들이 부탁하지도 않은 우리 마을 풀을 베게 되었을까요?

이게 다 우리가 대통령을 잘 뽑은 덕분이라고들 합니다. 우리가 경제를 살린다는 대통령을 뽑아준 감사의 표시로 대통령께서 공약하신대로 일자리를 창출하셨고 일자리를 얻은 사람이 할 일이 없자 우리 마을 풀을 베게 된 것입니다. 허허 어어~~

마을 앞 엄천강에 놀러온 낚시꾼들이 버리고 간 쓰레기까지 줍고 나니 더 이상 일거리가 없습니다. 그런데 이것도 일한 거라고 배가 출출합니다. 엄천강에 물고기가 팔딱팔딱 뛰는 것을 보고 "어탕이나 한 그릇 할까?"하는 말들이 오가더니 금세 집에 가서 한 가지씩 가지고 왔습니다. 이장님이 해머를 가지고 오고 석태 어르신은 뜰채를 가지고 오셨습니다. 나도 질세라 고기 담을 양동이를 가지고 왔습니다.ㅋㅋ

  엄천강에서 고기 잡는 거 참 쉽습니다. 해머로 돌을 때리면 돌 밑에 숨어 있던 고기가 잠시 기절합니다. 고기가 정신이 들기 전에 얼른 주워 담으면 끝! 아니면 고기가 숨어있음 직한 바위 밑에 손을 넣으면 들킨 고기들이 자수합니다. 자수

한 고기는 모두 양동이에 담으면 끝!

  사실 어탕 한 그릇 먹으려고 직접 고기를 잡아서 배를 따고 갈아서 끓여 먹는다

는 게 여간 번거로운 일이 아닙니다. 차라리 강 주변에 있는 어탕집에서 한 그릇 사먹는 게 나을 수도 있습니다. 그런데 나이 드신 어르신들까지 강에 뛰어들어 고기잡이에 몰두하는 것은 이게 사람 사는 재미이기 때문입니다. 아주 오랜 옛날 수렵시대 때부터 전해 내려온 유전자가 우리 가슴속에 있어 물고기가 뛰면 가슴이 뛰어 나이도 잊고 쫓아가지는 겁니다. 그래 내친 김에 엄천강에 사는 물고기 친구들을 소개합니다.

몸매가 날씬한 이넘을 이곳에서는 기생오라비라고 합니다. 여울진 일급수에서 사는데 겨울에 큰 바위를 한번 때린 뒤 돌을 들추면 기생오라비를 수십 마리 주워 담을 수 있었다고 합니다. 진짜 이름은 쉬리.

이 건 재작년 이 맘 때 친구가 놀러 와서 낚시로 잡은 것인데 어른 신발만한 크기의 꺾지가 한 군데서 계속 올라왔습니다. 소금에 간해서 구워 먹었는데 어떤 맛인지 아는 사람은 다 압니다.

• • • • • •

시월에 꼭 걸어봐야 할 둘레길

시월엔 엄천강 물안개가 장관입니다. 아침마당에 서서 돌담 너머로 넘쳐흐르는 엄천강 물안개를 바라보며 언젠가는 저 그림 같은 강둑길을 한번 걸어보리라 생각했는데 그 작은 바람이 이루어졌습니다.

오늘 엄천 골짝 사람들과 엄천강을 따라 둘레길을 걸었습니다. 엄천강을 따라 걷는 둘레길은 이 맘 때가 가장 아름답습니다. 시월아침에 엄천강 물안개 길을 걸을 수 있는 사람은 참으로 복을 타고난 사람이죠.

출발지인 강마을 운서에는 지금 감이 익어가고 있습니다. 이제 조금만 더 있으면 운서사람들은 모두 곶감 깎느라 바빠질 겁니다. 시월 말부터 감을 깎아 덕장에 매달면 지리산 상봉에서 불어오는 찬바람이 달콤한 곶감을 만들어 주겠지요.

출발하려는데, 운서마을의 워낭소리 등구할매가 등에 거름을 지고 밭으로 올라가십니다. 오늘 우리가 지나갈 마천 등구 마을에서 시집와서 평생 밭을 일구며 사시느라 허리는 직각으로 굽으셨습니다.

운서 소콧들에서 바라보니 마을이 띠 안개에 잠겨있습니다. 띠 안개 위로 둘레길이 지나갑니다. 여기서부터는 말과 글이 필요 없네요.

엄천강이 안개를 걷어버리자 일행은 버스를 타고 금계로 이동하여 둘레길을 걷습니다. 기왕 걷는 거 쓰레기도 줍는다고 마대자루를 챙겼습니다. 일행 8명이 마대자루 5개를 쓰레기로 채웠는데 페트병이 제일 많았고 그 다음이 캔. 에고~

의중마을 오솔길에서 둘레길 식생조사차 나온 숲길 팀을 만나기도 했습니다. 모전마을 계단 논을 지나고 강 건너 부처가 보인다는 견불마을을 바라보며 송전 마을 지나 우리 마을 운서로 다시 돌아왔습니다. 모두 자기 집 앞을 새삼스레 지나가니 기분이 이상?ㅎㅎ 개 눈에는 똥만 보인다더니 곶감쟁이들 눈엔 감만 보였는지 돌아와 지나칠 때 마주친 주렁주렁 매달린 감나무 야그들뿐이었지요.ㅎㅎ

· · · · · ·

장미로 만든 계란부침

며칠 전 산에 가기 전만 해도 이러지 않았는데 하루 높은 산에 다녀오니 장미가 많이 피었습니다. 기다릴 때는 기다린 만큼 피어주지 않더니 애태운 날만큼 많은 꽃이 일시불 보상처럼 피었습니다. 느닷없이 부자가 된다는 게 이런 거인 모양입니다.

그런데 먼저 핀 꽃은 벌써 하나 둘 꽃잎을 떨어뜨립니다. '젠장, 바람도 불지 않는데…' 이렇게 한꺼번에 피고난 뒤 다 져버리지 말고 연금식으로 매달 나누어 피어주면 좋으련만 장미는 그럴 생각이 없어 보이고 향기는 아래로 아래로 흘러내립니다.

아내가 저녁 찬으로 장미부침을 만든다고 하여 꽃송이를 조금 털었습니다. 보기 좋은 떡이 먹기도 좋다고 여러 품종을 섞어 부치면 더 맛날 거 같아 일부러 이것저것 털었습니다. 안젤라, 함부르크 피닉스, 몽자르뎅 마메종, 테라코타… 이름을 적고 보니 세계 각국 퓨전요리가 될 거 같아 우습기도 하고 기대도 됩니다. 장미가 향은 있지만 맛은 어떨지?

오늘 무지 더운 하루였습니다. 이곳 엄천골도 한낮에는 32도까지 올라갔는데 감나무 밭에서 풀 베다가 더워 죽는 줄 알았습니다. 이럴 때는 맥주가 오십 배는 맛있는데 지금 냉장고에는 차가운 맥주가 소개팅이라도 하는지 장미부침개를 목 빠지게 기다리고 있죠.
'장미부침개한테 이번에 잘 보이면 애프터도 기대할 수 있는데… 첫인사는 어떻게 하지? 뽕? ㅋㅋ 이거 너무 상투적인가? 퍽? 아니면 팍?'

착한 맥주가 고민하는 동안 장미부침개는 꽃단장하느라 바쁩니다. ㅎㅎ 꽃잎이 물에 헹구어져 거름망에 담겼습니다. 그러니 이슬 맞은 것처럼 청초합니다. 공기 맑은 곳에서 핀 장미를 굳이 씻을 거 까진 없지만 요즘 송홧가루가 날리는 때라 헹구는 시늉이라도 해야겠죠. 하지만 향기까지 씻길까봐 조심스럽게. 씻은 꽃잎은 계란부침 한 장 만들만큼만 덜고 남은 것은 낼 아침 샐러드용으로 냉장고에 넣어둡니다. 장미는 버릴게 없습니다. 꽃잎을 따고난 뒤 꽃술과 꽃받침을 모아 접시에 담아두니 천연 방향제가 됩니다.

장미 계란전 레시피는 지금부터입니다.

재료: 장미잎 조금, 계란 두 개, 소금 쪼매, 들깨 약간

(주의: 입으로 먹는 게 아니고 눈과 코로 먹는 거라, 재미로 먹는 거라 뭐든 조금씩만. 배불리 먹을 게 아니니까.ㅎㅎ)

레시피: 사진만 보면 압니다.

• • • • • •

장미 샐러드

어제 저녁 장미계란부침 만들고 남은 장미를 오늘 아침 샐러드를 만드는데 넣었습니다. 락앤락 통에 넣어 냉장고에 보관했더니 여전히 싱싱하네요.

우리 가족 아침식사는 과일 요거트 샐러드에 빵 한 조각 그리고 커피 한잔입니다. 아내는 아침에 출근 준비하느라 바쁘고, 아침 전담 셰프인 나는 십 분 내에 상을 차릴 수 있는 이 메뉴를 수년간 고집 중. 냉장고에 있는 과일 두세 가지에 우유와 불가리스를 발효시켜 만든 요구르트를 버무리면 과일 샐러드의 완성~

위의 레시피는 형편에 따라 변하는 것이기 때문에 굳이 '레시피'라고 할 거도 없죠. 사과대신 요즘 국민과일이라는 바나나가 들어가고 토마

토 대신 참외가 들어가기도 합니다. 바나나는 한개 잘라 넣는데 10초면 충분하기에 개인적으로 선호하는 편이고요. 그런데 빠지지 않고 들어가는 것도 있습니다. 눈치 채셨겠지만 곶감입니다. 곶감

쟁이 집에는 일 년 내내 달고 맛있는 곶감이 있어 여자 핸드백에 립스틱처럼 항상 들어갑니다. 우리 아침 샐러드의 완성은 곶감 몫입니다.

하지만 오늘 샐러드의 완성은 장미꽃잎. 우아하고 향기로운 장미를 오늘 아침엔 입에 구겨 넣었습니다. 장미가 무슨 맛일까? 장미꽃을 입에 넣어 우적우적 씹다니 우째 보면 야만스럽게 보일 수도 있겠지만 장미는 나름 맛이 있습니다.

아내는 아침을 먹으며 장미는 맛이 은은하다고 하는데, 나는 장미는 품종마다 맛이 달라 한마디로 말할 수는 없다고 했죠. '맛이 있긴 있는 건가~ ㅎㅎ'

분명한 건 테라코타는 사각사각 씹는 식감이 좋네요. 햇살에 살짝 구워낸 향기식품이라 할 만 합니다. '강추!! 강추!!' 한다고 글쎄 시도할 수 있는 셰프가 있을라나요. '요거 아주 드문 식자재라서…'

일본에서 건너온 식품장미(?) 맛쯔리는 을매나 맛이 있던지 '더 베리 헝그리 케터필러(The Very Hungry Caterpillar)'가 먼저 시식을 했습니다. 맛쯔리 색의 나비가 보이면 일단 혐의를 두고 잡아들여도 무방할 듯합니다. 알록달록한 색감과 약간의 향이 가미된 맛쯔리도 적극 추천!

'요것도 역시 드문 식자재라서…'

안젤라와 함부르크 피닉스는 부드럽고 향긋합니다. 장미부침개 또는 장미찌짐은 눈으로 먹는 거지만(입으론 향기가 안 느껴진다고 밝힐 수는 없습니다.) 장미샐러드는 눈으로 먼저 색을 먹고 입으로 향기를 먹는 겁니다.

앞마당에 장미가 아니어도 지금 집 주변엔 아카시아, 찔레 그리고 때죽 꽃 향이 넘치지만 장미에는 아카시아나 찔레에 없는 매력이 있어 매년 장미를 새로 들이게 됩니다. 이제는 장미를 들일 때, 화형과 향기 수고(樹高) 등만 볼게 아니라 맛도 고려해봐야 하지 않을까 시~프~네요. 아침에 장미샐러드 잘못 먹고 하는 헛소리는 여기서 끝.ㅋㅋ

• • • • • •

장미꽃으로 만든 산채비빔밥

길눈이 어두운 사람을 길치라 하고, 기계 만지는데 재주 없는 사람을 기계치라 합니다. 노래 못하는 사람은 음치, 요리 못하는 사람은 '요리치'라고 해도 될지 모르겠는데 이 네 가지 모두 나에게 해당되는 말입니다. '나는 이 네 가지가 부족한 네 가지 없는 남자입니다.'

오늘은 부족한 네 가지 중 한 가지에 도전해 보려고 합니다. '요리치 협회'라는 게 있다면 회장이라도 맡아야 될 내가 요리를 해보겠다는 겁니다. 오늘의 미션은 내가 먹을 점심으로 장미꽃이 든 꽃 비빔밥을 만

드는 겁니다. '부르르…'

오늘은 휴일인데 아내는 어제 서울 동창 모임에 가고 어제 저녁 이후로 혼자 밥을 먹고 있습니다.

"효린아~ 너만 너 혼자 밥을 먹는 게 아니야~ 나도 나 혼자 밥을 먹고~ 나 혼자 TV보고~ 나 혼자 커필 마신다~ 옴~ 마이~ 뿌이~ㅋㅋ"

솔직히 장미꽃으로 부침개니 샐러드니 하고 두 번 우려먹었으니 '이제 고마해라~ 마이 해묵었다 아이가~'하는 말을 들을 만도 하지만 내 이름 석 자를 걸고 약속컨대 이걸로 삼세판 마지막입니다. 더 이상 장미꽃잎 몇 장 넣고 장미 국수니 장미 떡볶이니 하며 먹는 걸로 장난치는 일이 없을 것임을 엄숙히 맹세하는 바입니다.

그냥 라면 하나 끓여 먹으면 번거롭게 사진 찍을 일도 없고 설거지도 간단히 끝날 것을 굳이 만용을 부려보는 것은 나도 이제 좀 변해야겠다는 생각이 든 것. 혼자 먹는다고 맨날 게으르게 라면만 끓여 먹을 게 아니라 번거롭더라도 아니 즐겁게 요리를 해서 제대로 된 밥을 먹고 어쩌면 가족을 위해 요리도 한번 도전 해보고 싶다는 생각이 듭니다. 물론 쉽지는 않겠지만 못할 거도 없지 싶습니다.

더군다나 입맛 까다로운 큰 대딩은 기숙사에 있고 작은 아들은 군대에 가있어 여건도 나쁘지 않습니다. 근데 사실은 믿는 구석이 있습니다. 올 봄에 다래 순이랑 취나물로 묵나물을 만들어 놓은 게 있는데 여린 순으로 만든 거라 저절로 언젠가 산채비빔밥을 만들어 먹어야지 하고 벼르고 있었습니다.

'비빔밥 어려울 거 뭐 있능교? 밥에 산채나물 넣고 고추장 넣고 쓱쓱 비벼주면 되지?' 근데 막상 실제로 요리를 하려고 달려드니 당황스럽네요. 밥은 다 되었는데 말려놓은 나물을 그냥 넣을 수는 없는 일이고 물에 불려 넣어야하나 아님 다시 데쳐서 넣어야하나? 고민하다 냄비에 물을 끓이고 데쳐보기로 결정. 취나물과 다래순을 한줌씩 덜어 끓는 물에 데치고 하나씩 맛을 보니 취나물은 부드럽고 다래순은 안 부드럽네요. 여기서 갈등, 더 데쳐야하나? 말아야하나? '우정을 따르자니 사랑이 울고~ 사랑을 따르자니 친구가 우네~'

이건 며칠 전 마을 사람들과 관광버스 탔을 때 들은 노래고, 다래 순에 맞춰 더 끓일 수도 없고 그만 둘 수도 없어 고민하다 공평하게 이분 더 데치고 불을 꺼 버렸습니다. 그리고 맛은 다시 보지 않았습니다. 여기서 배운 요리 팁 하나. '각종 나물은 따로 데쳐야 한다.'

데친 나물을 밥에 넣으려다 얼마 전 식당에서 먹은 산채 비빔밥 차림이 떠올랐습니다. 그 때 먹은 비빔밥 상차림은 주인장이 직접 채취했다는 나물이 일곱 여덟 가지 나왔는데 나물이 물기가 없이 나왔던 것. 번거롭긴 하지만 제대로 된 요리를 위해 데친 나물을 거름망에 펼치고 마당에서 물기를 말리기로 합니다. 근데 굳이 이럴 필요까지 있나 고민하다 대충 말리기로 감각적인 결정을 내림. '배가 고파 감각적인 결정을 내릴 수밖에 없었습니다.'

오늘 '산채 장미꽃 비빔밥'을 만들면서 가장 잘한 일은 삼겹살을 넣은 것입니다. 냉장고에서 고추장을 꺼내다가 삼겹살이 있는 걸 발견한 겁니다. 비빔밥에 소고기나 육회가 들어간 것은 먹어봤지만 삼겹살이 들어간 것은 못 먹어 봤는데 비빔밥에 삼겹살이 들어가면 안 된다는 법이 없으니 '안 될 거 뭐 있는가' 잠시 고민하다 기꺼이 넣기로 결정하고 작게 잘라서 노릇노릇하게 구워냈습니다.

몇 번의 고민스런 결정과 감각적인 선택 과정을 거치면서 드디어 고추장을 넣고 비비기 직전까지 진행. 고소한 맛을 더하기 위해 참기름을 넣으려고 찬장을 뒤지다가 결국 찾지 못하고 대신 들기름을 찾아 듬뿍 부었습니다. 그리고 색색의 장미꽃잎을 넣어 비비려고 하는데 뭔가 빠진 거 같은 허전함. 도대체 뭐가 빠졌을까 하고 고민하는데, 아~ 저녁이 알려주능구나~

등구할매댁 장닭 을이 우는 소리를 듣고 빵 터져버렸습니다. 이 장닭 을은 장닭 갑과 암탉 사랑싸움에서 패하고 격리 수용된 뒤, 현실을 받아들이지 못하고 시도 때도 없이 꼬끼오 하고 울어대는데, 마침 내가 계란이 생각나지 않아 고민하고 있을 때 울어준 겁니다. '그러고 보니 장닭 을도 나 혼자 밥을 먹고~ 나 혼자 울고불고 하능구나~ㅋㅋ' 배가 고파 계란을 대충 부치고 익기도 전에 던져 넣고 비벼 드디어 오늘의 미션 완성. 이름하여 '산채 장미꽃 비빔밥' 레시피는 아마 다들 눈치 채셨겠죠. 서울서 12시 고속버스 타고 내려오고 있는 아내에게 문자를 보냈습니다.

〈점심 먹었어?〉
(아니 호두과자 샀어. 버스 안에서 먹으려고.)
〈난 장미비빔밥.〉
(좋것다.)
〈담에 해줄게.〉

(맛있을라나? 저녁에 해줘.)

〈먹고 있는데 괜찮네. 저녁에 해줄게.〉

(기대되네.ㅋㅋ)

(어제 잠 잘못자서 졸려. 밤에 아이스커피 마셔서 그런가 진짜 저녁을 부탁해.)

〈네~ 마님. 정성껏 차리겠습니다.〉

(준비 철저히 하게나~ 마당쇠 셰프.)

〈네~ 마님.〉

• • • • • •

남자 혼자 해먹는 게릴라 점심

　　스마트 폰 전지는 전기로 충전하고 금잔화 이파리는 아침햇빛으로 충전합니다. 충전중일 땐 잎이 밝은 색으로 변하고 터치하지 않아도 꽃이 벌어집니다. 프로그램이 저절로 실행되는 거지요.

　　혼자 먹는 게 귀찮다고 해서 더 이상 라면 끓여먹지 않겠노라고, 즐겁게 요리해서 제대로 된 점심밥을 먹겠노라고 결심하고, 이름하여 거창한 '산채 장미꽃 비빔밥'을 만들어 먹은 지 벌써 삼일이 지났습니다.

작심삼일. 말 그대로 어제 그제 라면 끓여 먹었습니다. 물만두를 몇 개 넣어 먹긴 했지만 '귀차니즘'이 도진 겁니다.

그런데 아침햇빛 받으며 일하다 내가 광충전이라도 되었는지 오늘 점심은 또다시 요리에 도전해보자는 의욕이 생깁니다. 지난 번 장미꽃으로 부침개다 샐러드다 비빔밥까지 해먹으며 장미꽃 맛을 제대로 볼 수 있는 요리에 대해 아내와 이야기 하던 중 '야채와 장미꽃을 드레싱해서 먹으면 괜찮을 것이다.' 하는 말이 나온 적이 있습니다.

그래서 오늘의 점심 메인메뉴는 장미꽃 드레싱! 밀짚모자에 장미이파리 조금 담아오고 텃밭에서 모둠 채소와 쑥갓을 조금, 앞마당에서 하얀 민들레 이파리를 조금 뜯었습니다. 민들레 뜯다가 뽕나무가 눈에 들어오기에 즉흥적으로 뽕잎 여린 걸로 몇 장 따고 오디도 한 그릇 털었습니다. '이렇게 해서 게릴라 점심을 만들어 먹는구낭~ㅎㅎ'

시골에 이사 온 지 얼마 되지 않았을 때는 주변에 지천으로 보이는 오디로 효소도 만들고 쨈도 만들고 생과도 즐겨 먹었는데 한동안 안 먹다가 오랜 만에 먹어 봅니다.

시골 이사 온 첫해 밭에서 일하다 갈증이 나 밭둑에 있는 뽕나무에서 오디를 한주먹 털어 먹은 적이 있습니다. 목이 어찌나 말랐던지 아이고 달고 맛있다 하며 우적우적 씹어 먹다가 '에 퉤퉤… 퉤에퉷…' 목이 말라 급히 먹느라 오디에 노린재가 붙어 있는 것도 모르고 노린재도 같이 씹어 먹은 겁니다. 그날 이후로 사흘간 밥을 제대로 못 먹었는데, 왜냐하면 그 뒤 사흘간은 뭐든 먹기만 하면 노린재 맛으로 변하는 거였습니다. 치킨을 먹으면 노린재 치킨 맛, 냉면을 먹어도 노린재 냉면 맛, 맥주를 마셔도 노린재 맥주 맛… 무엇을 먹어도 노린재 맛이 살아났습니다. 노린재는 가히 곤충계의 스컹크라고 할만 했는데 그 이후로 오디를 별로 즐겨먹지 않게 되었고 가끔 먹어도 노린재만은 철저히 색출했습니다.

드레싱하려고 냉장고를 살펴보니 '스위트 크림 드레싱'이라는 게 보이고 '허니 머스터드'라는 게 또 하나 보입니다. 둘 중에 하나를 넣으려고 다시 살펴보니 '허니 머스터드'는 〈야채야 친해지자~〉라고 되어있고, '스위트 크림 드레싱'은 〈신선한 과일샐러드에~〉라고 되어있네요. 꽃 이파리 상추 쑥갓은 야채이고 오디는 과일이니 그냥 둘 다 넣기로 결정. 척척 드레싱하여 오늘의 주된 요리 완성.

근데 오늘의 주된 요리는 아무리 먹어도 배가 부를 것 같지 않아 회초밥을 벤치마킹하여 사이드 메뉴로 꽃 초밥을 만들기로 결정하고 밥을 되직하게 하여 꽃밥을 말았습니다. 근데 장미꽃잎을 말기가 쉽지가 않네요. 그래서 한련화를 몇 장 따와서 말아보니 꽃이 나팔모양이라 꽃 초밥 말기에 아주 제격입니다. 밥도 조미를 하던지 소스를 넣던지 해서 꽃잎을 말아야 할 것 같은데 두 가지 이유로 나는 그냥 맨밥을 말기로 결정했습니다. 첫 번째 이유는 배가 너무 고파 빨리 먹고 싶었던 것이고, 두 번째 이유는 조미고, 소스고 뭘 어떻게 해야 할지 아이디어가 없었던 것입니다.

배가 고파 후다닥 꽃밥을 말고 드레싱한 주 요리와 허겁지겁 먹어치웠습니다. 솔직히 먹기 전에 내가 오늘도 괜한 짓 했구나 그냥 밥이나 해서 김치랑 냄비에 남아있는 된장찌개 데워 먹을 것이지, 한 시간 가까이 시간을 들여가며 내가 무슨 짓을 한 건가 하는 생각이 들었는데 먹어보니 '홋~ 맛있다. 맛이 있어도 너어무~ 너무 맛있다.' 였습니다. 꽃밥이랑 드레싱 샐러드를 와구와구 먹고 나서도 바닥에 남은 드레싱에 밥이랑 오디, 꽃 이파리 몇 장을 리필하여 먹었습니다.

근데 어떻게 된 건지 설거지하는데 싱크대 창문에 노린재가 한 마리보입니다. 오디에 딸려왔다고 볼 수밖에 없는데, 내가 노린재를 잡아먹는다는 소문을 들은 건지 이 넘은 도망갈 길을 찾느라 무척 당황해하는 거 같습니다.

"노린재야! 나도 니가 무서워~ 다시는 널 안 잡아먹을 거야~"

· · · · · ·

예초기 메고 돌격 앞으로

감나무 밭 벌초작업을 오늘에서 끝냈습니다. 며칠째 찔끔찔끔해오던 일인데 이웃 사람들이 나무심고 풀도 안 벤다고 눈총을 자꾸 쏘는 바람에 오늘은 아침부터 작정하고 달려들었습니다. "어이~ 유주사~ 감나무 밭에 풀 언제 베나?" 어제만 세 번 들었던 말입니다. 물론 궁금해서 물어보는 말은 아닙니다. "쯧쯧쯧… 농사라는 게 나무만 심어 놓으면 되는 줄 알고…" "이 사람아~실없이 웃음만 흘리며 다니지 말고 감나무 밭에 풀이나 좀 베지 그래~" 감나무보다 더 무성한 잡초 밭을 보다 못해 얼른 풀을 베라고 재촉하는 말인 겁니다.

일초에 수십 번인지 수백 번인지 모르겠지만 쇠로된 칼날이 덜덜 떨며 고속 회전하는 예초기가 나는 무섭습니다. 안전모를 쓰고 조심해서 한다고는 하지만 하다보면 예초기 날이 돌을 날려 팔다리에 피멍이 들기도 하고 땅벌을 건드리는 바람에 벌떼가 화를 내기도 합니다. 하지만 다른 방법은 없습니다. 사용할 때마다 겁이 나고 긴장이 되지만 피할 수 없는 일이기에 때가 되면 예초기 메고 '돌격! 앞으로' 하는 수밖에 없는 거죠.

풀을 베는데 곳곳에 벌써 씨를 퍼트리는 넘들이 있습니다. 내가 예초기 메고 돌격 앞으로 하면 할수록 잡초씨앗만 더 퍼트려주는 꼴이 되어 한심합니다. '안뇽~ 내년에 또 보아~'

이 넘들은 굳이 내가 도와주지 않아도 바람만 한번 불면 감나무 밭을 솜이불로 완전 덮어버릴 기세입니다. 그러니까 진즉 나를 벨 것이제 ~ 이제 와서 뭘 어쩌시겠다고…ㅋㅋ

해마다 이맘 때 감나무 밭에 풀을 칠 때면 헛골에 숨어있는 고라니를 만나곤 합니다. 이웃 밭에 비해 우리 밭에 풀이 압도적으로 무성하여 서식지로 여느 깊은 산 속 못지 않다고 판단하는 건지 풀을 베다 보면 골에 숨죽인 채 가만 숨어있는 고라니를 만나게 되는데, 이 넘들은 예초기 날이 코앞에 올 때까지 시치미를 떼고 있다가 결정적인 순간 갑자기 풀쩍 뛰어 올라 나를 놀라게 합니다. 오늘도 풀을 베면서 이 넘들 때문에 놀라게 될까봐 조심도 하고 긴장도 했는데 뜻밖에 아기고라니를 만났습니다. 어미는 줄행랑을 놓았는지 아니면 어디 숨어서 보고 있는지 모르겠지만 아기 고라니 두 마리가 배수로 구석으로 몸을 감추고 있네요.

"야~숨지마~ 다 들컸어~ 이리 나와서 얼굴이나 좀 보자~"

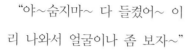

얼굴을 보니 세상을 본지 사나흘 정도밖에 안되어 보이는 오누입니다. 밭에 고라니 똥이 항상 많이 있어 고라니가 살고 있다는 것은 알고 있었지만 아기고라니를 이렇게 만나게 될 줄은 몰랐습니다. 걸음마를 시켜보니 아직 떨어지지 않은 탯줄이 보이는데 다리에 제법 힘이 붙었는지 불안해 보이지만 후들거리며 걷습니다.

'어때요~ 아찌씨~ 나 잘 걸어요? 근데 엄마가 여기는 먹을 거도 많고 밭주인이 풀도 안 베고 안전하다했는데 어떠케 된 거에요?'

'사실은 느그들 생각해서 풀 안 베고 싶은데, 감나무랑 마을 어르신들 성화에 베지 않을 수 없는 걸 이해해다오.'

엄마는 퐁퐁 뛰어 잽싸게 달아났지만 아기는 자기방어기술이 있어 굳이 달아나지 않아도 되는가 봅니다. 아기가 뭐라 표현하기 어려운 눈빛으로 마법을 걸면 해치기는커녕 엄마를 다시 만나 잘 있는지 걱정해줄 정도로, 나쁜 사람도 착한 사람으로 만들어버리는 기술이 있으니까요.

마침 풀을 다 벤 상황이라 고라니를 헛골 원래 있던 자리에 돌려놓으려니 안심이 안 됩니다. 이미 휑해진 밭이라 안식처가 될 수 없고 어미가 돌아올 때까지 안전을 보장할 수 없어 생각해둔 곳으로 옮겨주려 밭 밖으로 데려 나왔습니다. 근데 하필 요 때 이웃 마을 이장이 지나며 보고 말았습니다. "어이~ 데려다 키워봐. 귀엽구만!" 하며 왠지 모를 웃음을 흘리는데… "에? 아~ 에이…" 대답을 피하는데 이장은 한 술 더 떠, 아기고라니를 내 트럭에 태웁니다. 순간 당황함을 감추고 "아~ 네~" 하고는 집으로 향하는 척하다 이장이 멀어져가길 기다렸습니다. 그리고 감나무 밭에서 그리 멀지 않은 곳, 어미가 쉽게 찾을 수 있으리라 생각해둔 안전한 곳에 살짝 두 마리를 숨겨두었습니다. 그런데 발걸음이 잘 떨어지지 않네요. 내가 그 마법에 단단히 걸린 모양입니다.

저녁에 퇴근하고 온 아내에게 말하니, 아내도 걱정이 태산입니다. 산책길에 어미가 새끼들을 찾아 갔나 확인 차 나만 아는 그 비밀장소로 가봤습니다. 다행인지 불행인지 아직 그 자리에 가만히 얌전히 있었습니다. 어미가 얼른 와서 데려가야 할 터인데, 설마 어미가 지 새끼들을 못 찾지는 않을 거라 여기며 무거운 발걸음을 옮겼습니다. 그곳을 벗어난 지 얼마 지나지 않아서 새끼들이 어미 찾는 소리를 냅니다.

"열심히 울어대라. 어미가 들을 수 있도록…"

봄이 오는 소리

봄은 소리를 막 지르면서 오는 거 같네요. "봄이다. 봄이야
~" 마치 불이라도 난 것처럼 호들갑을 떨며 봄이 오는데 지난겨울 인고
의 시간들을 생각하면 호들갑 좀 떤다고 해서 크게 흉볼 거는 없지 않
을까요?

하지만 조심은 하세요. 어떤 날
은 봄이 크로커스와 함께 까치발
로 살금살금 다가와

당신의 귀에 대고 와앙~ 하고
소리 지르면 깜놀할 수도 있으니
까요. ㅎㅎ

과수원 만들려고 새로 마련한 터도 봄을 맞았습니다. 논으로 사용했
던 땅이라 배수가 중요하기에 굴삭기를 불러 땅을 파서 유공관을 묻고
배수로와 차량 진입로를 만드는데 봄날을 나흘 흘려보냈습니다. 굴삭기
가 힘을 써준 덕분에 논은 이제 과수원으로 바뀌었습니다. 그리고 감나
무 100그루와 블루베리 200그루 블랙 커런트 200그루를 심기위해 일
주일 째 삽질을 하고 있습니다.

"아이고 허리야~"

나무 한그루 심기위해 삽질을 몇 번 해야 할까요? 한그루 심는데 삽

질을 30번 한다고 치면 감나무 100그루만 해도 3,000번이네요.

주인님은 나무 심느라 허리가 뿌라지도록 삽질하고 있는데 일 거들겠다면서 따라다니는 강쥐들은 모과나무 밑에서 모과를 하나 주어 서로 먹겠다고 으르렁대고 있습니다. 하지만 협상과 타협 끝에 모과는 나이 많은 털북숭이가 차지하고 사랑이는 어디서 개구리를 하나 주어 와서 뜯어먹다가 나에게 들켜 혼이 났는데 괜히 혼낸 것 같네요. 첨엔 징그러워서 멀리 던져 버렸는데 버리고나서 생각해보니 그건 잘 말려진 자연식 건개구리였습니다. 잘 말려진 건시 곶감처럼.ㅎㅎ

그런데 맛없는 모과를 먹다말고 털북숭이가 갑자기 땅을 파기 시작했습니다.

"이럴 수가…" 정확히 다음 나무 심을 자리에…ㅋㅋ

이 기특(?)하고 영민(?)한 녀석이 삽질하느라 허리가 뿌사지기 일보직

전인 주인님을 위해 대신 구덩이를 판다고 판단하여 일단 삽질을 멈추고 관찰모드로 전환하였습니다.ㅋㅋ

'여어~털북숭이! 고마해~ 마이 했다아이가~ 나도 좀 파보자~'

'고만 하라니까~ 마이 팠다 아이가~ 나이를 생각해야제. 고만 비켜봐바~'

털북숭이가 지쳤는지 힘이 넘치는 사랑이와 임무교대하고, '구덩이 파는 건 증말 식은 죽 먹기야. 아니 잘 말려진 건개구리 먹기야…'

지켜본 바 사랑이는 정확히 감나무 한그루 심을 공간을 확보했습니다. (믿거나 말거나. ㅎㅎ)

알맞게 파낸 구덩이에 직접 들어가서 크기를 확인하는 사랑이는 마치 작업이 잘 되었다고 도장을 찍는 것 같네요.ㅎ

'주인니임~어여 여기 나무 한그루 가져오슈~~' 고백컨대 이넘들이 없었다면 나는 그 많은 나무를 결코 다 심지 못하고 허리가 뿌라졌을 것입니다.

• • • • • •

봄날 마당 정리

오늘은 아침에 눈을 뜨기 전부터 화사한 햇살이 느껴졌습니다. 토요일 아침 직장인의 특권인 늦잠을 깨고 나서도 이부자리를 박차고 일어나지 못하고 누워있는데 감은 눈에도 그 환한 얼굴이 살포시 느껴집니다. 봄 햇살이 방안을 완전 점령하고 나서야 부스스 일어나 앉았습니다. 커다란 창문이 두 짝이나 있는 방에 이미 퍼질 대로 퍼진 해가 부끄러워지면 정말 봄입니다.

어제 잠자기 전 눈을 감고 이 햇살을 그려봤었지요. 그러다 이내 마음이 가 닿은 곳은 우리 집 마당. 겨우내 차가운 해와 바람을 맞고 차가왔던 마당. 지난 늦가을 떨어진 낙엽들이 예서제서 웅성이던 곳이 이제 가득해질 겁니다. 무한한 햇살로 가득 가득! 그 가득함을 조금 나누어 가질 겸 마당정리를 해야지 마음을 먹었습니다.

구석에서 지난여름 가을을 그리워하다 퍼렇게 변해버린 낙엽들을 긁어모으고 삭풍에 부러진 잔 나뭇가지들을 줍고 아직 봄인데도 어쭙잖게 웃자라버린 풀들을 긁어냅니다. 그러다 작은 풀꽃들을 만나지요. 뜻밖의 해후! 이 풀꽃들은 적은 햇살만 있어도 바지런해집니다. 누구와는 확연히 다르지요.ㅎㅎ 꽃가게 화분 속 큼지막하게 핀 팬지를 보는 것과는 다른 만남입니다. 그래 꽃핀 풀들은 그냥 놔둡니다.

메마른 낙엽 위에서 꼬물거리는 작은 풍뎅이도 햇살을 즐기고 있습니다. 현대적 감각의 무늬를 한 흑백 풍뎅이입니다. 찰칵찰칵! 사진의 피사체가 될 만합니다. 또 마음의 피사체로 남습니다.

커다란 화분들 위치도 바꾸어줍니다. 마당 본연의 모습을 찾으라고! 마당하면 그래도 넓은 자락으로 있어야 할 터! 그 넓음을 화분이 툭툭 방해합니다. 자! 자! 비키세요.

이리 돌다 작은 텃밭에 오니 냉이가 '날 캐세요.' 유혹합니다. 유혹하는데 안 넘어갈 수 있나! 구석에 민들레가 무성히 영역을 넓혀 갑니다. 이러면 안 되지! 호미로 파서 힘껏 잡아 빼다 뒤로 나자빠졌습니다. 뿌리가 부러졌는데 커다란 인삼뿌리네요.

내친 김에 고랑을 매다 쑥이 보송보송! 풋풋한 쑥도 캤습니다. 이 쯤 되면 당연 달래도 생각납니다. 화단에서 화초들 몰래 뿌리로 씨앗으로 생존경쟁에서 뒤지지 않고 있던 달래도 캤습니다.

이 때 쯤 등짝이 따습다 못해 달구어집니다. 그래 허리를 쭉 펴서 하늘을 봤는데…
해가 이 세상 봄날 절정을 이룬 하늘을 봤는데…

봄 하늘이었습니다. 마음은 정리한 마당만큼 넓어졌습니다.

······

산책과 향기 지도

오늘도 평소와 같이 아내와 산책길에 나섭니다.
집을 나서 지리산 둘레길이 이어지는 구시락재를 넘어
엄천 강변길로 들어서 마을로 돌아오는 길인데,
10여년을 걸었지만 같은 듯 다른 듯한
짧은 여행을 하고 돌아오는 거 같습니다.

산골짝 골짝마다 작은 물길이 흐르듯
재 너머 들 너머 여러 갈래로 꽃향기가 흐릅니다.
봄에 아카시아 향이 강물처럼 흐르고
여름이면 칡꽃향이 작은 계곡물처럼 졸졸 흐르고
어떤 곳에선 싸리향이 시작되고
강변길에선 달콤한 돌복숭향이 한동안 지속되고
재를 지날 땐 사위질빵의 은은함이 배어나오고…

철따라 미세하게 다른 향들이 넘실대는 꽃길 향기지도가
몸에 저장되어버렸습니다.
오늘은 이쪽 동네에서 조팝향을 맡고

내일은 저쪽 동네에서 찔레꽃향기를 맡고

모레는 지도 어드메 쯤에서 이름 모를 향기를 맡고

꽃향기가 많이 흐르는 곳을 지나갈 땐

잠시 멈춰서기도, 뒷걸음질 치기도 합니다.

산책길인데 바쁠 게 뭐 있겠습니까!

게다가 이 아로마 테라피는 다 공짜인데요.

초판 1쇄 인쇄일 2015년 03월 30일
초판 1쇄 발행일 2015년 04월 02일

지은이 육현경·유진국
펴낸이 김양수
편집·디자인 이정은

펴낸곳 📖도서 출판 **맑은샘**
출판등록 제2012-000035
주소 경기도 고양시 일산서구 중앙로 1456(주엽동) 서현프라자 604호
대표전화 031.906.5006 **팩스** 031.906.5079
이메일 okbook1234@naver.com
홈페이지 www.booksam.co.kr

ISBN 979-11-5778-021-1 (03810)

「이 도서의 국립중앙도서관 출판시도서목록(CIP)은 서지정보유통지
원 시스템 홈페이지(http://seoji.nl.go.kr)와 국가자료공동목록시스템
(http://www.nl.go.kr/kolisnet)에서 이용하실 수 있습니다.(CIP제어
번호: CIP2015009685)」